L'Égypte ancienne

Dans la même collection

Ouvrages établis à partir de la revue L'Histoire

76 Études sur la France de 1939 à nos jours

87 La Grèce ancienne, *présentation par Claude Mossé*

100 Les Croisades, *présentation par Robert Delort*

128 Les Années trente. De la crise à la guerre
introduction de Michel Winock

140 Amour et Sexualité en Occident
introduction de Georges Duby

149 L'Allemagne de Hitler, 1933-1945
introduction de François Bédarida

163 14-18 : Mourir pour la patrie
introduction d'Antoine Prost

170 Initiation à l'Orient ancien. De Sumer à la Bible
présenté par Jean Bottéro

178 L'Algérie des Français
présentation par Charles-Robert Ageron

185 Moines et Religieux au Moyen Age
présentation par Jacques Berlioz

187 Le Temps de la guerre froide. Du rideau de fer à l'effondrement du communisme
présentation par Michel Winock

197 La Droite depuis 1789
Les hommes, les idées, les réseaux
présentation par Michel Winock

L'HISTOIRE

L'Égypte ancienne

Présentation par Pierre Grandet

Éditions du Seuil

Ce recueil est composé d'articles initialement parus dans L'Histoire *et comporte une présentation inédite de Pierre Grandet.*

ISBN 2-02-029753-1

Présentation
Mirage égyptien et science égyptologique

Pierre Grandet

L'Égypte n'oublioit rien pour polir l'esprit, ennoblir le cœur, et fortifier le corps.

BOSSUET, *Discours sur l'histoire universelle* (1681), 3e partie, III.

Aucune civilisation passée ne semble susceptible d'éveiller dans l'imaginaire européen – et, plus particulièrement, dans l'imaginaire français – de résonances aussi profondes, aussi durables, aussi unanimes que celle des Anciens Égyptiens. Quand l'intérêt pour d'autres civilisations est souvent récent, reste le fait d'un petit nombre et ne stimule la curiosité d'un plus vaste public que le temps d'une exposition, la fascination pour l'Égypte des pharaons est, depuis le début du XIXe siècle au moins, un phénomène de masse. Avant même que l'actuelle « démocratisation » des moyens de transport ne conduise chaque année des milliers de visiteurs aux pieds des Pyramides ou dans les tombes de la Vallée des Rois, nos grands-parents s'enthousiasmaient pour la découverte de la tombe de Toutânkhamon, leurs propres grands-parents étaient allés en foule admirer les merveilles des pavillons égyptiens de plusieurs expositions universelles, et les grands-parents de leurs grands-parents, depuis leurs salons que la mode de leur temps parait de tout un mobilier style « Retour d'Égypte », avaient suivi avec passion les péripéties du déchiffrement des hiéroglyphes.

Sans doute l'Égypte des pharaons ne susciterait-elle pas depuis aussi longtemps, avec tant de constance, d'aussi remarquables manifestations d'intérêt si celles-ci ne trouvaient leur source dans le sentiment que nous entretenons, avec cette ancienne civilisation, une affinité particulière, plus profonde, moins frivole que le goût pour l'exotisme qui paraît superficiellement l'expliquer, mais plus belle d'être parée d'un certain mystère. Le sentiment que ce mystère est celui qui voilerait, dans l'ordre de l'esprit, le secret de nos origines. Ce sentiment est le fruit de cette idée de « civilisation », héritée de l'Antiquité classique par les hommes de la Renaissance, élaborée par les penseurs des XVIIe et XVIIIe siècles, et telle qu'elle nous est toujours transmise par notre système d'éducation : cette idée qu'à travers les âges certain état d'harmonie sociale et politique, matérielle et spirituelle, qu'il ne tiendrait qu'à la raison de faire constamment progresser, se transmettrait de peuple à peuple depuis une source unique, sise au lieu où les plus anciens vestiges matériels attesteraient son existence.

Ce lieu, c'est l'Égypte. Y découvrant les traces d'un passé d'une si prodigieuse antiquité que leur propre civilisation leur parut encore dans l'enfance, les voyageurs et les érudits grecs de l'époque classique pensèrent y retrouver le berceau oublié des sciences et de la philosophie, les sources de leur religion et de leurs coutumes[1]. D'innombrables ouvrages divulguèrent ces idées, qui souvent n'eurent pour fondement que la crédulité de leurs auteurs envers des guides de rencontre, l'ignorance de ces guides eux-mêmes pour un passé dont l'apogée se situait déjà à près d'un millénaire de distance, mais que la nostalgie, rétrospectivement, parait de toutes les vertus, voire la simple volonté des Grecs eux-mêmes de trouver à tout prix en Égypte ce qu'ils désiraient inconsciemment y trouver. De ces divers facteurs naquit cette fascination qui devait être, jusqu'à l'avènement de l'égyptologie, la seule approche intellectuelle concevable de l'Antiquité égyptienne. Même la conquête par Alexandre le Grand de l'Empire perse, dont l'Égypte, alors, n'était plus qu'une province, et la synthèse voulue par lui entre l'Orient et l'Occident ne purent la corriger. Sans doute l'indigène conquis fut-il associé à la formation de cette civilisation hellénistique dont l'Égypte des Ptolémées fut la plus remarquable réussite et Alexandrie le symbole, mais cette association fut trop lâche, trop tardive, trop inégale aussi pour qu'elle pût servir utilement à la connaissance exacte du passé pharaonique. Jaloux d'ailleurs de leurs prérogatives, les prêtres égyptiens, formant une caste fermée, veillèrent à conserver entre eux les mystères de leur religion. Ainsi cette période ne produisit guère qu'un exotisme égyptisant, parant d'un aspect séduisant par son étrangeté des systèmes philosophiques ou religieux plus grecs qu'égyptiens. Et c'est cet héritage qu'en conquérant l'Égypte, en 30 av. J.-C., les Romains reprirent à leur compte, lui empruntant notamment le culte alexandrin d'Osiris, Isis et Horus, dont les monuments couvrirent bientôt leur empire.

Parmi d'autres rites orientaux promettant le salut individuel, ce culte devait être un moment, dans l'Empire romain, un concurrent sérieux du christianisme naissant. Pourtant, de celui-ci, rien ne devait entraver l'irrésistible propagation. En moins d'un siècle, de l'Édit de tolérance de Milan (313), qui mit fin à l'ère des persécutions, à son adoption comme religion d'État de l'Empire romain (391), son triomphe devait sceller le destin des civilisations païennes qui avaient été son berceau. Dans le cas particulier de l'Égypte, ce destin devait être d'ailleurs précipité par le soin que les prêtres de l'ancienne religion avaient mis à se couper de leur propre peuple. Formant un milieu clos, pensant ainsi préserver du profane des traditions sacrées qu'ils étaient seuls désormais à connaître, lorsque leurs clergés furent dissous, celles-ci disparurent avec eux. Le 24 août 394 de notre ère, à Philae, fut gravée la dernière inscription hiéroglyphique connue ; une génération plus tard, en 452, la dernière inscription en démotique[2] et, durant plus de vingt siècles, nul ne sut plus lire les textes égyptiens, quand, paradoxalement, l'ultime rejeton de la langue qu'avaient parlée les pharaons, le copte, mais noté au moyen de l'alphabet grec, demeurait la langue indigène de l'Égypte et de son Église.

Tandis qu'en Égypte même les sources du passé pharaonique ainsi devenaient muettes, le divorce entre l'Orient et l'Occident, consommé en 395 par la division de l'Empire romain, puis les invasions qui entraînèrent la fin de l'Empire d'Occident (476), provoquèrent de surcroît un hiatus culturel où se perdit le souvenir des œuvres des auteurs classiques et de leur contribution à la connaissance de ce passé. Dès lors n'en subsista plus, pour le millénaire que devait durer le Moyen Age (476-1453), que le témoignage hostile de la Bible. Et si marchands, pèlerins ou Croisés ne cessèrent cependant de visiter l'Égypte, ce ne fut que pour s'y recueillir sur les lieux de l'enfance du Christ ou de la servitude des Hébreux. Les rares vestiges pharaoniques que l'on apercevait dans le lointain semblaient se plier sans trop mauvaise grâce à ce que l'on attendait d'eux : pendant de nombreux siècles, l'idée domina que les Pyramides de Gîza étaient les « greniers de Joseph[3] ».

Puis vint la Renaissance. Presque symboliquement, cette ère devait s'ouvrir par la découverte en 1419 au large d'Athènes, dans l'île grecque d'Andros, du manuscrit des *Hieroglyphica* d'Horapollon, cet ouvrage étrange d'un érudit égyptien de l'Antiquité tardive, traduit du copte en grec, et qui donne la description et la valeur idéographique exacte d'une centaine de hiéroglyphes. Malheureusement, outre que son traducteur avait cru bon de compléter cette œuvre de notices « expliquant » des signes imaginaires, l'auteur lui-même, insistant sur le rapport d'ordre allégorique associant, selon lui, les hiéroglyphes à leur signification, accrédita l'idée que ces signes avaient une lecture exclusivement symbolique. Ce fut une fausse piste qui retarda sans doute pour plusieurs siècles leur déchiffrement. Cependant, au XVe siècle, la redécouverte des œuvres de l'Antiquité classique, à laquelle, dès l'origine, l'invention de l'imprimerie assura un large écho, devait provoquer une révolution culturelle d'une portée incalculable. Un nouveau mode de pensée, fondé sur la critique des sources et l'argumentation rationnelle, dispute au christianisme médiéval le monopole qu'il avait revendiqué sur le savoir et sur la connaissance du passé. Au XVIe siècle, la religion elle-même en est transformée : le retour au texte biblique pose pour certains l'exigence d'une Réforme, l'apport humaniste fonde une Contre-Réforme. Les civilisations de l'Antiquité, auparavant flétries pour cause de paganisme, apparaissent comme un Age d'or des sciences et des arts dont la chrétienté redécouvre et revendique l'héritage. L'Égypte s'installe dès lors au centre des préoccupations des lettrés. L'Italie exhume les monuments du culte d'Isis et d'Osiris. A Rome même, voici que l'on retrouve les obélisques dont l'avaient ornée les empereurs romains, et dont le pape Sixte Quint (1585-1590) la fait de nouveau orner. En attendant que le siècle suivant ne redécouvre la villa d'Hadrien et son étonnante statuaire égyptisante, le père jésuite Athanase Kircher (1602-1680) fonde l'étude philologique du copte, éteint au XIIIe siècle, et pressent qu'il dut être le dernier état de la langue égyptienne. Mais à côté de cette intuition qui serait, pour Champollion, l'une des clés du déchiffrement des hiéroglyphes, il conçoit comme explication de ceux-ci un système poussant jusqu'à l'absurde leur interprétation symbolique. Ce type d'interprétation, et l'Égypte rêvée dont les hiéroglyphes ainsi compris semblaient être l'expression, devaient continuer à hanter les esprits des hommes des Lumières, inspirant des entreprises aussi diverses que l'institution d'une franc-maçonnerie prétendument égyptienne par Cagliostro ou la composition de *La Flûte enchantée* (1791).

Tandis que le déchiffrement des hiéroglyphes, ainsi handicapé, demeurait de l'ordre de l'utopie, la connaissance objective de l'Ancienne Égypte enregistrait pourtant des progrès. De la Renaissance à la fin du XVIIIe siècle, tout grand aristocrate se doit d'avoir sa collection d'Antiques, et l'honnête homme, son « cabinet de curiosités », que les négociants, notamment de Marseille, en relations constantes avec le Levant, veillent à pourvoir en objets égyptiens. Dans le même temps, des voyageurs, toujours plus nombreux, toujours plus audacieux, délaissant la visite des sites réputés « bibliques », redécouvrent en Égypte des vestiges jusqu'alors inconnus du passé pharaonique – Karnak, la Vallée des Rois – et rassemblent des informations toujours plus exactes sur le pays et sa géographie. Mais, à peine recueillie, chaque découverte nouvelle engendre de nouvelles questions ; chaque récit de voyage provoque de nouveaux voyages. En parvenant à l'âge de l'*Encyclopédie*, l'idée ne pouvait manquer de se faire jour, si les circonstances venaient à le permettre, de collecter, de rassembler et de publier, sous forme raisonnée, l'ensemble des informations dont ces récits ne donnaient qu'un aperçu partiel. Ce fut alors l'Expédition d'Égypte (1798-1801).

Sans doute n'est-il pas exagéré de dater de cette étonnante équipée, fruit singulier d'ambitions personnelles, de calculs politiques et de l'idéologie du temps, la naissance de l'égyptologie[4]. C'est que les savants qui accompagnèrent l'armée de Bonaparte, allant chercher en Orient l'Égypte rêvée par les Grecs, en rapportèrent, avec la monumentale *Description de l'Égypte*, publiée à partir de 1809, celle qui fait aujourd'hui encore l'objet de cette science. D'ailleurs, avec la découverte de la Pierre de Rosette (1799), le déchiffrement des hiéroglyphes devenait une perspective rationnelle. Il fallut cependant vingt ans, et le génie de Champollion, pour qu'en 1822, pour la première fois depuis l'Antiquité, les Égyptiens anciens retrouvassent la parole. Dans le sillage de cette découverte, plusieurs expéditions s'employèrent à copier en Égypte le plus grand nombre possible de ces inscriptions que désormais on savait lire. Le XIXe siècle n'était pas achevé qu'étaient déjà en place les institutions qui assurent aujourd'hui la pérennité de l'égyptologie : fondation du Service des antiquités de l'Égypte et du musée du Caire par Auguste Mariette (1858 et 1863), constitution de collections publiques égyptiennes et de chaires d'égyptologie dans les capitales et les grandes villes d'Europe et d'Amérique, établissement de missions permanentes de recherche en Égypte par les principales nations du monde industrialisé.

Depuis, la connaissance scientifique de l'Égypte n'a cessé de progresser – pour mieux constater d'ailleurs que la tâche qu'elle s'assigne est sans fin. Pour une civilisation qui dura de 3000 environ à 332 av. J.-C., on conçoit que le simple inventaire des faits reste toujours à compléter, sans compter qu'une fois au moins par génération l'évolution des idées invite à le réviser. Soumises à de nouvelles approches, les sources documentaires ouvrent constamment de nouvelles perspectives, autorisant de nouvelles synthèses. L'économie pharaonique, jadis délaissée, est aujourd'hui un objet d'étude. D'importants essais sur la religion, dépassant le simple catalogue de divinités, restituent à celle-ci sa fonction politique et sociale, ouvrent un nouveau chapitre de l'histoire des idées. Des milliers d'ostraca[5] et de papyrus font revivre le petit peuple de Deîr el-Médîneh. La naissance de la civilisation égyptienne elle-même et le cours de son développement apparaissent non plus comme un mystère, mais le fruit de conditions objectives qu'il est possible d'identifier, parfois de quantifier. Cependant, la situation démographique de l'Égypte actuelle et son industrialisation croissante imposent à l'exploration archéologique un caractère d'urgence. Or c'est dans ce domaine que l'évolution des conceptions et des techniques est le plus remarquable. Quand au début du siècle encore, l'activité archéologique se bornait à des travaux de terrassement ou à la chasse à l'objet de musée, elle nous apporte aujourd'hui, sur la vie quotidienne du peuple des pharaons, des informations qu'on s'était résolu à ne jamais connaître, renouvelle nos connaissances sur la Préhistoire de l'Égypte, ou ressuscite la capitale des pharaons du Nouvel Empire, Pi-Ramsès, en un lieu presque entièrement dépourvu de vestiges significatifs.

En rendant la parole aux Égyptiens eux-mêmes, la connaissance scientifique de l'Égypte ancienne ne nous ramène sans doute pas à nos « origines » telles que les avaient rêvées les Grecs ou les hommes du XVIIIe siècle, mais nous permet de comprendre que les Égyptiens anciens et nous sommes unis, plus profondément que par l'esprit, par notre commune humanité. C'est dire l'intérêt du présent recueil, où l'on découvrira combien de simples faits, de simples actes, les uns remarquables, d'autres banals, quelques-uns criminels, mais tous humains, et situés dans un contexte qui en explique la signification, ajoutent à notre mémoire trois millénaires d'expérience humaine. On se plaît à croire qu'il s'agit là, précisément, du sens du mot culture.

Notes

1. Cf. André Bernand, *Leçon de civilisation*, Paris, Fayard, 1994, en particulier chap. II et V.

2. Certaine survivance d'un culte païen fut tolérée jusqu'à cette date au temple de Philae, à l'usage de tribus nubiennes, quoiqu'il y eût été officiellement aboli en 535 par un édit de Justinien.

3. Pour un historique des manifestations d'intérêt de l'Occident pour l'Égypte de la fin de l'Antiquité à 1822, cf. la synthèse de J. Leclant, « De l'égyptophilie à l'égyptologie : érudits, voyageurs, collectionneurs et mécènes », *Comptes rendus de l'Académie des inscriptions et belles-lettres*, 1985-20, p. 3-20.

4. Cf. H. Laurens, *L'Expédition d'Égypte*, Paris, Armand Colin, 1989, en particulier p. 16 *sq*.

5. Tesson de poterie ou éclat de calcaire servant de support à l'écriture.

1

La religion des Égyptiens

Capitales et sanctuaires de l'Égypte ancienne

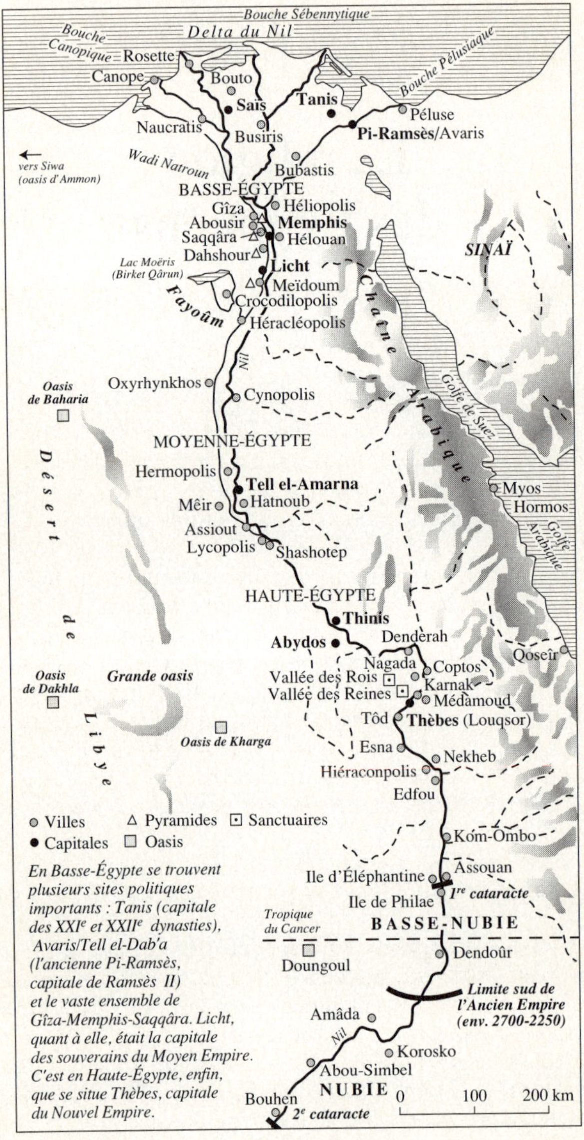

En Basse-Égypte se trouvent plusieurs sites politiques importants : Tanis (capitale des XXIe et XXIIe dynasties), Avaris/Tell el-Dab'a (l'ancienne Pi-Ramsès, capitale de Ramsès II) et le vaste ensemble de Gîza-Memphis-Saqqâra. Licht, quant à elle, était la capitale des souverains du Moyen Empire. C'est en Haute-Égypte, enfin, que se situe Thèbes, capitale du Nouvel Empire.

Les dieux de l'Égypte

Philippe Derchain

Avant qu'il y eût Pharaon, au IVe millénaire av. J.-C., dans chaque bourg, une case entourée de palissades était marquée de loin par un mât portant un fanion. C'était la résidence du chef invisible où seul pénétrait son substitut vivant, le chef du village, qui tirait de ce contact la légitimité de son pouvoir. A l'époque historique, le pharaon fut toujours le seul intermédiaire théorique entre le monde réel et l'imaginaire, quitte à déléguer en pratique les fonctions liturgiques à d'innombrables prêtres dans les innombrables sanctuaires du pays unifié.

Quand à la case primitive se sont substitués des temples de pierre, le mât est resté l'ornement de la façade, et l'image schématisée en devint, dans l'écriture hiéroglyphique, le signe par lequel s'exprimait le mot que nous traduisons par « dieu ». Ce mot désigne une qualité d'être partagée par le seigneur invisible et le pharaon. Cette consubstantialité pose le second comme la présence de l'homme dans l'univers du premier, et l'autorise à réaliser le « divin » dans le monde humain par l'exercice du pouvoir qu'il reçoit. La religion égyptienne se manifeste ainsi comme la représentation des rapports de l'homme avec l'ordre de l'État et les phénomènes naturels. La liturgie est comme une mimique symbolique de la réalité.

L'invisible imprègne l'univers égyptien tout entier. Il est tapi dans le fleuve, qui se gonfle chaque été en une crue inexplicable, recouvrant pendant des semaines toute la vallée pour la rendre fertile, qui regorge de vie dans les poissons et peut porter la mort. Il pousse le soleil et la lune sur leurs orbites et les ramène chaque jour à leur point de départ avec une incomparable régularité. Il sommeille dans les grains qui, semés, tout à coup germent. Il hante les confins humides du désert où se rencontrent les formes de vie les plus diverses : serpents, bovins, et la lionne qui vient mystérieusement y mettre bas pour disparaître dans l'inconnu quand la portée est assez forte pour l'y suivre. C'est encore lui qui frappe hommes et bêtes de maladies, qui tue, qui pousse l'un vers l'autre le mâle et la femelle, qui fait éclore le poussin de l'œuf, soulève le doux vent du nord auquel on aspire les soirs de chaleur, ou déchaîne l'orage dévastateur, qui fait sortir des filons les minéraux précieux, du vin l'ivresse, de l'encens la fumée. L'invisible est quotidien, familier, capricieux, inquiétant. D'où l'angoisse existentielle, à ce point omniprésente qu'on ne peut vivre en société sans en parler souvent.

Le langage qu'on inventa pour cela est ce que l'on appelle la religion égyptienne, d'une extraordinaire richesse, car il faut, pour parler de ce qu'on ne peut voir, se servir de figures, de métaphores que reconnaissent tous ceux qu'elles concernent. Comment mieux faire sentir aux riverains du grand fleuve africain les dangers et la fécondité de l'eau qu'en évoquant le crocodile, la virilité qu'en peignant un bélier, l'agressivité, un taureau sauvage, pour choisir des exemples que nous comprenons nous-mêmes sans difficulté. Comment mieux suggérer l'éloignement infini du soleil que par le vol du faucon qui s'élève si haut qu'on le perd dans le ciel, l'ampleur de celui-ci que par l'envergure des ailes du vautour ? Qui mieux que le trône signifiera la continuité de la souveraineté ? Autant d'êtres et d'objcts connus de tous et qui inspiraient à tous les mêmes craintes ou les mêmes sentiments. Nommer ou dessiner permet de domestiquer, et c'est ainsi que nous trouvons du haut en bas de la vallée du Nil d'innombrables sanctuaires de crocodiles et de béliers, signes visibles de la force qui réside dans l'eau, ou de la puissance virile.

Surgit alors la tentation universelle d'espérer agir sur les choses en agissant sur les signes qui les représentent. Et comment agir sur les signes sinon en leur prêtant les facultés de communication propres à notre espèce ? La forme humaine des dieux signifiera donc qu'ils sont accessibles, tandis que l'animal-métaphore exprimera leur fonction.

Khnoum comme un homme à tête de bélier, c'est la virilité domestiquée, la possibilité de s'adresser à elle, si elle vient à manquer, si jamais vient à manquer l'impulsion créatrice nécessaire à toute vie nouvelle. L'invisible tapi dans les tourbillons de la cataracte d'Assouan, d'où l'on croyait que sortait le flot de l'inondation fécondante, fut ainsi signifié par un Khnoum à qui l'on pouvait demander de lever les pieds de la dalle obstruant la source cachée quand il fallait de l'eau au pays, ce qu'il faisait toujours, pourvu que l'on choisît le moment où il était d'humeur à entendre et le lieu où il était le plus accessible, l'enclos sacré dans lequel une statue manifestait sa présence.

Le régime des eaux qui changeait annuellement toute la vallée du Nil en lac, duquel n'émergeaient plus que les buttes sur lesquelles étaient bâtis les villages, rythmait vigoureusement la vie du pays. Il trouve naturellement son expression dans les mythes, et structure fondamentalement la pensée religieuse. Pour l'Égyptien, tout est toujours à recommencer quand le sol réapparaît à la fin de l'été, depuis l'arpentage qui redéfinira les parcelles dont les limites ont été souvent effacées sous plusieurs mètres d'eau. Chaque année répète ainsi la création, que l'on décrit souvent comme l'émergence d'un premier sol au milieu de l'immensité liquide. La « butte primordiale » est un thème fréquent. Sur elle se pose le premier oiseau, comme à Héliopolis ou à Edfou. Vers elle convergent les premiers batraciens et reptiles avant que surgisse la première végétation, bientôt en fleurs.

Ce scénario fournit la matière d'une cosmogonie célèbre inventée vraisemblablement à Hermopolis, dans une large plaine de Moyenne-Égypte où l'observation en était particulièrement frappante. La fantaisie poétique y fit de la première verdure le calice d'un merveilleux lotus dont la corolle bleue comme le ciel découvrait, en s'épanouissant, le cœur d'un jaune éclatant qui figurait le premier soleil, dont la jeunesse est signifiée par l'image d'un nouveau-né accroupi, un doigt dans la bouche au-dessus de la fleur. Les serpents et les grenouilles qui l'entourent constituent alors les quatre premiers couples, dont les noms, « Ténèbres », « Obscurité », « Humidité » et « Invisibilité » ne sont autres que des aspects différenciés du chaos d'où ils sont issus.

Mais la diversification est en marche et la création peut commencer. Cette « première fois » sera l'obsession de la religion égyptienne, dont tous les efforts concourent à en assurer la répétition chaque fois que le cycle agraire est achevé, chaque fois qu'après le temps de l'étiage on attend le retour du flot duquel dépendra le succès de l'année suivante. La perception très forte du cycle annuel et la crainte du non-retour sont les constantes de la conception égyptienne de l'univers, illustrée encore par les exemples du soleil, de la lune et du pouvoir souverain. Ces thèmes fournissent l'armature du rituel, des fêtes et des mythes.

Un autre thème récurrent de la religion égyptienne est l'écoulement de la vie humaine. Elle se déroule chaque jour dans le temple, où le dieu le matin doit être éveillé, paré, encensé, prendre divers repas jusqu'à ce qu'on le renferme le soir dans le naos – tabernacle de bois ou de pierre où l'on conserve la statue –, scellé pour la nuit. Elle décrit aussi la journée du soleil, enfant à l'aube et vieillard au crépuscule pour qui le retour mystérieux à l'orient est une cure de jouvence dont plusieurs livres peints ou gravés sur les parois des tombes royales du Nouvel Empire décrivent minutieusement les phases avec une profusion de détails dont l'interprétation nous échappe encore.

Parmi les grands mythes, celui qu'on appelle « mythe d'Horus », connu surtout par la version très détaillée et richement illustrée du temple d'Edfou bâti à l'époque ptolémaïque, décrit le mouvement méridien du soleil d'un solstice à l'autre. Parti de Nubie, le dieu conquiert peu à peu toute l'Égypte, livrant dans chaque province un combat victorieux contre les « ennemis » qui s'opposent à son avance et qui sont tant les puissances du désordre cosmique qui s'efforcent de rompre l'ordre établi par la création, que des adversaires politiques. Car Horus est en même temps le modèle du souverain. A la fois soleil et roi, il lutte, aidé de ses harponneurs, contre les monstres aquatiques, hippopotames et crocodiles qui entraveraient la marche de sa barque le long du fleuve céleste, et contre tous les fauteurs de troubles qui empêchent l'unification du royaume.

Dans chaque province soumise, sa victoire est proclamée et enregistrée par l'historiographe qui l'accompagne, le dieu

Thot, inventeur de l'écriture, qui donne leurs noms aux lieux des combats. Toute une toponymie de l'Égypte est ainsi expliquée au fil de la campagne, jusqu'à ce que soit atteint le Nord, d'où le héros satisfait refait jusqu'au prochain solstice le chemin inverse. L'aspect politique plaqué sur la description du parcours cosmique est une fiction dépendante de la double fonction d'Horus, « le Lointain, le Céleste », soleil au ciel et, depuis le début de l'histoire, emblème de la royauté pharaonique.

Le parcours quotidien du soleil, d'est en ouest, est aussi marqué par l'angoisse du chaos né de la nuit. Dès que les premiers rayons montent de l'horizon, il faut entreprendre de détruire le gigantesque serpent noir qui se pose en travers de leur marche, Apophis, image des stratus, ces nuages qui barrent souvent à l'aube le rougeoiement du levant et que la chaleur dissipe. Apophis deviendra le mythe du brasier où rebelles et réprouvés seront réduits en cendres, encore présent au tympan de nos cathédrales. Le rituel dans le temple soutenait l'action cosmique par l'incinération de figurines de cire ou de feuilles de papyrus marquées au nom du redoutable dragon.

Le surprenant comportement de la lune fut aussi décrit en termes familiers. Sa complexité entraîna la mise en œuvre de plusieurs modèles simultanés. Sa présence ou son absence influe sur les comportements humains. Par pleine lune, la nuit ressemble à un jour délivré de chaleur excessive et incite à la réjouissance. La vie sociale se libère grâce au sentiment de bien-être, la danse et l'érotisme sont encouragés par la bière et le vin, peut-être aussi par quelque drogue. Au contraire, à la nouvelle lune, chacun se terre craintif. La transposition poétique en est le « mythe de la déesse lointaine », qui oscille entre la vallée et le désert, prenant les apparences tantôt d'une jeune femme parée de toutes les séductions ou d'une vache rassurante, et tantôt d'une lionne furieuse.

La première est bien connue sous le nom de Hathor, littéralement « le domaine du Lointain (Horus) », image de l'érotisme et du bonheur qu'il engendre, maternité potentielle. L'autre, sous diverses appellations propres à chacun de ses lieux de culte, dont Sekhmet est la plus fréquente, suivie de son cortège de démons messagers assassins, symbolise les terreurs de la nuit. Le culte de la première se célèbre dans la liesse et l'ébriété, celui de la seconde a pour but de l'apaiser et de détourner sa puissance contre ses propres séides, de sorte que ses prêtres constituèrent très tôt le corps des médecins. De l'une à l'autre le lien est facile : que l'on se rappelle que la lionne et la vache cohabitent dans les mares résiduelles qui se forment dans les méandres recoupés, ou dans les dépressions à l'embouchure des oueds dévalant du désert, où elles manifestent la féminité.

Le retour de la lune, comparable à celui de la lionne pleine vers le lieu de sa délivrance, exige l'intervention d'autres forces, exprimées par d'autres mythes qui se combinent avec celui-ci. L'un est celui du dieu Chou, que nous retrouverons plus tard, dont la fonction en tant qu'image de l'air glissé entre le ciel et la terre est à la fois de séparer et d'unir. Frère d'une lionne, Tefnout, « celle qui change de forme », il la retrouve au désert où elle a disparu, et la force à revenir – on reconnaît là l'observation du cycle de reproduction des grands félins – tandis qu'il est souvent accompagné de Thot sous l'aspect du cynocéphale à tête de chien, ou du chacal, autre animal du désert, dont le savoir comptable – il est scribe parmi les dieux – est le garant de la régularité du « grand luminaire nocturne ».

Un autre thème fondamental est celui de la continuité du pouvoir. Ses applications ont été très nombreuses et son influence s'est répandue dans tout l'Empire romain. Il met en scène Osiris, le prédécesseur, Isis, le trône par lequel s'opère la transmission, et Horus, le roi actuel, enfant des deux premiers. Osiris meurt assassiné et dépecé par son frère Seth. Isis se met en quête des lambeaux du cadavre dispersés à travers toute l'Égypte, reconstitue le corps et le ressuscite juste le temps de concevoir de ses œuvres un fils pour lui succéder. Par crainte de Seth, l'oncle qui veut le pouvoir, la mère élève secrètement l'enfant dans les fourrés du Delta, et, quand il est assez fort, le place sur le trône de son père, à la suite d'un procès de légitimation dont il existe un récit littéraire très circonstancié de la fin du Nouvel Empire, d'où il ressort que le droit de succession patrilinéaire n'était pas incontesté.

Le mythe d'Osiris, toutefois, déborde largement sur l'ensemble des conceptions égyptiennes. Pour l'Égyptien,

Osiris devient très tôt le symbole de la continuité. Il intervient chaque fois qu'une rupture menace, chaque fois qu'un phénomène doit se répéter. C'est ainsi, par exemple, qu'il est responsable de la crue du Nil, de la germination du blé, ou qu'il apporte son aide au soleil dans son voyage nocturne pour lui rendre l'énergie de réapparaître à l'est. C'est pourquoi son culte s'est répandu partout : on célébrait son perpétuel retour à la vie comme l'expression parfaite de l'éternel retour des choses, bien au-delà de la place qu'il tenait comme dieu des morts, son aspect le plus connu. Parce qu'il était le principe du recommencement, dont la réalité s'expérimente dans le grain qui germe après avoir été mis en terre, il devint l'exemple rassurant de la survie des cadavres enterrés.

Les trois forces fondamentales du Nil, du soleil et du renouvellement fournissent les éléments d'une dynamique universelle satisfaisante, pourvu que le système soit lancé. Reste à expliquer « la première fois », le temps des origines, « des Primordiaux », selon la traduction usuelle d'une notion égyptienne assez vague. Pour cela, plusieurs systèmes ont été proposés.

Le plus répandu apparaît très tôt à Héliopolis, centre d'un culte solaire important. C'est un modèle génétique. Le dieu local, dont le nom, Atoum, peut s'interpréter comme « ne pas être » ou comme « être complet, achevé », solitaire dans le néant initial, se servit de sa main pour faire jaillir sa semence qui aussitôt devint le premier couple sexué : Chou et Tefnout. Un texte fameux du Moyen Empire souligne que « l'Unique, en devenant trois » avait suscité l'essentiel. En effet, ce premier couple va procréer Geb, la terre, et Nout, le ciel, que Chou tient écartés l'un de l'autre tout en assurant la communication entre eux : il sera chargé de transmettre tant les ordres du ciel où vont résider les dieux, que les prières qui montent des hommes.

Sur le théâtre ainsi posé, la génération issue de la précédente va figurer les acteurs. Composée de deux couples, Osiris et Isis, suivis de Seth et Nephtys, elle signifie les éléments de la dynamique cosmique. Les premiers, on l'a vu, ont un fils, Horus, initiateur de la souveraineté d'Égypte : les derniers sont stériles et ne constituent d'ailleurs pas un couple parfait. Seth est la personnification du désordre et de la confusion, comme nous l'apprend le mythe osirien où il assassine son frère, et représente un des facteurs naturels dont les Égyptiens ont eu la conscience la plus nette. Ils ont en effet péniblement ressenti la fragilité des structures humaines, les perturbations atmosphériques, les aléas de l'agriculture, l'immanence du déclin, et, à la manière d'une femme de ménage, la nécessité d'une lutte permanente contre l'inéluctable et insidieux retour du chaos.

Cette dynastie héliopolitaine est devenue le prototype de l'« Ennéade » (en grec, « groupe de neuf »), organisation du panthéon égyptien reprise plus tard, au Nouvel Empire, par les théologiens d'Amon à Thèbes, qui l'élargirent jusqu'à quinze personnes, pour y intégrer des divinités locales inévitables.

D'autres images ont également servi à représenter la création, tirées cette fois de la vie artisanale. La gestation des êtres vivants est comparée à l'œuvre du potier qui tourne des vases sur sa roue, que met en mouvement le dieu Khnoum, « celui qui s'associe », dont la puissance génitrice est figurée par le bélier qui l'incarne, capable de « fixer le sperme dans le ventre de tous les êtres femelles ». Ptah, de Memphis, en revanche, est entouré de forgerons et d'artisans de toute sorte. Sous son nom toutefois circule une cosmogonie définie, semble-t-il, à la fin du IIe millénaire et connue par une copie du VIIIe siècle. Selon ce document de théologie memphite, « toute parole du dieu s'est manifestée selon ce que le cœur concevait et ce que la langue ordonnait », car « il se trouve que le cœur et la langue ont pouvoir sur tous les [autres] membres, en raison du fait que l'un est dans le corps, l'autre dans la bouche de tous les dieux, de tous les hommes, de tous les animaux, de tous les reptiles, de tout ce qui est animé – l'un concevant, l'autre décrétant tout ce que veut [le premier] [1] ». En ajoutant, un peu plus bas, que les dents et les lèvres sont l'équivalent de la main d'Atoum dans la cosmologie héliopolitaine, ce texte exprime avec une parfaite limpidité que la création est le produit d'une pensée qui se réalise par la parole, préfigurant de près de quinze siècles le fameux « Au commencement était le verbe », de saint Jean.

Le dieu installé dans le temple, les mécanismes des grands cycles naturels et la création décrits, la puissance de la parole reconnue, la machine religieuse est prête. Il ne manque plus que celui qui la fera tourner, et un programme de production. L'un sera le pharaon, dieu parmi les dieux et homme parmi les hommes, assurant en sa personne le lien entre les deux mondes, l'autre la déesse Maât, personnification de l'ordre social auquel chacun contribue, et de l'harmonie cosmique. Franchissant, seul en principe, les barrières de l'enceinte sacrée du temple, le pharaon doit être de même essence que l'invisible qu'il y rencontre après l'avoir attiré dans une statue qu'aucun autre que lui ne verra jamais (les prêtres n'étant que ses substituts).

Dans l'univers des signes, il est celui de l'homme. Ses actes liturgiques sont les symboles de tous les actes réels qui remplissent et maintiennent la vie, de sorte que le rituel se déroule comme une miniature du réel qui doit inciter les dieux qui y participent à activer dans le visible les forces invisibles. Une libation d'eau fraîche accompagnée des paroles convenables doit susciter la crue du Nil, l'offrande de fruits et légumes, la prospérité des vergers et jardins, l'abattage d'un animal, la destruction des « ennemis » cosmiques ou terrestres. Un peu de bière ou de vin proposé à Montou ou Horus, dieux guerriers, leur fera donner vigueur à toute l'armée, tandis que Hathor, dame de l'ivresse, répandra en échange la joie et la fécondité. Le culte assure ainsi la libération des énergies signifiées par les dieux. En commentant une procession qui parcourait au printemps la campagne autour d'Esna, on disait que « les fleurs éclosent sous les pieds de la déesse (qui n'a d'autre nom que "la dame du terroir") », moins par référence à sa présence dans la statue que l'on transportait, que comme une preuve éclatante de sa puissance dans la nature.

Synthèse de tout le rituel, un tableau très fréquent sur les parois des temples montre le pharaon élevant vers le visage de la divinité une effigie de femme accroupie coiffée d'une plume d'autruche, icône de la déesse Maât, trop souvent réduite par les traductions à la notion de « vérité » ou de « justice ». En son nom de « conductrice, pilote », elle signifie en fait le maintien de l'univers sur le bon chemin. Elle guide la barque du soleil ou inspire le comportement du roi, du juge, de l'administrateur et finalement de chacun.

Présenter Maât au dieu signifie en une seule phrase garantir que tout sur terre et dans le ciel se déroule selon l'ordre établi, impliquant physique et éthique, dont Pharaon est responsable. Maât est naturellement la fille du démiurge, soleil aux multiples apparences, reconnu partout en Égypte comme la source ultime de toutes les énergies. Maât sera donc interprétée par les Égyptiens comme l'équivalent de la « vie ». Elle est par conséquent à la fois programme et force active, de sorte qu'on dira souvent d'elle qu'elle est la « nourriture des dieux ».

Avec le développement de la civilisation et le perfectionnement de l'écriture, l'enclos primitif se mua en temple de pierre, toujours solidement isolé du profane par une enceinte parfois gigantesque. Il continua d'être la résidence du dieu local et le lieu de son culte, dans le rapport étroit avec le souverain terrestre que nous avons vu. L'accroissement de la puissance de ce dernier entraînait fatalement celui du prestige de l'autre, et c'est ainsi que s'élabora peu à peu une hiérarchie divine, plus ou moins organisée selon les hasards de la politique.

On pense généralement que la prépondérance de la région d'Héliopolis engendra, dès une époque très reculée, la prééminence du dieu-soleil, Rê, dont le roi se dit bientôt le fils, tout en restant d'autre part l'incarnation d'Horus. Mais chaque dieu, enraciné profondément dans son terroir, pouvait être, localement, l'image du pouvoir suprême. Parmi les ascensions les plus spectaculaires, on citera celles des dieux crocodiles (Sebek) du Fayoûm quand s'y trouva la résidence des pharaons, sous le Moyen Empire, et surtout celle d'Amon de Thèbes au Nouvel Empire, dont le clergé réussit à faire le chef de plus en plus invisible de l'État qu'il gouvernait par des oracles.

On recourait à ces oracles, au début, pour choisir un pharaon, un prêtre et, plus tard, même pour confondre l'auteur d'un misérable larcin qui attendait le verdict à la « porte où l'on rend la justice », hors de l'enceinte interdite. La seule résistance à cette emprise d'Amon, et par conséquent de ses « serviteurs » humains, délégués du roi qui abusaient de leur fonction, fut celle d'Akhénaton (1379-1362 av. J.-C.). Mais l'erreur de ce dernier fut de vouloir jeter à bas la totalité de la mythologie, réduisant la cosmologie à la seule affirmation de la relation directe de sa personne avec le disque solaire dont les rayons tout matériels étaient les dispensateurs physiques de vie sur terre. En s'en prenant aux mythes et aux cultes, il détruisait l'instrument sur lequel se fondait la structure morale et intellectuelle de la société, et créait un désarroi comme pourrait en laisser chez nous l'abrogation des mathématiques.

La tradition qui continua dans l'ombre pendant cet épisode appelé « crise amarnienne » en fut cependant influencée ; et l'on vit se construire au cours de la XIXe dynastie une « nouvelle théologie » qui généralisa la relation personnelle des individus avec la divinité et se mit à réfléchir sur la nature de celle-ci, en constatant par exemple que toutes les « personnes » qui représentaient l'invisible relevaient de la même essence. On put écrire que « l'un s'était fait millions » sans cesser d'être un, puisque le même nom, celui que nous traduisons par « dieu », pouvait en désigner toutes les formes. La spéculation sur la langue fit ainsi dégager une notion nouvelle que l'on s'efforça de définir, en superposant tout ce que l'on avait pu dire de chacun des dieux, et en analysant leurs épithètes, que l'écriture permettait de collectionner, de comparer et de combiner à l'infini.

On s'efforça de décrire la divinité, à travers la personne d'Amon, dans quelques grandes compositions littéraires où les images traditionnelles de la mythologie étaient combinées pour mettre en vue l'universalité du divin dans les trois niveaux du monde : le ciel, où se localise l'imaginaire, la terre des vivants et des temples et le domaine inférieur des morts et de la régénération. Le dieu qui se développe ainsi est à la fois la vie qui pénètre tout et le créateur, réunissant des traits du soleil et d'Osiris, ajoutés à sa personnalité primitive de chef local, dont les qualités spécifiques longuement détaillées sont celles du souverain idéal, protecteur de ses sujets, juste et bienveillant.

Parce qu'il est mots et images, le divin transcende donc la réalité perceptible ; il s'impose de plus en plus comme une réalité seconde que l'on recrée et que l'on manipule par le jeu sur les signes mêmes. L'écriture hiéroglyphique devint ainsi, dans les derniers siècles de la civilisation égyptienne, un instrument privilégié de la théologie, qui permettait, grâce à des combinaisons suggérées par la forme ou la valeur des signes, de découvrir des aspects nouveaux de la divinité. Poussé jusqu'au bout, avec une obstination de kabbaliste, le procédé donnera les étonnantes litanies d'Esna, composées sur les noms de diverses divinités, sans doute au Ier siècle de notre ère, pour décrire leurs implications universelles.

Les dieux ne sont plus seulement dans les statues du culte. Dès que le temple lui-même est décoré, que sur ses murs sont écrits leurs noms et sont représentés tous les rites symbolisant leur existence et leur action, l'architecture même, schématisant le ciel, la terre et tout ce qu'ils renferment, est devenue vivante. C'est que la vie est l'ultime raison de la religion égyptienne, non la mort, comme on le dit trop souvent parce qu'il nous en reste surtout des tombeaux, en oubliant que ceux-ci doivent faire croire que la vie continue. De là vient la gloire d'Osiris, le prédécesseur, qui signifiait que toujours tout recommence. Le hiéroglyphe de la vie est sans aucun doute la plus fréquente de toutes les inscriptions égyptiennes. Il représente une vertèbre de bovin : la moelle, croyait-on, produit le sperme.

Note

1. Trad. S. Sauneron. Jean Yoyotte, « La naissance du monde selon l'Égypte ancienne », *La Naissance du monde*, Sources orientales, t. I. Paris, Le Seuil, 1959, p. 63.

Le « panthéon » égyptien

Pierre Grandet

Amon

Figuré comme un homme portant sur la tête un mortier à double plume, dieu local de Karnak, Amon forme une « famille divine » avec la déesse Mout et le dieu Khonsou, dont les temples avoisinent le sien.

Rien n'est connu de lui avant le Moyen Empire, où il devient le dieu de l'État par association à Rê (Amon-Rê).

Dans la théologie du Nouvel Empire, il prête son nom au dieu solaire unique, dont les autres dieux sont les manifestations, notamment Ptah de Memphis, qui en est la substance, et Rê d'Héliopolis, qui en est l'apparence, et avec lesquels il constitue la « triade d'État » ramesside.

Anubis

Figuré comme un chien couché ou un homme à tête de chien, dieu des nécropoles, protecteur des morts, Anubis est probablement originaire de Moyenne-Égypte. Sa fonction procède sans doute d'une divinisation des chiens errant en Égypte aux marges du désert ou hantant les nécropoles. Dans la théologie osirienne, il invente la momification pour reconstituer le corps d'Osiris démembré par Seth, et procède à sa purification. Il préside de ce fait à la momification et à la purification de tous les défunts qu'il conduit au jugement des morts, où il procède à la pesée de leur cœur en présence d'Osiris.

Aton

Figuré comme un disque solaire rayonnant, nom du soleil divinisé, Aton forme, par opposition à Amon-Rê dont l'unicité n'excluait pas sa manifestation sous forme d'autres dieux, le dieu unique et exclusif de la religion imposée à l'Égypte par Akhénaton.

Atoum

Figuré comme un homme doté des ornements royaux, aspect créateur de Rê, le soleil divinisé d'Héliopolis, Atoum passe pour avoir créé le monde sans partenaire féminin en expulsant hors de lui, par expectoration ou par masturbation, l'air (Chou) et l'humidité (Tefnout). Ceux-ci formèrent la terre (Geb) et le ciel (Nout), qui, à leur tour, donnent naissance à Osiris et Isis, Seth et Nephtys ; au total, neuf divinités formant l'« Ennéade héliopolitaine ».

Hathor

Figurée comme une femme portant sur la tête des cornes de vache encadrant le disque solaire, son nom signifie « le château d'Horus », d'où il semble qu'elle ait été à l'origine une personnification du ciel. Patronne de la musique, du chant, de la danse, de la joie, de l'ivresse, de l'amour, de la parturition, etc., elle représente la féminité divinisée.
A ce titre, toutes les déesses égyptiennes lui furent progressivement assimilées, et elle se confond souvent avec Isis. L'un de ses lieux de culte principaux fut Dendéra, en Haute-Égypte. « Mère » protectrice, elle est la patronne des Égyptiens travaillant à l'étranger, et des territoires où ils exercent leur activité (Sinaï, Byblos, Pount).

Horus

Figuré comme un dieu faucon ou un homme à tête de faucon, à l'origine, dieu local de Hiérakonpolis, en Haute-Égypte, berceau de la monarchie pharaonique, puis de la ville voisine d'Edfou, Horus est le patron des rois de la période archaïque qui en sont des incarnations, et, dans une moindre mesure, de tous les pharaons suivants qui conservent, comme premier élément de leur titulaire, un « nom d'Horus ». Dans la théologie osirienne, il est le fils et le successeur d'Osiris ; à ce titre, il symbolise le fils survivant et héritant de son père, notamment le souverain régnant.
Dans la doctrine de l'État, il incarne la Basse-Égypte par opposition à Seth, le dieu de la Haute-Égypte.

Khnoum

Figuré comme un bélier ou un homme à tête de bélier, dieu d'Éléphantine, où il forme une triade avec les déesses Satis et Anouqis, Khnoum est le patron de la première cataracte du Nil, le responsable de la crue et de la fécondité. Dieu potier, il passe pour modeler les nouveau-nés sur un tour. Outre Éléphantine, il possède de nombreux lieux de culte en Haute-Égypte, notamment Esna à l'époque romaine.

Maât

Figurée sous la forme du hiéroglyphe servant à écrire son nom (une déesse portant sur la tête une plume d'autruche), rarement vénérée comme une divinité au sens propre, Maât est avant tout un principe métaphysique : l'ordre impeccable du monde et de la société établi par le créateur, et que tout pharaon doit concourir à maintenir ou à restaurer ; le principe opposé est *iséfet*, le « désordre », l'imperfection de la réalité, procédant des faiblesses humaines, et que tout pharaon, réciproquement, doit travailler à contenir ou à anéantir.

Osiris

Figuré comme un homme momifié, coiffé d'un haut bonnet à double plume, roi et époux d'Isis, Osiris est assassiné et mis en pièces par son frère Seth.

Isis reconstitue son cadavre qui, momifié par le dieu chacal Anubis, ressuscite dans l'Au-delà. Sur terre, c'est son fils Horus qui recueille son héritage et s'oppose à Seth. Osiris est ainsi le prototype du défunt, notamment du roi mort, dont le fils et successeur est identifié à Horus. D'origines locales incertaines, il devient dès l'Ancien Empire le dieu d'Abydos, où son temple, entouré de cénotaphes et d'ex-voto, est le centre d'une croyance de salut, s'exprimant annuellement par un mystère sacré, mettant en scène sa mort et sa résurrection. Il préside dans l'Au-delà un tribunal où le défunt voit jugés les actes de son existence, conditionnant sa survie bienheureuse ou sa damnation. Il figure dans l'Ennéade d'Héliopolis, et le dieu des morts Sokar de Saqqâra en est une forme locale. Son épouse, Isis, souvent représentée en train de le pleurer avec sa compagne Nephtys, devint, par assimilation à Hathor et par sa théologie propre, une personnification de la féminité.

Ptah
Figuré comme un homme momifié, dressé dans un édicule, tenant devant lui un sceptre composite et coiffé d'un bonnet collant, dieu de Memphis dès l'aube de l'histoire, Ptah personnifie la terre émergeant du chaos lors de la Création. Créateur, à ce titre, des métaux et des minéraux, il est le patron des artisans. Il forme au Nouvel Empire une « famille divine » avec la déesse Sekhmet et le dieu Néfertoum, et est associé au dieu faucon Sokar de la nécropole de Saqqâra, forme locale d'Osiris.
Il se manifeste concrètement sous la forme du taureau Apis, enterré à Saqqâra après sa mort.
Dans le cadre de la théologie solaire et de la « triade d'État » ramesside, il est interprété comme la substance du dieu unique dont Amon-Rê de Thèbes est le nom et Rê d'Héliopolis l'apparence.

Rê
Figuré comme un faucon ou comme un homme à tête de faucon portant le disque solaire, associé très anciennement au dieu faucon Horus, Rê était probablement à l'origine le dieu local d'Héliopolis. Soleil divinisé, dieu suprême et créateur, patron de l'État et de la monarchie de l'Ancien Empire, son nom fut associé à celui des principales divinités d'Égypte à partir du Moyen Empire, notamment Amon de Thèbes, qui lui emprunta, sous le nom d'Amon-Rê, sa fonction de dieu de l'État et sa théologie. A la période ramesside, comme dieu d'Héliopolis, il manifeste l'apparence du dieu unique de la « triade d'État » dont Ptah de Memphis est la substance et Amon-Rê de Thèbes le nom.

Seth
Figuré comme un animal fantastique ou comme un homme affublé de la tête d'un animal fantastique proche de l'âne, on doit distinguer au moins deux divinités de ce nom :
1) Seth d'Ombos, au nord de Thèbes, qui symbolise la Haute-Égypte dans la doctrine de l'État (Horus symbolisant la Basse-Égypte) ;
2) un dieu de l'est du delta, adopté comme dieu dynastique par les Hyksôs, qui lui construisirent un temple à Avaris

(Tell el-Dab'a). Assimilé au Nouvel Empire au dieu asiatique Soutekh, et devenu patron de la guerre, il fut le dieu personnel des souverains de la XIXe dynastie, sans doute originaires de la région, et qui reconstruisirent son temple d'Avaris, intégré à leur résidence de Pi-Ramsès. Sa faveur décline après la XXe dynastie car, assassin d'Osiris, il est désormais considéré comme une incarnation du mal. Son nom et ses représentations sont systématiquement martelés sur les monuments anciens à partir de la XXVe dynastie.

Thot

Coiffé du disque lunaire et figuré soit comme un homme à tête d'ibis, soit comme un babouin, dieu local d'Hermopolis, en Moyenne-Égypte, Thot personnifie la lune. Par l'association de cet astre avec la mesure du temps, il est le patron du savoir, de l'écriture et de l'arithmétique : les scribes, avant d'écrire, lui font une libation, et son effigie orne les balances. A ce titre, il assume la fonction de « secrétaire » des dieux, qui enregistre les « annales » de l'histoire, fixe le destin et garantit l'équité du jugement des morts.

Le prêtre

Philippe Derchain

L'entretien des dieux requérait un personnel très variable selon l'importance du temple. Dans les plus importants, les fonctions diverses étaient remplies par autant de personnes différentes, allant des officiants qualifiés, « serviteurs du dieu » ou « pères du dieu », des chanteuses et des musiciens, jusqu'aux ouvriers chargés de la préparation des offrandes, boulangers ou bouchers, et au personnel d'entretien. On connaît également, en dehors de la hiérarchie ordinaire, un grand nombre de « prêtres spécifiques », apparemment attachés à des rituels occasionnels ou à des aspects particuliers de la divinité. Le clergé ordinaire était organisé en quatre « phylè » qui se relayaient de mois en mois, au cours des trois saisons de l'année, ce qui leur permettait de s'occuper des terres dont le revenu assurait en principe leur existence.

Le rituel journalier comprenait essentiellement un service du matin et un autre du soir, depuis l'ouverture du tabernacle contenant la statue, qui devait être parée, encensée et nourrie, jusqu'à sa fermeture, ainsi qu'une sorte de garde nocturne rythmée par les « prêtres observateurs de l'heure » qui observaient sur le toit du temple, tout au long de la nuit, le passage des étoiles.

Pendant les mois de service, les officiants étaient tenus de respecter un certain nombre de prescriptions, purifications et abstinences, dont nous connaissons le détail principalement par des inscriptions tardives et par des écrivains grecs.

De grandes fêtes propres à chaque terroir, comme la fête d'« Opet » à Thèbes ou celle de la « victoire d'Horus » à Edfou, celle de l'« institution du tour à potier » à Esna, rappelaient annuellement les moments essentiels des mythes. Elles étaient l'occasion de processions et de manifestations auxquelles la population entière participait, sous certaines conditions.

Parmi les activités « séculières » des prêtres, on retiendra entre autres l'exercice de la médecine, spécialité des « purs de Sekhmet », l'assistance magique aux gens en difficulté que prodiguaient les « porteurs du livre » ou le règlement des litiges mineurs par l'interprétation des oracles que l'on demandait à la porte des temples.

Dans les nécropoles, on trouvait des prêtres pour accomplir les cérémonies des enterrements, assurer le culte funéraire et surveiller les opérations des embaumeurs qui préparaient les cadavres pour l'éternité. Par la connaissance de l'« écriture des livres sacrés », la cursive appelée hiératique, en usage jusqu'à l'époque romaine, obligatoire pour accéder à la fonction sacerdotale, le clergé égyptien a été le principal agent de production et de transmission du savoir.

Moïse l'Égyptien ?

Mireille Hadas-Lebel

Qui a inventé le monothéisme ? Cette question a, au XIXe siècle, pris le relais du vaste problème des origines du langage et de la civilisation qui avait passionné les philosophes des Lumières. Puisque, dorénavant – croyait-on –, la raison triomphait, il fallait exercer son esprit critique sur les vieilles traditions, au premier rang desquelles figurait le texte de la Bible, et l'on ne s'en fit pas faute, en Allemagne notamment. Les nouvelles découvertes archéologiques effectuées en Égypte d'abord, puis sur les territoires des anciens empires de Sumer et d'Akkad, le déchiffrement relativement rapide des hiéroglyphes et des tablettes couvertes d'écriture cunéiforme avivaient l'espoir de remonter à une civilisation mère que le romantisme (allemand lui aussi) avait passagèrement, au tout début du XIXe siècle, cru retrouver en Inde[1] : Inde, Perse, Égypte ou Babylone, la « nuit du commencement » était toujours à chercher en Orient.

Ces nouveaux acquis de l'archéologie et de l'histoire firent aussi reculer, dans la conscience européenne, l'idée d'un Orient biblique originaire.

Voltaire déjà s'était abondamment gaussé du petit territoire désertique parcouru de tribus hébraïques semi-barbares situé à l'autre bout de la Méditerranée. L'école critique allemande de Graf et de Wellhausen (1844-1918) – elle-même inspirée des observations de Jean Astruc, médecin de Louis XV, considéré comme le fondateur de la critique biblique – s'appliqua à découper en strates chronologiques le noyau le plus sacré de la Bible, le Pentateuque (ou *Tora*), formé, selon la tradition, des « cinq livres de Moïse ». Il résultait de ces patients travaux que ces livres étaient un amalgame de textes divers, tous postérieurs à l'époque où aurait vécu leur auteur présumé (XIIIe siècle av. J.-C.), et parfois même postérieurs aux premiers prophètes et à l'exil des Hébreux à Babylone (586 av. J.-C.).

On ne pouvait donc plus voir dans la Tora l'enseignement de Moïse, et l'on en venait même à se demander si Moïse, celui qui, selon le texte sacré, avait entendu la voix divine dans le buisson ardent et rapporté du mont Sinaï les Tables de l'Alliance confiées par Dieu lui-même – en un mot, le fondateur de la religion des Hébreux dont le premier article de foi était la croyance en un Dieu unique –, avait jamais existé. Selon la nouvelle érudition, la civilisation des Hébreux se présentait, à l'image de leurs livres, comme un agrégat d'éléments empruntés aux grandes civilisations avec lesquelles ils avaient été en contact, de la Babylonie à l'Égypte. Les Hébreux avaient-ils vraiment inventé le monothéisme ? Ne l'avaient-ils pas plutôt emprunté à l'un de ces peuples voisins ?

Entre les positions radicales du croyant et les positions critiques du bibliste adepte de la « haute critique », il y avait place pour une opinion intermédiaire : il aurait bel et bien existé, au XIIIe siècle av. J.-C., sous le Nouvel Empire égyptien, un personnage nommé Moïse dont la Bible aurait préservé le souvenir légendaire. Moïse, selon le livre de l'Exode, aurait été élevé à la cour du pharaon comme un prince égyptien. Peut-être même était-il égyptien, comme le suggéraient déjà certains auteurs alexandrins par ailleurs hostiles aux Juifs (de Manéthon, au IIIe siècle av. J.-C., à Apion, au Ier siècle ap. J.-C.).

Sans aller jusqu'à cette conclusion, d'autres auteurs de l'Antiquité, juifs cette fois, comme Philon ou Flavius Josèphe, avaient proposé une étymologie égyptienne de son nom à partir du mot « *mo* » (« eau »). Les modernes pouvaient rectifier cette intuition en rattachant le nom de Moïse à *mose*/*mes*, deuxième élément de nombreux noms égyptiens : Thoutmose (Thoutmosis), Ramose (Ramses), signifiant « né de tel dieu » (dans le cas de Moïse, le nom du dieu aurait donc été omis ou sous-entendu).

Paradoxalement, l'ouvrage qui a le plus fait pour accréditer l'idée d'un Moïse égyptien qui aurait transmis aux Hébreux le monothéisme n'est dû ni à un bibliste ni à un historien, mais à Sigmund Freud, dans son *Moïse et le monothéisme*.

On a beaucoup écrit sur ce qui a poussé Freud à publier quelques mois avant sa mort, en 1939, ce « roman historique » – tel en était primitivement le sous-titre – où il défendait – non sans une certaine « *jüdische Selbsthasse* » (« haine de soi ») – la thèse d'un personnage assassiné par le peuple des Hébreux, dont il s'était voulu le père d'adoption, et auquel il aurait tenté de transmettre le message monothéiste. Tout en suivant sa propre intuition, Freud essayait de s'entourer de précautions scientifiques. Sans doute n'aurait-il jamais écrit son livre si les découvertes alors toutes récentes de Tell el-Amarna, site de l'ancienne Akhétaton, capitale égyptienne pendant une quinzaine d'années sous le règne d'Akhénaton, n'avaient tant frappé les esprits.

La religion dite « amarnienne », issue de la réforme d'Aménophis IV ou Akhénaton (vers 1350 av. J.-C.), apparaissait en effet en rupture totale avec les vieilles croyances égyptiennes. A de nombreuses divinités représentées sous une forme animale, elle substituait Aton, le disque solaire. Les noms des dieux thébains, notamment celui d'Amon-Rê, étaient martelés sur les tombeaux, les murs des temples, la pointe des obélisques ; le seul pluriel du mot « dieu » était proscrit. Aton apparaissait comme le dieu unique porteur de « lumière, vie, amour, vérité ». Il n'était entouré d'aucune légende, d'aucune mythologie. Il était donc tentant de rapprocher la religion instaurée par Akhénaton du monothéisme hébreu. Moïse était-il donc le continuateur de la religion amarnienne ?

On sait que celle-ci ne constitua qu'un intermède très bref dans l'histoire de l'Égypte, et que toutes traces de la vie et de la religion d'Akhénaton furent effacées après sa mort. Comment Moïse aurait-il pu en recueillir l'héritage, plus de cent cinquante ans après ? A moins que la doctrine n'ait été secrètement préservée et transmise, mais nous n'en avons aucune preuve. En outre, à y regarder de plus près, la religion d'Akhénaton et celle de Moïse semblent difficilement réductibles l'une à l'autre. Sans doute y a-t-il dans le culte du disque solaire un équivalent de l'exclusivisme biblique (« O toi dieu unique à côté de qui il n'en est point d'autre »), mais la ressemblance entre Aton et YHWH s'arrête là. D'ailleurs, « unique » se rencontre en Égypte à propos de diverses divinités – notamment Amon – et ne signifie pas une réelle unicité, mais une priorité et une antériorité sur les autres dieux.

Ajoutons qu'Aton est représenté sous la forme du disque solaire qui dispense ses bienfaits au moyen de ses rayons pourvus de petites mains ouvertes. Or le second des dix commandements bibliques interdit d'adorer toute image « de ce qui est dans les cieux en haut, ou de ce qui est sur la terre en bas, ou de ce qui est dans les eaux sous la terre » (Exode XX, 4), atteignant ainsi d'emblée un degré d'abstraction qui fut bien difficile à respecter par les Hébreux eux-mêmes. Il y avait enfin un lien étroit, filial, entre Akhénaton et son dieu : chaque matin, le disque solaire se produisait lui-même et enfantait au moyen de ses rayons sa propre image qui était le roi. Akhénaton se regardait donc comme l'incarnation d'Aton et avait même des prêtres de son culte : en cela, il ne différait guère des autres pharaons qui se disaient divins.

Cependant, bien avant les découvertes de Tell el-Amarna, et sans référence précise au culte d'Aton, des égyptologues avaient émis l'idée d'un monothéisme égyptien plus ou moins voilé sous des apparences polythéistes ; ce fut même la thèse dominante au XIXe siècle depuis Champollion, et on la trouve encore fréquemment reprise au XXe siècle : il semblait que les Égyptiens de la XVIIIe dynastie avaient atteint une conception élevée de la divinité, proche du monothéisme. Une grande partie de l'école égyptologique française affirmait du moins le monothéisme de l'élite[2].

Aujourd'hui, le problème des origines du monothéisme n'est pas résolu, et la question se pose toujours de savoir s'il est né en Égypte. Beaucoup d'égyptologues s'accordent à constater une mutation de la pensée et une crise de la conception polythéiste du monde à l'époque du Nouvel Empire où Amon-Rê est à l'honneur : la réflexion sur l'unicité du soleil et son éloignement aurait produit une théologie de type monothéiste, bien qu'encore entachée de mythologie.

Amon est invisible, transcendant (« l'un qui se fait millions »), créateur et conservateur du monde, et il ajoute une dimension éthique à la dimension cosmique : tel est le portrait que l'on a cru pouvoir dégager des textes ramessides[3], mais l'on sait que la religion égyptienne n'a pas poursuivi dans cette voie. Ces mêmes égyptologues se préoccupent généralement peu de Moïse que leurs sources ne mentionnent pas. Néanmoins, ils laissent parfois entendre que le Moïse de la Bible a réussi là où Akhénaton ou les prêtres d'Amon-Rê ont échoué.

Notes

1. Cf. Roger-Pol Droit, *L'Oubli de l'Inde, une amnésie philosophique*, Paris, PUF, 1989.

2. É. Drioton, « Le monothéisme de l'ancienne Égypte », *Cahiers d'histoire égyptienne*, janvier 1949, p. 149, et J. Vandier, *La Religion égyptienne*, Paris, 1944.

3. Ph. Derchain, « Encore le monothéisme », *Chronique d'Égypte*, 1988, LXII, fasc. 125.

2

Le pharaon, la politique et la guerre

Le pharaon bâtisseur

Pierre Grandet

Pyramides de Gîza ou de Saqqâra, temples de Karnak ou de Louqsor, d'Abydos ou d'Abou-Simbel… Les monuments qui attirent chaque année, sur les rives du Nil, des milliers de visiteurs représentent, sans conteste, l'une des manifestations les plus éclatantes du « miracle égyptien ». Leur nombre, leur fabuleuse antiquité, le gigantisme de leurs proportions, le caractère étonnant de leur réalisation, en une ère réputée « primitive » de l'histoire de l'humanité, provoquent une admiration légitime et suscitent d'innombrables questions. Encore ne représentent-ils qu'une infime partie de ceux qui furent produits par la civilisation pharaonique : beaucoup ont disparu au cours des millénaires ou ne sont plus connus que par des ruines informes.

De ces monuments, ce sont les rois d'Égypte qui furent les maîtres d'œuvre exclusifs. C'est dire combien l'expression « pharaon bâtisseur », au fond, relève du pléonasme. Du plus illustre au plus obscur, les quelque quatre cents souverains qui régnèrent sur l'Égypte, de la Préhistoire à la conquête d'Alexandre (332 av. J.-C.), furent tous des « bâtisseurs », chacun à sa manière ou selon ses moyens [1]. Ce n'est qu'une différence d'échelle qui oppose, par exemple, les réalisations de Ramsès II (1279-1212 av. J.-C.), qui marquent encore aujourd'hui le paysage d'Égypte, à celles, très modestes, et depuis longtemps disparues, de tel obscur souverain de la Deuxième Période intermédiaire (1781-1550 av. J.-C.). Mais le principe qui les avait inspirées était identique : construire était, pour le roi d'Égypte, l'un des devoirs de sa fonction, et un devoir dont il était seul, en principe, à pouvoir s'acquitter.

Nul ne peut ignorer combien la construction de monuments publics est universellement et intimement liée à l'exercice du pouvoir. Ainsi, le fait que les pharaons eussent été des rois suffit à expliquer leur vocation à être des bâtisseurs. Mais c'est la conception qu'ils avaient de leur pouvoir qui leur faisait, de cette vocation, une obligation et une responsabilité exclusives. Dans l'Égypte ancienne, en effet, le pouvoir royal était un attribut du créateur du monde, le dieu-soleil Rê (*cf.* « *Le "panthéon" égyptien* »). Ce pouvoir était transmis par héritage à chaque souverain, pour le temps de son règne, par son père et prédécesseur, à travers une lignée de rois remontant jusqu'à ce dieu suprême, de manière théoriquement ininterrompue. D'essence divine, ce pouvoir était donc absolu et ne pouvait se partager. Il conférait à chaque pharaon, « fils » de Rê et substitut de celui-ci sur terre, une responsabilité absolue : celle d'acteur unique de l'« histoire », conçue, en termes égyptiens, comme un combat perpétuel pour la sauvegarde de l'ordre idéal du monde et de la société, établi par le créateur, contre le désordre de la réalité, né des faiblesses humaines, qui menaçait sans cesse de l'abolir[2].

Une telle conception interdisait, dans l'exercice du pouvoir, toute distinction de principe entre des actes que nous dirions « politiques » et d'autres qui seraient « religieux ». Au même titre par exemple que la guerre, qui protégeait la création (l'Égypte) du désordre alentour, tout acte de bâtir était, pour le pharaon, un épisode victorieux de son combat solitaire contre les forces du chaos. En édifiant des temples pour les dieux, aux fins de leur consacrer des offrandes réputées les « satisfaire », le roi empêchait que, dans leur colère, ces dieux, dont on croyait qu'ils venaient du ciel chaque jour s'incarner sur terre dans leurs statues de culte, n'abandonnent à elle-même la société humaine. Et comme les défunts comptaient au rang des dieux, il lui fallait aussi construire pour eux des tombes. Comme dans les temples, une statue de culte, ici aux traits du mort divinisé, disposée dans la chapelle associée à toute tombe égyptienne, servait de reposoir à l'esprit du défunt, qui quittait au matin son cadavre pour le réintégrer au soir. Et il était de la responsabilité du roi de garantir à cette statue, du moins symboliquement, une consécration perpétuelle d'offrandes, sous peine que le mort, lui aussi, ne fût « insatisfait ». Ce principe valait, en particulier, pour la sépulture royale. C'est pourquoi l'ensemble des monuments égyptiens – ceux, du moins, qui avaient vocation à durer, et qui, comme tels, étaient bâtis en pierre – ne se répartit, en règle générale, qu'entre ces deux catégories : les temples et les tombes.

Toutefois, circonscrite dans ce cadre, l'activité architecturale des pharaons évolua sensiblement, dans ses formes et ses tendances, tout au long de l'histoire de l'Égypte pharaonique. Durant l'Ancien Empire (2720-1300 av. J.-C.), les rois bâtirent essentiellement leurs propres sépultures. Du moins, les temples de cette époque sont mal connus et ne semblent pas avoir fait, en règle générale, l'objet de grands travaux. Le culte des dieux, quoique sans doute supervisé par le pouvoir royal, demeurait alors dans l'ensemble une affaire locale. Mais, après les deux premières dynasties, la tombe du pharaon, jusque-là édifiée en Abydos, le fut à Saqqâra, nécropole de Memphis, et en des sites voisins, de Dahshour à Gîza (*cf. carte, « Capitales et sanctuaires de l'Égypte ancienne »*).

Le complexe funéraire de Djéser, qui date de la IIIe dynastie (2686-2613 av. J.-C.), est l'exemple le plus précoce et le plus formidable des constructions de cette époque. En effet, tout en conservant les principaux traits des sépultures royales archaïques, cette première et gigantesque réalisation de pierre de l'histoire égyptienne, attribuée à l'architecte Imhotep, présentait en germe tous les éléments de l'architecture à venir. On y trouvait une pyramide à degrés, à l'origine des pyramides régulières des époques suivantes ; la transposition en pierre de supports végétaux, à l'origine des colonnes égyptiennes, et celle, analogue, des cabanes de roseaux et des huttes de briques qui avaient servi de premiers temples aux dieux, et qui inspirera la forme de tous ceux à venir. Enclos dans une enceinte bastionnée imitant le décor extérieur, en « façade de palais », des mastabas[3] de briques, ce complexe apparaissait de l'extérieur comme une gigantesque tombe. La pyramide qui en émergeait représentait peut-être le tumulus qui, dissimulé dans le massif de ces tombes, obstruait l'accès au caveau. Dans cette enceinte se trouvaient, au nord, un temple funéraire et, au sud, le simulacre d'installations propres à un palais royal. En particulier, une cour bordée des chapelles où l'on rassemblait les principales divinités du pays lors du couronnement du roi ou lors de la « fête-sed » (son renouvellement après trente années de règne), et une esplanade où le roi accomplissait, en ces occasions, une course marquant symboliquement sa domination sur le territoire du pays.

La IVe dynastie (2600-2475 av. J.-C.) fut une période de recherches et d'expérimentations architecturales qui expliquent le gigantisme et le caractère singulier des tombes de Khéops, de Khéphren et de Mykérinos. En effet, la tombe royale connaît alors d'importantes mutations, inspirées par le développement de la religion solaire. Sise dans une enceinte, où se dressent parfois de petites pyramides de reine et des pyramides dites « satellites », dont la fonction n'est pas élucidée, sa superstructure adopte la forme d'une pyramide régulière, image du tertre d'où le soleil s'était élevé au ciel lors de la création. A cet ensemble, édifié sur le plateau désertique qui surplombe la vallée du Nil, est associé, à l'est, un temple funéraire qu'une chaussée couverte joint à un temple d'« accueil », en bas dans la vallée, sur le bord d'un canal. Non loin, une agglomération, dite « ville de pyramide », héberge les desservants du culte, tandis qu'une nécropole regroupe autour de la tombe du roi celles de ses courtisans, de ses fonctionnaires et des membres de sa famille. A l'est et à l'ouest de la pyramide de Khéops, on peut encore voir aujourd'hui ces immenses nécropoles, composées de mastabas impeccablement ordonnés selon un plan en damier.

Puis, après la IVe dynastie, le complexe funéraire royal assume une forme plus modeste, et bientôt classique. Le plan du temple funéraire est à peu près toujours le même : de la chaussée d'accès, une longue salle voûtée permet d'accéder à une cour d'offrande péristyle[4] avec, en face de l'entrée, des niches pour cinq statues du roi. De la cour, un long couloir donne accès à une partie interne comprenant, outre des magasins, cinq autres niches et une stèle fausse-porte, devant laquelle est célébré le culte funéraire. Durant la Ve dynastie (2475-2345 av. J.-C.), ces complexes funéraires furent parfois complétés par des temples solaires, sous forme de monuments distincts, composés d'une cour à ciel ouvert contenant un autel, placé devant un gigantesque obélisque maçonné. Ces édifices, dont on suppose qu'ils reproduisaient l'apparence du sanctuaire primitif du dieu-soleil Rê d'Héliopolis, marquaient l'identification du roi défunt à cette divinité.

A la fin de l'Ancien Empire débute une Première Période intermédiaire (2195-2065 av. J.-C.). L'État centralisé se défait en une série de principautés, dont les chefs se combattent, avant que ceux de Thèbes ne reconstituent l'unité du pays, fondant alors le Moyen Empire. Deux dynasties, la XIe (2160-1994 av. J.-C.) et la XIIe (1994-1781 av. J.-C.), regroupent les rois de cette période. Ceux de la première se firent enterrer à Thèbes. C'est ainsi que Montouhotep II construisit à Deîr el-Baharî un temple funéraire à terrasses et portiques, dont l'architecture inspirerait plus tard celui d'Hatchepsout. A la dynastie suivante, cependant, le pouvoir royal s'établit de nouveau dans la région de Memphis, et reprit à son compte la tradition de la sépulture royale de l'Ancien Empire. Les pyramides que les rois de la XIIe dynastie se firent édifier, entre Memphis et le Fayoûm (*cf. carte*), comprennent ainsi tous les éléments associés aux complexes funéraires de l'époque antérieure, soit, comme nous l'avons vu, un temple d'accueil, une chaussée, un temple funéraire, des tombes de courtisans et une ville de pyramide.

Pour la XIIe dynastie, il est également possible de déduire, malgré la rareté des vestiges, une activité importante dans le domaine de la construction de temples : on observe, à cette époque, la construction, dans divers centres du pays (à Médînet Mâdi, Médamoûd et Tôd), d'une série de sanctuaires, de forme très simple, et dont le style vise à l'uniformité. Leur édification fut sans doute le fruit d'un projet global, à lier au regroupement contemporain, dans le cadre de la religion d'État, des dieux égyptiens en un panthéon « national » par leur commune assimilation à Rê, patron de la monarchie de l'Ancien Empire. Amon, dieu de Thèbes, devint, sous la forme d'Amon-Rê, le dieu principal de l'État, et c'est alors qu'on édifia pour lui le premier sanctuaire de Karnak (*cf. plan*).

A la fin du Moyen Empire, l'Égypte connut une nouvelle dissolution de l'État, puis le joug temporaire de souverains d'origine étrangère, les Hyksôs, issus de populations syro-palestiniennes installées dans l'est du Delta par les souverains de la XIIe dynastie. Mais, à l'issue de cette Deuxième Période intermédiaire (1781-1550 av. J.-C.), ce fut pour la seconde fois une lignée thébaine, la XVIIe dynastie (1650-1550 av. J.-C.), qui restaura la monarchie, fondant alors le Nouvel Empire (1550-1069 av. J.-C.). Fait capital, les premiers rois de la dynastie suivante conquirent en peu de temps de vastes territoires en Asie, entraînant l'émergence, dans les milieux érudits thébains, d'une conception du monde plus large que celle qui, jusque-là, avait réduit l'univers à l'Égypte. Simultanément, un courant de réflexion se développa, visant à une définition nouvelle, absolue, du divin. Sous le nom du dieu de l'État Amon-Rê, le Soleil divinisé, créateur du monde, se vit progressivement conférer les attributs d'un dieu unique et souverain, dont on conçut bientôt qu'il pût exprimer, jusque dans le choix des rois, sa volonté par des oracles, et dont les dieux traditionnels pouvaient passer pour les manifestations particulières, ce qui permit de conserver à la religion sa forme polythéiste et ses traditions locales.

Cette évolution des conceptions religieuses entraîna de substantielles modifications dans la forme et le décor des temples, désormais surchargés de symboles solaires. Précédé d'un pylône[5] représentant l'horizon, leur axe figurait, selon qu'ils s'ouvraient vers l'est ou vers l'ouest, le trajet du soleil du jour à la nuit ou de la nuit au jour. Le passage graduel de la lumière à l'obscurité, ménagé par une succession de cours et de salles à colonnes diversement agencées, conduisait au naos[6] contenant la statue de la divinité.

Ce point figurait l'extrémité du monde, où terre et ciel se rejoignent dans les ténèbres du crépuscule ou de l'aube. Jusque-là essentiellement conçu comme la résidence terrestre du dieu dont il abritait la statue, le temple devint ainsi un microcosme sacré au sein du monde profane, où se jouait le mystère d'une création quotidiennement renouvelée. Son sol était la terre, son toit était le ciel, et les colonnes de ses hypostyles[7], les étais séparant l'un de l'autre, tandis que les assises ondulées de l'enceinte de briques qui délimitait son emprise figuraient l'ondulation de l'océan séparant, aux

Karnak, l'enceinte d'Amon

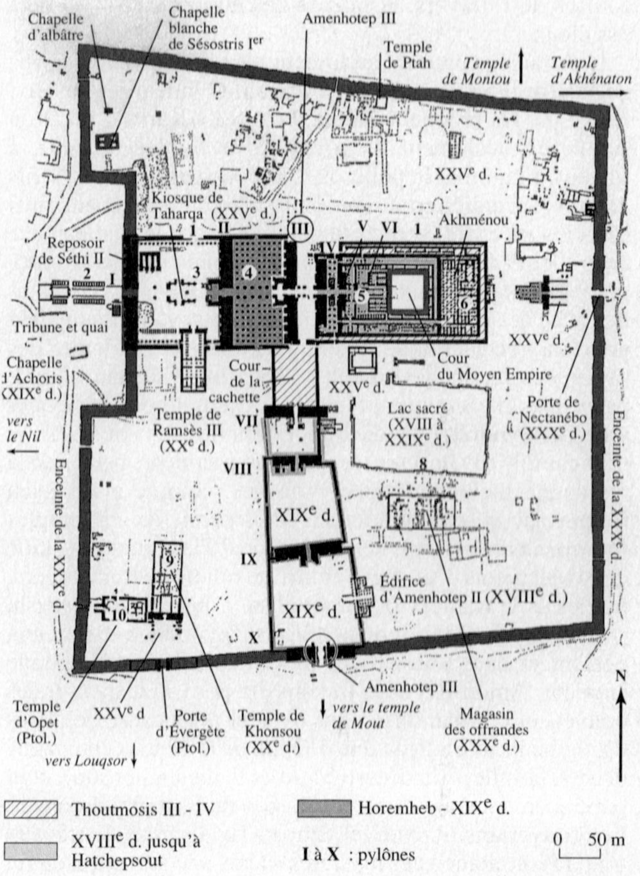

Commencé au début du IIe millénaire av. J.-C., l'ensemble architectural de Karnak est constitué de trois enceintes (celles d'Amon, de Mout et de Montou). Tous les pharaons, ou presque, ont travaillé à son embellissement. Les principaux édifices se trouvent à l'intérieur de l'enceinte d'Amon. Le grand temple d'Amon (1), d'abord. D'est en ouest, l'allée de sphinx (2) qui relie le débarcadère au temple, la première cour (3), la salle hypostyle (4), édifiée par Ramsès Ier et Horemheb, et décorée sous Séthi Ier et Ramsès II. Au-delà se trouvent le sanctuaire de granit (5) destiné aux barques sacrées et le temple jubilaire de Thoutmosis III ou Akhménou (6). Au nord, se trouve le temple de Ptah (7), au sud, le grand lac sacré (8), le temple du dieu fils Khonsou (9) et celui de la déesse-mère Opet (10).

confins de l'univers, le monde des humains de l'Au-delà des dieux.

Les transformations architecturales des temples divins gagnèrent progressivement les temples funéraires royaux. Alors que les premiers étaient localisés à Karnak, point où sur terre, idéalement, le soleil se levait, les seconds, à Thèbes, figurèrent le point où il se couchait. Les rois, « fils de Rê », assimilés après leur mort à Amon-Rê, étaient ainsi associés au cycle éternel du soleil. Malgré leur apparence nouvelle, et bien qu'ils fussent désormais dissociés topographiquement de la tombe royale, creusée quant à elle dans la Vallée des Rois, les temples funéraires royaux assumaient une fonction identique à celle des chapelles de culte des pyramides des époques révolues. Dans leur enceinte se groupaient des maisons de prêtres, à l'exemple des anciennes villes de pyramide, tandis que les tombes des courtisans et de la famille royale, creusées dans les premières pentes de la montagne thébaine, étaient voisines, comme à l'Ancien Empire, de la sépulture du roi[8]. Les parois de ces temples fournissaient, en outre, un support idéal à la commémoration des événements d'un règne ; ainsi les reliefs du Ramesseum, par lesquels Ramsès II immortalisa la bataille de Qadesh.

Les transformations de la religion égyptienne se reflètent également dans un « urbanisme sacré » d'une très grande ampleur. Amon-Rê, nous l'avons dit, pouvait dispenser des oracles, et ces manifestations avaient pour cadre des fêtes d'origine locale, telle la fête d'Opet, où le dieu, accompagné de sa « famille » (la déesse Mout et le dieu Khonsou), était publiquement conduit en procession de Karnak à Louqsor. Les souverains du Nouvel Empire rivalisèrent de travaux afin de consacrer à ces mystères sacrés une scène qui en fût digne. Des avenues bordées de sphinx[9], pourvues à intervalles de reposoirs pour les barques où l'on transportait les divinités, relièrent les temples de Karnak entre eux, et ceux-ci à Louqsor.

Sous le Nouvel Empire, le règne d'Amenhotep III (1387-1350 av. J.-C.) fut sans conteste l'un des moments majeurs de l'activité architecturale des pharaons[10]. Le roi bénéficia d'un règne long et paisible, de ressources immenses et de compétences remarquables, dont celles de l'architecte Amenhotep fils de Hapou, plus tard divinisé à l'égal d'Imhotep. Il fit édifier à Thèbes le temple de Louqsor, à Karnak ceux de Montou et de Mout et, sur la rive gauche du Nil, un temple funéraire immense, dont ne subsistent que les colosses de Memnon, ces gigantesques statues monolithes de près de vingt mètres de haut et de plus de sept cents tonnes, qui jadis marquaient son entrée. Ces temples et ceux d'autres lieux d'Égypte, ou de Nubie soudanaise, furent ornés par le roi de plus d'un millier de statues, dont environ sept cent cinquante à la seule effigie de la déesse-lionne Sekhmet, déesse des maladies dont ces statues servaient à conjurer l'action dangereuse par des rituels appropriés.

Le règne d'Akhénaton (1350-1333 av. J.-C.) interrompit, pour une vingtaine d'années, les travaux commencés à Karnak par ses prédécesseurs, et cette rupture illustre significativement les rapports qui unissaient l'architecture à l'évolution intellectuelle et religieuse de l'Égypte ancienne. En effet, Akhénaton édicta durant son règne une réforme religieuse radicale, monothéiste, excluant l'existence de tout autre dieu que le Soleil, rebaptisé Aton. Les cultes traditionnels furent proscrits, leurs monuments laissés à l'abandon, et les noms des dieux auxquels ils s'adressaient effacés partout où on put les atteindre. Cependant, en l'honneur de son dieu, le roi fit mener à bien, en moins de vingt ans, de formidables travaux. A Karnak, il construisit plusieurs sanctuaires d'Aton. A Amarna, en Moyenne-Égypte, il fit ensuite surgir du désert sa capitale Akhétaton, dont le centre était occupé par un temple de 210 mètres de long en son axe, enclos au sein d'une esplanade de 17 hectares, couverte de plus de deux mille tables d'offrandes. De ces monuments, presque rien ne subsiste aujourd'hui. Exécutés en petits blocs de grès, dits « talatates », ils furent démantelés après la mort de leur fondateur, dont la religion fut réprouvée et la mémoire proscrite. Leurs matériaux servirent à ses successeurs pour de nouveaux travaux.

Après Akhénaton, s'ouvre la période dite ramesside, qui regroupe les XIXe (1291-1185 av. J.-C.) et XXe (1185-1069 av. J.-C.) dynasties. La religion d'État reprit et approfondit les conceptions que le souverain hérétique avait cru abolir. La volonté d'Amon-Rê, devenu « roi des dieux », expliqua désormais le cours de toute histoire humaine. De même que seuls les dévots d'Amon s'épargneraient les coups du destin, seuls les pharaons pieux connaîtraient un règne glorieux. Prescrits par l'expression officielle de cette nécessaire piété, de grands travaux embellirent de nouveau Karnak ; c'est de cette époque que date l'érection, entre Horemheb et Ramsès II, de l'immense salle hypostyle du temple d'Amon. Mais ces travaux s'étendirent aussi à la plupart des temples du pays, voire hors de ses frontières. Au cours de son seul règne, Ramsès II, dont les cartouches[11] sont pratiquement gravés sur tous les monuments d'Égypte, fit construire neuf temples en Nubie. Et, à la fin du Nouvel Empire, Ramsès III (1184-1153 av. J.-C.) conduisit des travaux dans une centaine de localités. Par de tels travaux, qui s'adressaient aux divinités les plus diverses, mais conçues comme autant de manifestations de la divinité suprême, on ne concourait pas moins à sa satisfaction qu'en travaillant à embellir la Thèbes d'Amon-Rê.

Cependant, des considérations politiques et religieuses entraînèrent progressivement une hiérarchisation de ces manifestations divines. Ainsi, à partir de la XIXe dynastie, se constitua une « triade d'État » comprenant les dieux des trois villes principales du pays, Amon de Thèbes, Rê d'Héliopolis, et Ptah de Memphis qui représentaient les trois aspects fondamentaux de la divinité suprême : son nom (Amon), son aspect (Rê, le soleil) et sa substance (Ptah, l'Univers créé). A ces trois aspects, les souverains ramessides consacrèrent, dans ces trois villes, des temples de proportions comparables, mais dont seul celui d'Amon à Karnak subsiste encore aujourd'hui.

Durant la Basse Époque (1069-332 av. J.-C.)[12] qui succède au Nouvel Empire, le pouvoir royal eut désormais son siège dans le delta du Nil. Cette circonstance entraîna à Tanis, nouvelle résidence des rois des XXIe (1069-945 av. J.-C.) et XXIIe (945-718 av. J.-C.) dynasties, la construction d'une réplique des sanctuaires de Thèbes[13] : groupés autour d'un vaste temple d'Amon, plusieurs édifices furent voués, comme à Karnak, à Mout et à Khonsou, tandis qu'à l'extrême sud du site un sanctuaire isolé reproduisait peut-être le temple de Louqsor. Cette étonnante entreprise de construction procéda d'une entreprise de destruction non moins étonnante, puisque toute une ville y disparut. En effet, les matériaux qui servirent à la construction de ces temples provinrent du démantèlement de ceux de Pi-Ramsès, qui avait été la résidence des souverains ramessides.

Fixés dans le delta, les souverains de la Basse Époque abandonnèrent comme lieu de sépulture la nécropole de Thèbes, et l'une de leurs principales innovations fut de faire disposer, en conséquence, leurs tombes dans l'enceinte du temple principal de la ville qui leur servait de capitale. L'archéologue français Pierre Montet découvrit ainsi, en 1939, dans l'enceinte du temple d'Amon de Tanis, les tombes (presque) inviolées des rois des XXIe et XXIIe dynasties ; mais, s'il est probable que d'autres pharaons d'autres dynasties de la Basse Époque observèrent cette coutume, on n'a qu'un frêle espoir d'en voir apportée un jour la preuve archéologique tant leurs capitales sont aujourd'hui ruinées. De l'œuvre architecturale des autres souverains de la Basse Époque, presque rien n'est connu, hormis celle de Nectanébo Ier (380-362 av. J.-C.), de la XXXe dynastie (380-342 av. J.-C.), l'un des derniers rois indépendants d'Égypte : c'est lui qui dota Karnak de son premier pylône, le ceignit de son enceinte actuelle et fut le principal maître d'œuvre des allées de sphinx joignant Karnak à Louqsor.

Souverains absolus, les pharaons disposaient en théorie, pour édifier ces gigantesques monuments, de ressources illimitées. Le « miracle égyptien » fut aussi l'organisation et la gestion de chantiers immenses, comprenant des milliers d'hommes, auxquels il fallait fixer des tâches et qu'il fallait nourrir. Saluons ici l'exploit des scribes qui inventèrent l'arithmétique pour calculer, non seulement le volume d'une pyramide ou l'angle de sa pente, mais aussi les quantités de grain nécessaires à l'approvisionnement de ceux qui la construisaient… Saluons aussi l'exploit d'architectes qui surent compenser le caractère rudimentaire de leur technologie par la disposition de vastes ressources humaines et une ingéniosité étonnante. Des rampes de briques remplacèrent les moyens de levage qu'ils ne possédaient pas ; l'usage de traîneaux et de glissières d'argile permit le déplacement des blocs les plus lourds. Tassé dans des caissons de briques, le sable du désert forma la plus solide assise aux fondations des monuments…

Si l'activité de construction est souvent aujourd'hui encore, comme dans l'Égypte ancienne, un acte de pouvoir, du moins possède-t-elle généralement une finalité sociale, une utilité directement perceptibles. Quelles furent donc la finalité sociale et l'utilité qu'il y eut à accumuler, pour la simple protection d'une dépouille mortelle, les quelque deux millions et demi de blocs de pierre qui servirent à la construction de la pyramide de Khéops ? On peut avancer deux réponses. Tout d'abord, la construction des pyramides de l'Ancien Empire, loin d'être une débauche inutile d'énergie, eut un effet déterminant sur le développement ultérieur de la civilisation égyptienne : par la mobilisation et la concentration, sous l'égide du pouvoir, d'un grand nombre d'artisans et de scribes collaborant à un projet commun, elle assura le développement et la diffusion des connaissances techniques.

D'autre part, la construction d'un monument, dans l'Égypte ancienne, s'accompagnait toujours de la création, par le roi qui l'avait fait bâtir, de la fondation d'un domaine inaliénable, formant à perpétuité une institution autonome, vouée à son service, et comprenant, outre des prêtres, des terres et des travailleurs. Et ce n'est qu'à leur appartenance à cette institution que ces prêtres et ces travailleurs devaient leur subsistance et celle de leurs familles : les uns par la jouissance, qui leur était reconnue, d'une partie de leur production ; les autres par la disposition des surplus de cette production, une fois prélevée la part qui en revenait à la consécration d'offrandes.

On comprend mieux, dans cette perspective, la finalité sociale et l'utilité des immenses constructions pharaoniques. Lorsqu'on songe ainsi qu'un souverain d'importance moyenne, comme Ramsès III, donna au cours de son règne, au domaine d'Amon de Thèbes, 86 486 personnes (dont 62 626 pour son seul temple funéraire de Médînet Habou), et 2 400 km^2 de terres [14], on conçoit qu'une grande partie de la population de l'Égypte ancienne ne dut simplement de survivre qu'à la construction, par ses rois, de ces monuments qui éveillent encore aujourd'hui, pour des raisons tout autres, l'admiration des foules.

Notes

1. Aux pharaons, au sens strict, il faudrait d'ailleurs ajouter les souverains grecs et les empereurs romains qui construisirent après eux, à l'usage de leurs sujets égyptiens, des temples de style pharaonique, où ils se firent représenter comme des pharaons.

2. Cf. J. Assmann, *Der König als Sonnenpriester*, Glückstadt, Hambourg, New York, 1970.

3. Mastaba : d'un terme arabe signifiant « banquette maçonnée », nom donné aux tombes égyptiennes de l'Ancien Empire comprenant, au-dessus d'un caveau ménagé dans le sol, une superstructure en forme de pyramide tronquée de section rectangulaire, contenant une chapelle pour le culte du défunt.

4. Péristyle (nom ou adjectif) : cour entourée d'un portique à colonnes.

5. Pylône : façade monumentale des temples égyptiens, formée de deux môles en forme de mastaba encadrant une porte. Au temple de Ramsès III, à Médînet Habou, la hauteur de chaque môle représente les trois quarts de la longueur de la base inférieure, et équivaut à celle de la base supérieure.

6. Naos : en archéologie égyptienne, chapelle de bois ou de pierre sise dans le sanctuaire du temple et contenant la statue du dieu.

7. Hypostyle (nom ou adjectif) : salle dont le plafond est supporté par des colonnes.

8. Après le règne d'Akhénaton, ces tombes seront dissociées de la sépulture du roi mort, à Thèbes, pour se regrouper à Saqqâra, près de la résidence du roi vivant.

9. Sphinx : statue représentant un animal couché (lion, bélier) ou associant une tête humaine au corps de cet animal.

10. Cf. le catalogue de l'exposition *Aménophis III, le pharaon-soleil*, Paris RMN, 1993.

11. Cartouche (masc.) : boucle de corde en forme d'ellipse aplatie, dotée à l'une de ses extrémités d'un appendice en forme

de ligne tangentielle. Disposé verticalement ou horizontalement, il sert à encadrer, dans l'écriture hiéroglyphique, les noms des pharaons.

12. Le terme « Basse Époque » englobe parfois la Troisième Période intermédiaire (1069-664 av. J.-C.), cf. Chronologie en fin d'ouvrage.

13. Cf. Jean Yoyotte, « La capitale oubliée », *L'Histoire*, n° 99.

14. Papyrus Harris I, pl. 10-11.

Les pharaons

Pierre Grandet

Sésostris III
1881-1842 av. J.-C.
Cinquième roi de la XIIe dynastie, imposant à l'Égypte un système d'administration centralisée, Sésostris III construit de nombreux monuments dont sa pyramide de Dahshour. En Asie, il fait campagne contre Sichem (Naplouse), mais le principal événement de son règne est la conquête de la Nubie et l'achèvement de la construction sur quatre cents kilomètres (de la première cataracte à Semma, en amont de la deuxième cataracte) d'une ligne de forts qui protègent l'Égypte des Nubiens. Déifié, Sésostris III sera considéré au Nouvel Empire comme le patron de la Nubie égyptienne.

Thoutmosis III
1479-1425 av. J.-C.
Sixième roi de la XVIIIe dynastie. Roi en 1479 av. J.-C., le pouvoir effectif lui sera confisqué jusqu'à l'an 22 (1458 av. J.-C.) par Hatchepsout, l'épouse de son père, qui assume d'abord la régence en son nom puis se proclame co-roi. Il cherchera à en effacer le souvenir en martelant son nom des monuments qu'elle avait fait construire. Le règne effectif de Thoutmosis III est marqué par une grande activité architecturale dont cependant peu de vestiges subsistent, sauf à Karnak, où il remodèle le centre du temple d'Amon et fait construire la salle jubilaire *Akh-Ménou*. En Nubie, il fixe la frontière de l'Égypte à Napata, sur la quatrième cataracte. Mais, surtout, Thoutmosis mène la guerre en Asie entre l'an 22 et l'an 42 (1458-1416 av. J.-C.), au cours de dix-sept campagnes. Brisant à la bataille de Mégiddo, lors de sa pre-

mière campagne (an 22), la puissance politique de Qadesh, qui s'exerçait jusqu'en Palestine, puis celle de Tounip, en Syrie, lors de la cinquième campagne (an 29), il complète la conquête du Liban et de sa plaine côtière, où il établit des ports militaires (sixième et septième campagnes, en 30-32). Toutes ces opérations ne forment que le préalable à la plus importante campagne du règne, la huitième (an 33), dirigée contre le Mitanni, en Haute-Mésopotamie. De la côte du Liban, une série de combats sur l'Oronte et autour d'Alep conduisent les troupes égyptiennes jusqu'à Qarqémish. L'Euphrate est franchi et Pharaon fait ériger sur la rive est du fleuve une stèle frontière. L'événement aura de grandes répercussions politiques et psychologiques : l'Assyrie, Babylone et le Hatti enverront des présents au roi pour se le concilier, et plusieurs officiers égyptiens auront à cœur de rappeler dans les inscriptions de leurs tombes qu'ils avaient participé à cette glorieuse aventure. Les autres campagnes militaires de Thoutmosis III ne seront que des tournées d'inspection ou des opérations ponctuelles visant à consolider la conquête.

Aménophis IV-Akhénaton
1350-1333 av. J.-C.

Fils d'Aménophis III, dixième roi de la XVIIIe dynastie. Dès le début du règne, il impose à ses sujets une nouvelle forme de religion solaire, dont le dieu unique, Aton, exclut l'existence des dieux traditionnels.

Résidant à Thèbes jusqu'en l'an 5 (1345 av. J.-C.), il y fait construire de nombreux temples dédiés au nouveau dieu, dont l'immense *Gempaiten*, à Karnak-Est. Après cette date, il change son nom en Akhénaton (« celui qui est utile à Aton ») et fait construire en Moyenne-Égypte, pour lui servir de capitale, une ville nouvelle consacrée à son dieu, Akhétaton (Tell el-Amarna). Sa réforme s'accompagne dès lors d'un rigorisme qui conduit au martelage des noms d'Amon et des dieux traditionnels sur les monuments anciens, et lui fait négliger la politique extérieure. Il laisse ainsi les Hittites, conduits par Souppilouliouma, conquérir plusieurs de ses possessions asiatiques. La religion d'Akhénaton et son absolutisme politique furent détestés des Égyptiens.

Dès la première année du règne de son successeur, Toutânkhamon, la religion ancienne fut restaurée. Les monuments de l'atonisme seront systématiquement démantelés à partir du règne d'Horemheb (1319-1291 av. J.-C.). A la XIXe dynastie, la légitimité d'Akhénaton et des successeurs directs sera officiellement niée (on fera d'Horemheb le successeur d'Aménophis III), et le roi sera parfois désigné comme « ce criminel d'Akhénaton ».

Ramsès II
1279-1212 av. J.-C.
Troisième roi de la XIXe dynastie. Fils de Séthi Ier, Ramsès II poursuit d'abord la politique d'offensive contre les Hittites initiée par son père. En l'an 5 (1275 av. J.-C.), surpris à Qadesh (Syrie) par des forces ennemies en nombre très supérieur, il évite l'anéantissement de son armée et contraint son adversaire, Mouwatalli, à négocier un armistice. La bataille sera commémorée comme le principal fait d'armes de son règne. L'affrontement égypto-hittite se poursuit de manière indécise jusqu'en 21 (1259 av. J.-C.), date à laquelle est conclu un traité de paix avec Hattousil III, second successeur de Mouwatalli. L'alliance est cautionnée par le mariage du pharaon avec deux filles du roi hittite, en 34 et 40 (1246 et 1239 av. J.-C.).
Résidant dans le delta, à Pi-Ramsès, la ville qui porte son nom, Ramsès II construit de nombreux monuments : son temple funéraire à Thèbes (le Ramesseum), la première cour du temple de Louqsor et neuf spéos en Nubie, dont celui d'Abou-Simbel, entre 5 et 24 (1275-1256 av. J.-C.).
Il fut le plus grand des pharaons bâtisseurs. Il fête un premier jubilé en l'an 30 (1250 av. J.-C.), puis treize autres jubilés jusqu'à la fin du règne. De ses épouses principales, Néfertari et Asetnofret, et de ses épouses secondaires, Ramsès II eut au moins cinquante fils et autant de filles. Son quatrième fils, Khâemouaset, héritier désigné en 50 (1230 av. J.-C.), meurt en 55 (1255 av. J.-C.) et est remplacé par Mérenptah, son treizième fils, qui lui succède après soixante-sept années d'un règne parmi les plus longs de l'histoire égyptienne, et qui vaudra à Ramsès II d'apparaître à tous ses successeurs comme le modèle du pharaon.

Ramsès III
1184-1153 av. J.-C.
Deuxième roi de la XXe dynastie, imitateur de Ramsès II et dernier souverain important du Nouvel Empire, Ramsès III repousse à deux reprises des attaques libyennes contre l'Égypte, en l'an 5 et en l'an 11 (1180 et 1174 av. J.-C.), et, en 8 (1177 av. J.-C.), une tentative d'invasion des Peuples de la mer, dont la migration bouleverse la géographie politique du Proche-Orient. Vers l'an 20 (1165 av. J.-C.), il envoie une expédition à Pount, sur la mer Rouge, et aux mines de cuivre de Timma, au nord d'Élath, après avoir pacifié Édom. En 23 (1162 av. J.-C.), une troisième expédition visite, au Sinaï, les mines de turquoise du Sérâbît el-Khâdim.
Résidant à Pi-Ramsès, Ramsès III fait construire à Thèbes son temple funéraire de Médînet Habou entre 1 et 12 (1184-1173 av. J.-C.), puis deux temples reposoirs à Karnak. Décidée en l'an 5, une inspection générale des sanctuaires d'Égypte a lieu en 15, entraînant une grande activité de construction, de restauration et de réglementation.
En 29 (1156 av. J.-C.), pour cause d'arriérés de salaires, des grèves secouent, à Thèbes-Ouest, le village des artisans de Deîr el-Médîneh, témoignant d'une désorganisation des circuits économiques, peut-être due à leur mobilisation pour le jubilé du roi, célébré l'année suivante à Memphis. En 32 (1153 av. J.-C.), précédant de peu le décès du roi, une conspiration, visant sans doute à substituer à l'héritier désigné, Ramsès (le futur Ramsès IV), un prétendant d'une branche cadette, se développe dans le harem royal. Trente personnes, dont de hauts fonctionnaires, paient de leur vie leur participation au complot. Pour prêcher la continuité dynastique, Ramsès IV fait alors rédiger une histoire officielle du règne de son père, le papyrus dit « Harris I », qui contient de précieuses indications sur l'économie du pays.

Le vizir

Guillemette Andreu

Pour gouverner un royaume qui s'étire le long du Nil sur plus de mille kilomètres, l'État égyptien dut mettre en place un système politique fort et durable, dominé par la personne de Pharaon et de son Premier ministre, le *vizir*. Quatre vizirs du Nouvel Empire ont fait graver dans leurs tombes thébaines les copies d'un texte protocolaire particulièrement éclairant sur la charge multiple du vizirat et sur son rôle capital dans l'administration égyptienne. Ce texte, dont on a pensé pendant longtemps que l'original remontait à la fin du Moyen Empire, est connu sous le titre de *Devoirs du vizir* et permet de fixer assez nettement les modalités du gouvernement pharaonique au début du Nouvel Empire.

C'est le vizir Rekhmirê, en poste sous Thoumosis III, à la fin du XVe siècle avant notre ère, qui s'impose comme l'archétype du chef du gouvernement. Issu d'une famille de vizirs, Rekhmirê fut distingué par le futur roi lorsqu'il était son compagnon de jeunesse : « J'étais très aimé dans la maison du roi, bienvenu au palais, j'étais un homme de la suite royale, d'extraction modeste, élevé aux pieds du dieu [le roi], à qui le roi en personne a transmis l'instruction. »

Lors de la cérémonie de sa nomination, le vizir écoute le discours de son pharaon qui lui fait mesurer l'ampleur de sa tâche et l'engage à placer son action sous le signe de la justice pour tous : « Assume la charge de vizir ; veille à tout ce qui est fait en son nom car elle constitue le soutien de tout le pays. En vérité le vizirat n'est pas doux, il est aussi amer que la bile. […] Ne prononce pas de jugement impropre. Le dieu déteste les comportements injustes… Reçois de la même manière celui que tu connais comme celui que tu ne connais pas, celui qui t'est proche comme celui qui vient de loin. »

Pour rappeler que son rôle consiste à faire régner l'ordre moral et l'harmonie sociale, l'emblème du vizir est une figure de la déesse Maât, personnification de l'équité et de la vérité. Au Nouvel Empire, à partir de la XVIIIe dynastie, la tâche du vizir s'alourdit, au point qu'elle est dédoublée. Dorénavant, le vizir du Nord se consacre aux affaires du delta, jusqu'à Memphis, tandis que le vizir du Sud veille à la gestion politique de la Haute-Égypte.

La tombe de Rekhmirê, dont les peintures sont particulièrement bien conservées, décrit dans l'une de ses inscriptions l'emploi du temps du vizir. Son bureau est à la résidence royale, non loin du souverain qui doit pouvoir faire appel à lui à tout moment. Au petit matin, le vizir s'informe des dépenses et des revenus du domaine royal, puis écoute les rapports de police. Il se rend ensuite auprès de Sa Majesté pour lui soumettre les dossiers les plus délicats, vérifiant au passage le bon fonctionnement des portes du palais et contrôlant les entrées et les sorties. Après l'audience royale, il se consacre à son travail quotidien, qui touche de nombreux domaines : justice, agriculture, irrigation, armée, police, ordre public, attribution de terres, inspection des magasins du domaine royal, impôts, finances, nomination de fonctionnaires et de délégués royaux dans les provinces, rapports avec les différents clergés, dont les ambitions politiques peuvent, à l'occasion, inquiéter les pouvoirs publics.

La lecture des *Devoirs du vizir* donne l'impression que toute décision, même mineure, relève du vizirat; il lui incombe même de « dépêcher des hommes pour abattre des sycomores lorsque c'est demandé par la maison du roi ».

Au Nouvel Empire, c'est le vizir du Sud qui surveille en personne les travaux de construction et de décoration de la tombe royale dans la Vallée des Rois.

Le chef des travaux est un homme de confiance, recruté parmi ses amis ou sa famille, qui le prévient dès qu'un litige se fait jour au sein de la communauté d'ouvriers et d'artisans qui œuvre pour la tombe de Pharaon. Le vizir fait alors une inspection, au terme de laquelle le cas sera définitivement tranché et le calme revenu.

L'administration des quarante-deux provinces (ou *nomes*) du royaume était sans doute l'une des tâches les plus difficiles pour le chef du gouvernement. Au cours des trois millénaires que vécut l'Égypte pharaonique, plusieurs formules furent successivement adoptées afin d'éviter l'éclatement politique et maintenir le contrôle de l'État sur les rentrées fiscales. Au Nouvel Empire, par exemple, le vizir nomme à la tête des provinces des fonctionnaires militaires dépêchés sur place pour faire régner l'ordre et la loi de Pharaon.

L'économie nationale est confiée au Trésor, placé immédiatement sous les ordres du vizir. Les bureaux du Trésor ont un rôle fiscal et budgétaire : collecte des impôts, redistribution des matières premières, des denrées alimentaires et des revenus en fonction des besoins de la population et de l'approvisionnement de la main-d'œuvre des grands chantiers de l'État. Le « directeur des greniers de Haute- et Basse-Égypte » est un des personnages les plus éminents de l'économie nationale. Assisté de nombreux adjoints qu'il envoie dans les provinces au moment des récoltes, il comptabilise toutes les denrées versées au titre de l'impôt annuel dans les entrepôts royaux.

De nombreux textes sapientiaux mettent en garde le jeune fonctionnaire contre les tentations de la corruption qui sévissait parfois dans les bureaux des ministères où l'on cherchait à obtenir une promotion rapide ou à éviter une mutation dans une province éloignée.

Dans un texte autobiographique, le vizir Rekhmirê se vante d'avoir montré l'exemple : « J'ai jugé aussi bien l'humble que le puissant, j'ai aidé l'homme faible face au fort ; j'ai détourné la fureur de l'homme mauvais et assujetti l'avare. [...] J'ai secouru la veuve privée d'époux, j'ai placé le fils héritier à la place de son père. [...] Je n'ai jamais été sourd aux plaintes de celui qui était dans le besoin. En vérité, jamais je n'ai accepté de pot-de-vin de qui que ce soit. »

Ramsès II

Pierre Grandet

« Grand capitaine », « grand constructeur », « grand homme d'État »…, ces expressions se présentent spontanément à l'esprit pour définir la personnalité de Ramsès II (1279-1212 av. J.-C.). Les vestiges de ses monuments, la Bible et les auteurs classiques ont établi sa renommée plusieurs fois millénaire. Le sauvetage spectaculaire des temples d'Abou-Simbel, trente-deux siècles après leur construction, a diffusé dans le monde entier son image colossale. En 1976, Paris lui consacrait une exposition justement intitulée « Ramsès le Grand ». Plus récemment, une biographie et l'étude anthropologique de sa momie sont venues enrichir notre connaissance du personnage [1]. Mais à la question : qui fut Ramsès II ?, la réponse ne va pas de soi. Car l'on chercherait en vain dans les sources anciennes un quelconque souci d'objectivité. La « langue de bois » n'est pas le privilège d'une époque. Les textes égyptiens du Nouvel Empire (1550-1069) sont, dans leur immense majorité, des documents officiels. Comme tels, ils expriment une vision du monde dictée par une idéologie sans failles et sans nuances – disons le mot, totalitaire –, où tout ce qui n'est pas conforme à la norme semble menacer d'apocalypse le monde organisé, où l'histoire ne semble être qu'un long bulletin de victoire à la gloire personnelle du roi, son acteur unique, omniscient et invincible.

Ainsi, face à l'ennemi étranger, à la désorganisation et à la ruine, perçus comme autant de manifestations concrètes du désordre, né des faiblesses humaines, élevé au rang de principe métaphysique négatif et dûment frappé d'anathème, on peut définir sommairement un cahier des charges du souverain idéal, dont chaque pharaon prétendra avoir scrupuleusement suivi les prescriptions : conservation et extension des frontières, préservation et amélioration des institutions humaines, dont le culte, restauration et construction de temples. La plupart du temps, nous ne pouvons établir le bilan d'un règne qu'en essayant de mesurer, sur la base de ce programme, la plus ou moins grande conformité des prétentions affichées et des réalisations effectives. Celui de Ramsès II n'échappe pas à la règle.

Succédant à son père Séthi Ier en 1279 av. J.-C., Ramsès II mourra nonagénaire en 1212, après un règne de soixante-sept ans, l'un des plus longs de l'histoire de l'humanité. A peine monté sur le trône, le jeune souverain témoigne d'un sens aigu de ses responsabilités : il participe à de grandes cérémonies religieuses, met en chantier son temple funéraire de Thèbes, le Ramesseum, achève celui de son père en Abydos et réorganise l'administration et le clergé.

En l'an 4 de son règne (1276), Ramsès II prend le chemin de l'Asie, à la tête de ses armées. La politique étrangère sera désormais au premier plan de ses préoccupations. De ce point de vue, on peut diviser son règne en deux périodes au cours desquelles la parole sera d'abord aux armes, puis à la diplomatie ; en l'an 21 (1259), en vertu d'un traité de paix, l'adversaire, le Hatti, ou royaume des Hittites, puissant royaume d'Asie Mineure, deviendra partenaire. Le conflit qui, depuis près d'un siècle, opposait l'Égypte au Hatti, et qui, avant lui, l'avait opposée à d'autres adversaires, était de part et d'autre l'expression d'une même volonté : contrôler la Syrie et sa façade maritime, l'Amourrou, dont l'ensemble formait alors la plaque tournante du commerce international. Y renoncer aurait été, *ipso facto*, renoncer au statut de grande puissance.

Cependant, il n'est pas certain que de telles considérations aient été perçues comme le véritable mobile des guerres asiatiques des pharaons. On doit supposer que, pour Ramsès II et ses prédécesseurs immédiats, l'espoir, même lointain, de porter à nouveau leur frontière à l'Euphrate – qu'elle atteignit un temps, aux débuts de la XVIIIe dynastie (1550-1291) – représentait une motivation suffisante. Il ne s'agissait que de restaurer un ordre antérieur qui avait été bouleversé.

En 1276, Ramsès II conquiert sans coup férir l'Amourrou ; l'année suivante, il porte ses armes en Syrie. Nous sommes en l'an 5 (1275), le roi a vingt-huit ans. Près d'une ville appelée Qadesh, au débouché septentrional de la Beqaa libanaise, il est surpris dans les conditions les plus défavorables par une formidable coalition de peuples, conduite par le roi des Hittites, Mouwatalli. Non sans brio, avec des effectifs dérisoires, le jeune pharaon s'oppose à l'ennemi et le contraint à proposer une suspension des hostilités. Cette journée mémorable aurait dû marquer, pour les deux combattants, la fin de leurs illusions respectives ; son issue incertaine exprimait un équilibre des forces qui, d'ores et déjà, créait les conditions de la paix.

Il faudra cependant attendre quinze ans, plusieurs offensives infructueuses de Ramsès II sur l'Oronte et la menace croissante de la puissance assyrienne pesant sur le Hatti pour que l'évidence s'en impose. En 21 (1259), Hattousil II, second successeur de Mouwatalli, signe avec l'Égypte un traité de paix en bonne et due forme ; l'alliance qu'il institue sera renforcée par les mariages successifs de Ramsès II avec deux princesses hittites, par un échange constant de cadeaux et de lettres entre les deux cours et, peut-être, par les visites du roi de Hatti et de son fils en Égypte.

La coopération avec le Hatti et le conflit qui l'avait précédée formèrent ainsi l'essentiel de la politique étrangère de Ramsès II. Par comparaison, les combats qui eurent lieu en Libye, Nubie, Palestine et Transjordanie pendant les intervalles des campagnes syriennes ne représentèrent sans doute guère plus que des opérations de maintien de l'ordre.

Le règne de Ramsès II fut marqué par une extraordinaire activité architecturale et artistique, comme la construction des temples jumeaux d'Abou-Simbel en Nubie, entre 5 et 24 (1275 à 1256), la réalisation des textes et des tableaux commémorant la bataille de Qadesh ou celle de la célèbre tombe de Néfertari. Dans les domaines administratif, civil et religieux, Ramsès II semble s'être entouré d'une pléiade de dignitaires remarquables, et avoir su promouvoir la compétence au détriment de l'hérédité, règle officieuse du recrutement de l'élite égyptienne.

Dans le domaine politique, Ramsès II fut à l'origine d'une

réforme lourde de conséquences. Dès le début de son règne, il décida de fonder dans le Delta oriental, berceau de sa famille, une nouvelle capitale, Pi-Ramsès, « la demeure de Ramsès », aujourd'hui Tell el-Dab'a/Qantîr ; cette initiative devait contribuer à inverser durablement l'importance politique respective des deux parties du pays au profit de la Basse-Égypte, préfigurant la situation qui prévaudrait à partir de la XXIe dynastie (1069-945). La Bible a conservé le souvenir des souffrances endurées par le peuple hébreu au cours de la construction de cette cité. Il est possible que l'Exode ait eu lieu sous le règne de Ramsès II, aux environs de l'an 17 (1263), mais l'événement n'est mentionné dans aucune source égyptienne.

A partir de l'an 30, les dernières années du règne s'écoulent paisiblement, rythmées par la célébration périodique des jubilés royaux et l'enterrement du taureau Apis. Avec la venue du grand âge, le problème de la succession dut cependant susciter chez le roi quelques inquiétudes. Ramsès II survécut à la plupart des quelque cent enfants que lui donnèrent la reine Néfertari, la reine Asetnofret et six épouses secondaires. Quatre héritiers désignés moururent avant lui ; finalement, son treizième fils, Mérenptah, appelé à cette fonction en 55 (1225), lui succéderait en 1213, déjà sexagénaire.

Jusqu'à sa fin, – idéologie oblige –, Ramsès II fut présenté dans les textes et sur les monuments comme un jeune homme dans la plénitude de ses moyens physiques et psychologiques. Pourtant, sa momie, traitée en France en 1976, est celle d'un vieillard de quatre-vingt-dix ans, aux cheveux blancs – ils avaient été brun-roux dans sa jeunesse –, à la colonne vertébrale paralysée par l'arthrose, à la dentition dans un état pitoyable et souffrant d'artériosclérose généralisée. Ce triste constat apporte, en la corrigeant, un peu de densité humaine à l'image hiératique de lui-même qu'il a voulu léguer à la postérité.

Selon les critères égyptiens, Ramsès II assuma parfaitement les devoirs de sa charge et deviendrait un modèle pour ses successeurs. Aux Égyptiens de la Basse Époque (1069-332), son règne apparaîtra comme un âge d'or à jamais révolu : moins d'une génération après sa mort, les grandes invasions indo-européennes marquant le début de l'âge du Fer auraient ouvert en Égypte l'ère de la décadence. Pourtant, ce ne furent ni un quelconque miracle, ni un quelconque savoir perdu, ni même le génie personnel de Ramsès II qui assurèrent les conditions du développement culturel remarquable qui fleurit sous son règne. Les archives du village ouvrier de Deîr el-Médîneh, les scènes de bataille ou le récit biblique du séjour des Hébreux en Égypte, pour ne citer que quelques exemples, témoignent qu'il est le fruit du travail et des souffrances de millions d'hommes et de femmes demeurés, pour la plupart, anonymes.

Note

1. K.A. Kitchen, *Ramsès II. Le pharaon triomphant*, Monaco, Éd. du Rocher, 1985 ; *La Momie de Ramsès II. Contribution scientifique à l'égyptologie*, Paris, Recherche sur les civilisations, diff. De Boccard, 1985.

Pi-Ramsès

Pierre Grandet

Imaginons que sous Louis XV, le roi de France ait décidé de transférer sa cour à une vingtaine de kilomètres au nord de Versailles, sur un site vierge ; qu'il ait employé les matériaux de la résidence abandonnée pour bâtir un nouveau palais et une nouvelle cité, et dévasté le château et la ville de Versailles au point que leur site soit aujourd'hui couvert de champs de blé et que le souvenir même de leur emplacement ait été oublié. Imaginons que nous ne disposions plus, pour évoquer les fastes de la cour de Louis XIV, que d'un ensemble disparate d'archives officielles et de chroniques privées.

Imaginons enfin qu'un nombre important de monuments portant les noms de Louis XIV et de Versailles aient été réutilisés dans la nouvelle résidence royale. Les savants, ignorant le véritable site de la cour du Roi-Soleil, seraient aujourd'hui convaincus qu'elle était située sur le second emplacement, celui où l'on en aurait découvert des vestiges. Ce sont exactement les conditions qui, jusqu'en 1970, empêchèrent la localisation de Pi-Ramsès, la capitale de Ramsès II, et des autres souverains de l'époque dite « ramesside », ceux des XIXe et XXe dynasties (*cf. Repères chronologiques*).

C'est de la partie orientale du Delta, la Sharqîya, bien loin au nord de Thèbes, dont l'emplacement ne permettait plus de gouverner un empire désormais tourné vers la Méditerranée, que les souverains de cette période gouvernèrent en effet l'Égypte. Dès les premiers déchiffrements des hiéroglyphes, à partir de 1822, les savants découvrirent de multiples mentions de l'existence d'une ville appelée *Pi-Ramsès Méryamon*[1], la « Maison de Ramsès II », puis, avec le début des fouilles scientifiques dans cette contrée, dans la seconde moitié du XIXe siècle, l'attention des égyptologues fut retenue par le gigantesque tell de Tanis dont on savait, par ses vestiges et les auteurs classiques, qu'il recouvrait la capitale des pharaons des XXIe et XXIIe dynasties. Comme on avait retrouvé à Tanis de très nombreux fragments de monuments portant le nom de Ramsès II ou nommant Pi-Ramsès, les savants furent bientôt convaincus que les deux villes n'en faisaient qu'une. Pierre Montet, directeur des fouilles françaises de Tanis entre 1929 et 1951, se fit avec succès l'avocat de cette thèse.

Mais ce n'était pas tout. Bien avant l'époque de Tanis, quatre siècles environ avant l'installation des pharaons à Pi-Ramsès, des envahisseurs asiatiques, les Hyksôs, avaient régné sur l'Égypte pendant environ un siècle, dominant le pays à partir d'une ville fortifiée du nord-est du Delta, Avaris, et adoptant son dieu local, Seth, comme dieu dynastique. Or, en 1863, l'égyptologue français Auguste Mariette avait découvert à Tanis une stèle de Ramsès II, dite stèle de l'an 400, évoquant la fondation à Pi-Ramsès, peu avant l'époque Hyksôs, d'un temple de Seth qui marquait, au Nouvel Empire, la limite sud de la ville. Il était donc clair que Pi-Ramsès avait occupé en partie le site d'Avaris. De ce fait, l'équation « Tanis = Pi-Ramsès = Avaris » fut considérée comme un acquis définitif par l'immense majorité des égyptologues, malgré les objections qu'elle aurait dû soulever : *L'Onomasticon d'Aménopé*, texte didactique de la fin de la XXe dynastie, mentionne par exemple l'existence distincte de Pi-Ramsès et de Tanis ; les vestiges de l'époque de Ramsès II qu'on trouve à Tanis sont des réemplois, etc.

Pourtant, en 1928, l'archéologue égyptien Mahmoud Hamza découvrit au village de Qantîr, à vingt-cinq kilomètres environ au sud de Tanis, les vestiges d'un immense palais de 500 mètres de long sur 400 de large, y exhumant des fragments de jarres à vin nommant Pi-Ramsès, ainsi qu'un grand nombre de tuiles vernissées portant les noms de pharaons ramessides. Il eut ainsi de solides arguments pour proposer, en 1930, de localiser Pi-Ramsès à Qantîr. Cependant, jusqu'aux années 1950, le nombre et l'importance des monuments ramessides que les fouilles de Tanis mettaient au jour chaque année ne valurent à cette thèse, le conformisme aidant, que peu de considération : peu d'égyptologues pouvaient concevoir – ce qui est aujourd'hui démontré – que la présence de tels vestiges sur le site résultait d'un transfert. Pourtant, en 1937, William C. Hayes, conservateur du Metropolitan Museum of Art de New York, put reconstituer, grâce à des tuiles vernissées trouvées à Qantîr, un escalier monumental portant le nom de Ramsès II, orné de figures de captifs étrangers et conduisant à une estrade où se dressait un trône. La nature de ce monument, caractéristique d'un palais royal, le conduisit à se rallier à l'hypothèse de Mahmoud Hamza.

En 1954, d'importantes découvertes archéologiques attirèrent de nouveau l'attention sur la région de Qantîr. Un autre égyptologue égyptien, Labib Habachi, venait de mettre au jour les restes de maisons qui avaient appartenu à des princes et de hauts dignitaires ramessides, et d'exhumer des stèles de soldats qui prouvaient qu'une garnison avait été établie là. De plus, depuis 1882, un autre site, Tell el-Dab'a, au sud de Qantîr, où l'on avait identifié les vestiges d'un temple sur la rive d'un lac asséché, avait attiré l'attention des archéologues. Entre 1950 et 1960, on y découvrit la porte colossale d'un édifice de la XIIe dynastie et, sur l'autre rive du lac, les restes d'un centre urbain de la même époque. Comme Tell el-Dab'a semblait avoir été le centre d'une ville plus ancienne que celle qui entourait Qantîr, Labib Habachi proposa d'y reconnaître l'Avaris des Hyksôs.

Ce n'est qu'en 1970 qu'une preuve décisive vint transformer cette hypothèse en certitude. A cette date, en effet, la mission de l'université de Vienne et de l'Institut archéologique autrichien, qui fouillait le site depuis 1966 sous la direction du professeur Manfred Bietak, exhuma, dans le temple de Tell el-Dab'a, un linteau d'Horemheb mentionnant le nom du dieu Seth. Ce sanctuaire était donc le temple fondé par les Hyksôs à Avaris, refondé par Horemheb, selon la stèle de l'an 400, et qui, au Nouvel Empire, avait marqué la limite sud de Pi-Ramsès. On en avait désormais la certitude : Qantîr était Pi-Ramsès, et Tell el-Dab'a, Avaris, celle-ci ayant été englobée, à l'époque ramesside, dans la capitale des pharaons. Aujourd'hui, la communauté scientifique admet unanimement cette conclusion, et diverses équipes d'archéologues s'emploient à explorer le site.

Le Delta du Nil

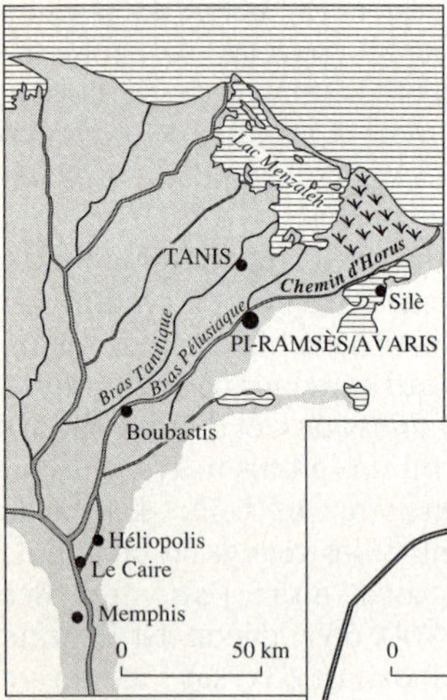

Le Delta oriental à l'époque ramesside et à la Basse-Époque (ci-dessus). L'ensablement du Bras Pélusiaque du Nil, sur lequel était située Pi-Ramsès, entraîna, au début de la XXIe dynastie, le transfert de la capitale et de ses monuments sur le site voisin de Tanis (au nord). Ci-contre, à droite, la capitale de Ramsès II avec ses deux centres urbains : Tell el-Dab'a, l'ancienne Avaris des Hyksôs (au sud) et Qantîr (au nord).

Pi-Ramsès, La cité du Nouvel Empire

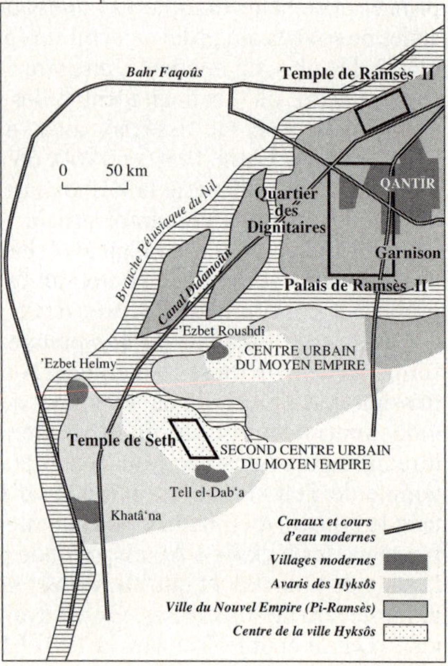

D'après J. Dorner

Les vestiges de Pi-Ramsès se répartissent sur un espace d'environ 10 km^2, à cinq kilomètres au nord de la ville de Faqoûs, sur la rive est d'un modeste canal d'irrigation, dont le cours marque celui d'un ancien bras du Nil ; le bras pélusiaque[2]. Le site comprend deux ensembles principaux, séparés, dans l'Antiquité, par un diverticule du fleuve : au nord-est, Qantîr et ses dépendances marquent l'emplacement de Pi-Ramsès proprement dite, et, au sud-ouest, Tell el-Dab'a et les hameaux voisins, celui d'Avaris. A l'exception de quelques tells, dont Tell el-Dab'a est le principal, ce territoire parfaitement plat, dont la plus grande partie reste inexplorée, n'offre absolument rien qui puisse laisser supposer au visiteur non averti que l'une des capitales de l'Égypte s'y est autrefois dressée. Au début du siècle cependant, l'aspect de la zone était fort différent : les hauteurs actuelles sont les résidus de ce que certains égyptologues décrivaient alors comme un seul gigantesque tell, nivelé au XXe siècle par l'introduction de l'irrigation pérenne.

La fortune du site tient à son emplacement sur le bras pélusiaque du Nil qui fut, jusqu'au Nouvel Empire, la principale branche navigable du fleuve dans l'est du Delta. Le lac résiduel qui sépare Qantîr de Tell el-Dab'a était dans l'Antiquité un port, permettant les échanges avec le Proche-Orient et les grandes villes d'Égypte. Mais Pi-Ramsès marquait aussi l'extrémité occidentale des « Chemins d'Horus », la piste qui conduisait en Palestine et en Syrie par le littoral du Sinaï. En aval de l'agglomération, un canal, creusé dès le Moyen Empire, mettait d'ailleurs en communication le bras pélusiaque du Nil et deux grands lacs bordant l'isthme d'El-Qantara, permettant d'atteindre par eau la forteresse frontière de Silè et les premières stations de cet itinéraire. Contrôlant ainsi les deux principales voies de communication, terrestre et maritime, entre l'Égypte et le Proche-Orient, Pi-Ramsès eut dès ses origines une vocation à la fois militaire et commerciale, selon les relations hostiles ou amicales qu'entretinrent l'Égypte et l'Asie.

L'histoire du site commence à la XIIe dynastie, au début du IIe millénaire av. J.-C., avec l'édification, au nord du lac, d'un premier centre urbain, doublé au sud-ouest, au Moyen

Empire, d'une colonie de marins syriens, constructeurs de bateaux et fabricants d'armes ; les archéologues y ont découvert un sceau-cylindre orné de la plus ancienne représentation connue de Ba'âl Tsaphon, le dieu des marins de la Syrie du Nord. Mais, avec la fin de la XIIe dynastie commence une « Deuxième Période intermédiaire » (*cf. Repères chronologiques*), marquée par la décadence de l'institution pharaonique, l'émergence de princes locaux usurpant le titre royal, l'installation d'une lignée de souverains d'origine asiatique, les Hyksôs, puis l'expulsion de ceux-ci hors d'Égypte. Chacune de ces étapes a laissé des traces à Tell el-Dab'a, qui fut Avaris, la capitale des Hyksôs, au point que les fouilles du site ont entièrement renouvelé notre connaissance de cette période.

Vers 1780 av. J.-C., entre le second site urbain et Tell el-Dab'a, s'étend une agglomération peu homogène, peuplée d'Égyptiens et d'Asiatiques, descendants des marins syriens installés en ces lieux. Or, cette population, qui semble avoir été décimée par une épidémie vers 1700 av. J.-C., est remplacée, peu après cette date, par de nouveaux arrivants originaires du Proche-Orient : leurs tombes contiennent des armes, et révèlent des traits culturels connus en Syrie et en Palestine, mais totalement étrangers à la civilisation égyptienne, comme l'enterrement d'ânes ou de serviteurs, accompagnant leur maître dans la mort.

Ce sont ces nouveaux habitants, des guerriers, qui sont à l'origine du peuplement et de la domination hyksôs en Égypte. Les sources égyptiennes, dont l'historien du IVe siècle av. J.-C. Manéthon, expliquaient l'établissement de cette dynastie par une invasion soudaine. Mais on constate à Tell el-Dab'a la constitution, une génération avant cette époque, d'une cité-État analogue à celles de Syrie ou de Palestine, peu ouverte dans un premier temps à la culture égyptienne, et qui affirme progressivement son indépendance politique. Cette cité fut gouvernée dès les origines par des princes locaux, qui constituèrent une dynastie parallèle à la XIIIe dynastie finissante. Le second roi de cette lignée, dont les souverains hyksôs sont probablement les descendants, fut un certain Néhésy – c'est à ce monarque ou à son prédécesseur direct qu'il faut attribuer la fondation du temple de Seth, dieu violent et querelleur qui appartenait au fonds ancien du panthéon égyptien, dont le culte était établi depuis les origines dans la région de Tell el-Dab'a et que les Hyksôs adoptèrent sans doute à cause de son caractère guerrier, qui devait l'apparenter, à leurs yeux, au Ba'âl asiatique.

Vers 1650 av. J.-C., les Hyksôs établissent progressivement leur suzeraineté sur l'Égypte. Avaris se transforme alors en une grande ville, s'étendant sur 2 km^2 environ, des faubourgs situés au nord-est de Tell el-Dab'a jusqu'à Khatâ'na, où un poste de garde fortifié veille sur le trafic fluvial (*cf. plan du site*). A l'ouest des temples qui en forment le centre, se développe un quartier résidentiel, tandis qu'à Tell el-Dab'a même l'habitat devient extrêmement dense. Les maisons, groupées en rues, comportaient peut-être des étages, avec des boutiques au rez-de-chaussée. Le matériel funéraire révèle désormais l'influence de la culture égyptienne dans les couches supérieures de cette société, ce qui est conforme au désir des souverains hyksôs de se comporter comme d'authentiques pharaons. L'activité artisanale est importante, et l'on assiste à un développement remarquable du commerce avec Chypre. Pour une période de deux siècles et demi (1800-1550 av. J.-C.), on a pu estimer que le site contenait les vestiges d'environ deux millions d'amphores ayant servi à ces échanges.

De surcroît, la découverte récente à Ezbet Helmy du palais des souverains hyksôs a révélé que certaines de ses pièces furent ornées, par des artistes venus de Crète, d'un décor minoen analogue à celui des palais de Cnossos, et la thématique d'une partie de ce décor laisse présager que l'un au moins de ces souverains eut une épouse minoenne.

Mal acceptée – les textes égyptiens l'évoquent rétrospectivement comme une période d'occupation barbare, avec son cortège de violences et de destructions –, la domination des Hyksôs sur l'Égypte ne dura pas plus d'un siècle. Les princes de Thèbes, qui s'en étaient d'abord accommodés, constituèrent bientôt un ensemble politique suffisamment puissant pour se proclamer rois et repousser progressivement les Hyksôs hors de Haute-Égypte. Ahmosis Ier, fondateur de la XVIIIe dynastie, put assiéger Avaris, les en chasser et les poursuivre, vers 1550 av. J.-C., jusqu'en Palestine, inaugurant ainsi la politique d'expansion en Asie qui serait l'une des caractéristiques du Nouvel Empire. La chute d'Avaris se traduit, à Tell el-Dab'a, par un pillage généralisé des tombes et un abandon soudain du site, qui reste ensuite désert pendant plus de deux siècles.

Il faut attendre le règne d'Horemheb, à l'extrême fin de la dynastie (1319-1291 av. J.-C.), pour observer les traces d'une nouvelle urbanisation de la zone. Elle apparaît comme le fruit d'une politique délibérée : une ville nouvelle commence à être édifiée, selon un plan orthogonal, entre Tell el-Dab'a et Qantîr, sur un territoire au moins deux fois plus vaste que l'ancienne Avaris. Au point le plus haut de Tell el-Dab'a, au nord-ouest des sanctuaires hyksôs, le roi jette les fondations de l'immense temple de Seth que nous avons évoqué plus haut.

Si Horemheb choisit l'ancienne Avaris pour édifier un centre administratif et militaire aussi important, ce fut à cause de la valeur stratégique du site. Son règne annonce, en effet, la reprise de la politique de conquête qui avait marqué le début de la XVIIIe dynastie, et les souverains qui lui succéderont disposeront, avec Pi-Ramsès, d'une base militaire permanente à la frontière nord-est de l'Égypte. Mais il faut peut-être aussi reconnaître dans ce choix l'influence déterminante du vizir du pharaon, Paramsès qui, désigné par Horemheb lui-même pour être son successeur, devint, sous le nom de Ramsès Ier, le fondateur de la XIXe dynastie. Il est probable en effet que cette lignée de militaires, dont Seth fut le dieu familial (le nom propre *Séthi*, formé sur celui du dieu, y est à l'honneur), ait été originaire de la région.

L'avènement de cette XIXe dynastie marque le début de la période où la cité devient la capitale d'un empire. C'est de là que Séthi Ier puis son fils Ramsès II gouverneront l'Égypte, et conduiront leurs troupes en Palestine et en Syrie pour d'incessants combats, jusqu'à la paix égypto-hittite conclue par Ramsès II en l'an 21 de son règne (1259 av. J.-C.). Séthi Ier y édifie le palais de Qantîr, mais c'est Ramsès II qui donne à la ville le nom de Pi-Ramsès (fréquemment suivi de l'épithète « Grand-de-victoires »), et en fait sa résidence permanente. L'agglomération, dotée de nombreux temples, devient alors une véritable capitale, hébergeant les organes du pouvoir, comme la chancellerie du roi, ou Bureau des dépêches du pharaon, qui cumulait les compétences d'un secrétariat privé du souverain et d'un ministère des Affaires étrangères.

L'immense palais royal, bordé à l'est par un quartier de soldats, et à l'ouest par les résidences somptueuses des hauts personnages de l'État, forme un ensemble complexe. Il contient des quartiers d'habitations, des salles d'apparat, où s'élevaient l'estrade et le trône reconstitués par William C. Hayes en 1937, et une « fenêtre d'apparition », d'où le pharaon recevait les ambassadeurs étrangers, récompensait ses officiers, ou assistait à la présentation des prisonniers de guerre et des produits précieux rapportés par les expéditions qu'il envoyait à l'étranger. On y trouvait aussi des casernes et des arsenaux. Au centre du palais, une vaste fonderie, doublée d'un atelier pour le travail du bronze et de matériaux divers, servait à la fabrication des armes. Au nord de ces ateliers, une grande cour à portique servait de remise pour les chars de combat. Dans la partie orientale du bâtiment, où se trouvaient les ateliers de fabrication des tuiles vernissées qui ornaient ses parois, on a découvert également les vestiges d'une ménagerie royale où étaient élevés des animaux exotiques : lions, léopards et éléphants.

Ce palais servit de cadre aux grands événements politiques ou religieux qui marquèrent l'histoire ramesside. C'est de là que Ramsès II partit affronter les Hittites à Qadesh (1275 av. J.-C.), et Ramsès III, les Peuples de la mer en Palestine (1179 av. J.-C.). C'est là que les pharaons célébraient les jubilés de leur avènement ou revenaient de guerre, au milieu de la liesse générale : « Les jeunes de "Grand-de-victoires" sont en habits de fête, [...] de l'huile douce de moringa sur leurs têtes, [la chevelure] nouvellement tressée, debout à côté de leurs portes, leurs mains [...] tenant des feuillages, [...] au jour de l'entrée d'Ousermaâtrê sétepenrê [nom de couronnement de Ramsès II][3] ! » C'est aussi dans ce palais que Ramsès II reçut les envoyés du roi hittite venus négocier le traité de paix conclu en l'an 21, puis accueillit, quelques années plus tard, la princesse hittite destinée à devenir son épouse.

Une intense activité animait les entrepôts de Pi-Ramsès,

ses ateliers, ses casernes et ses bureaux. La survie d'une agglomération aussi importante supposait d'ailleurs l'existence d'un système d'approvisionnement efficace. Son port, qu'on imagine grouillant de vie, était sillonné par les mouvements incessants de bateaux chargés de victuailles, tandis que de vastes domaines agricoles, tel celui de Kenkemé, au vin réputé, travaillaient dans le Delta à son bénéfice exclusif. Enrichis par le pillage de l'Asie, les dignitaires du régime édifient à Pi-Ramsès des résidences d'un luxe inouï. La verve des poètes de cour s'épuise à en vanter les charmes, sans omettre, comme il se doit, de célébrer la gloire du souverain qui l'habite : « Sa Majesté [...] s'est construit un palais, dont le nom est "Grand-de-victoires". Il est entre la Syrie et l'Égypte, empli de nourritures et de provisions. Il est sur le plan d'On de Haute-Égypte [Thèbes], et sa durée de vie est celle de Memphis. [...] Tous ont abandonné leurs villes et se sont établis dans son territoire. Son occident est la maison d'Amon, son midi la maison de Soutekh ; Astarté se manifeste à son levant et Ouadjyt à son septentrion. Le palais qui s'y trouve est semblable à l'horizon du ciel, et Ramsès Méryamon [...] y réside comme un dieu ![4] »

Observons que ce texte, qui situe à Pi-Ramsès, outre un palais, des temples marquant, aux quatre points cardinaux, les limites de l'agglomération, représente tout ce que l'on connaissait de certain sur sa topographie avant les fouilles de Tell el-Dab'a et de Qantîr. La « Maison de Soutekh » est le temple de Seth à Tell el-Dab'a, tandis que Ouadjyt était peut-être honorée dans celui de Tell Aboû'l-Shafi', au nord du palais de Ramsès II. Quant aux temples d'Amon et d'Astarté, à l'ouest et à l'est de Pi-Ramsès, ils n'ont pas encore été retrouvés, mais diverses sources confirment leur existence. L'origine asiatique d'Astarté laisse supposer que le second se dressait près de la garnison bordant à l'est le palais de Qantîr. Les soldats qui la peuplaient étaient en effet souvent originaires du Proche-Orient, comme celui dont on a retrouvé la stèle, et qui portait le nom prédestiné de *Redj-Qébout*, transcription égyptienne du sémitique *Rotsé'-Qébôt*, « *L'Éventreur* » !

Les successeurs de Ramsès II résidèrent à Pi-Ramsès jusqu'à la fin de la XXe dynastie, c'est-à-dire pendant plus d'un siècle, mais les vestiges de leurs règnes sont extrêmement rares, le nivellement agricole ayant entraîné la destruction des couches archéologiques dans lesquelles ils se situaient. Quelques sources écrites permettent de compléter en partie ces lacunes. Nous savons ainsi que Ramsès III établit dans la ville quelque 8 000 prisonniers de guerre et s'y fit construire une résidence ornée de somptueux jardins. Il fit aussi restaurer un sanctuaire d'Amon, fondant, à l'imitation de Ramsès II, le culte d'un « Amon de Ramsès III » et fit édifier, dans l'enceinte de Seth d'Avaris, un temple richement doté.

La fortune de Pi-Ramsès, comme celle d'Avaris, avait été liée à sa position sur le bras pélusiaque du Nil. Le même facteur allait causer sa ruine. En vertu d'un phénomène naturel irréversible, le débit de cette voie d'eau commença en effet à se réduire, au cours du Nouvel Empire, au profit de celui du bras tanitique (du nom de Tanis, bâtie sur sa rive), qui coulait plus à l'ouest. De grands travaux furent entrepris en vain pour retarder son ensablement. De gigantesques monticules de déblais, témoins de ces efforts, longent l'emplacement de l'ancien bras pélusiaque sur plus de vingt-cinq kilomètres entre Pi-Ramsès et la mer.

Il fallut cependant bientôt se rendre à l'évidence. Les pharaons de la XXIe dynastie, qui avaient encore consacré quelques monuments au temple de Tell el-Dab'a, durent se résoudre à transférer leur capitale à Tanis, seul site à présenter désormais, sur ce qui était devenu la principale branche du Nil dans le Delta oriental, les caractéristiques stratégiques et portuaires qui avaient fait la fortune de Pi-Ramsès. Pour édifier les temples de leur résidence, ils utilisèrent les matériaux de l'ancienne capitale et, dans une moindre mesure, ceux d'autres sites du Delta. Le mouvement s'amplifia à la XXIIe dynastie, favorisé par les débuts d'un mouvement religieux identifiant Seth comme une incarnation du mal : son nom et ses représentations furent bientôt martelés dans toute l'Égypte, y compris sur les monuments de Tanis provenant de l'ancienne Pi-Ramsès.

Dès lors, sur le site dévasté de l'immense capitale de Ramsès II, ne se dressèrent plus que d'humbles hameaux de paysans. Par une curieuse postérité, la présence de vestiges mentionnant des dieux de Pi-Ramsès à Tanis et à Bubastis entraîna, dans ces localités, au IVe siècle av. J.-C., c'est-à-dire à l'extrême fin de l'indépendance égyptienne, l'établissement de cultes voués à ces divinités. Mais on avait alors perdu depuis longtemps tout souvenir de la ville où leurs temples s'étaient un jour élevés.

Notes

1. *Ramsès Méryamon*, « Ramsès aimé d'Amon », est le nom égyptien complet de Ramsès II.

2. Du nom latin de la ville de Péluse *(Pélusium, « la boueuse »)*, qui était située au bord de cette branche orientale du Nil.

3. Papyrus Anastasi III, 3, 2-4.

4. Papyrus Anastasi II, 1, 1-1, 6.

REPÈRES CHRONOLOGIQUES

MOYEN EMPIRE (2065-1781 av. J.-C.)
XIIe dynastie (1994-1781) : temple et cité bâtis au nord du lac de Tell el-Dab'a.
Vers 1800-1760 : colonie asiatique au sud-ouest.

DEUXIÈME PÉRIODE INTERMÉDIAIRE (1781-1550 av. J.-C.)
XIIIe dynastie (1781-1650) : entre 1760 et 1715, urbanisation lâche, depuis la colonie asiatique jusqu'à Tell el-Dab'a, puis abandon du site, sans doute à la suite d'une épidémie.
Lignée de Néhésy (1715-1650) : nouvelle vague asiatique ; nouvelle urbanisation depuis le nord-est de Tell el-Dab'a jusqu'à Khatâ' na ; fondation des temples de Tell el-Dab'a.
Hyksôs, XVe-XVIe dynastie (1650-1550) : Avaris, capitale des Hyksôs ; urbanisation dense et développement des temples. A la fin de la période, prise de la ville par Ahmosis Ier et abandon du site.

NOUVEL EMPIRE (1550-1069 av. J.-C.)
XVIIIe dynastie (1550-1319) : le site reste abandonné.
Horemheb (1319-1291) : vers la fin du règne, nouvelle urbanisation délibérée, sur de grandes proportions, de la zone englobant Tell el-Dab'a et Qantîr ; fondation d'un nouveau temple de Seth à Tell el-Dab'a.
XIXe dynastie (1291-1185) : la ville devient la résidence officielle du pharaon ; construction du palais de Qantîr ; Ramsès II donne à la ville son nom de Pi-Ramsès.
XXe dynastie (1185-1069) : la ville est résidence royale ; travaux de Ramsès III (1186-1154). Ensablement progressif de la branche pélusiaque du Nil.

TROISIÈME PÉRIODE INTERMÉDIAIRE (1069-664 av. J.-C.)
XXIe dynastie (1069-945 av. J.-C.) : abandon de Pi-Ramsès ; transfert de la résidence royale à Tanis. Les monuments de Pi-Ramsès servent à la construction de Tanis.
XXIIe-XXIVe dynastie (945-715 av. J.-C.) : achèvement du démantèlement des monuments de Pi-Ramsès.

La bataille de Qadesh

Pierre Grandet

Au sud du lac de Homs en Syrie (*cf. carte*), au lieu-dit Tell Nebi Mend, une colline de décombres marque l'emplacement de ce qui fut, dans l'Antiquité, une puissante cité fortifiée appelée Qadesh. En 1274 av. J.-C., une bataille fameuse opposa sous ses murs les troupes de Ramsès II à celles commandées par le roi des Hittites, Mouwatalli. Considérée par Ramsès II comme une grande victoire, elle fut, par lui, jugée digne d'être commémorée par un ensemble de reliefs et de textes également remarquables. Sur les parois de plusieurs temples égyptiens, de gigantesques tableaux en illustrent les épisodes saillants, et plusieurs versions de compositions littéraires, qu'on appelle le *Poème* et le *Bulletin*, permettent d'en reconstituer le déroulement (*cf. encadré, « Le "Poème" de Qadesh et autres sources »*). L'événement jouit ainsi d'une notoriété indiscutable mais, pourrait-on dire, anecdotique. Ce fut pourtant le point culminant d'un conflit qui, depuis près d'un siècle, opposait l'Égypte au royaume des Hittites, ou Hatti, pour le contrôle de la plaine syrienne, plaque tournante du commerce antique.

Vers 1350 av. J.-C. en effet, l'État hittite, à dominante indo-européenne, apparu au XVIIe siècle en Asie Mineure, avait fait une entrée fracassante sur la scène politique du Proche-Orient. Sous la conduite du roi Souppilouliouma, il conquiert alors la Syrie, réduit à merci, en Mésopotamie du Nord, le royaume hourrite de Mitanni, une des principales puissances de l'époque, et, par des moyens diplomatiques, gagne à sa cause le protectorat égyptien d'Amourrou, situé sur la côte phénicienne. Dans un premier temps, les derniers pharaons de la XVIIIe dynastie ne surent pas mesurer la menace que cette expansion rapide laissait planer sur leurs possessions asiatiques. Ou peut-être ne le voulurent-ils pas : leurs prédécesseurs avaient mené pendant un siècle un combat incessant contre le Mitanni pour le contrôle de la Syrie et n'en avaient retiré que peu d'avantages. En 1329 av. J.-C., lorsque Souppilouliouma conduit une offensive dans la plaine de la Beqaa, entre Liban et Anti-Liban, et s'en prend ainsi aux territoires sous contrôle direct de l'Égypte, l'affrontement devient inévitable. C'est le début d'une période d'opérations militaires confuses qui ne s'achèveront que vers 1321 av. J.-C., à la mort de Souppilouliouma, sur un *statu quo* : la Beqaa reste égyptienne, et Qadesh, qui en verrouille le débouché septentrional, sous contrôle hittite.

La seconde phase du conflit s'ouvre en 1293 av. J.-C. avec l'avènement sur le trône d'Égypte de Séthi Ier, deuxième roi de la XIXe dynastie, bientôt suivi en 1290 de l'avènement de Mouwatalli à la tête du Hatti. Le nouveau pharaon défait à deux reprises les Hittites près de Qadesh, puis menace l'Amourrou, mais ses victoires demeurent sans lendemain. A peine sur le trône, son fils Ramsès II, qui lui succède en 1279, lance en 1275 une importante expédition sur la côte phénicienne, afin d'y rétablir la suzeraineté de l'Égypte. Il n'était que temps pour Mouwatalli de songer à une revanche… L'année suivante, à Qadesh, le pharaon devra faire face à un déploiement militaire sans précédent dans l'histoire hittite.

Ce n'est pas un hasard si l'affrontement crucial entre Égyptiens et Hittites eut lieu à Qadesh, mais une conséquence directe de l'importance stratégique de la ville. Appelée Kinza par les Hittites et connue à l'époque classique sous le nom de Laodicée *ad Libanum*, Qadesh est mentionnée dans les sources hiéroglyphiques à partir de Thoutmosis III (1479-1425). Puissamment fortifiée, entourée d'un fossé, elle se dressait sur le bec formé par le confluent de l'Oronte et du Moukadiyeh. Un canal reliant ces cours d'eau sur son côté sud achevait d'en faire une île et lui conférait ainsi le caractère d'une redoutable citadelle. Grâce à sa localisation géographique, Qadesh contrôlait l'axe de communication est-ouest joignant l'Euphrate à la Méditerranée par l'oasis de Palmyre et la vallée de l'Éleuthère. En outre, point de passage obligé entre la Beqaa et la plaine de Syrie, elle commandait la frontière entre les possessions égyptiennes et hittites en Asie. Cette position clé, tout en assurant sa fortune, ne pouvait que susciter bien des convoitises : qui tenait l'Amourrou tenait la Syrie ; qui tenait Qadesh tenait l'Amourrou. Ayant conquis l'Amourrou, Ramsès II devait s'emparer de Qadesh pour conserver sa conquête, et Mouwatalli l'en empêcher, sous peine de perdre la Syrie… La bataille devenait, dès lors, inévitable.

La concentration, l'équipement et l'instruction des troupes égyptiennes en vue de la deuxième campagne syrienne de Ramsès II eurent probablement lieu au printemps de 1274 av. J.-C. à Pi-Ramsès (Tell el-Dab'a), la résidence des pharaons des XIXe et XXe dynasties dans le delta du Nil. Leurs effectifs, estimés à une vingtaine de milliers d'hommes – chiffre considérable pour l'époque –, étaient répartis en quatre divisions portant les noms des principaux dieux égyptiens : Amon, Rê, Ptah et Soutekh (Seth). Elles formaient des unités relativement autonomes, comprenant infanterie et charrerie, auxquelles s'ajoutait une garde royale composée de soldats d'élite et de mercenaires shardanes.

Le 9 du deuxième mois de la saison-*shémou* (l'été), l'an 5 du règne de Ramsès II, les troupes franchissent à la forteresse de Silé, près de l'actuelle El-Qantara, le canal qui marque la frontière orientale de l'Égypte. Leur itinéraire entre ce point et Qadesh est évoqué dans nos sources, mais les informations, peu précises, s'efforcent surtout d'en présenter la progression comme une simple promenade militaire. Le roi et son armée « allèrent par les défilés comme s'ils avaient été sur les chemins d'Égypte […] Après des jours (et des jours) », ils arrivèrent à la ville appelée Ramsès-Miamon (Ramsès II), dans la vallée du Pin – probablement Kumidi dans la Beqaa (aujourd'hui Kamid el-Laouz) ou Baalbek –, puis continuèrent leur route vers le nord. Un mois jour pour jour après le départ d'Égypte, le *Bulletin* évoque le « bon réveil » de Ramsès II au matin de la bataille, dans sa tente plantée sur « les hauteurs au sud de Qadesh ».

De la frontière égyptienne à ce lieu, que l'on identifie à l'éminence appelée aujourd'hui le Qamouat el-Hermel, les soldats du pharaon (pieds nus pour la plupart !) ont eu à franchir 600 kilomètres en 30 jours, soit une moyenne quotidienne de 20 à 25 kilomètres, selon les difficultés du terrain. De Silé à Gaza, l'armée a couvert 230 kilomètres de désert, jalonnés de 10 stations fortifiées, puis remontant vers le nord par la plaine côtière de Palestine, a vraisemblablement traversé le Carmel par la passe d'Arouna, pour déboucher dans la vallée de Yesreel à la hauteur de Megiddo, l'Armageddon de la Bible. De ce point jusqu'à la Beqaa, l'itinéraire de Ramsès II est incertain, mais peut être reconstitué sur la base de considérations topographiques. On doit ainsi écarter la route passant par Akko (Acre), Tyr et la vallée du Litani, car totalement impraticable dans sa dernière partie pour une armée aussi nombreuse que celle du pharaon. De Megiddo, les troupes égyptiennes se dirigèrent vraisemblablement vers l'est dans la vallée de Yesreel, jusqu'à Beth-Shan, où les pharaons possédaient un point d'appui. Puis, remontant au nord le long du lac de Tibériade et du lac Huleh, elles durent emprunter la vallée du Nahr el-Hasbani (le Haut-Jourdain) et son prolongement, le Wadi et-Tem, pour rejoindre enfin la Beqaa à la hauteur de Kamid el-Laouz. De cet endroit Ramsès II progresse alors rapidement jusqu'au débouché de la Beqaa, sur la plaine syrienne, et y installe son camp.

La bataille qui s'engage le 9 du troisième mois de la saison-*shémou* prend les troupes égyptiennes complètement au dépourvu. Dès l'aube, Ramsès s'avance dans la plaine en direction de Qadesh avec la division d'Amon et traverse l'Oronte à gué, au sud de Shabtouna (Tell Maâyan). Là, deux Bédouins *shasou* demandent à lui parler, se présentant comme des émissaires des chefs de leur tribu. « Nos Frères, prétendent-ils, nous ont fait venir à Sa Majesté pour dire : "Nous serons les serviteurs de Pharaon [...] et nous quitterons le service du roi de Hatti." » Interrogés sur l'emplacement actuel de l'ennemi, ils déclarent au roi que Mouwatalli se trouve encore dans la région d'Alep, 200 kilomètres plus au nord, et qu'« il a trop peur de Pharaon [...] pour avancer vers le sud ». « Or, ce que ces deux Shasou disaient, les paroles qu'ils disaient à Sa Majesté étaient fausses, car c'était le méprisable ennemi de Hatti qui les avait fait venir

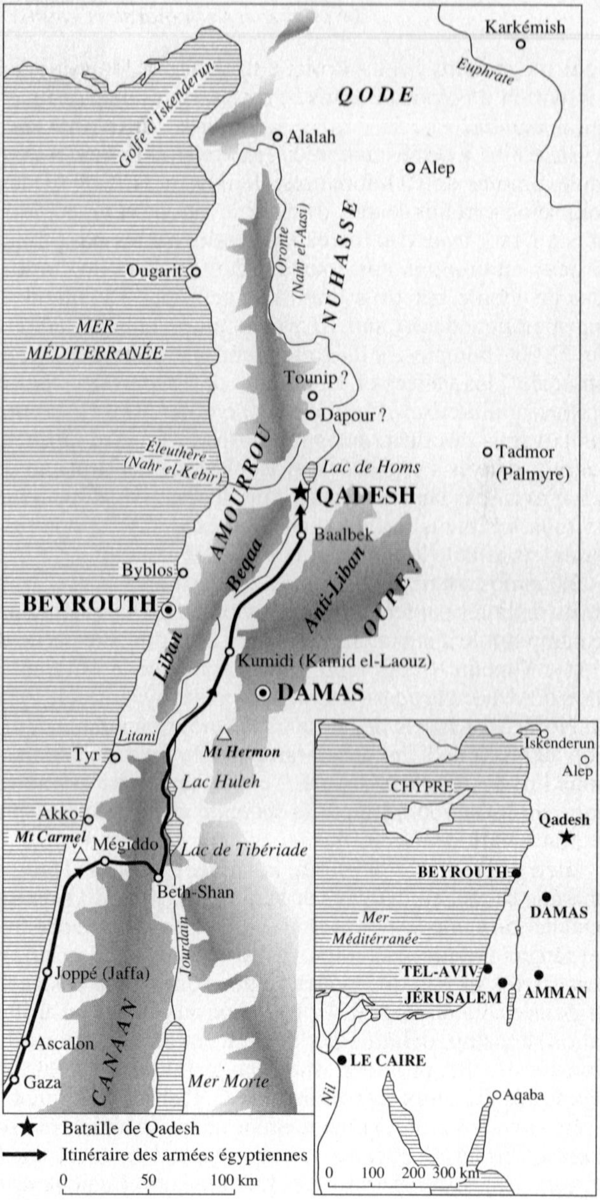

Karkémish
Euphrate
QODE
Golfe d'Iskenderun
Alalah
Alep
Oronte (Nahr el-Aasi)
NUHASSE
Ougarit
MER MÉDITERRANÉE
Tounip ?
Dapour ?
Éleuthère (Nahr el-Kebir)
AMOURROU
Lac de Homs
Tadmor (Palmyre)
QADESH
Baalbek
Beqaa
Anti-Liban
OUPE ?
Byblos
BEYROUTH
Liban
Kumidi (Kamid el-Laouz)
DAMAS
Litani
Mt Hermon
Tyr
Lac Huleh
Akko
Mt Carmel
Mégiddo
Lac de Tibériade
Beth-Shan
Jourdain
Joppé (Jaffa)
CANAAN
Ascalon
Gaza
Mer Morte
Bataille de Qadesh
Itinéraire des armées égyptiennes
0 50 100 km
Iskenderun
Alep
CHYPRE
Qadesh
BEYROUTH
DAMAS
Mer Méditerranée
TEL-AVIV
JÉRUSALEM
AMMAN
LE CAIRE
Nil
Aqaba
0 100 200 300 km

pour reconnaître l'endroit où se trouvait Sa Majesté, dans l'intention d'empêcher l'armée de Sa Majesté de se préparer au combat. »

En réalité, à cet instant précis, Mouwatalli se tenait dissimulé à moins de 10 kilomètres, derrière la ville de Qadesh (ou, selon certains textes, derrière le site de Sefinet Nouh, plus à l'est), avec des forces impressionnantes – du moins si nous en croyons nos sources : 3 500 chars de combat, chacun monté par trois hommes (ceux des Égyptiens en transportaient deux), soit 10 500 hommes, et une infanterie de 37 000 hommes. « Ils couvraient les montagnes, [remplissaient] les vallées et semblaient des sauterelles, tant ils étaient nombreux. » Cette armée se composait de contingents venus des différentes régions de l'Empire hittite ou fournis, parfois à prix d'or, par les vassaux de Mouwatalli : « Il n'avait pas laissé d'argent dans son pays, le dépouillant de tous ses biens, et les avait donnés à chacun des pays étrangers afin de les amener à combattre avec lui. »

Selon nos sources, les troupes de dix-huit contrées, souvent conduites par leurs rois en personne, participèrent dans le camp hittite à la bataille de Qadesh. La majeure partie de l'Asie Mineure y était représentée, ainsi que le Mitanni, le pays d'Alshe et la quasi-totalité des petits royaumes de Syrie du Nord. Seul absent de marque : l'Amourrou dont la défection au profit de l'Égypte, un an plus tôt, fut probablement, nous l'avons vu, le *casus belli* expliquant cette extraordinaire mobilisation hittite et la seconde campagne syrienne de Ramsès II.

Victime de la ruse de guerre imaginée par Mouwatalli, le pharaon se met en marche sur la rive gauche de l'Oronte et installe son camp au nord-ouest de Qadesh, sans soupçonner le danger qu'elle dissimule. A ce moment, les positions respectives de ses différentes unités sont dangereusement dispersées. La division d'Amon vaque aux travaux d'installation du camp, délimité par une enceinte de boucliers. La division de Rê progresse dans la plaine de l'Oronte en direction du camp. Les divisions de Ptah et de Soutekh, l'une suivant l'autre, peinent encore dans la région d'Aronama (Hermel) ou, selon certains textes, dans le « bois de Robawi », l'immense oasis de Laboué entre Baalbek et le débouché de la Beqaa, qui s'étendait alors bien plus au nord que de nos jours.

Enfin, le *Poème* signale la présence d'une dernière unité égyptienne dont l'action serait déterminante pour l'issue du combat : « Sa Majesté avait constitué un premier rang, formé des meilleurs soldats de son armée, et, tandis qu'ils se tenaient sur la rive du pays d'Amourrou, le méprisable roi de Hatti se tenait [caché derrière Qadesh]. » L'intervention de cette unité au cours de la bataille est illustrée sur les reliefs, accompagnée de la légende : « Arrivée des Naârin de Pharaon depuis le pays d'Amourrou ». Le terme sémitique naârin (dont le champ sémantique – garçon, soldat, serviteur – exprime l'idée d'une dépendance juridique liée à l'âge ou à un statut de subordination) ne signifie pas, comme certains l'ont cru, que cette unité se composait de mercenaires étrangers – la manière dont elle est figurée en fait foi – ni même de jeunes gens : c'était une troupe aguerrie. En fait, le terme relève probablement de cet état d'esprit militaire quasi universel qui, aujourd'hui encore, considère des hommes faits comme des « gars » (la manière la plus exacte de rendre le sens du terme, en tenant compte du fait qu'il s'agit, en égyptien, d'un mot étranger, serait de le traduire par « boys »). Ces soldats d'élite formaient un « premier rang », c'est-à-dire, à l'évidence, une avant-garde postée à quelques kilomètres au nord ou au nord-ouest du camp égyptien « sur la rive [de l'Oronte du côté] de l'Amourrou ». Précisons que la mention ici de cette « rive », comprise comme la côte méditerranéenne de l'Amourrou, a conduit nombre de savants, après J.H. Breasted, à supposer que les Naârin auraient constitué un corps expéditionnaire, détaché du gros de l'armée lorsque celle-ci se trouvait encore en Palestine, et chargé par Ramsès II de couvrir sa progression sur son flanc gauche, en suivant le littoral depuis Acre puis en rejoignant Qadesh par la vallée de l'Éleuthère (Nahr el-Kébîr). Nous ne partageons pas cette opinion : outre que l'intervention des Naârin dans la bataille relèverait ainsi d'un hasard miraculeux, on voit mal comment leur troupe aurait pu s'acquitter du rôle stratégique qu'on lui attribue. De dimensions forcément réduites, qu'aurait-elle pu faire, sinon rebrousser chemin, si elle s'était heurtée en route à des troupes hittites ?

Comment aurait-elle pu alors rapidement avertir le pharaon de ce danger ? En lui dépêchant des estafettes à travers une chaîne de montagnes s'élevant à 2 000 mètres d'altitude en moyenne ? On voit l'impossibilité pratique d'une manœuvre dont l'intérêt ne peut se concevoir, sur le plan militaire, sans les moyens modernes de reconnaissance et de liaison (radio, aviation légère).

Peu avant le déclenchement de la bataille, le calme qui – dit-on – précède les tempêtes règne dans le camp égyptien. Les hommes vaquent aux corvées ou se reposent des fatigues de l'étape. Sous sa tente, le roi devise tranquillement avec ses officiers. Un soldat égyptien, retour d'une mission de reconnaissance, ramène avec lui deux éclaireurs hittites, faits prisonniers dans la plaine ; fait mineur ; un de ces incidents banals, qui sont la trame de la vie quotidienne en campagne. Copieusement battus, selon la coutume, les deux Hittites sont présentés au roi qui procède lui-même à leur interrogatoire. « Qu'êtes-vous ? demande Ramsès II. – Nous appartenons au roi de Hatti ; c'est lui qui nous a fait venir pour reconnaître l'endroit où se trouve Sa Majesté. – Et où se trouve-t-il, lui, l'ennemi de Hatti ? Voyez, j'ai appris qu'il était au pays de Khalab [Alep], au nord de Tounip. » Et c'est alors l'instant de la terrible révélation : « Vois, le méprisable roi de Hatti est là [avec ses alliés], et vois, ils se tiennent, équipés et prêts au combat, derrière Qadesh-l'ancienne ! »

Stupéfait, Ramsès II comprend soudain qu'il est tombé dans un piège : convoquant en hâte un conseil de guerre, il laisse d'abord éclater sa colère contre ses subordonnés, qui se sont révélés incapables de s'informer de l'avance hittite. Mais la situation exige des mesures plus concrètes ; des estafettes sont aussitôt dépêchées aux troupes qui sont encore sur la rive droite de l'Oronte, afin de les guider au plus vite jusqu'au camp.

A ce moment, la division de Rê, qui chemine tranquillement vers le camp, est surprise sur son flanc droit par une charge soudaine de 2 500 chars hittites à travers le fleuve, et balayée sans avoir pu esquisser la moindre velléité de défense. Les survivants s'enfuient en désordre vers le camp où parvient, avec eux, la nouvelle du désastre : le quart de l'armée anéanti au premier engagement ! Cependant, sur sa lancée, l'ennemi s'approche déjà du camp, culbute son enceinte dérisoire et bientôt y pénètre. La situation semble désespérée : les soldats de la division d'Amon cèdent à la panique, et seuls les membres de la garde royale trouvent le courage d'engager avec les Hittites un combat inégal.

Ramsès II prend en main la conduite des opérations. En hâte il revêt sa tenue de combat, saisit ses armes, se précipite sur son char et, « tout seul » – les textes le répètent à l'envi –, s'élance à la rencontre de l'adversaire. Tout seul ? Non, bien sûr. L'expression reflète la conception égyptienne de la monarchie, aux termes de laquelle le roi est l'unique acteur de l'histoire. En réalité, à ce moment crucial, il reçoit sans doute le secours de ses Naârin, les vétérans de l'avant-garde qui, dès les premiers instants du combat, ont dû revenir sur leurs pas pour aider leurs compagnons. Les reliefs représentent leur arrivée en rangs serrés, précédés de chars.

A leur tête, Ramsès II charge les Hittites, qu'il contient d'abord à grand-peine. Dans le *Poème* cependant, le sursaut égyptien est attribué à une intervention divine. Cerné d'ennemis, le roi lance vers Amon une prière fervente, mêlée d'amers reproches : « Qu'as-tu donc, mon père Amon ? Est-ce d'un père de négliger son fils ? Me suis-je [moi] laissé aller à te négliger ? N'est-ce point sur ton ordre que j'agis ou n'agis point ? [...] Pourquoi te soucies-tu de ces Asiatiques, cette racaille qui ignore quelque dieu que ce soit ? [Vient alors l'énumération des bienfaits accomplis par le roi à l'égard d'Amon] Eh quoi ? Que va-t-on dire s'il arrive malheur à celui qui se plie à ta volonté ? Fais du bien à celui qui te révère et on te servira avec amour ! Je crie vers toi, ô mon père Amon, au milieu des multitudes que je ne connais pas [...] alors que je suis tout seul, qu'il n'y a personne d'autre avec moi, que mes fantassins innombrables m'ont abandonné et que pas un seul homme de ma charrerie ne se préoccupe de moi. »

Alors se produit le miracle qui décide de l'issue du combat : « Or, tandis que je priais au fin fond des pays étrangers, ma voix avait résonné dans Ôn de Haute-Égypte [Thèbes], et je découvris qu'Amon était venu dès que je l'avais invoqué [...] Il me cria [...] : “ En avant ! Je suis avec toi, car je suis ton père ; ma main est à ton service et je suis plus utile que 100 000 hommes, car je suis le seigneur de la victoire, qui aime la vaillance." »

« Je me découvre alors le cœur vigoureux, la poitrine joyeuse. » Désormais, ce n'est plus le roi qui combat, mais un surhomme au courage indomptable. « O mon bon seigneur [...], vois, nous sommes abandonnés [...] Allons-nous-en, s'il te plaît ; sauve-nous ! » La supplique angoissée de Menna, son écuyer, ne vaut à celui-ci que cette réplique cinglante : « Reprends-toi, mon écuyer ! Que ton cœur se ressaisisse ! Que t'importent ces efféminés dont des millions ne sauraient m'impressionner ? » Bientôt, aux dires du roi, avec l'aide d'Amon, « tout ce que j'entreprends réussit [...], je tire à l'arc de la main droite, je capture de la main gauche [...], je découvre les 2 500 chars au milieu desquels je me trouvais jetés en pleine confusion devant mes chevaux. »

Face à cette réaction inattendue, la confiance dans la victoire déserte progressivement les rangs hittites : « Ce n'est pas un homme qui est au milieu de nous. C'est Soutekh, le grand de force, Baâl lui-même [...] ; filons vite, fuyons devant lui [...] Voyez, quiconque ose l'approcher, sa main et ses membres deviennent sans force ; on ne sait plus tirer à l'arc ou [lancer] la javeline quand on le voit, de loin, venir à toute allure. »

De sa position de commandement à l'est de l'Oronte, Mouwatalli observe avec inquiétude le désarroi grandissant de son armée. Espérant conserver l'initiative, il lance dans la bataille un nouveau contingent de 1 000 chars. Las, il est déjà trop tard : le combat a « changé d'âme ». A six reprises, Ramsès II charge les rangs ennemis et bientôt les rejette à l'Oronte : « Je les fis se jeter à l'eau comme plongent les crocodiles, tête la première, les uns sur les autres, et j'en tuai autant que je voulais. » Les reliefs montrent le fleuve où grouillent les cadavres, les attelages et les chars fracassés. Quelques survivants nagent jusqu'à la rive où leurs camarades les repêchent. Une scène pittoresque représente le prince d'Alep, maintenu tête en bas et pieds en l'air par ses propres soldats afin qu'il se soulage de l'eau ingurgitée au cours du bain forcé.

Ayant constaté le retournement de la situation, les hommes des divisions d'Amon et de Rê, qui s'étaient débandés au début du combat, « s'amenèrent un à un pour rentrer dans le camp au moment du soir », et trouvèrent la plaine de Qadesh jonchée de cadavres : « On ne savait plus où marcher tant ils étaient nombreux. » Un frère de Mouwatalli, Himmouzalma, gît au milieu des morts, ainsi que son secrétaire personnel, Harpashili. La contre-attaque égyptienne se révèle un succès.

Émerveillée de ce résultat inespéré, l'armée de Ramsès II entonne les louanges de son chef. Mal lui en prend ! Amer, le pharaon apostrophe ses guerriers défaillants : « Qu'avez-vous, mes officiers, mon infanterie et ma charrerie, qui ne savez pas combattre ? Est-ce qu'un homme ne devient pas célèbre dans sa ville quand il [y] est revenu s'étant conduit bravement en présence de son seigneur ? [...] N'ai-je pas fait du bien à chacun d'entre vous, que vous m'ayez abandonné seul au milieu du combat ? » Le roi assure n'avoir vu combattre à ses côtés que son écuyer Menna, le conducteur de son char, quelques membres de sa garde, et manifeste une gratitude touchante à l'égard de ses chevaux : « Je persisterai moi-même à leur donner à manger [...] chaque jour quand je serai dans mon palais ! »

Pendant la nuit qui suit cette journée mémorable, la division de Ptah rallie enfin le camp. Fort à propos, car les opérations ne sont pas tout à fait terminées. D'après le *Poème*, le lendemain à l'aube le pharaon doit encore ranger ses troupes en bataille pour s'opposer à un ultime assaut hittite. Un assaut sans grande conviction ; dès qu'ils aperçoivent Ramsès II, les soldats ennemis s'arrêtent « à distance respectueuse, faisant leur soumission d'un geste de la main », mais sont néanmoins balayés sans pitié.

Mouwatalli ne peut désormais espérer grand-chose d'une poursuite des combats. Sans doute réfugié dans Qadesh, il envoie au pharaon un émissaire porteur d'une proposition d'armistice rédigée dans le meilleur style épistolaire de l'époque : « L'humble serviteur que je suis parle, et te fait savoir que tu es le fils de Rê, issu de son corps ; il t'a donné tous les pays [...] le pays d'Égypte et le pays de Hatti sont à toi, ils sont tes serviteurs sous tes pieds [...] Est-ce bien que tu tues tes serviteurs [...] ? Vois, tu as passé la journée d'hier à tuer des centaines de milliers [de personnes] et te revoilà aujourd'hui [...] Ne sois pas dur en affaires, roi victorieux : la paix est meilleure que le combat. »

Ramsès II rassemble ses troupes et son état-major pour leur lire la lettre et les consulter sur la réponse à y faire. C'est un cri unanime : « La paix est ce qu'il y a de meilleur, souverain notre maître ; il n'y a rien de blessant à être d'accord quand c'est toi qui le fais [car] qui pourra te contenir le jour où tu te mettras en colère ? »

Il n'y a plus qu'à reprendre le chemin de l'Égypte, après avoir rassemblé de nombreux prisonniers, promis à la servitude, et avoir évalué les dommages causés à l'ennemi en faisant le décompte des mains coupées à ses cadavres. Nos sources évoquent laconiquement le retour pacifique en Égypte des restes de l'armée de Ramsès II. D'après des textes hittites, son itinéraire, plus oriental qu'à l'aller, aurait traversé le pays d'« Oupé » (la Damascène ?), les troupes de Mouwatalli contrôlant de loin son repli.

Voici maintenant plus de 3 000 ans qu'Égyptiens et Hittites se sont combattus à Qadesh ; pourtant, la bataille est loin d'être achevée ! Égyptologues et hittitologues, ressuscitant l'antique querelle, s'affrontent aujourd'hui, autour de l'événement, sur le terrain de l'interprétation historique. Tous, sans doute, s'accordent sur l'essentiel : l'affrontement fut une victoire tactique de Ramsès II. Mais, tandis que les égyptologues soulignent l'importance de cette victoire et le rôle personnel du pharaon dans ce succès, Ramsès II ne passe guère pour les hittitologues que pour un mégalomane bavard, cherchant à dissimuler sous un flot de vantardises une défaite stratégique. A leurs yeux, malgré sa défaite, Mouwatalli réussit bel et bien, à Qadesh, à briser une fois pour toutes les velléités expansionnistes de Ramsès II.

Comme beaucoup de débats, celui-ci repose pour une bonne part sur un malentendu. Le poids des conventions idéologiques régissant la composition des textes égyptiens invite à en suspecter la valeur historique, et le silence des sources hittites sur l'événement doit nous faire redoubler de prudence. Rappelons cependant que ce silence peut s'expliquer par la *damnatio memoriæ* dont Hattousil III, neveu et second successeur de Mouwatalli, frappa le règne de son oncle ; et que les sources égyptiennes débarrassées de leur emphase (Ramsès II n'était pas « tout seul » contre les Hittites, il n'en a pas tué des millions, ceux-ci n'étaient pas transis de peur à sa seule vue) fournissent un témoignage dont nous n'avons pas le droit de douter systématiquement.

Il est évident que le piège de Qadesh avait été conçu par Mouwatalli dans l'espoir de détruire radicalement l'armée de Ramsès II et de mettre ainsi un terme définitif aux ambitions égyptiennes en Syrie du Nord. Or, si nous nous en tenons aux faits, ce fut un échec sur l'un et l'autre plan : à Qadesh, avec des effectifs dérisoires, le pharaon évite le pire ; deux ans plus tard, en l'an 7 de son règne, il sera de nouveau en Palestine ; en l'an 9, il conquerra les villes de Tounip et Dapour, bien loin au nord de Qadesh, et assiégera encore celle-ci l'année suivante.

Quant aux Hittites, qui se sont révélés, face à Ramsès II, de bien piètres tacticiens (la surprise seule aurait dû leur assurer la victoire), ils ne semblent guère avoir retiré de bénéfices durables du demi-succès de Qadesh. Sans doute recouvrent-ils l'Amourrou ; peut-être conquièrent-ils Oupé après l'évacuation des troupes égyptiennes, mais l'effort militaire et les pertes de Qadesh semblent les avoir laissés épuisés. Aussitôt après la bataille, ils assistent sans réaction à l'occupation soudaine du Mitanni, leur vassal, par le roi d'Assyrie. Treize ans plus tard, en 1261 av. J.-C., celui-ci ne craindra pas, après avoir affronté et vaincu les troupes hittites qui s'y trouvaient encore, d'annexer purement et simplement ce qui en subsistait.

Devant cette menace, dès lors pressentie comme extrêmement dangereuse, Hattousil III, monté sur le trône de Hatti en 1263 av. J.-C., se résout à un rapprochement avec l'Égypte : en 1258, il conclut avec Ramsès II un traité de paix en bonne et due forme. Un hasard heureux nous en a conservé la copie qui figurait dans les archives de Boghaz-Köy, la capitale hittite, et la traduction égyptienne qui en fut gravée sur les parois du temple de Karnak.

L'événement ouvre une ère de paix et de coopération tout à fait insolite dans l'histoire troublée du Proche-Orient ancien. En 1245 et 1234, Ramsès II épousa successivement deux filles d'Hattousil III. Les deux souverains, leurs épouses et leurs dignitaires échangeront des présents et entretiendront une correspondance cordiale dont de nombreux vestiges ont subsisté. Des visites du roi des Hittites et de son fils en Égypte seront même envisagées et, à la demande d'Hattousil III, le pharaon enverra plusieurs fois des médecins égyptiens en Asie Mineure pour qu'ils prodiguent leurs soins aux membres de la famille du roi des Hittites et à certains de ses vassaux.

Par son issue incertaine, la bataille de Qadesh, point culminant de l'affrontement séculaire entre Égyptiens et Hittites, fut l'expression même de leur incapacité mutuelle à se porter un coup décisif. Il faudra pourtant encore plus d'une décennie de combats inutiles pour que les deux adversaires réalisent que la poursuite des hostilités ne profiterait, en définitive, qu'à un troisième protagoniste, attendant dans l'ombre de recueillir les fruits de leur épuisement. La montée en puissance de l'Assyrie, en venant prêter un visage à cette menace, les forcera alors à s'accorder et même, par la suite, à s'apprécier. Ainsi la bataille de Qadesh contient sans doute en germe les prémices de leur rapprochement. Elle marque, de cette manière, une date importante dans l'histoire du Proche-Orient, trop avare – aujourd'hui comme hier – de périodes de paix et de concorde, mais aussi une date non moins importante dans celle du règne de Ramsès II. Ses clameurs de victoire relèvent sans doute moins de la vantardise qu'elles ne témoignent du soulagement indicible d'avoir échappé par miracle à un péril extrême. Y eût-il succombé qu'il ne serait probablement pas aujourd'hui le plus célèbre des pharaons.

Le « Poème » de Qadesh et autres sources

Les sources qui permettent de reconstituer la bataille de Qadesh figurent pour l'essentiel sur les parois et les pylônes de cinq temples : Louqsor, le temple funéraire de Ramsès II à Thèbes (le *Ramesseum*), le grand spéos d'Abou-Simbel en Nubie et les temples de Ramsès II à Abydos et à Karnak, où ils subsistent à l'état de vestiges.

Deux tableaux, réunis en un seul à Abou-Simbel, représentent respectivement l'attaque du camp de Ramsès II et sa contre-attaque victorieuse devant Qadesh. L'un des tableaux représentant celle-ci au *Ramesseum* fut décrit au IVe siècle av. J.-C. par l'historien grec Hécatée d'Abdère ; sa description est conservée par une paraphrase de Diodore de Sicile, dans sa *Bibliothèque historique*, I, 47-48 (Ier siècle av. J.-C.).

Deux textes, le *Poème*, dont le nom reflète le caractère épique, et le *Bulletin*, figurent généralement à côté de ces tableaux dont de nombreuses légendes fournissent des détails qui ne figurent pas dans les textes. On connaît deux exemplaires sur papyrus du *Poème*, qui fut longtemps appelé à tort *Poème de Pentaour*, d'après le nom de l'un des copistes. Le *Bulletin* doit son nom à son ton relativement objectif, qui laisse supposer qu'il fut rédigé à partir du journal de l'armée égyptienne ou de documents similaires.

En outre, les péripéties de la bataille sont évoquées dans une lettre de Ramsès II à Hattousil III, écrite en cunéiforme akkadien et retrouvée dans les archives de Boghaz-Köy, en Turquie, l'ancienne capitale hittite.

Ramsès III face aux « Peuples de la mer »

Pierre Grandet

« J'ai détruit les Danouna qui venaient de leurs îles ; les *Sikala* et les *Poulasti* ont été réduits en cendres, [ainsi que] les *Shirdana* et les *Ouashasha* [qui venaient] de la mer : [tous] ont été anéantis, faits prisonniers en une [seule] fois et menés comme tels en Égypte, [nombreux] comme le[s] [grains de] sable de la berge. »

Au soir de sa vie (vers 1153 av. J.-C.[1]), c'est en ces termes grandiloquents que le pharaon Ramsès III, dressant à l'intention de ses sujets une sorte de bilan de son gouvernement, évoque le souvenir des combats victorieux par lesquels, près d'un quart de siècle plus tôt, il avait arrêté, aux portes de l'Égypte, l'invasion d'un groupe de tribus indo-européennes* que l'on appelle traditionnellement, comme le faisaient les Égyptiens eux-mêmes, les « Peuples de la mer[2] ».

L'importance de cette victoire ne doit pas être sous-estimée. Engagés depuis 1200 av. J.-C. environ, à partir de la mer Égée, dans un vaste mouvement migratoire, les « Peuples de la mer » avaient ravagé sur leur passage l'Anatolie et le Levant, et détruit la plupart des États qui y avaient prospéré jusque-là. Grâce à la valeur de son roi, l'Égypte échappait à ce sort. Mais ce ne devait être qu'une victoire partielle et sans lendemain. L'invasion avait ruiné définitivement l'équilibre politique qui prévalait au Proche-Orient depuis la paix conclue, en 1259 av. J.-C., entre Ramsès II et l'Empire hittite d'Anatolie, et les conséquences, à long terme, en seraient

---

* Cf. lexique page 119.

fatales à l'Égypte. La date de 1200 av. J.-C. marque donc un tournant majeur dans l'histoire du Proche-Orient.

Les populations qui sont à l'origine de ces bouleversements atteignent l'Égypte en la huitième année du règne de Ramsès III (1177 av. J.-C.). Leur mouvement représente, à cette date, pour l'Égypte et l'ensemble de la Méditerranée orientale, une menace d'un type nouveau. Il ne s'agit plus d'incursions de pirates – fléau connu, dans cette région, depuis la nuit des temps –, mais de l'exode de peuples entiers, lancés sur les routes à la recherche de nouveaux foyers et décidés à les conquérir les armes à la main. Les villes de Crète, de Chypre et d'autres points de la Méditerranée orientale sont alors hâtivement fortifiées ou abandonnées, puis totalement détruites. La civilisation grecque mycénienne* s'effondre[3]. Enfin, le puissant empire hittite d'Anatolie (le Hatti) et diverses principautés du Levant disparaissent dans la tourmente.

Parmi les principaux acteurs de ce drame, énumérés dans le bilan de Ramsès III, apparaissent trois peuples jusque-là inconnus sur la scène du Proche-Orient. De l'un d'eux, les *Ouashasha*, nous ne savons rien. Les deux autres sont probablement deux rameaux d'une même ethnie : les *Poulasti*, les futurs Philistins, et les *Sikala* qui, plus tard, peupleront la Sicile[4]. Quant à leurs alliés cités par les sources égyptiennes (*Tourousha, Shakalousha, Danouna*), ce sont des tribus anatoliennes entraînées dans leur sillage et déjà connues des Égyptiens.

D'où venaient ces peuples ? Leur armement et leur poterie révèlent de fortes influences mycéniennes, ce qui suppose un séjour prolongé au contact des civilisations de la mer Égée et de la Grèce archaïque. Les sources égyptiennes datant du règne de Ramsès III ne leur assignent-elles pas parfois pour origine les « îles qui sont au milieu de la mer » ? D'ailleurs, les géographes antiques mentionnent l'existence, sur les côtes de Grèce, des Balkans et d'Italie, de lieux et de tribus dont les noms sonnent comme ceux des divers « Peuples de la mer ». Ils y auraient été portés, bien avant le XIIe siècle av. J.-C., par une vague indo-européenne venue du nord, qui se serait mêlée aux Mycéniens du Péloponnèse, puis aurait essaimé dans les îles et sur les côtes de la mer Égée.

Ce n'était pas la première fois, en l'an 8 de Ramsès III, que d'importantes migrations bouleversaient les contrées riveraines du bassin oriental de la Méditerranée. Ce n'était pas non plus la première fois que les migrants appartenaient à des peuplades indo-européennes : cinq siècles plus tôt, les Hittites, venus du nord, s'étaient ainsi fixés en Anatolie, tandis que, sur le Haut-Euphrate, des guerriers aryens*, proches cousins de ceux qui, à la même époque, envahissaient l'Inde et le plateau iranien, édifiaient, à leur profit, le royaume de Mitanni. Ce n'était pas la première fois, enfin, que les peuplades dont le nom est mentionné dans les textes de Ramsès III – ou d'autres, qui leur sont apparentées – jouaient un rôle au Levant. Certaines étaient connues des Égyptiens depuis presque trois cents ans.

Les premières allusions certaines à l'existence de l'un des futurs « Peuples de la mer » remontent en effet à la première moitié de la XVIIIe dynastie, sous le règne de Thoutmosis III (1479-1425 av. J.-C.), soit au moment où l'expansion des Grecs mycéniens en mer Égée – marquée, vers 1450 av. J.-C., par la conquête de la Crète – est à son apogée. Dans certaines tombes thébaines, figurent alors les premières mentions de l'existence, bien loin de l'Égypte, d'« îles qui sont au milieu de la mer », désignation manifeste de l'archipel égéen. Ces mentions s'accompagnent parfois de représentations d'insulaires – incontestablement des Mycéniens – faisant présent au pharaon de divers produits de leur artisanat. Et c'est probablement à la même époque que fut composée cette liste étonnante de toponymes égéens, plus tard gravée sur le socle d'un colosse du temple funéraire thébain d'Aménophis III (1387-1350 av. J.-C.), et où figurent transcrits en égyptien, à côté de noms de lieux crétois comme *Kunuch* (Cnossos) ou *Bichty* (Phaistos), des toponymes du Péloponnèse, comme *Mukanu* (Mycènes) ou *Naoupiliy* (Nauplie), ainsi que le nom de l'île de *Kutir* (Cythère).

Cependant, il faut attendre deux siècles et demi (vers 1200), pour que ces insulaires soient nommément désignés dans un texte égyptien sous le nom d'*Aqaywasha*, c'est-à-dire, littéralement, « Achéens » (*cf. encadré, « Les noms des "Peuples de la mer"* »), sous lequel les Grecs de l'époque classique conservaient leur souvenir. Mieux informées, les sources hittites mentionnaient depuis environ 1350 l'existence, à l'ouest du Hatti, d'un royaume d'*Ahhiyawa* – « Achaïe ».

Les contacts entre l'Égypte et les Mycéniens ne se réduisirent probablement pas aux échanges de bons procédés représentés sur les peintures des tombes thébaines. Dès le milieu du XVe siècle av. J.-C. apparaissent les premières mentions, dans l'administration pharaonique, de fonctionnaires chargés de la prévention et de la répression des attaques de pirates contre le Delta du Nil. Pendant trois siècles et demi, des « chefs de toutes les bouches de la mer » et des « chefs de[s] forteresse[s] de la mer » surveilleront les embouchures du fleuve, depuis les forts qui les contrôlaient. Or, à cette époque, ce sont précisément les Achéens qui, grâce au développement remarquable de leur marine, règnent à peu près en maîtres, en Égée et en Méditerranée, sur la piraterie et sur le commerce. De Crète, chaque année, à la saison d'été, leurs navires viennent ravager les côtes de l'Égypte et, en empruntant les branches du Nil, piller ses campagnes, parfois jusqu'assez loin à l'intérieur des terres. Une page d'Homère, quoique beaucoup plus tardive (VIIIe siècle av. J.-C.), contient l'évocation la plus parfaite de ces activités :

« J'étais devenu parmi les Crétois objet de crainte et de respect […]. Mon cœur me poussait à voguer vers l'Égypte […]. Je gréai neuf vaisseaux, et, bien vite, tout un peuple y courut […]. Nous nous embarquâmes et, poussés par un beau vent du nord, qui soufflait fort, nous voguions au large de la vaste Crète, facilement, comme au courant d'un fleuve […]. Le cinquième jour nous atteignîmes l'Égyptos au beau cours [le Nil]. Je mouillai dans ce fleuve mes vaisseaux [probablement dans sa branche occidentale], et j'ordonnai aux vigies d'aller sur les guettes. Mais eux, cédant à leur esprit de démesure et suivant leur envie, de ravager aussitôt les si beaux champs des Égyptiens, d'enlever femmes et enfants dépourvus de raison, et de tuer les hommes. L'appel de guerre parvint vite à la ville. Les habitants, entendant le cri, accoururent comme le jour paraissait. Toute la plaine se remplit de fantassins et de cavaliers, ainsi que des éclairs du bronze. Zeus, qui lance la foudre, jeta en mes compagnons la funeste panique, et nul n'eut le courage de rester et d'opposer la force. Le malheur les investissait de toutes parts. Alors, ils tuèrent beaucoup des nôtres à la pointe du bronze ; ils emmenèrent les survivants afin de les obliger à travailler pour eux, par contrainte » (*Odyssée*, XIX, traduction M. Dufour et J. Raison).

Sous les règnes d'Aménophis III et IV (1387-1330 av. J.-C.), nous rencontrons encore des allusions à des expéditions de pirates contre le Delta du Nil ainsi que contre l'île d'*Alashiya* (Chypre) et les possessions égyptiennes du Levant, certains de ces pirates venant du pays de *Loukki*, la future Lycie, sur la côte sud-ouest de l'Anatolie. Au début de la XIXe dynastie, ils ne cessent de menacer l'Égypte, au point que, dans les deux premières années de son règne (1279-1280 av. J.-C.), Ramsès II lui-même doit conduire une campagne contre eux, les désignant comme « les *Shirdana* au cœur valeureux [...] venus [...] sur leurs navires de guerre, du milieu de la mer ». Le succès de l'opération est confirmé par la présence de mercenaires issus de leurs rangs dans la garde personnelle du pharaon lors de la bataille de Qadesh (1274 av. J.-C.). De cette époque à la fin du Nouvel Empire, avec leurs vastes boucliers ronds, leurs longues épées et leurs casques ornés, sur les côtés, d'une paire de cornes séparées par un disque fiché sur une courte tige, ces *Shirdana* (dont le peuple, un jour, donnerait son nom à la Sardaigne) formeront, parfois contre leurs propres frères de race, l'un des corps d'élite de l'armée égyptienne.

Mais la menace plus ou moins permanente que laissaient planer sur l'Égypte les pirates de Méditerranée ne pouvait pas être écartée par des campagnes, même répétées. Elle ne faisait qu'exprimer l'attrait irrésistible qu'ont toujours exercé – pour le meilleur ou pour le pire – les peuples riches, sédentaires et de vieille civilisation sur les peuples pauvres, mais combatifs et souvent nomades, vivant à leurs frontières. Peut-être, conscient de cet état de choses, Ramsès II essaya-t-il, après avoir défait les *Shirdana*, de réduire plus durablement le risque de tout retour intempestif d'une flottille pirate sur les côtes d'Égypte. A l'ouest du Delta, sur le rivage de Marmarique (entre l'Égypte et la Libye), il fit ériger, pour surveiller et prévenir leurs mouvements, une succession de forteresses prolongeant, jusqu'à 300 kilomètres à l'ouest de la vallée du Nil, le réseau des « forteresses de la mer » mis en place sous Thoutmosis III.

L'implantation de ces forteresses montre que la partie occidentale du Delta était la première visée par les razzias de pirates qui suivaient la route maritime joignant la Crète à l'Afrique. Si l'on tient compte de la participation, sous Mérenptah (*cf. plus bas*), de certains « Peuples de la mer » à une attaque libyenne contre l'Égypte, ou de l'armement mycénien dont seraient dotés les Libyens qui l'attaqueraient de nouveau en l'an 11 de Ramsès III (1174 av. J.-C.), il semble manifeste que, de la mer Égée, ils gagnaient d'abord la Cyrénaïque (la partie est de la Libye), où ils devaient avoir établi des contacts anciens avec les populations indigènes, et ralliaient ensuite le lieu de leurs exactions en longeant la côte où Ramsès II, précisément, avait implanté ses installations militaires.

Les mercenaires *Shirdana* de l'armée égyptienne n'étaient pas les seuls « Peuples de la mer » à participer à la bataille de Qadesh : dans le camp hittite, des contingents anatoliens originaires des pays de *Louka* (Lycie) et de *Dardanya* (vers les Dardanelles) combattirent les forces de Ramsès II. Or, sous leurs formes grecques, *Lukioi* et *Dardanoi*, ces peuples sont aussi mentionnés par *L'Iliade* dans la liste des ennemis des Grecs lors de la guerre de Troie. Peut-être possédons-nous là un indice permettant de dater l'événement ayant servi de thème à l'épopée d'Homère. Le récit de la résistance de Troie aux Achéens a peut-être conservé le souvenir, déformé par la transmission orale, de la lutte historique d'une cité alliée des Hittites contre certaines principautés d'Anatolie occidentale, coalisées contre ceux-ci sous l'égide du roi d'*Ahhiyawa* à partir des années 1220 av. J.-C.

Au XIIIe siècle av. J.-C., et surtout à partir de 1220, d'importants changements climatiques semblent avoir rendu plus arides les contrées riveraines du bassin oriental de la Méditerranée. Bientôt, l'Empire hittite est ravagé par de sévères famines, au point que le pharaon Mérenptah, succédant à Ramsès II en 1212 av. J.-C., lui expédie, par mer, des chargements de céréales. Puis l'Afrique du Nord est touchée, elle aussi. En la cinquième année du règne de Mérenptah (1208 av. J.-C.), le peuple libyen, fuyant la disette, se mit en mouvement vers la vallée du Nil, résolu à s'y établir, et, après avoir ravagé sur son passage les marches du Delta, atteignit le fleuve en aval de Memphis. Vaine entreprise : de la cité, où Mérenptah avait ses quartiers, les troupes égyptiennes montèrent aussitôt à la rencontre de l'ennemi et ruinèrent ses espérances en un violent affrontement. A l'issue du combat, il laissait sur le champ de bataille, outre un butin immense, près de 8 500 morts et quelque 900 prisonniers.

Mais, circonstance remarquable, ce n'étaient pas seulement des Libyens que les troupes de Mérenptah avaient eu à combattre. Un tiers des morts ennemis, selon nos sources, et plus de deux tiers de ses prisonniers étaient des « habitants des pays de la mer » – l'expression égyptienne, que l'on rend approximativement par « Peuples de la mer ». Parmi les cadavres, on dénombrait quelque 1 200 *Aqaywasha*, ou Achéens ; environ 800 *Tourousha*, les futurs Étrusques, dont le lieu d'origine, à cette époque, était peut-être le pays de *Tarwisha*, au sud de la Troade ; 250 *Shakalousha*, dont le nom a été conservé par l'antique cité de *Sagalassos*, en Anatolie, au nord de la Lycie ; enfin 200 *Shirdana* – décidément incorrigibles – et quelques *Louka*.

Cette participation, manifestement volontaire – peut-être rétribuée –, de contingents de soldats d'Asie Mineure et d'Égée à une attaque libyenne contre l'Égypte confirme l'existence, autour de 1200 av. J.-C., de rapports, sans doute anciens et amicaux, entre les indigènes d'Afrique du Nord et les peuples indo-européens de Méditerranée. Elle confirme aussi que leurs pirates n'avaient cessé d'utiliser la route maritime conduisant de Crète en Cyrénaïque ou en Marmarique. Depuis la fin du règne de Ramsès II, d'ailleurs, comme le montrent les récits des combats de Mérenptah, ils avaient repris leurs razzias contre le Delta du Nil.

Les invasions qui marquèrent si profondément, autour de 1200 av. J.-C., l'histoire du Proche-Orient, peuvent être reconstituées dans leurs grandes lignes grâce à deux catégories de sources : d'une part, des textes et des reliefs égyptiens ; de l'autre, les vestiges de la correspondance diplomatique d'Hammourabi – dernier roi de la Cité-État d'Ougarit (aujourd'hui Ras Shamra), sur la côte syrienne – avec son suzerain Souppiloulіouma II, dernier souverain hittite, ainsi qu'avec le roi de Chypre et divers autres correspondants.

Ce sont les sources de la seconde catégorie qui sont les plus anciennes. Toutes concernent les inquiétantes activités de pirates appelés *Shikalayou* (les *Sikala* des sources égyptiennes), un peuple dont les desseins ou les motivations semblent énigmatiques aux yeux des souverains du Proche-Orient. Du Hatti (Empire hittite), au nord, et d'Amourrou, État voisin d'Ougarit, au sud, convergent à la cour d'Hammourabi les demandes de renseignements à leur propos. Ougarit était en effet le plus grand port du Levant et, par conséquent, le meilleur endroit de la région où recueillir rapidement, sur les sujets les plus variés, le maximum d'informations. Bientôt, cependant, ces questions deviennent sans objet, car les *Shikalayou* se mettent à ravager les côtes d'Asie Mineure et de Syrie.

Puis les événements se précipitent : le roi de Chypre avertit Hammourabi de l'imminence d'une attaque ennemie contre Ougarit, lui conseillant de fortifier sa cité et de la garnir de troupes. Hélas, les forces terrestres d'Ougarit se trouvent alors en Hatti et sa flotte au pays de *Louka*, pour participer, aux côtés de la marine de Chypre sous commandement hittite, à la défense commune de l'Asie Mineure contre ce que l'on devine être le gros des forces *Shikalayou*. Ougarit ne possède donc aucun moyen de défense, et des bandes ennemies, débarquées sur la côte, peuvent ravager son arrière-pays en toute impunité.

Ensuite nous parviennent les échos d'un lointain désastre naval des forces coalisées sous commandement hittite, puis, de Chypre, un ultime avertissement informant Hammourabi du passage, entre l'île et la côte de Cilicie, d'une escadre ennemie cinglant vers le Levant. Puis, c'est le silence. Accompagnant les raids de leur marine, les forces terrestres des *Shikalayou* (probablement ici une désignation globale des diverses tribus distinguées par les sources égyptiennes) étaient sans doute arrivées en vue d'Ougarit et se préparaient à donner l'assaut. L'archéologie révèle que la destruction de la cité fut soudaine.

Seul, en Asie Mineure, le Hatti put résister quelque temps encore à la vague des envahisseurs qui avaient détruit Ougarit. Mais, quand les sources égyptiennes prennent le relais des correspondances levantines, l'anéantissement d'Ougarit est déjà de l'histoire ancienne. Les peuples étrangers qui venaient « du nord », « de la mer » ou « de leurs îles du milieu de la mer », « firent une alliance [...] [puis], d'un seul coup, [...] se mirent en route et se répandirent partout en combattant. Aucun pays ne put résister à leurs bras : depuis le Hatti, le Qadi, Karkémish, l'Arzawa et Alashiya [jusqu'à l'Égypte, tous] furent déracinés [...] Leurs villes furent dévastées [...], leurs arbres et leurs habitants furent réduits en cendres ». Toute l'Asie Mineure et presque toute la Syrie étaient désormais aux mains des envahisseurs.

Portés par leur élan, les « Peuples de la mer » ne s'en tinrent pas à ces premières conquêtes. Après la chute d'Ougarit, leur vague déferla en Amourrou, y semant la dévastation. Alors, fuyant les combats, une partie de la population courut se réfugier, plus au sud, dans les possessions égyptiennes d'Asie, y portant de sinistres présages. Désormais, la menace ne pouvait laisser le pharaon indifférent. Contrôlant l'Amourrou où, déjà, ils concentraient leurs troupes pour un nouvel assaut, les *Poulasti*, les *Shikala* et leurs alliés se trouvaient à la frontière de territoires qui reconnaissaient encore, fût-ce nominalement, la souveraineté de l'Égypte et qu'il était du devoir du pharaon de défendre.

En l'an 8 de son règne (1177 av. J.-C.), Ramsès III se porta à leur rencontre en Syrie-Palestine et s'y prépara au combat : « Je fis préparer ma frontière en Djahy [nom égyptien de la Syrie-Palestine], [l'] ayant équipée, devant eux, des [troupes des] princes [locaux], [de celles] des chefs des garnisons [égyptiennes] et [de celles] des *Maryannou* [les nobles syriens combattant en char]. » Mais, dans le même temps, informé de la tactique de combat particulière aux « Peuples de la mer » (leur progression terrestre s'accompagnait, comme nous l'avons vu, d'attaques navales contre les côtes de leurs adversaires), il fit mettre les embouchures du Nil en état de défense : « Je [les] fis munir [...], telle une enceinte fortifiée, de bateaux de combat, de bateaux de transport et de bateaux *bar* [...], tous chargés, de la proue à la poupe, de combattants valeureux équipés de leurs armes, ainsi que, [sur la berge], de troupes d'assaut [...] et de charrerie. »

Les différents épisodes de la campagne qui débuta ainsi nous sont connus essentiellement par un long texte, daté de l'an 8 de Ramsès III, gravé au temple de Médînet Habou, en Haute-Égypte, et par un cycle de sept tableaux légendés ornant le même édifice. On y voit, successivement, le roi supervisant, en sa résidence de Pi-Ramsès dans le Delta oriental, l'équipement de ses troupes ; la marche de celles-ci jusqu'en Syrie-Palestine ; la bataille victorieuse qui les y opposa aux forces terrestres des « Peuples de la mer ». Puis, après un tableau purement symbolique, la bataille navale qui mit aux prises, du Delta, la marine égyptienne et les envahisseurs ; le décompte des mains coupées aux cadavres des vaincus et le regroupement des prisonniers ainsi que l'offrande de ceux-ci, par le roi, aux divinités de Thèbes.

Le peu de précision de ces tableaux et des textes qui les accompagnent ne permettent malheureusement de reconstituer que dans ses grandes lignes la campagne qu'ils décrivent. Sans doute est-il à peu près certain que Ramsès III, pour se rendre en Asie, emprunta, comme nombre de ses prédécesseurs, l'antique route militaire qui joignait Pi-Ramsès à Gaza, mais une fois ce point atteint, nous en sommes réduits à des conjectures. En fonction de la rapidité de la progression terrestre des Peuples de la mer de l'Amourrou vers le sud, le premier affrontement, figuré par le troisième tableau de Médînet Habou dans un paysage de collines, pourrait avoir eu lieu soit dans la région de Beth-Shan, au sud du lac de Tibériade, point d'arrivée du principal itinéraire venant d'Amourrou par la Beqaa et la vallée du Haut-Jourdain, où les Égyptiens possédaient une forteresse et le siège de leur administration pour la Palestine du Nord, soit plus au sud, sur la route conduisant du Carmel à l'Égypte, par le piémont des monts de Samarie et de Judée.

Quant à la bataille elle-même, le troisième tableau du cycle de Médînet Habou nous donne une idée approximative de son déroulement. On y voit Ramsès III sur son char, à la tête de ses troupes, en train de charger l'ennemi. Celui-ci, plongé dans le plus grand désordre et, ayant déjà perdu nombre de combattants, apparaît comme tout un peuple en marche, véhiculant ses femmes et ses enfants dans de lourds chars à bœufs aux roues pleines. Ses fantassins et ses charriers sont coiffés d'une sorte de casque à aigrette et à jugulaire (qui permet de les identifier comme des *Poulasti*) ; chacun porte deux lances, un bouclier rond et, parfois, une longue épée mycénienne. Surpris et incapables de réagir, leurs survivants fuient sous les coups des soldats égyptiens et de leurs mercenaires *Shirdana*, non sans faire souvent de la main, dans leur direction, un curieux geste de soumission ou de conjuration magique.

Après la destruction de ce groupe d'envahisseurs et la capture de ses survivants, Ramsès III devait encore livrer un autre combat contre celui qui, dans la meilleure tradition des pirates méditerranéens, mais, pour une fois, venant de l'est, se préparait à attaquer par la mer le delta égyptien. Un tableau admirable – unique en son genre –, le cinquième de la série de Médînet Habou, nous a conservé le souvenir du combat naval qui l'anéantit, soit aux bouches mêmes du Nil, soit dans la région de Gaza.

La bataille fait rage : surgis du large, quatre navires de combat égyptiens, équipés de rameurs et donc infiniment plus maniables que ceux de l'ennemi, qui en sont dépourvus, viennent de surprendre près du rivage, toutes voiles carguées et incapables de fuir, cinq nefs pirates qui s'en étaient approchées pour y débarquer leurs troupes. Déjà l'une d'elles, renversée, chavire ; une autre échoue brutalement sur la berge et deux autres voient leurs mâts brisés, tandis que l'eau se couvre de cadavres d'entre lesquels les marins égyptiens repêchent parfois un survivant et le font prisonnier. Ici criblé de flèches, l'ennemi est, ailleurs, pris à partie au corps à corps, tandis que, depuis les nids-de-pie des navires égyptiens, des frondeurs l'accablent d'une grêle de balles. Dans le même temps, sur la grève, Ramsès III et ses fantassins assaillent les soldats des « Peuples de la mer » qui avaient pu y débarquer, les massacrant à coups de flèches ou, selon les propres termes d'un texte égyptien, les y cernant d'une « palissade de lances ».

Qui était au juste l'ennemi ? Si nous en croyons toujours ce relief, il se composait de deux tribus distinctes. Sur les cinq navires des envahisseurs (ornés, à la proue et à la poupe, d'une pittoresque tête de volatile), trois sont montés par des soldats armés comme ceux du combat terrestre précédemment décrit, la poitrine ici protégée, de surcroît, par une cuirasse à bandes métalliques analogue à la fameuse cuirasse mycénienne de Dendra (Argolide). Les deux autres navires portent des combattants dont l'équipement, presque identique, se distingue pourtant par un détail caractéristique de l'équipement des précédents : ils sont coiffés d'un casque à cornes couvrant largement les oreilles, très différent de celui des *Shirdana*. S'il est à peu près certain que les guerriers des trois premiers bateaux figurent des *Poulasti* (et peut-être aussi des *Sikala*), il est malheureusement impossible de nommer les seconds, faute de légende explicite. L'hypothèse la plus plausible serait d'y voir une autre représentation des *Sikala*, distingués en l'occurrence, pour des causes inconnues, de leurs proches cousins *Poulasti*.

Après la bataille, il ne restait plus qu'à conduire en Égypte les soldats ennemis capturés au combat, après les avoir marqués au fer rouge, comme du bétail, au nom de Ramsès III. La plupart seront donnés aux temples, venant ainsi accroître le nombre des esclaves qui travaillaient pour eux. Mais les jeunes, dont la valeur guerrière était appréciée, connaîtront un sort plus enviable. Enrôlés dans l'armée égyptienne ils fourniront les garnisons des forteresses qui surveillent, en Moyenne-Égypte notamment, le désert de Libye, et la plupart feront sans doute souche dans cette région. On sait que, vers le milieu de la XXe dynastie (autour de 1145 av. J.-C.), des « Shirdana » la peuplaient en nombre ; or il est probable que ce terme, à cette époque et dans ce contexte, désignait, outre les descendants des mercenaires *Shirdana* proprement dits de Ramsès II et de ses successeurs, les descendants de tout prisonnier anciennement capturé parmi les « Peuples de la mer ». Mieux intégrés encore à la société égyptienne, quelques individus issus de leurs rangs iront même jusqu'à faire de brillantes carrières d'administrateurs ou de courtisans. On connaît ainsi, sous Ramsès III, l'existence d'un haut fonctionnaire du pharaon nommé *Pa-Louka*, c'est-à-dire « le Lycien ».

Après Ramsès III, l'esclavage en Égypte et le service armé du pharaon ne devaient plus être, cependant, les seules destinées réservées aux survivants de la vague d'invasion indo-européenne qui avait menacé l'Égypte sous son règne. En grand nombre, les *Poulasti*, devenus les *Philistins*, se fixèrent au Levant et, plus particulièrement, dans la partie méridionale de la plaine côtière du pays auquel ils donnèrent son nom de « Palestine », mentionné pour la première fois autour de l'an 800 av. J.-C., dans un texte assyrien, sous la forme *Palastou*.

On considère aujourd'hui comme peu probable, comme on le croyait naguère, qu'ils furent établis à l'origine dans cette région par Ramsès III pour garder sa frontière. Au contraire, le déclin progressif de la présence égyptienne au Levant après ce règne leur permit bientôt d'y suivre leurs propres desseins, comme en témoigne, par exemple, la fondation par eux, *ex nihilo*, d'une ville importante à Tel Qasile, sur la côte au nord de Tel-Aviv[5].

Pendant un siècle environ, les Sémites de Palestine durent résister aux velléités expansionnistes des *Poulasti (Philistins)* – le livre des *Juges*, dans la Bible, est plein du souvenir de ces affrontements –, tandis que, de leurs ports d'Ashdod, Ascalon et Gaza, ils ne cessaient de pratiquer commerce et piraterie. Vers 1100 av. J.-C., comme l'atteste un texte égyptien, le *Roman d'Ounamon*[*], leurs cousins *Sikala*, fixés au port de Dor, au sud du Carmel, s'adonnaient assidûment à ces deux activités[6]. A partir de 1030 av. J.-C., pourtant, l'établissement de la monarchie israélite unifiée – mesure de défense dirigée expressément contre eux – marqua le début de leur déclin. Depuis longtemps sémitisés, ils se fondirent progressivement dans la population de leur terre d'accueil, n'y survivant que par son nom.

A partir de l'an 1000 av. J.-C., aucune source égyptienne ne mentionne plus les « Peuples de la mer ». Mais leur histoire n'était pas achevée. En Orient, on connaît l'existence, vers 800 av. J.-C., d'un royaume d'Adana (nom que porte encore une ville au nord du golfe d'Iskenderun), dit, en phénicien, royaume des « Danouniyim », qui sont peut-être les descendants des *Danouna*. De même, à partir de cette date, le pays de *Louka*, devenu la Lycie, est un élément constant de la géographie de l'Asie Mineure, formant même, vers le VIe siècle av. J.-C., un royaume indépendant.

Mais le plus surprenant, peut-être, est la réapparition, en Occident, à partir de 900 av. J.-C., des noms de certaines des peuplades qui n'avaient cessé, antérieurement, d'attaquer l'Égypte. Les *Shirdana* et les *Sikala*, par exemple, qui, selon l'archéologie et l'épigraphie, peuplaient déjà la Sardaigne et la Sicile au IXe siècle av. J.-C., semblent être venus du Levant où ils s'étaient en partie fixés après le règne de Ramsès III. Au Xe siècle, ils auraient accompagné par petits groupes les Phéniciens dans leur expansion vers l'ouest, s'établissant dans certaines des régions où ceux-ci abordaient, poussés peut-être par quelque famine, comme jadis les « Peuples de la mer », à chercher de nouveaux foyers sur de lointains rivages. Dans le cas des Étrusques, nos anciens *Tourousha*, le fait est aujourd'hui à peu près démontré.

Notes

1. Toutes les dates mentionnées dans le présent article se fondent sur J. von Beckerath, *Handbuch der ägyptischen Königsnamen*, Munich/Berlin, 1984.

2. Cette désignation n'est, en fait, qu'une traduction approximative d'une phrase égyptienne signifiant, littéralement, « les habitants des pays étrangers de la mer ». Avec l'expression voisine « les pays étrangers de la mer », elle n'est attestée qu'une fois dans nos sources, en l'an 5 du pharaon Mérenptah (1208 av. J.-C.).

3. Sur les pseudo-« invasions doriennes » auxquelles on a longtemps attribué l'effondrement de la civilisation mycénienne, cf. la mise au point d'Annie Schnapp-Gourbeillon, dans *L'Histoire* n° 48, septembre 1982, p. 38-49.

4. Ce n'est que très récemment que l'on a pu démontrer, avec certitude, que le nom des *Sikala* des textes égyptiens (lu traditionnellement « Tjéker ») était identique à celui des *Shikalayou* des textes d'Ougarit et était l'ancêtre de celui des *Sikeloi/Sicouli* de Sicile. On identifiait auparavant ceux-ci avec les *Shakalousha* des sources égyptiennes.

5. Pour l'évolution de la présence égyptienne en Palestine à la XXe dynastie, cf. M. Bietak, *Mitteilungen des deutschen archäologisches Instituts* 47 (Mayence, 1991), p. 35-50.

6. Pour l'identification du site de Dor (Khirbet el-Bourj), cf. E. Stern, *Le Monde de la Bible* 79 (Paris, nov.-déc. 1992), p. 33-40.

Les noms des « Peuples de la mer » ***(en italique, le nom des contrées apparentées)***

formes égyptiennes non vocalisées	vocalisées	formes hittites (H) *Lettres d'Amarna (A)* formes ougaritiques (O)	formes assyriennes (Ass) phéniciennes (Ph) hébraïques (Héb)	formes grecques et latines	formes actuelles
Eqwesh	Aqaywaha	*Ahhiyawa (H)*		Akhai(w)oi/Achaei Akhaiia/Achaia	Achéens *Achaie*
Den(y)en	Danouna	Danouna (A)		Danaoi/Danai	Danaens
Derden	Dardanya			Dardanoi/Dardani	Dardaniens *(Dardanelles)*
Rek	Louka	*Loukki (A)*		Lukioi Lukia/Lycia	Lyciens *Lycie*
Peleset	Poulasti		Phulistieim (Héb) *Palastu/Pilistu (Ass)*	Palaistinoi/Palaestini (Pelasgoi ?) *Palaestinè/Palastina*	Palestiniens (Pelasges ?) *Palestine*
Shekelesh	Shakalousha			*Sagalassos*	
Sherden	Shirdana	Shirdan (A)	Shardan (Ph)	Sard(on)oi/Sardi *Sardo(nia)/Sardinia* (cf. *Sardes*, en Lydie ?)	Sardes *Sardaigne*
Tjeker	Sikala	Shikala(you) (O)		Sikeloi/Siculi *Sikelia/Sicilia*	Siciliens *Sicile*
Teresh	Tourousha	*Tarwisha (H)*		Tursènoi, Turr(h)ènoi (étrusque [T]rasenna)/ Tusci, (E)trusci *Tursènia, Turr(h)ènia/* *Tuscia, (E)truria*	Tyrséniens, Tyrrhéniens Tusques, Étrusques, Toscans *Toscane, Étrurie*
Weshesh	Washasha				

Pour l'origine la plus lointaine de ces noms, il est facile de constater qu'un certain nombre d'entre eux (*Aqaywa*-sha, *tourou*-sha, *Shakalou*-sha et *Washa*-sha) sont dotés d'une terminaison *-sha*, à rapprocher peut-être d'une terminaison adjective *-assi(s)* ou *-assa(s)* servant, en louwite (l'un des idiomes de l'Empire hittite), à former des noms de lieux (et, secondairement, par conséquent, celui de leurs habitants). Elle survivrait peut-être dans les noms de lieux montrant, en grec, la finale *-asso(s)* ; d'où, par exemple, le rapprochement entre le nom des *Shakalou*-sha et celui de la cité de *Sagal*-asso(s).

Quant à la terminaison *-na* dont sont dotés également certains des noms des « Peuples de la mer » (*Shirda*-na, *Danou*-na, *Darda*-n(a)-(ya)), son origine est inconnue. On peut observer néanmoins, que, comme dans le cas de la terminaison *-sha* (cf. *Aqaywa*-sha > *Akhaiw(oi)*), elle pourra disparaître, plus tard, de noms qui l'avaient auparavant contenue (*Shirda*-na > *Sard(i)*), ou, au contraire, venir se joindre à des noms qui n'en avaient pas été dotés (*Tourousha* > *Tur-sè*-n(oi), (T)rase-nna, parfois pour disparaître une fois de plus ensuite : *Tursè*-n(oi) > *(E))trous(ci)* !

LEXIQUE

ARYENS : peuplade indo-européenne qui, entre 2000 et 1500 av. J.-C., envahit l'Inde et le plateau iranien (*Iran* = pays des Aryens) et dont une branche, plus à l'ouest, fonde le royaume de Mitanni. Mille à mille cinq cents ans plus tard, ces Aryens-Iraniens – dont le nom sera transcrit par les chroniqueurs occidentaux sous la forme d'*Alani* (« Alains ») – participent encore aux grandes invasions du Ve siècle de notre ère.

INDO-EUROPÉENS : groupe de peuplades censé avoir parlé l'ancêtre commun aux langues indo-européennes vivantes et mortes (anglais, allemand et langues dérivées du germanique ; français, italien et langues dérivées du latin ; russe et langues slaves ; grec, sanscrit, hindi, iranien, arménien, hittite, etc.). L'origine du groupe serait à rechercher à l'épicentre géographique de leur dispersion, dans la plaine de Russie du Sud, entre Ukraine et Kazakhstan. De ce lieu, ils n'ont cessé, de la nuit des temps à l'époque actuelle, d'envahir, par vagues successives, les territoires bordant leur domaine, vers le sud-est, le sud et l'ouest, puis vers les contrées bordant ces territoires, et ainsi de suite. Dans la longue durée, le détroit de Berhing marque le point extrême de l'expansion indo-européenne vers l'est (Russes) et vers l'ouest (Américains) !

MYCÉNIENS : les Grecs archaïques (entre 1600 et 1200 av. J.-C.).

ROMAN D'OUNAMON : texte égyptien du XIe siècle av. J.-C., mettant en scène les mésaventures d'un prêtre chargé d'aller acheter, au Liban, du bois pour restaurer la barque sacrée d'Amon de Thèbes.

REPÈRES CHRONOLOGIQUES

1600 av. J.-C. : début de la civilisation mycénienne.
1550 : début du Nouvel Empire égyptien.
1479-1425 : règne de Thoutmosis III.
1450 : conquête de la Crète par les Mycéniens. Fin de la civilisation minoenne.
1387-1350 : règne d'Aménophis III.
1355 : mentions hittites du royaume d'*Ahhiyawa*.
1350-1330 : règne d'Aménophis IV.
1300 : début d'un changement climatique en Asie Mineure et en Afrique du Nord.
1291 : fin du Nouvel Empire égyptien.
1279-1212 : règne de Ramsès II.
1278 : arrivée des pirates *Shirdana*.
1274 : bataille de Qadesh. Vers cette date : la guerre de Troie ?
1212-1202 : règne de Mérenptah.
1208 : attaque de Libyens et de « Peuples de la mer » contre l'Égypte.
1200 : fin de l'âge du Bronze. Fin de la civilisation mycénienne. Début des « invasions » doriennes en Grèce. Textes d'Ougarit sur les *Shikalayou*.
1184-1153 : règne de Ramsès III.
1177 : attaque des « Peuples de la mer » contre l'Égypte. Début de l'établissement des Philistins en Palestine.
1145 : milieu de la XXe dynastie égyptienne. Colons militaires *Shirdana* au Fayoûm et en Moyenne-Égypte.
1100-1030 : période des Juges en Palestine. Lutte des Hébreux contre les Philistins.
1030-931 : monarchie israélite unifiée.
970-936 : apogée des Phéniciens (Hiram Ier).
IXe siècle : royaume des Danouniyim au nord du golfe d'Iskenderun.

La tutelle romaine

Jean-Michel David

Cléopâtre a toujours fasciné. Les historiens de l'Antiquité, d'abord, qui se sont complu à décrire ses amours un rien scandaleuses avec César et Antoine. Puis tous ceux qui ont vu dans ces passions le tableau de la rencontre entre un Occident austère et un Orient voluptueux. N'imaginait-on pas parfois qu'il s'en était fallu de peu que le second n'ait englouti le premier ? C'est ainsi que se constituent les clichés qui, bâtis sur quelques fantasmes, réduisent tour à tour l'histoire à ses acteurs et ceux-ci à quelques-uns de leurs gestes.

En fait, les relations entre Rome et le royaume hellénistique des Lagides[1] (c'est-à-dire fondé par l'un des successeurs d'Alexandre le Grand) furent bien plus intéressantes que ces épisodes amoureux ne le laissent supposer, au point même que ceux-ci doivent aussi être réévalués. Les contacts s'établirent très tôt, mais ils n'aboutirent que tardivement à de véritables liens politiques. Les relations sociales et culturelles demeurèrent superficielles. La conquête de l'Égypte par Rome, elle-même, ressemble à un accident. On est loin du schéma d'un impérialisme romain qui n'aurait attendu que la première occasion pour fondre sur sa proie. Y eut-il même véritablement désir de conquête, ou seulement curiosité et fascination des Romains pour l'Égypte ?

Les premiers contacts datent de 273 av. J.-C. Cette année-là, une ambassade de Ptolémée II Philadelphe se rendit à Rome. Une ambassade romaine, dirigée par Q. Fabius Maximus Gurges, l'un des grands aristocrates du moment – il avait déjà été deux fois consul –, lui répondit. La relation qui en découla fut d'« amicitia » : une alliance qui, sans être formalisée, était suffisamment forte pour se manifester aux yeux des autres puissances hellénistiques par des émissions monétaires parallèles qui reprenaient des signes communs. A la suite de la guerre contre Pyrrhus[2], les Romains, s'affirmant comme des acteurs importants de la politique méditerranéenne, avaient besoin d'alliés et devenaient eux-mêmes des partenaires utiles : ils s'inscrivaient désormais dans le tissu des relations diplomatiques des puissances du temps.

Durant le IIIe siècle av. J.-C. et le début du IIe, les rapports entre Rome et l'Égypte demeurèrent distants et courtois. Ptolémée II Philadelphe ne se départit pas d'une stricte neutralité lors de la Première Guerre punique[3]. Au cours de la seconde, Ptolémée IV n'adopta sans doute pas une position différente. Les Lagides n'avaient aucun intérêt à intervenir dans les affaires de la Méditerranée occidentale et les Romains étaient encore trop peu concernés par celles de l'Orient. Mais sa victoire sur Carthage avait fait de Rome une des principales puissances du monde hellénistique. Engagée dans les conflits qui opposaient entre elles les cités, les ligues et les monarchies grecques, elle vainquit coup sur coup Philippe V de Macédoine en 197 av. J.-C., puis Antiochos III, le roi séleucide[4], en 189 av. J.-C. Elle dominait dès lors tout le bassin oriental de la Méditerranée. Lors de ces derniers épisodes, les souverains lagides se comportèrent plus en alliés qu'en observateurs neutres, si bien qu'ils commencèrent à représenter pour la diplomatie romaine un pouvoir qu'il convenait de soutenir.

Ce fut lors de la troisième guerre de Macédoine que le nouvel équilibre ainsi créé apparut de façon éclatante. En 168 av. J.-C., les Romains étaient en guerre avec Persée, le fils de Philippe V, qui avait reconstitué la puissance macédonienne. De son côté, le roi de Syrie Antiochos IV, le fils d'Antiochos III, qui en profitait pour reprendre au royaume égyptien les terres toujours contestées de la Syrie méridionale, était parvenu aux portes d'Alexandrie. Or, à l'instant même où la victoire sur Persée fut obtenue, le Sénat lui envoya une ambassade dirigée par C. Popilius Laenas pour exiger l'évacuation de l'Égypte. Comme Antiochos, racontait Tite-Live, « après avoir lu jusqu'au bout [les tablettes qui contenaient la décision du Sénat], avait dit qu'il examinerait avec ses amis la décision qu'il avait à prendre, Popilius [...] fit avec le bâton qu'il tenait à la main un cercle autour du roi et déclara : “Avant de sortir de ce cercle, donne-moi la réponse que je dois rapporter au Sénat !” Stupéfait [...] et après avoir un peu hésité : “Je me conformerai, dit-il, à l'avis du Sénat”[5] ».

Dès lors, les relations étaient pratiquement réglées, et pour longtemps, entre Rome et les monarchies hellénistiques. L'humiliation d'Antiochos IV annonçait la fin de la puissance séleucide. En 146 av. J.-C., la Macédoine vaincue finit par être réduite en province romaine. En 129 av. J.-C., le royaume de Pergame le devint à son tour. Seule l'Égypte demeurait indépendante, mais soumise à une alliance que la gratitude et la raison lui interdisaient d'espérer alléger, et que les Romains ne souhaitaient pas non plus transformer en véritable dépendance.

La tutelle romaine apparut clairement lors du conflit qui éclata en 164 av. J.-C. entre les deux frères Ptolémée VI Philomètôr et Ptolémée VIII Évergète II. Contraint à la fuite, Ptolémée VI vint se plaindre au Sénat. Les deux frères se résolurent au partage qui leur fut imposé : l'Égypte et Chypre reviendraient à Philomètôr, la Cyrénaïque serait le domaine de Ptolémée VIII. A plusieurs reprises par la suite, l'assemblée joua encore l'arbitre entre les deux rois. Ainsi, les Lagides s'adressaient désormais à Rome comme à une puissance tutélaire, mais celle-ci ne souhaitait pas jouer d'autre rôle que diplomatique et ne cherchait pas à intervenir militairement. En fait, comme le notait Polybe, le Sénat, « voyant l'importance du royaume d'Égypte et craignant que le jour où il aurait à sa tête un véritable chef, celui-ci n'eût des ambitions excessives », préférait qu'il fût gouverné par des souverains faibles mais obéissants[6].

Les rapports entre les deux puissances n'avaient donc aucune raison d'être étroits. Jusqu'aux premières décennies du Iᵉʳ siècle av. J.-C., les contacts directs ne furent guère intenses. Alors que les commerçants romains et italiens se répandaient dans les villes et les ports d'Orient, à Délos tout particulièrement, ils furent certainement très peu nombreux à s'installer en Égypte. Nos sources n'en ont conservé aucune trace. Dans l'autre sens, les échanges n'étaient pas plus importants. Les premiers lieux de culte consacrés aux divinités égyptiennes, Isis et Sérapis, apparurent bien en Campanie à la fin du IIe siècle. Pourtant, ce n'était pas dans le royaume lagide que l'on avait découvert ces dieux mais ailleurs, à Délos notamment, où des Italiens les honoraient déjà[7].

De la même façon, les influences proprement artistiques ne parvinrent pas en Italie avant l'extrême fin du IIe siècle av. J.-C. ou le début du Ier. Quelques rhéteurs, savants ou artistes d'origine alexandrine se manifestèrent sans doute en Italie, à l'exemple peut-être du grammairien Philoxène, mais ce fut surtout au cours du Ier siècle av. J.-C. que les échanges eurent quelque importance[8]. La mosaïque qui décorait l'une des salles du sanctuaire de la Fortune à Préneste, par exemple, et qui représentait des paysages des bords du Nil, n'était pas antérieure aux dernières décennies du IIe siècle. Et le premier poète qui introduisit véritablement cet art si subtil de l'élégie, dont Callimaque avait été à Alexandrie, au IIIe siècle av. J.-C., le représentant le plus brillant, fut Laevius, un inconnu pour nous, mais dont on devine qu'il vécut au début du Ier siècle[9].

C'est alors seulement que les relations entre Rome et l'Égypte prirent véritablement leur essor – sans pour autant devenir très intenses. Les quelques manifestations culturelles que l'on vient de signaler restèrent en effet modestes au regard des échanges qui associaient l'Italie et la Grèce continentale ou d'Asie Mineure. Les interventions des membres de l'aristocratie romaine dans la vie du royaume prirent en revanche davantage d'ampleur, poussés qu'ils étaient par la compétition acharnée qui les opposait entre eux, beaucoup plus que par une volonté impérialiste.

Au début du Ier siècle av. J.-C., en effet, la situation se compliqua. Après la mort, en 116 av. J.-C, de Ptolémée VIII qui régnait seul depuis quelques années, ses deux fils Ptolémée IX Sôter II et Ptolémée X Alexandre se disputèrent longtemps le pouvoir. Pour l'emporter auprès des nouveaux maîtres du monde, Ptolémée X légua son royaume au peuple romain. La pratique n'était pas exceptionnelle et des précédents avaient déjà eu lieu. Mais, lorsqu'il mourut en 88 av. J.-C., la question se posa aux aristocrates romains de savoir s'il fallait ou non procéder à l'annexion.

L'embarras était grand. Certains y poussaient, car il y avait là une réserve de richesses tout à fait considérable.

C'était le cas des réformateurs, comme P. Servilius Rullus, ce tribun de la plèbe qui, en 63 av. J.-C., proposait de distribuer des terres prises sur le domaine public et de financer avec cet argent l'installation des bénéficiaires. D'autres résistaient, tel Cicéron. En fait, la réticence venait de ce que celui qui serait chargé de l'annexion en tirerait à coup sûr des gains énormes de fortune, de puissance sociale et de prestige. Organisateur de la nouvelle province, il la prendrait sous sa protection et en serait le patron. On pouvait craindre alors qu'il l'emportât sur tous ses compétiteurs au sein de l'aristocratie sénatoriale. Voilà qui conduisait les puissants du moment à veiller soigneusement à ce qu'aucun d'entre eux ne pût obtenir cet honneur.

Mais il n'était pas impossible de tirer au passage quelques bénéfices de la situation.

Car le testament pesait aussi sur les successeurs de Ptolémée IX et de Ptolémée X qui devaient obtenir confirmation de leur pouvoir à Rome. Cela pouvait se monnayer. Ainsi, Pompée (106-48 av. J.-C.), quand il réorganisa tout l'Orient après sa victoire définitive sur Mithridate, arrangeant les provinces et distribuant les royaumes à des princes hellénistiques dont il faisait ses clients, laissa à Ptolémée XII sa couronne en échange d'un cadeau de quatre mille pièces d'or. Le malheureux prince n'était pourtant pas au bout de ses dépenses. En 59 av. J.-C., lors de son consulat, César (102-44 av. J.-C.) le fit proclamer roi allié et ami du peuple romain contre 6 000 talents[10]. Mais Chypre lui fut retirée, ce qui entraîna le soulèvement de son peuple indigné et le contraignit à s'enfuir à Rome. Ce fut alors A. Gabinius, un ami de Pompée, qui le rétablit dans son pouvoir et lui laissa une garde : il lui en coûta encore 10 000 talents. A ce compte, écrasée par les dettes de son roi, l'Égypte n'était pas loin de la ruine, et Ptolémée XII en fut réduit à confier à un publicain[11] romain la gestion de ses finances.

Il mourut en 51 av. J.-C., au moment où la guerre civile entre César et Pompée allait éclater. Il laissait son royaume à ses deux enfants, Ptolémée XIII qui avait dix ans et Cléopâtre VII qui en avait dix-sept. Suivant la tradition pharaonique que les Lagides avaient reprise, les deux jeunes gens devaient se marier et Pompée devenait le tuteur du jeune roi. Cléopâtre n'avait certainement aucune intention de se laisser mettre sous tutelle. Elle était jeune et sans doute belle. Les auteurs anciens insistent sur son charme et son intelligence. Il fallait en effet qu'ils fussent grands pour que César et Antoine y succombassent. Elle comptait sur son peuple. Peut-être sa mère appartenait-elle à une famille sacerdotale qui conservait les valeurs et la légitimité des anciens pharaons. Elle était en tout cas l'une des rares dans cette famille grecque à parler l'égyptien et les autres langues de son royaume[12]. Elle célébrait le culte des dieux traditionnels d'Égypte et s'appuyait sur leur clergé. Elle réussit ainsi à se faire honorer comme une nouvelle Isis.

Elle affermissait petit à petit son pouvoir contre son frère-époux, quand brutalement, en 48 av. J.-C., la guerre civile qui sévissait à Rome atteignit l'Égypte. Pompée qui venait d'être battu par César à Pharsale se réfugiait chez ses protégés. Bien mal lui en prit : il y fut trahi et assassiné. César qui le suivait avec ses troupes pleura, dit-on, sur le corps de son adversaire abattu. Pour la première fois, le pouvoir à Rome devenait monarchique. Pour la première fois aussi, l'Égypte était soumise à l'occupation romaine. Sa reine pourtant réussit à séduire le vainqueur. Dès l'Antiquité, l'épisode fut célèbre. On le rapportait, on le reconstituait en l'agrémentant de scènes diverses comme celle de cette rencontre où Cléopâtre réussit à approcher César enroulée dans un paquet de couvertures : « Il la trouva hardie, captivé ensuite par sa conversation et sa grâce, il la réconcilia avec son frère, dont il lui fit partager la royauté », expliquait Plutarque[13].

Une insurrection éclata malgré tout, menée par les partisans de Ptolémée XIII. Ce fut la guerre d'Alexandrie, où César faillit périr et qui entraîna l'incendie de la bibliothèque. Le Romain l'emporta finalement et donna à la reine d'Égypte tout ce qu'elle pouvait espérer : la plénitude d'un gouvernement qu'elle ne partageait que très nominalement avec ses frères Ptolémée XIII puis Ptolémée XIV, trois ou quatre légions pour la protéger, la restitution de l'île de Chypre et un fils, Césarion. A quels projets pouvait-elle alors songer ? Quelle place César prévoyait-il de lui donner dans cet Empire qu'il réorganisait ? On ne le sait. Aucun indice ne permet de soupçonner qu'il ait envisagé d'annexer ou de mettre véritablement en place une domination sur l'Égypte. En ce sens, il restait fidèle à la politique traditionnelle des Romains. La relation qu'il avait avec Cléopâtre était d'abord personnelle et demeura telle. En 46 av. J.-C., elle le rejoignit à Rome et s'installa dans l'une de ses villas. Mais, quand il fut assassiné en 44 av. J.-C., elle dut revenir en Égypte, et associa alors son fils au gouvernement, sous le nom de Ptolémée XV César.

Ce fut ainsi que la connut Antoine, l'un des successeurs de César. Lui non plus sans doute n'avait pas encore envisagé de s'emparer de l'Égypte. Lorsqu'ils eurent vaincu Brutus et Cassius en 42 av. J.-C., les triumvirs Octavien, Lépide et lui se partagèrent l'administration des provinces de l'Empire. Il prit alors l'Orient, car il préparait une campagne contre les Parthes, dont il attendait la richesse et une gloire qui égalerait celle de César et lui permettrait de l'emporter sur ses concurrents. L'Égypte était pour lui un royaume allié qui devait obéissance au peuple romain. Il avait besoin d'elle et il somma sa reine de lui prêter main-forte. C'est alors que Cléopâtre, consciente que son avenir politique reposait sur la qualité de la relation qu'elle établirait avec le maître romain de l'Orient, le rejoignit et le conquit.

Dans les semaines et les mois qui suivirent, les deux amants mirent en scène leurs amours dans une identification à Dionysos et à Aphrodite. Le couple qu'ils formèrent avait quelque chose d'extraordinaire. Leur passion était sans nul doute réelle, mais l'image qu'ils donnaient d'eux-mêmes avait un sens politique qui dépassait l'anecdote amoureuse. L'aura de ces deux dieux rehaussait leur propre prestige et faisait d'eux les garants de la liberté et de l'abondance. Ils incarnaient et vivifiaient des symboles qui, dans l'inquiétude de cette période troublée, affermissaient et exaltaient les esprits. De ce point de vue, leur union annonçait aux peuples d'Orient l'alliance des empires et la certitude de la victoire et de la prospérité. Aussi bien, lorsque, en rejoignant la reine, Antoine s'installa à Alexandrie, il se comporta en prince hellénistique. Il s'habillait à la grecque, fréquentait les gymnases et les sanctuaires, et mettait en scène sa liaison avec Cléopâtre dans une association dite de la « vie inimitable » où ils rivalisaient de jeux et de fêtes. Cette conduite plaisait aux Grecs et aux Orientaux de la cité qui notaient, en relevant évidemment la part de spectacle qu'elle contenait, qu'Antoine « jouait le rôle tragique avec les Romains et avec eux le rôle comique[14] ».

Mais l'opinion romaine ne pouvait pas accepter de telles audaces. Non pas qu'à Rome et en Italie les aristocrates n'eussent déjà adopté les valeurs et les comportements qui étaient ceux des princes hellénistiques. Depuis le IIe siècle av. J.-C., un processus était en cours qui conduisait à une telle assimilation. Sylla, Pompée et César, pour ne citer que les plus grands, s'étaient depuis longtemps approprié les traits qui faisaient d'eux des successeurs d'Alexandre. Il y avait pourtant une limite à ne pas dépasser : la supériorité des Romains devait toujours être affirmée et préservée. Sinon, leur domination risquait de ne plus apparaître comme légitime : si Antoine devenait roi à Alexandrie, que resterait-il de son statut d'*imperator* romain ? Il y avait là de quoi inquiéter l'aristocratie romaine et fournir à ses ennemis des arguments puissants.

D'autant que la conduite d'Antoine prêtait fort à critique. En 37-36 av. J.-C., alors qu'il ne s'était pas encore engagé dans son expédition contre les Parthes, il rendait à l'Égypte la Syrie méridionale, une partie de la Palestine et de l'Arabie nabatéenne, la Cyrénaïque, une partie de la Crète, une partie de la Cilicie et Chypre. Autant de territoires qui au cours des années précédentes étaient devenus soit des provinces du peuple romain, soit des royaumes confiés à des princes clients. Plus encore, en 34 av. J.-C., après que devant les Parthes il eut échappé à la défaite et osé faire passer pour une victoire des opérations de représailles qu'il mena en Arménie, il célébra à Alexandrie une cérémonie de triomphe qui invitait les peuples à voir dans son union avec Cléopâtre l'annonce d'une nouvelle ère de prospérité et à s'y associer.

« Il avait rempli d'une foule immense le gymnase et fait dresser sur unc terrasse d'argent deux trônes d'or, l'un pour lui, l'autre pour Cléopâtre, et d'autres plus bas, pour leurs enfants ; il commença par proclamer Cléopâtre reine d'Égypte, de Chypre, de Libye et de Coelé-Syrie, et il associa à son règne Césarion qui passait pour être le fils du premier César. […] Il conféra ensuite le titre de roi des rois aux fils qu'il avait eus lui-même de Cléopâtre, assignant à Alexandre l'Arménie, la Médie et l'Empire parthe, lorsqu'il serait soumis, et à Ptolémée la Phénicie, la Syrie et la Cilicie. En même temps il les présenta tous les deux au peuple, Alexandre vêtu du costume des Mèdes avec la tiare et la citaris droite *[le bandeau qui la ceignait]*, Ptolémée avec les sandales, la chlamyde *[sorte de casaque ou manteau court]* et le chapeau macédonien surmonté du diadème. Cette tenue était celle des rois successeurs d'Alexandre, et l'autre, celle des Mèdes et des Arméniens[15]. »

Il ne faisait rien d'autre en l'occurrence qu'organiser les différents royaumes d'Orient, respecter les principes et les symboles qui définissaient chaque monarchie et faire procéder de lui-même l'autorité de Cléopâtre et de leurs enfants ; ce qui revenait à les soumettre à la suzeraineté de Rome. En agissant ainsi, il ne s'éloignait guère en principe du comportement qu'avait adopté Pompée de 64 à 62 av. J.-C. Mais c'était une dynastie familiale qu'il fondait là, qui mobilisait à son profit la puissance des principaux peuples d'Orient. Surtout, il donnait l'impression de ne construire cet empire que pour répondre aux aspirations et aux désirs d'une femme dont il était le jouet, ce qui dans le système des références politiques de l'Antiquité était l'un des traits emblématiques du tyran. Il s'éloignait de la politique traditionnelle qui consistait à éviter de s'engager dans les affaires lagides et il affaiblissait l'image que les Romains avaient de leur propre pouvoir en semblant le mettre à la disposition de la reine d'Égypte.

Octavien n'allait pas supporter longtemps cette situation. La liaison avec Cléopâtre l'humiliait : Antoine avait naguère épousé sa sœur, Octavie, pour sceller leur accord. Cet adultère était un affront et un défi. Ce beau-frère dédaigneux de l'alliance était le seul compétiteur qui lui disputait encore le gouvernement de Rome ; il n'hésita pas à employer tous les arguments qu'une telle situation lui fournissait. Il mobilisa alors contre son rival toutes les forces de l'Italie, se présentant comme le défenseur des valeurs traditionnelles qui avaient permis la construction de l'Empire. Il écrasa la flotte d'Antoine et de Cléopâtre à Actium en 31 av. J.-C., puis il poursuivit son offensive jusqu'à Alexandrie[16]. Antoine se suicida le premier. Cléopâtre, après avoir beaucoup pleuré, attendit son vainqueur. Comme celui-ci n'avait ni l'intention ni même la possibilité de lui réserver un autre sort que de la faire figurer à son triomphe, elle se tua à son tour. La victoire d'Octavien le rendait maître de l'Égypte, même s'il n'avait recherché que la défaite d'Antoine.

Qu'allait-il en faire ? Il fit exécuter Césarion, car « il n'était pas bon », aurait-il dit, « qu'il y eût plusieurs Césars ». Il fit figurer les enfants d'Antoine et de Cléopâtre, Alexandre Helios et Cléopâtre Sélèné, à son triomphe, mais leur laissa la vie sauve (le sort de Ptolémée reste quant à lui inconnu). Cléopâtre devint même l'épouse de Juba de Maurétanie. La dynastie lagide s'effaçait. Devenu empereur sous le nom d'Auguste en 27 av. J.-C., Octavien prit à son tour les attributs du pharaon qui garantissaient pour les Égyptiens la continuité des cycles naturels et la fertilité du pays. Il devint le maître de la terre, comme l'avaient été les rois hellénistiques, en héritant des structures administratives qu'ils avaient minutieusement organisées. Cela lui permettait de disposer des surplus de blé que la région produisait et d'assurer l'approvisionnement, c'est-à-dire la tranquillité, de la ville de Rome.

Mais, en continuité avec les politiques précédentes, il n'intégra pas davantage l'Égypte à l'empire. Il la laissa même aux marges de l'espace romain. C'était en effet un préfet qui la gouvernait. Celui-ci était un personnage important, mais qui appartenait à l'ordre équestre, c'est-à-dire à l'ensemble de ces aristocrates un peu moins riches ou honorables que ceux de l'ordre sénatorial, et qui n'avaient à ce titre aucune autorité politique, et auxquels l'empereur confiait des fonctions d'administration. Il n'était d'ailleurs pas permis à un sénateur de pénétrer en Égypte sans autorisation, comme s'il se fût agi d'un domaine privé. Seule Alexandrie, que l'on disait au bord du royaume (« apud Aegyptum »), se trouvait d'une certaine façon comprise dans l'empire. Elle était en effet une cité grecque fondée par Alexandre. Ses citoyens pouvaient accéder à la citoyenneté romaine alors que les autres habitants de l'Égypte étaient tenus à l'écart.

Par bien des aspects, l'attitude romaine à l'égard du royaume lagide demeure un mystère. Tant que l'implication de Rome dans les affaires de l'Orient n'y contraignit pas, les relations demeurèrent distantes. Mais, même après que l'Empire se fut étendu largement au-delà des confins de la Méditerranée, la tentation impérialiste épargna l'Égypte. Le seul qui se risqua à l'intégration fut Antoine. Mais ne fut-il pas plus conquis que conquérant, lui qui, coupé de Rome et de l'Italie, fut contraint de trouver ses forces parmi les Égyptiens et de mobiliser ses partisans autour de valeurs et d'images propres aux monarchies hellénistiques ? La défaite d'Actium interdit d'imaginer ce qu'aurait pu être une Égypte gouvernée par Cléopâtre dans un empire dont Antoine aurait été le maître. Peut-être n'aurait-elle pas été plus qu'un royaume client particulièrement favorisé. Sous le règne d'Auguste, elle resta en marge du reste du monde méditerranéen. Il n'y avait pourtant là aucune fatalité géographique ou historique. Mais ce royaume uni et riche effraya l'aristocratie romaine puis le monarque, redoutant par-dessus tout qu'elle ne fît vaciller, à Rome même, l'équilibre des pouvoirs.

Notes

1. La dynastie égyptienne des Lagides fut fondée par un général macédonien compagnon d'Alexandre le Grand : Ptolémée, fils de Lagos. Elle dura de son avènement, l'année de la mort d'Alexandre (323 av. J.-C.), à la mort de Cléopâtre XV (31 av. J.-C.).

2. Pyrrhus, roi d'Épire (295 av. J.-C.-272 av. J.-C.), fut le meilleur général grec de son temps. En 280 et 279 av. J.-C., il remporta sur les Romains les victoires d'Héraclée et d'Asculum, mais en 275 il fut battu à Bénévent par Curius Dentatus et rentra en Épire.

3. Les guerres Puniques (264-241 av. J.-C. pour la première, 218-201 pour la deuxième et 149-146 pour la troisième) opposèrent les Carthaginois aux Romains, avec pour enjeu l'hégémonie en Méditerranée occidentale. Le conflit éclata au moment où Rome, ayant terminé la conquête de l'Italie méridionale, se heurta à Carthage en Sicile.

4. La dynastie hellénistique des Séleucides régna sur la Syrie et une partie de l'Orient hellénistique de 305 à 64 av. J.-C.

5. *Histoire romaine*, XLV, 12 (trad. P. Jal).

6. *Histoire*, XXXI, 10.

7. Cf. Michel Malaise, *Les Conditions de pénétration et de diffusion des cultes égyptiens en Italie*, Leyde, Brill, 1972.

8. Elizabeth Rawson, *Intellectual Life in the Late Roman Republic*, Londres, Duckworth, 1985, p. 15-17.

9. Cf. Jean Granarolo, *L'Époque néotérique ou la Poésie romaine d'avant-garde au dernier siècle de la République*, dans H. Temporini éd., *Aufstieg und Niedergang der römischen Welt*, Berlin/New York, W. de Gruyter, 1973, t. I, 3, p. 281 *sq*.

10. Soit 36 millions de deniers, quand le salaire annuel d'un manœuvre ne dépassait pas 250 deniers.

11. Les publicains étaient de riches chevaliers romains qui prenaient à ferme le recouvrement des impôts.

12. Plutarque, *Vie d'Antoine*, 27, 4.
13. Plutarque, *Vie de César*, 3-4.
14. Plutarque, *Vie d'Antoine*, 29, 4.
15. Plutarque, *Vie d'Antoine*, 54, 6-9 (trad. R. Flacelière-E. Chambry).
16. Cf. Maurice Sartre, « Actium ou la paix romaine », *L'Histoire* n° 157 (spécial *Paix et Guerre en Méditerranée*).

3

La civilisation égyptienne

Le peuple des pyramides

Guillemette Andreu

Au IIIe millénaire, la vallée du Nil connut une forte poussée démographique, indissociable d'une activité rurale de mieux en mieux organisée et d'une économie de plus en plus rentable. On estime, en effet, que la population égyptienne est passée de 850 000 habitants en 3 000 av. J.-C. à 2 millions vers 1750 av. J.-C., pour une superficie d'environ 25 000 km^2. Modelée au cours du IVe millénaire av. J.-C. par les diverses migrations qui concentrèrent les populations le long du Nil, entre l'Afrique et la Méditerranée, la population égyptienne aboutit ainsi, après quelques siècles de mélanges ethniques, à un type bien marqué. La statuaire de l'Ancien Empire en donne une illustration physique remarquable : l'homme égyptien est de taille moyenne : ses traits sont fins, ses cheveux sont noirs et raides, rarement crêpés.

La vie ensoleillée sur les bords du Nil, rythmée et gouvernée par la loi conjuguée de la crue du fleuve et des décisions du pharaon tout-puissant, semble avoir engendré un caractère et des comportements sociaux dont les Égyptiens se sont vantés pendant les trois millénaires que vécut l'Égypte ancienne. Sans les qualités très particulières de sa population, l'Égypte pharaonique n'aurait en effet jamais connu la prospérité et l'éclat qui firent d'elle une des plus grandes puissances du monde antique, ni cette longévité exceptionnelle.

On a dit que les Égyptiens étaient le peuple le moins révolutionnaire du monde, et il est vrai qu'ils apparaissent, à la lecture des sources qui les font connaître, comme respectueux des dieux et des lois, soucieux surtout de s'assurer un Au-delà durable et de transmettre à leurs enfants la morale de leurs ancêtres. Confiants dans les forces politiques et les croyances religieuses qui régissaient leur univers, ils se conformèrent au modèle social qui s'imposa à eux, dès le temps des pyramides. Cette ère prestigieuse brillera longtemps de tous ses feux dans la mémoire collective, comme une période de quête d'absolu et de grandeur perdue.

L'étude de l'Égypte entre le début de l'Ancien Empire et la fin du Moyen Empire est cependant ponctuée par différentes périodes historiques. Vers 3200 av. J.-C., tout est en place pour que l'Égypte fasse son entrée dans l'histoire et que règne l'ordre pharaonique sur la vallée du Nil. L'unité politique se dessine, sous le contrôle d'un roi unique, Pharaon, qui réunit la Haute- et la Basse-Égypte, et réduit les différences culturelles entre les régions fédérées. A l'avènement de la IIIe dynastie, vers 2700 av. J.-C., la capitale s'établit à Memphis, l'actuelle Saqqâra, et le panthéon égyptien puise dans les divinités locales quelques figures appelées à un bel avenir. Cette période est dominée par la figure du roi Djéser, qui fut le premier à inaugurer le choix d'une pyramide comme tombeau. Immense escalier de pierre destiné à élever l'âme du défunt jusqu'à la barque de l'astre divin, son monument funéraire se dresse à l'horizon du désert de Saqqâra et témoigne des progrès spectaculaires que son architecte Imhotep fit faire à la civilisation égyptienne dans les domaines technique et scientifique. L'architecture de pierre est née sur ce plateau, et les pharaons qui succéderont à Djéser vont jalonner les franges désertiques de leurs gigantesques pyramides. Meïdoum, Dahshour, Gîza, Abousir sont leurs lieux d'élection, près desquels les grandes familles de courtisans se font enterrer dans des mastabas, tombeaux de proportions plus modestes dont les bas-reliefs et les peintures deviendront, quelques millénaires plus tard, des sources précieuses de renseignements sur la vie et la société de l'époque.

Au milieu du IIIe millénaire, l'Ancien Empire est à son apogée. Les rôles politiques, économiques et sociaux sont distribués auprès d'une population qui, à tous les niveaux, se consacre à la construction du royaume. La machine administrative, servie par les scribes-fonctionnaires qui dépêchent les ordres dans le pays et surveillent leur exécution, semble fonctionner sans obstacle. Cependant, à la fin de la

VIe dynastie (vers 2200 av. J.-C.), l'Égypte est menacée d'éclatement : les missions de contrôle politique et économique confiées aux gouverneurs régionaux, les nomarques, aboutissent à une décentralisation partielle, puis totale par endroits, de l'exercice du pouvoir. A cette date, le prestige de la monarchie pharaonique est caduc et l'autonomie des seigneurs provinciaux est un fait acquis, au détriment des services centraux de Memphis.

A l'Ancien Empire succède alors la Première Période intermédiaire. Les nécropoles provinciales s'enorgueillissent de grandes tombes décorées, sur lesquelles on admire les exploits des nouveaux maîtres des fiefs désunis. Parmi les causes des mutations politiques et sociales que l'on observe en cette fin de IIIe millénaire, il ne faut pas sous-estimer le rôle, récemment mis en lumière, des changements climatiques qui interviennent alors sur la partie nord-est du continent africain : la pluviométrie diminue fortement et, en quelques décennies, la vallée du Nil attire les populations des steppes devenues désertiques. Les nomarques doivent désormais organiser une irrigation systématique, fondée sur des réseaux de canaux qui quadrillent les champs et sont alimentés par des bassins de retenue des eaux de la crue du Nil. Les hommes forts des provinces gagnent un surcroît de puissance en gérant cette économie nouvelle et en en contrôlant les revenus. Mais le goût du pouvoir engendre des combats incessants entre seigneurs rivaux. La Première Période intermédiaire a laissé dans la mémoire populaire le souvenir souvent sanglant d'une anarchie destructrice, contraire au vœu d'harmonie cosmique constitutif des mentalités égyptiennes d'alors.

Lorsque, en 2061 av. J.-C., Montouhotep II le Thébain arrache la victoire aux princes voisins et entreprend la réunification du pays, la société égyptienne se recompose, mettant ses forces au service de la nouvelle administration, dévouée aux pharaons du Moyen Empire naissant. La résidence des rois se déplace de Saqqâra à Licht, point de jonction entre Haute- et Basse-Égypte. C'est là que l'on découvre, aujourd'hui, les vestiges des pyramides des pharaons de la XIIe dynastie, édifices aux contours souvent flous et ruinés, car leur construction fut moins soignée et plus modeste que celle de leurs prédécesseurs. Puis, par la suite, au milieu du IIe millénaire, cette prestigieuse civilisation connaîtra des modifications profondes dont témoignent, par exemple, les nouveaux rituels qui accompagnent l'enterrement du souverain, désormais inhumé dans les hypogées secrets de la Vallée des Rois.

Cependant, durant un millénaire, entre 2700 et 1700 av. J.-C., les fluctuations historiques et politiques qui agitèrent le pays n'ébranlèrent pas fondamentalement les mentalités ni les systèmes économiques : la société du temps des pyramides résiste aux transformations radicales et présente des caractères constants. Ainsi, sous l'Ancien et le Moyen Empire, le critère de différenciation sociale était simple, distinguant les Égyptiens qui savaient lire et écrire des autres. Ces derniers, qui constituaient l'immense majorité de la population, étaient essentiellement les paysans. Par leur talent, conjugué à un travail sans relâche, ils surent mettre à profit chaque instant de la crue pour obtenir les meilleures récoltes.

Ce sont, en effet, les flux et reflux du Nil qui structurent le rythme de la vie rurale égyptienne : ils déterminent les trois saisons (de quatre mois chacune) et fixent les grands événements. Le début de l'année coïncide avec le jour où l'étoile Sirius (le Grand Chien) apparaît dans le ciel au coucher du soleil, aux alentours du 19 juillet, et inaugure la saison « *akhet* », celle de « l'inondation », au cours de laquelle la crue détrempe les terres et les recouvre de limon. En pleine chaleur estivale, les paysans prennent un temps de repos, abandonnant leurs terres au fleuve nourricier. Quatre mois plus tard, le Nil commence à rentrer dans son lit, laissant place à la saison « *peret* », celle de « la croissance », qui voit affleurer les terres prêtes au labour et aux semailles. C'est un temps de grande activité dans les champs : les paysans n'ont pas un instant à perdre pour ensemencer la terre et mettre en réserve l'eau précieuse dont est gorgé le sol. Ils construisent des digues et des barrages pour la contenir et réguler l'irrigation par des canaux et des rigoles. Grâce à cette gestion fine et efficace de la crue, ils pourront consacrer la dernière saison, « *shemou* », celle de « la sécheresse » (de la mi-mars à la mi-juillet), aux moissons et récoltes.

L'exploitation de la terre était soumise à des règles précises. Le paysan n'était pas propriétaire de son lopin : en principe, seul le pharaon était le maître exclusif des champs, des temples et des villes. Pour exploiter la terre, le souverain en confiait la gestion et l'économie à des fermiers, issus de la noblesse ou de la grande bourgeoisie, qui recrutaient un abondant personnel attaché à leurs domaines. Au moment de la moisson, les femmes et les enfants étaient réquisitionnés pour aider les hommes du domaine et, s'il le fallait, on embauchait une main-d'œuvre saisonnière, que l'on retrouvait plus tard dans l'année sur les grands chantiers de Pharaon. Lorsqu'on remplissait les greniers, l'État dépêchait sur place des scribes-fonctionnaires qui prélevaient la part qui revenait au Trésor public, laissant l'autre part au fermier qui, à son tour, distribuait leur ration aux paysans comme salaire de leur travail.

« Une petite gerbe par jour, voilà tout ce que je reçois pour mon travail », se lamente un paysan, tandis qu'il fauche le blé. Pour encourager son fils à entrer à l'école et l'inciter à apprendre le noble métier de scribe, Khéty (vers 2000 av. J.-C.) lui décrit, dans un texte sapiential plein d'enseignements et de conseils avisés (la *Satire des métiers*) la dure condition du paysan : « Le paysan gémit sans cesse, sa voix est rauque comme le croassement du corbeau. Ses doigts et ses bras suppurent et puent à l'excès. Il est fatigué de se tenir debout dans la fange, vêtu de guenilles et de haillons. [...] Lorsqu'il quitte son champ et rentre chez lui le soir, il arrive complètement épuisé par la marche. » Ce texte rappelle aussi les difficultés et les nuisances naturelles qui guettent tout cultivateur : une mauvaise crue, une tempête de grêle, une nuée de sauterelles, le maraudage des oiseaux, une invasion de rongeurs, enfin, les incursions inopinées du bétail parqué dans les pâturages voisins, ou des hippopotames prêts à sortir des marais pour dévaster les campagnes !

Les reliefs et les peintures des tombes nous permettent d'apprécier la diversité des cultures pratiquées par les Égyptiens. Celle du lin et des céréales domine dans les scènes de labour où l'on voit des hommes conduisant un attelage de vaches. L'orge et le blé fournissent la matière première du pain et de la bière, qui constituent la base de l'alimentation.

Près des fermes, les vergers et les jardins produisent en abondance des arbres fruitiers (figuiers, dattiers, sycomores, acacias et grenadiers) et des légumes variés (oignons, lentilles, haricots, fèves, pois chiches, laitues, concombres, choux et raiforts). On fait pousser de la vigne dans les pergolas des maisons : elle est appréciée tant pour son muscat en grappes que pour le vin qu'on en tire.

L'élevage du bétail et de la volaille fait aussi partie de l'iconographie traditionnelle des tombeaux privés, à Saqqâra en particulier. On y admire, sculpté en léger relief dans un beau calcaire peint, le thème du bouvier éloignant crocodiles et hippopotames pour faire traverser un canal à son troupeau de vaches. Ces troupeaux font l'objet d'un recensement annuel, qui relève de la même administration fiscale que l'enregistrement des récoltes. Le maître du domaine assiste à la cérémonie, qu'orchestrent scribes et contremaîtres. Chaque tête de bétail est comptée : Rakhafankh, inspecteur des prêtres de la pyramide de Khephren (vers 2500 av. J.-C.), enterré à Gîza, nous apprend ainsi qu'il a enregistré « 4 têtes de bœufs à longues cornes, 220 têtes de bovins sans cornes, 2 234 chèvres, 760 ânes, 974 ovins ». Dans les fermes, les basses-cours abritent des canards et des oies, des pélicans et des pigeons. Amateurs de viande, les Égyptiens aiment aussi consommer la chair délicate des animaux du désert. Antilopes, gazelles, bouquetins et oryx composent l'essentiel du gibier des franges désertiques, que quelques chasseurs expérimentés, natifs de ces contrées, se hasardent à aller traquer dans leurs tanières.

La pêche était une activité courante pour les habitants des bords du Nil ou des marais du delta. Presque tous les poissons étaient propres à la consommation : on a retrouvé un certain nombre de recettes pour les sécher, les saler et les assaisonner – le poisson en saumure étant apparemment le plat le plus apprécié. Les parois des tombes qui décrivent les scènes de pêche nous permettent de nous faire une idée relativement précise de cette activité. A la fois loisir populaire et nécessité économique, la pêche – le plus souvent à la senne ou à la nasse – se pratique par équipes, à l'occasion de sorties en bateau, sur les canaux ou dans les fourrés de papyrus.

Sitôt pêché, le poisson est assommé, ouvert, vidé puis mis à sécher dans des cageots aérés. La pêche à l'épuisette et la pêche à la ligne sont également des passe-temps qui, dès cette époque, permettent de nourrir sa famille et de passer une journée agréable, à l'ombre, au bord de l'eau. Privilège des courtisans, la pêche au harpon, associée à la chasse au boomerang, fait figure de divertissement de classe, à la fois sportif et familial. Sur les murs de son mastaba, le maître se fait représenter lors de cette sortie en bateau : sa femme l'accompagne et le tient tendrement par la jambe ; les enfants sont grimpés à l'avant de l'embarcation et indiquent à leur père les endroits poissonneux.

Les fourrés et les ombelles de papyrus, lieux de prédilection des pêcheurs, sont aussi le théâtre de la chasse aux canards sauvages et autres volatiles, dont les reliefs et peintures des tombes donnent un tableau vivant. On y remarque tout à la fois des oies, des canards, des ibis, des hérons, des sarcelles et des cormorans. Les tiges de papyrus se courbent sous le poids des nids d'où émergent les têtes des oisillons ou la forme pleine des œufs. De ces scènes de la vie dans les marais, qui ravissent le visiteur des mastabas de Saqqâra, se dégage une impression d'extrême agitation.

Mais la société égyptienne ne peut être réduite à ces scènes de la vie rurale. Détenteurs de la science et de la rhétorique, les scribes se distinguent nettement de la masse paysanne et appartiennent à une catégorie socioprofessionnelle enviée et favorisée par les souverains du Moyen Empire. En effet, la politique de redressement national menée à cette époque par les pharaons de la XIIe dynastie implique le recrutement massif de lettrés dans une administration qui multiplie les bureaux et les services et donne à ses fonctionnaires, issus de la moyenne bourgeoisie, un rôle majeur. Le gouvernement, dont les ministres sont souvent choisis dans l'entourage familial et amical du roi, est dirigé par le vizir, sorte de Premier ministre qui va s'appuyer sur cette nouvelle classe de fonctionnaires pour contrôler le pays. Aussi l'unité nationale passe-t-elle par les services de ces scribes, qui deviennent le modèle moral de l'Égyptien dévoué à l'administration :

« Point n'est d'état qui ne soit dominé, hormis celui du

scribe qui lui-même domine », lit-on dans la *Satire des métiers*. L'omniprésence de l'écrit dans la civilisation pharaonique est un trait extrêmement frappant : tout acte est l'objet d'un enregistrement et, parfois, de sa copie.

Cependant, la classe moyenne n'est pas exclusivement composée de scribes : elle fournit aussi les cadres militaires, lorsque nécessité se fait sentir d'entretenir une armée de métier, capable de repousser les incursions bédouines venues d'Asie et de gagner du territoire vers la Nubie. Il n'est pas rare, au Moyen Empire, que l'on retrouve dans une même famille de fonctionnaires des hommes relevant tantôt de la police, tantôt de l'armée, tantôt de la gendarmerie ou encore de la justice.

Enfin, à côté des paysans et des fonctionnaires, les artisans – à qui l'on doit les chefs-d'œuvre que l'on admire aujourd'hui – occupaient une place importante dans la société égyptienne. Précisons que le vocabulaire égyptien ne fait pas de distinction entre l'artiste et l'artisan : la notion d'art pour l'art est absente de la mentalité égyptienne. Architectes, sculpteurs, peintres ou orfèvres travaillent dans le but d'éterniser le réel. Tout leur savoir-faire s'applique à immortaliser la vie. C'est cette motivation qui donne à la statuaire un air de si forte ressemblance avec son original, comme en témoigne le célèbre *Scribe accroupi* du musée du Louvre, au regard percutant et réfléchi. Pour authentifier la correspondance absolue entre l'être de chair et son double de pierre, une inscription hiéroglyphique apporte sa légende à l'objet ainsi créé. Et c'est encore cette volonté de réalisme absolu, qui exige que tous les éléments d'un être soient figurés dans leur intégralité, qui explique les conventions de représentation en bas-relief et peinture, où les personnages sont figurés sous leur aspect le plus complet, la tête de profil, l'œil et les épaules de face. Ces conventions canoniques ont été respectées pendant trois mille ans et ont résisté à toutes les influences, donnant à voir aujourd'hui des œuvres reconnaissables entre toutes.

Les artistes-artisans avaient, semble-t-il, un statut privilégié. Ils travaillaient par équipes, dans des ateliers gérés par les institutions d'État, les temples ou les collectivités locales. Dirigés par un chef de travaux, ces techniciens de l'art s'appuyaient sur des modèles établis par les ateliers pour exécuter les commandes qui émanaient de la Cour et des Grands de ce monde. Presque toute la production artistique de l'Égypte ancienne est anonyme, et rares sont les artistes dont les noms nous sont parvenus. Citons cependant celui d'Imhotep, l'architecte génial de la pyramide de Djéser à Saqqâra, l'inventeur de la première architecture de pierre, dont le talent a été honoré par les générations postérieures.

Le gigantisme des constructions architecturales de l'Égypte pharaonique ne doit cependant pas laisser croire à l'existence d'une classe ouvrière constituée. En effet, la main-d'œuvre employée aux grands travaux de l'État était prélevée dans la population paysanne, selon un système de conscription qui rendait tous les sujets de Pharaon, à commencer par les moins privilégiés, réquisitionnables pour les chantiers nationaux : construction de la pyramide royale, aménagement du territoire, expéditions aux mines et carrières – le système de la corvée a d'ailleurs eu un destin florissant en Égypte puisqu'il fallut attendre le siècle dernier, précisément en 1889, pour qu'un décret l'abolisse.

Sur les grands chantiers, l'activité était particulièrement intense au moment de la crue du Nil, qui éloignait les paysans des champs; mais elle conservait un rythme soutenu toute l'année, tant le programme de construction était important. Les prisonniers de guerre, asiatiques et nubiens, fournissaient un appoint appréciable et l'on sait que les razzias menées chez les bédouins d'Asie avaient pour but avoué d'en rapporter des hommes à bon compte. Les expéditions dans les mines et carrières, situées dans le désert oriental, entraînaient des bataillons impressionnants, décrits par certaines inscriptions rupestres gravées sur place. On lit ainsi, sur un rocher de la carrière de schiste du Ouâdi Hammârnât, qu'en l'an 38 du règne de Sésostris Ier (vers 1960 av. J.-C.) « Ameny, porte-parole du roi, conduisit là une troupe de plus de 17 000 hommes pour en rapporter de quoi façonner 60 sphinx et 150 statues ». On retrouve la même organisation quasi militaire au Sinaï, où l'État se fournissait en turquoise et en cuivre. L'extraction des pierres de construction et des pierres semi-précieuses fut ainsi, dès les débuts de l'Ancien Empire, programmée par l'autorité pharaonique avec autant de soin que l'économie ou la politique extérieure.

La constance des règles et des normes qui régissaient la vie sociale des Égyptiens caractérise également leur vie domestique. Au retour de leur journée de travail ou de leur mission au loin, les sujets du pharaon, bourgeois ou paysans, retrouvaient à la maison femmes et enfants qui occupaient une place importante dans la société égyptienne et participaient, à leur niveau, au maintien de l'équilibre national et cosmique, tel que le souverain l'avait voulu, en accord avec les dieux. « Si tu es un homme de bien, fonde ton foyer, épouse une femme de cœur et chéris-la dans ta maison comme il convient. Emplis son ventre, habille son dos [...] Rends-la heureuse tant que tu vivras... », conseille le vizir Ptahhotep (vers 2600 av. J.-C.) dans ses *Maximes*. L'espérance de vie étant en moyenne de trente ans. On se mariait tôt, pour avoir de nombreux enfants, élevés dans le respect des ancêtres et le devoir d'accorder à ses parents un bel enterrement suivi d'un culte funéraire fervent.

Pour restituer le cadre domestique dans lequel vivaient ces familles, les renseignements fournis par l'archéologie sont malheureusement peu nombreux. Alors qu'on possède maints vestiges d'architecture religieuse, de temples, de palais, de dizaines de tombeaux royaux ou de riches nécropoles, la documentation sur l'architecture civile est très lacunaire. Faites de modeste brique crue séchée au soleil, situées à un emplacement où les constructions n'ont pas cessé de se détruire pour se succéder, les maisons des villes et des villages de l'époque pharaonique n'ont pratiquement pas survécu. Il faut donc se tourner vers les quelques vestiges de villages, répertoriés çà et là, et interroger les sources écrites pour rendre vie à ces familles dans leurs maisons. Au Ve siècle av. J.-C., les récits d'Hérodote et d'autres visiteurs grecs décrivent le peuple d'Égypte entassé dans de petites maisons, alignées le long de ruelles étroites et encombrées, formant des quartiers où se mêlaient diverses professions.

A Aïn-Asil, capitale régionale de l'oasis de Dakhla, les fouilles récentes de l'Institut français d'archéologie orientale du Caire ont mis au jour un site urbain datant de la fin de l'Ancien Empire, clos par de larges enceintes, à l'intérieur desquelles se développaient tout à la fois habitations et bâtiments militaires, administratifs, religieux et artisanaux. A Illahoun, ville fondée pour y loger la main-d'œuvre affectée à la construction de la pyramide de Sésostris II, on a retrouvé deux quartiers d'habitation distincts. L'un, destiné aux notables, abrite une douzaine de maisons spacieuses, bâties autour d'une cour à péristyle, avec pièces de réception, terrasses, nombreuses chambres, salle de bains et cuisines. L'autre quartier est celui des ouvriers : deux cents maisons serrées les unes contre les autres et construites chacune selon un plan homogène, sont composées de trois pièces avec cuisine et four à pain. Partout, le plus difficile était la gestion des problèmes quotidiens : l'évacuation des ordures ménagères, la lutte contre les rongeurs et l'approvisionnement en eau.

Il restait cependant du temps pour les distractions, et les Égyptiens ne les négligèrent pas. La partie de pêche et la sortie familiale en nacelle de papyrus sur les canaux occupaient sans doute la première place des loisirs de plein air, car c'était tout à la fois, comme nous l'avons vu, l'occasion de promener les enfants, de rapporter de quoi garnir sa table et d'admirer le paysage. A la maison, on se distrayait avec de la musique, de la danse et des jeux de société. Pions, damiers et osselets ont été découverts dans des tombes très anciennes, datant des deux premières dynasties. Outre l'aspect purement ludique attaché à ce type d'objets, on sait que les jeux de société étaient dotés d'une connotation religieuse et funéraire : l'Égyptien qui les emportait dans la tombe pensait pouvoir gagner sa place au royaume d'Osiris en engageant une partie avec les forces invisibles du monde des morts. Il n'était donc pas inutile de s'entraîner de son vivant, l'enjeu étant de taille pour la rencontre fatale…

On retrouve, là encore, cette quête permanente d'immortalité, cette obsession de la survie qui caractérisent les hommes de l'Égypte pharaonique, eux qui, sur leurs monuments funéraires, supplient les vivants de « faire revivre leurs noms ».

La femme au temps des pharaons

Pierre Grandet

Jeune fille aux formes délicates, à peine voilée d'une légère tunique, couverte de bijoux, coiffée avec recherche… L'art de l'Égypte ancienne propose à notre admiration une image de la femme à ce point séduisante qu'on ne se résout qu'à grand-peine à se représenter sa condition sociale sous un jour autre que favorable.

Ainsi, on se complaît souvent à affirmer que les sujets du pharaon auraient connu et pratiqué « l'égalité des sexes ». Ce jugement, hélas, ne saurait être celui de l'historien. Dans une société telle que celle de l'Égypte ancienne, fondamentalement inégalitaire, constamment menacée par la disette et les épidémies, obligée avant tout de se reproduire pour ne pas disparaître, l'existence même de cette notion n'est pas davantage concevable que l'invention du téléphone ou la pratique du suffrage universel.

Ni anges ni démons, mais simplement des hommes, les Égyptiens anciens, en tant qu'individus, ont éprouvé envers les femmes les sentiments que de tout temps celles-ci ont inspirés aux hommes : de l'amour à la haine, du désir à la jalousie et du respect au mépris. Mais, si vives qu'aient été leurs passions, ils ont, en tant que société, considéré la maternité comme la vocation exclusive de la femme, et le mariage (monogamique), comme le lieu privilégié de son épanouissement.

Dans l'Égypte ancienne, le caractère d'un destin féminin ne peut être apprécié que dans le cadre du mariage ou par rapport à lui. La femme « normale » et de condition libre, dont le modèle est la déesse Isis, est la femme mariée : l'épouse féconde, fée du logis, de préférence intelligente et jolie, fidèle à son conjoint – l'adultère est sévèrement réprouvé – et fanatiquement dévouée à ses enfants. A l'inverse, à l'exception de fonctions honorifiques ou religieuses, l'exercice d'un emploi est l'indice d'une déchéance sociale, d'une condition servile ou marginale : domestique, danseuse, chanteuse, prostituée.

L'institution matrimoniale a donné lieu en Égypte à des dispositions juridiques minutieuses. Bien que les documents qui en témoignent stipulent que le mariage résultait presque toujours d'un arrangement conclu par avance entre le prétendant et le père de l'élue, certaines des clauses qu'ils révèlent ont entretenu chez certains égyptologues quelques illusions quant à son caractère libéral. Certes, le divorce existe et la femme a le droit d'en prendre l'initiative ; en cas de répudiation, elle peut prétendre au versement d'une pension alimentaire et, en cas de divorce ou de veuvage, elle a droit à une partie des acquêts de la communauté. Mais ces dispositions témoignent du fait que, pour sa subsistance, la femme égyptienne dépendait presque totalement d'un mari, même mort ou remarié avec une autre. Et, comme il n'existait aucun des emplois qui fondent l'indépendance de la femme sans atteinte à sa dignité, les règles juridiques qui organisaient l'institution matrimoniale ne traçaient que les limites de son assujettissement à la reproduction et aux tâches domestiques.

En outre, la femme égyptienne est exclue de toute participation régulière à la gestion politique de la société : l'accès à l'enseignement systématique de l'écriture, c'est-à-dire à celui des pratiques administratives, lui est refusé. Aucun texte écrit par des femmes ne nous est connu en toute certitude ; les titres féminins relèvent pour l'essentiel des vertus domestiques ou d'une sacralisation de la séduction : prêtresse, chanteuse ou danseuse de temple. Privée des moyens d'influencer son destin par une participation à la vie politique, la femme égyptienne ne peut le faire qu'en recourant aux stratégies de la servitude – influence de la favorite, incitation aux révolutions de palais – ou à la faveur de circonstances exceptionnelles. L'accession de quelques femmes au pouvoir suprême – moins d'une demi-douzaine en trois mille ans d'histoire – ne saurait présumer la condition enviable de la femme égyptienne, comme on se plaît souvent à l'affirmer (s'il en était ainsi, le règne de Victoria devrait avoir été l'Age d'or du féminisme européen). Le fait ne relève que des normes propres à la famille royale, véritable micro-société (l'Égyptien est monogame, mais Pharaon a un harem et, seul dans l'Empire, il épouse ses filles et ses sœurs), et ne fut dans ce cadre que la solution forcée de crises de succession. Sensible à la mentalité de ses concitoyens, Hatchepsout, la plus illustre d'entre elles, se fit d'ailleurs représenter en homme !

Pour la plupart des femmes égyptiennes, vouées au mariage et à la maternité, ce n'est qu'au gré de contingences que l'existence peut se révéler un paradis ou un enfer : entente ou mésentente du couple (le bonheur conjugal est fréquemment célébré), hasards de la naissance ou de la fortune. A la base de la société, l'immense majorité de la population, répartie en petites communautés paysannes, subit un sort dont seul l'art peut peindre l'extrême rigueur sous un jour poétique. Le sort de la femme, pubère très jeune et aussitôt mariée, n'y dépend guère que de sa fécondité : stérile, elle sera répudiée ; veuve, elle sera remariée. Elle ne doit qu'à la chance ou à une robuste constitution de survivre, jusqu'au seuil d'une vieillesse précoce, aux grossesses répétées, aux travaux ménagers et aux conditions d'hygiène qui aggravent les dangers de l'accouchement ; heureuse alors de devenir pour ses enfants l'objet de soins touchants, conformément à l'enseignement du sage Ani : « Rends au double le pain que ta mère t'a donné. »

Seule une fraction infime de la population peut consacrer des loisirs et des moyens à l'élaboration d'un art de vivre raffiné qui fait grand cas des femmes. Dans les jardins et les vastes demeures des riches évoluent de belles dames, richement vêtues et parées, et pour lesquelles on se consume en vers. Un esprit brillant ou une beauté hors du commun promettent parfois à la jeune fille issue de ce milieu un mariage de conte de fées : tel celui de Tiy, fille de fonctionnaire, avec le pharaon Aménophis III.

Le comportement de ces privilégiés du sort apparaît souvent – c'est le propre des élites – en contradiction complète avec les normes fondamentales de la société. Dans les alcôves, les couples à la mode s'adonnent aux charmes subtils de l'amour courtois, aux rituels compliqués de la séduction, pour mieux préluder aux délices de l'amour physique, dont certaines potions élimineront les séquelles non désirées. Alors tonne la voix du moraliste, rappelant la jeunesse aux mœurs de l'ancien temps : « Si tu es sage [...], fonde un foyer, aime ta femme comme il convient, remplis son ventre, revêts son dos [...], car elle est un champ fertile pour son maître (Enseignement de Ptahhotep). »

L'Égypte des marais

Jean Yoyotte et Pierre Chuvin

L'Égypte fut, en son temps, une terre à blé pour Rome. Des villageois casaniers, une administration méthodique avaient, de longue date, aménagé le sol égyptien grâce à des bassins d'irrigation qui retenaient les eaux et les limons. Elle produisait des céréales, des légumineuses, du lin et autres plantes des champs et des jardins. Dès le temps des pharaons, les bas-reliefs et peintures des chapelles tombales montrent les paysans et les comptables à leurs affaires : labours, moissons, rentrée des gerbes, dépiquage, etc. Mais un autre décor, tout aussi familier, se retrouve dans l'ornementation répétée des temples. Il rappelle que la basse vallée du Nil (*cf. carte*), de la première cataracte à la mer, fut aussi le paradis des papyrus et des lotus, un pays riche en lacs, en étangs, en marais répandus dans tous les creux à l'entour des levées arables. Les prêtres contemporains des Ptolémées et des Césars firent sculpter sur les parois de temples bâtis entre le IVe siècle av. J.-C. et le IIe de notre ère des décors cosmologiques où ils mirent magiquement en œuvre leurs conceptions en matière de géographie physique et économique.

Pour ces prêtres, toute métropole de province, depuis la cataracte d'Assouan jusqu'à la mer, se définissait par l'existence d'une voie fluviale – un bras du Nil ou un canal –, d'un terroir cultivable qui alimentait le temple local en produits agricoles, et d'un déversoir qui épongeait le trop-plein des eaux de la crue et qui fournissait du bétail, des volailles, des poissons, des fleurs, des plantes vertes ornementales. Dans ces déversoirs appelés *pehou*, certains dieux étaient censés pourchasser hippopotames et crocodiles, tenus pour l'incarnation des forces du mal.

L'Égypte

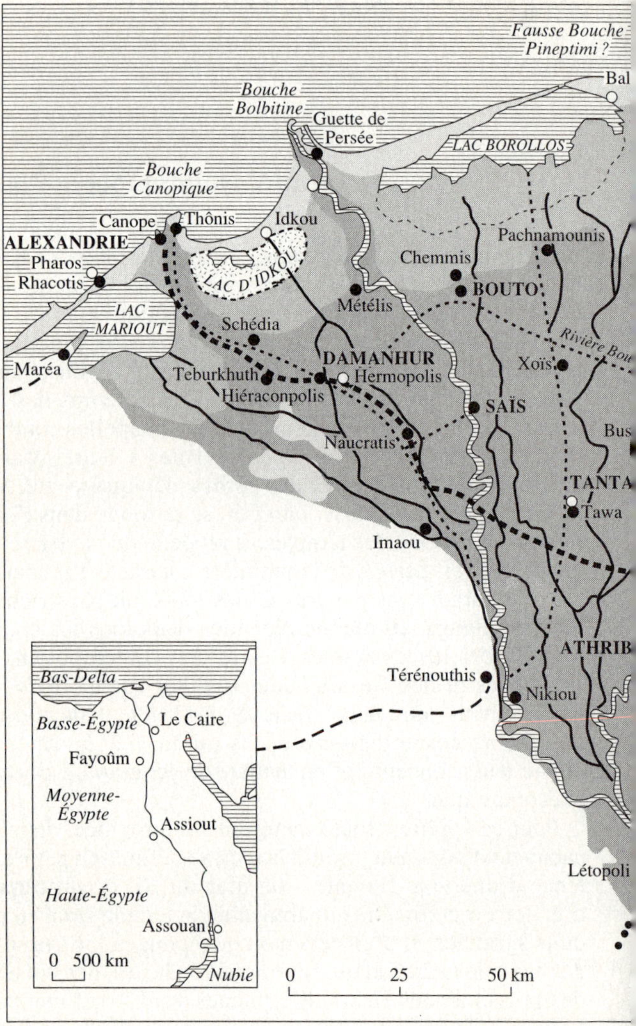

Fausse Bouche
Pineptimi ?
Bal
Bouche
Bolbitine
Guette de
Persée
LAC BOROLLOS
Bouche
Canopique
Canope
Thônis
Idkou
ALEXANDRIE
Pharos
Rhacotis
LAC D'IDKOU
Pachnamounis
Chemmis
BOUTO
Métélis
LAC
MARIOUT
Schédia
Rivière Bou
Maréa
DAMANHUR
Xoïs
Teburkhuth
Hermopolis
Hiéraconpolis
SAÏS
Bus
Naucratis
TANTA
Tawa
Imaou
ATHRIB
Térénouthis
Nikiou
Bas-Delta
Basse-Égypte
Le Caire
Fayoûm
Moyenne-
Égypte
Assiout
Haute-Égypte
Assouan
0 500 km
Nubie
0
25
50 km
Létopoli

et son delta

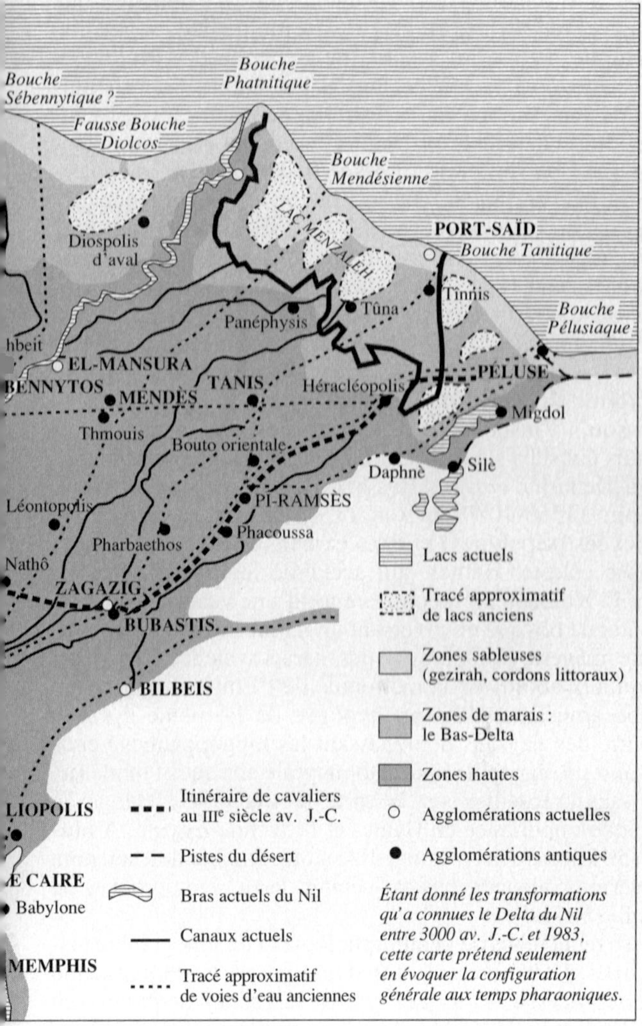
Bouche
Sébennytique ?
Bouche
Phatnitique
Fausse Bouche
Diolcos
Bouche
Mendésienne
LAC MENZALEH
PORT-SAÏD
Bouche Tanitique
Diospolis
d'aval
Tinnis
Tûna
Panéphysis
Bouche
Pélusiaque
hbeit
EL-MANSURA
PÉLUSE
BENNYTOS
TANIS
Héracléopolis
MENDÈS
Migdol
Thmouis
Bouto orientale
Silè
Daphnè
PI-RAMSÈS
Léontopolis
Phacoussa
Pharbaethos
Nathô
ZAGAZIG
BUBASTIS
BILBEIS
LIOPOLIS
LE CAIRE
Babylone
MEMPHIS
Lacs actuels
Tracé approximatif
de lacs anciens
Zones sableuses
(gezirah, cordons littoraux)
Zones de marais :
le Bas-Delta
Zones hautes
Itinéraire de cavaliers
au IIIe siècle av. J.-C.
Agglomérations actuelles
Pistes du désert
Agglomérations antiques
Bras actuels du Nil
Canaux actuels
Tracé approximatif
de voies d'eau anciennes
Étant donné les transformations
qu'a connues le Delta du Nil
entre 3000 av. J.-C. et 1983,
cette carte prétend seulement
en évoquer la configuration
générale aux temps pharaoniques.

Étymologiquement, le terme *pehou* désigne « la partie arrière », « la partie basse » d'une région ; il éveille presque toujours l'idée de marécages, d'eaux mortes et de végétation aquatique. Peut-être, à partir de l'époque des Ptolémées (IIIe siècle av. J.-C.), les étangs et les marais n'ont-ils plus occupé que des superficies restreintes dans la vallée proprement dite et dans le Haut-Delta. C'est du moins l'image globale que l'on se fait de l'Égypte hellénisée. On imaginera même que certaines « basses terres » n'étaient que des réserves où l'on maintenait les espèces animales et végétales indispensables à l'exécution des rites. Il reste que cette écologie sacrée qui fait de l'association ville-canal-terroir agricole-marais le biotope fondamental de l'existence divine et humaine définit bien les réalités qui avaient été nécessaires au développement d'un établissement urbain conforme au genre de vie pharaonique.

Jusqu'à l'installation des Ptolémées, des étangs et des marais ont subsisté dans la vallée proprement dite et dans le Haut-Delta (*cf. carte*). Dans la brillante Thèbes du Nouvel Empire (1560-1080 environ av. J.-C.), sur les parois des hypogées (sépultures) et dans certains livres des morts, la déesse céleste, Hathor, qui accueille les trépassés partis pour l'Occident, prend l'apparence d'une vache sortie de la montagne libyque et traversant un marais de hauts papyrus. Cette imagerie témoigne que des marais avaient été épargnés jusqu'aux abords de la métropole de l'Empire[1]. Une autre scène amusante, dans un hypogée de la même époque, montre des paysans pourchassant les hippopotames venus envahir un champ de lin. La toponymie antique et moderne, elle aussi, fossilise sur la carte le souvenir d'étangs de quelque importance en Haute- et Moyenne-Égypte. A plus de 150 kilomètres en amont d'Assiout, Farshût doit son nom au terme cananéen *birket*, « étang, lac », à rapprocher de l'arabe *birkat*.

Les recherches de géomorphologie et de topographie historiques détermineront sans doute progressivement selon quels processus et à quel rythme les zones de *pehou* ont régressé dans la vallée proprement dite et dans le Haut-Delta. Mais il est bien établi, en tout cas, que deux régions du royaume des pharaons demeurèrent, fort avant dans l'histoire, le domaine quasiment exclusif de lagunes, d'étangs et de prairies. Le Fayoûm, d'une part, dont le dessèchement et la mise en valeur agricole ne furent entrepris que sous Ptolémée II (IIIe siècle av. J.-C.) et qui était resté jusque-là le lieu privilégié des distractions royales et le grand fournisseur de poisson frais et séché. D'autre part, le Bas-Delta.

Dégradé de siècle en siècle, au long des temps médiévaux, par des phénomènes complexes où la nature et l'homme jouèrent chacun leur rôle, peu à peu transformé en une série de lacs salés frangés de sinistres déserts et de boues grisâtres, le Bas-Delta (*cf. carte*) avait donné son plus vieux nom de « Terre des Papyrus » à l'ensemble de la Basse-Égypte. Au-dessous des terres consolidées et irrigables accumulées vers l'aval entre les bras majeurs du Nil – terroirs agricoles prospères où s'étaient développées précocement des cités aussi notables que Mendès et Bouto –, s'étendait le *pehou* extrême du pays d'Égypte, frontière et réserves naturelles communes à tout le royaume : une colossale Sologne africaine amenée par le Nil sous les cieux méditerranéens. De larges et profondes prairies humides, propices à l'élevage, étaient prolongées par le chapelet des grands lacs littoraux où s'épanouissaient, verdoyantes, de gigantesques forêts de papyrus.

Chaque année, durant l'été et l'automne, la crue réunit les lacs et leurs prairies bordières en une mer dont n'émergent que les hautes levées longeant les bras majeurs, quelques bourgades ou stations juchées sur les buttes sableuses et le sommet de quelques grandes îles. Le temps du lent retrait des eaux correspond à celui des pluies intermittentes de l'hiver et du printemps et, à l'étiage, les basses plaines demeurent parsemées de flaques et de bourbiers, sillonnées de rigoles incertaines. Les derniers troupeaux d'urus qu'Aménophis III (au XVe siècle av. J.-C.) et Ramsès III (au XIIe siècle av. J.-C.) chasseront encore errent dans les joncs et les souchets. Les hippopotames et les crocodiles pullulent sous les papyrus, parmi les potamots, les nénuphars et autres tapis de plantes d'eau douce. Mille oiseaux migrateurs transitent à leur saison. Les mulets de la Méditerranée se rassemblent dans les lacs avant de remonter, pour leurs amours, en direction de la cataracte et ils y reviennent chargés d'un frai dont les Égyptiens, dès le temps des Pyramides, fabriquaient la succulente boutargue (en arabe *butarkha,* mot qui désigne les œufs de poisson salés).

Ces marais septentrionaux aménagent un glacis autonome qui défend l'Égypte et se défend contre l'Égypte. Côté mer, au nord, face à la « Grande Verte », comme disait la langue égyptienne, ce sont, au large, des courants et des vents contraires, des hauts fonds, des barres qui feront de cette côte un parcours mal aimé des caboteurs phéniciens ou grecs. L'étroit cordon littoral est aussi peu propice aux accostages de visiteurs audacieux qu'il se prête bien aux surveillances des garde-côtes et des naufrageurs (*cf. carte*). Des « fausses bouches » rompent le cordon inhospitalier. Elles introduisent l'étranger dans l'impasse des lacs, labyrinthes d'îlots flottants et de chenaux inconnus, de cypéracées et de roseaux qui coupent la vue à distance, de fonds boueux où l'on vient échouer. Les flottes d'envahisseurs ne peuvent pénétrer dans le Delta que par les bouches principales du Nil, celles de Péluse ou de Canope, mais celles-ci, au moins à partir du Nouvel Empire (XVIe-XIe siècle av. J.-C.), sont gardées par « les forteresses de la Grande Verte ». Forcer l'entrée de l'Égypte depuis la Méditerranée est une entreprise hasardeuse qui peut facilement tourner au désastre : les Perses au temps d'Artaxerxès III, les Croisés à plusieurs reprises en feront l'expérience.

Du côté de la terre vraiment ferme, vers le sud, face aux citadins policés et aux fellahs disciplinés des nomes (provinces) que quadrille l'ordre royal, c'est un paysage incertain : une large bande aux limites fluctuantes selon le régime du Nil, longtemps submergée et toujours humide. Des bras de drainage et des golfes lacustres que leur faible profondeur interdit aux vrais bateaux de transport et autorise seulement à de plates et étroites nacelles végétales, presque sans tirant d'eau. Une faible visibilité à longue distance, due aux murs que dressent les forêts de roseaux et les massifs de papyrus, cachettes idéales pour tendre des embuscades. D'étroits cheminements, connus des seuls indigènes, entre des fondrières. Bref, une étendue verte et bleue, merveilleusement riante sous le soleil mais inquiétante pour les armées régulières qui ne sauraient déployer, dans ce maquis d'un type spécial, leurs masses compactes de fantassins, de cavaliers et de chars.

Peu de déserts arides, comme on sait, sont totalement inhabités. *A fortiori*, un désert trop riche en eaux et en verdure ne peut être vide. Ni les textes ni l'archéologie ne permettent de supposer qu'il existait avant l'époque hellénistique, au milieu des boues et des fourrés, des villes insulaires importantes, ni même de véritables établissements d'agriculteurs. En revanche, des stations de chasse et des hameaux précaires groupant les cabanes des pêcheurs-oiseleurs et des bouviers y trouvaient normalement place – implantations dispersées, grâce auxquelles les multiples et inépuisables réserves des grands marais pouvaient être exploitées, pour transiter ensuite par les ports fluviaux de Bouto, de Mendès, de Diospolis d'aval (*cf. carte*) et autres cités des nomes (provinces).

Que sait-on de la vie des hommes du marais ? Trop d'eau permanente, une luxuriance de verdure – les massifs de papyrus –, des îles, des isthmes, des chenaux mouvants, des abords boueux. Ces étendues ne se prêtent pas à l'établissement de fellahs. Il faut des aptitudes sportives pour s'y déplacer. Habituellement, l'homme y est rare et la faune en profite. Les hippopotames, les crocodiles, les bêtes à cornes sauvages, les cobras qui aiment l'humidité y sont plus à l'aise que dans les secteurs quadrillés et implantés par la civilisation. Sa sauvagerie place le marais en marge d'une société agricole et bureaucratique. Il apporte pourtant un complément précieux à son économie, et ses charmes lui valent une place dans la culture nationale.

Les Égyptiens ne se sont pas contentés d'employer le formidable papyrus et le lotus bleu comme talismans de vitalité. Très vite se met en place une tradition de la « partie de campagne » dans les marais, digne contrepoids à la monotonie poussiéreuse des villes. C'est le bon roi Snefrou qui, selon un conteur, s'ennuie tellement qu'il se fait promener en barque par un équipage de jeunes nudités vêtues de résilles de perles. Il se divertit à les voir ramer et « à contempler les beaux étangs de son lac, à contempler ses prairies et ses rivages, de manière que son cœur en soit rafraîchi »[2]. Fillettes nues arrachant des papyrus, poussant la godille de légers esquifs végétaux, jouant parmi les volatiles effarouchés ou nageant parmi les gros poissons et les canards serviront plus tard de décor privilégié pour les pièces de vaisselle et autres objets de luxe.

Deux auteurs anonymes du Moyen Empire (XXe-XVIIIe siècle av. J.-C.) ont choisi le marais pour décor de leurs œuvres qui nous sont parvenues, hélas ! fort mutilées [3]. Le texte intitulé par son éditeur *The Sporting King* – nous dirions « Les exercices du roi » – raconte, en style de cour, l'histoire d'un pharaon « chasseur de sauvagine et pêcheur » qui sait « affronter les eaux perverses des lagunes » et mène lui-même une *party* vers le Fayoûm (*cf. carte*). D'autres fragments vantent « les joies de la pêche et de l'oiselage ». Les amateurs retrouvent les bivouacs au petit matin, les cabanes et les cachettes de roseaux, les performances des tireurs à l'arc ou au harpon. « Quel jour de fête lorsque nous descendons oiseler au marais ! Qu'on fasse venir les chasseurs-pêcheurs et les harponneurs d'hippopotames, que nous puissions jeter le filet [et foncer] sur notre esquif ! Nous amarrerons à un buisson et offrirons un holocauste au dieu crocodile, Soukhos [...] le grand, le gouverneur des bassins inondés, lui qui est riche en poissons. Une fête où il y en aura pour tout le monde, si notre déesse Prairie s'avère propice ! » Joies du sport, joies de riches. Non sans à-propos, un plaideur de province flatte le juge de la capitale : « N'es-tu pas celui qui à bord d'une nacelle se détend, chassant les hippopotames, tirant les taureaux, atteignant les poissons, piégeant les oiseaux ! » Hérodote, lui, rapporte une anecdote qui témoigne bien de l'idée que l'on se faisait des marais. Un souverain apprenant qu'il n'a plus que six ans à vivre veut faire mentir l'oracle. Il se met à vivre aux flambeaux, « se donnant du bon temps jour et nuit, sans relâche, en parcourant les basses terres et les bois et tous les lieux dont il entendait dire qu'ils servaient particulièrement aux plaisirs de la jeunesse ».

Le marais offrait des projets tout aussi concrets mais moins frivoles à l'entreprise pharaonique. D'étendue moyenne ou faible, il mettait à la portée des villes et des villages avoisinants ses ressources spécifiques ; non seulement la pêche et la chasse, mais aussi l'élevage bovin et différentes activités de cueillette. La cueillette permettait de compléter une alimentation défaillante ou lacunaire : rhizomes de souchet (le *habb el-Aziz* des Égyptiens d'aujourd'hui), moelle du jeune papyrus, graine du lotus rose lorsque ce nénuphar se fut acclimaté sous la domination perse. Surtout, on arrachait dans les basses terres la plante industrielle fondamentale de l'ancienne Égypte, le papyrus, dont on faisait des nacelles, des cordes, des vêtements, des sandales et du papier. Le papyrus, donc, matière première de la paperasse et de la littérature, faisait du marais un atout capital dans l'économie du royaume qui en a consommé une quantité incommensurable pendant trois mille ans. Lorsque les Phéniciens, puis d'autres, eurent appris à écrire au pinceau, on en exporta dans tout le monde antique. Depuis près de douze siècles, le papyrus a disparu du sol égyptien. A sa suite, les différentes espèces végétales et animales qui l'accompagnent dans les images pharaoniques ont régressé puis disparu. La surexploitation croissante de la plante à papier pour satisfaire la demande, intérieure et extérieure, y est pour quelque chose.

Les chasseurs-pêcheurs qui sillonnaient les étangs, les équipes qui s'en allaient arracher le papyrus, les bouviers qui poussaient leurs vaches sur les prairies, tous ces bédouins de fondrière ne suffisaient pas à humaniser les immensités humides du Bas-Delta. Ces parties reculées, vaguement parcourues par des sauvages, étaient un refuge idéal pour ceux qui avaient des raisons, personnelles ou politiques, de prendre le maquis. Les étendues incertaines et souvent embrumées du *pehou,* les rideaux de roseaux, les murailles de papyrus, les pièges des bas-fonds sournois, les chenaux mouvants et les sols détrempés offraient des facilités de cachette et de dérobade, surtout lorsque venaient s'y ajouter des complicités chez les habitants des cabanes. La mythologie officielle, elle aussi, s'empara très tôt des singularités du paysage du Bas-Delta. La thématique officielle concernant les origines du pouvoir monarchique perpétua le souvenir d'Horus et d'Isis, réfugiés menant une vie précaire à l'abri des papyrus.

Osiris, roi bienfaisant, a été assassiné par Seth. Il est mort et le restera sur cette terre, mais il est ressuscité ailleurs par l'embaumement et les rites funèbres ; il règne désormais sur la communauté des défunts embaumés et « glorifiés ». La royauté terrestre lui survit : Isis, enceinte des œuvres du dieu mort, met au monde Horus le faucon, prototype des rois à venir et, pour que l'enfant du miracle ne tombe pas entre les mains de Seth et de ses complices, elle se cache avec lui « dans un lieu que l'on ne pouvait connaître ». Une tradition constante à travers les siècles situait ce lieu, dénommé Chemmis, quelque part dans les abords marécageux de l'antique Bouto (Pé), dans une zone où, dès la VIe dynastie (vers 2350-2200 av. J.-C.), existait réellement une localité dénommée « la Chemmis d'Horus ».

« L'île qu'on appelle Chemmis », rapporte Hérodote (II, 156) « est située dans un lac profond et vaste près du temple de Bouto, et c'est, d'après les Égyptiens, une île flottante. Pour moi, je ne l'ai vue ni flotter ni remuer[4] [...] En tout cas, celle-ci contient un grand temple d'Apollon [Horus] et trois autels s'y dressent ; il y pousse une quantité de palmiers, ainsi que d'autres arbres fruitiers ou stériles, en abondance [...] Létô [Ouadjyt], l'une des huit divinités primitives qui habitaient la ville de Bouto où se trouve justement son oracle, se vit confier Apollon par Isis et le sauva, en le cachant dans cette île que l'on dit flottante à présent, lorsque Typhon [Seth] survint, parcourant l'univers à la recherche du fils d'Osiris. » La réalité du temple décrit par l'auteur grec est confirmée. Des trouvailles faites sur place localisent un sanctuaire de « l'Horus de Pé » sous un tell suburbain de Bouto et, grâce au court procès-verbal qu'un fonctionnaire fit graver sur sa statue, on sait que le pharaon Psammétique II avait fait reconstruire une « Chemmis d'Horus » dans la ville. Cependant, en dépit du rattachement habituel de Chemmis à Bouto, la localisation de ce refuge demeurait elle-même flottante, si bien que les clergés d'autres métropoles, riveraines des marécages septentrionaux, le placent à leur convenance au sein des lacs voisins de leur propre cité.

La vie est rude pour les clandestins du marais, même s'ils sont divins. Ouadjyt, qui veille sur les destinées du jeune Horus, est à la fois le génie de la couronne royale et le serpent des marais qui s'enroule autour des fûts de papyrus.

Hathor, qui allaite le nourrisson royal, est une vache sauvage qui court les marécages : « Je suis venue dans Pé, je m'en suis allée à Dep », déclare-t-elle, « j'ai parcouru les étangs, les basses terres, les chemins d'Horus et je me suis arrêtée à Chemmis pour assurer la protection de mon Horus. »

En dépit de la sollicitude des dieux animaux de l'endroit et de la complicité des populations, la condition de l'enfant est précaire. Les pénibles enfances d'Horus servent souvent de référence homologique aux guérisseurs qui identifient leur patient au dieu, archétype de la faiblesse, qui finalement survit : sur son îlot, Horus souffre de fièvre, ses yeux sont malades, il est mordu par les serpents, piqué par les scorpions, menacé par les feux de broussailles. « Formule pour guérir d'une brûlure : Horus le petit enfant est dans le nid [...] Le feu est puissant et il n'y a personne qui puisse le sauver. Sa mère est absente qui pourrait exorciser le mal. Ses pères sont partis en tournée, Hapouy et Iakes [patron des pêcheurs-oiseleurs]. Mais Isis s'échappe de l'atelier [...] et dit : J'arrive en hâte. »

Le fils d'Osiris, soigné par Isis, défendu par Ouadjyt, allaité par Hathor, atteindra l'âge adulte. Il reconquerra la royauté. « Le faucon qui est dans le nid de Chemmis » prend son vol. Il devient « l'Horus qui est sur son papyrus », et l'iconographie religieuse représente volontiers le triomphe d'Horus par l'image du rapace couronné, posé sur l'ombelle d'une colonne papyriforme ou juché sur un palais stylisé, émergeant des fourrés. L'avènement de tout pharaon était une réapparition d'Horus, qu'il succède sans heurt à son père devenu un Osiris ou qu'il prétende mettre fin à un interrègne chaotique. La rhétorique officielle, pour exprimer la providentielle légitimité du prince, compare son apparition à celle d'Horus « qui sort du nid », à « celui qu'Isis a élevé dans Chemmis pour qu'il gouverne ce que le soleil entoure de sa course ». Si le marais mythique est l'asile inconfortable de la veuve et de l'orphelin, des vaincus, des persécutés, il est en même temps la cachette sacrée où s'affirme, dans la clandestinité, la survie du pouvoir pharaonique et où se prépare le triomphe de l'ordre national.

Dans les années 670 av. J.-C., selon un des récits rapportés par Hérodote, Psammétique, roi de Saïs, un instant évincé par les autres princes souverains qui se partageaient le Delta, « avait été relégué dans les marais, avec ordre de ne pas en sortir et de n'avoir aucune relation avec le reste de l'Égypte ». C'est pendant son repli forcé vers les lacs littoraux qu'il rencontra les « hommes de bronze » providentiels annoncés par l'oracle, en l'occurrence les pirates cariens et grecs (venus d'Asie Mineure) qui lui permirent de réunifier l'Égypte sous son autorité.

Au Ve siècle av. J.-C., sous la domination perse, une situation analogue, faisant coïncider le mythe et l'événement, formait le thème d'une légende, transfiguration naïve de l'annexion de l'Égypte au Soudan par les rois éthiopiens de la XXVe dynastie (fin du VIIIe siècle av. J.-C.) et du maintien de dynasties royales dans le Delta. C'est Hérodote qui raconte : « Aussitôt l'Éthiopien parti d'Égypte, l'aveugle revint des marais et recommença à régner ; il avait, dans les marais, habité pendant cinquante années une île qu'il avait fait rehausser avec de la cendre et de la terre […] Cette île ne put être découverte par personne avant Amyrtaios : pendant plus de sept cents ans, les rois qui précédèrent celui-ci furent incapables de la retrouver ; elle s'appelle Elbo » (II, 140). Selon l'historien grec, la cendre avait été apportée sur l'île par des partisans de l'aveugle. Cette anecdote bizarre pourrait bien être une simple explication naïve de l'aspect que présentent les petits *kôms* (tells) insulaires où les incendies de cahutes et de broussailles multiplient les couches cendreuses.

La légende du roi aveugle retiré dans ces maquis humides ne fait peut-être que projeter dans le passé la situation de l'époque où on la racontait. Le roi Amyrtaios, qui aurait enfin retrouvé le gîte introuvable, était en effet un prince de Saïs qui, dans les années 450, résista aux armées de l'Empire achéménide. Évoquant sa résistance obstinée, Thucydide l'appelle « le prince qui régnait dans la région des marais » et il explique que les Perses, arrêtés par l'étendue de ces marais, ne purent en venir à bout. « Il faut ajouter que c'est dans cette région qu'habite la population la plus guerrière d'Égypte. »

Sans les nommer, Thucydide met l'accent sur le tempérament batailleur des sauvages du Bas-Delta, qui forment un singulier contraste avec les masses rurales peu belliqueuses du reste du pays. Six siècles plus tard, sous le nom de « Bouviers », *Boucoloi,* ces sauvages feront un instant trembler l'Empire romain. Hérodote, à propos du Nil inférieur, place au centre du Bas-Delta une « bouche bucolique ». L'importance de l'élevage du gros bétail dans l'économie quotidienne de ces régions explique que cette paisible dénomination professionnelle s'accroche à une ethnie qui est surtout restée célèbre pour ses brigandages et ses faits d'armes[5].

Les Égyptiens du début de l'Empire romain se racontaient, dans leur propre langue, les aventures épiques des contemporains du roi tanite Pétoubastis[6]. Sous le règne de ce pharaon, le jeune prêtre d'Horus vient à Thèbes pour revendiquer la succession de son père, le grand prêtre d'Amon (de même, Horus avait revendiqué la succession de son père Osiris). Or il est accompagné de compatriotes : treize bouviers robustes et prêts à tout, qui réussissent dès leur arrivée un coup de main sur la barque qui sert aux processions du dieu à Thèbes. Ces gens audacieux viennent du « district des papyrus », et leurs ennemis les traitent de « pêcheurs d'anguilles », ce poisson qui se déplace sur terre et dans l'eau, vit en rivière et fraie en mer. Les bouviers font dans la littérature une entrée… fracassante.

Dans les premières années du second siècle de notre ère, un Égyptien converti au judaïsme raconte l'histoire édifiante des amours de Joseph et de la belle Aseneth, Égyptienne qui se fait juive pour épouser Joseph. Le fils de Pharaon la convoite et veut la faire enlever ; c'est tout naturellement « la forêt de roseaux » qui est choisie pour l'embuscade et qui offre asile aux agresseurs lorsqu'ils ont échoué. L'auteur est un prosélyte religieux et non un amateur de pittoresque. Il évoque « la forêt de roseaux » de façon machinale ; c'est un lieu connu ou, mieux, un lieu commun ; elle constitue le décor tout désigné de l'illégalité et de la violence.

Strabon, le géographe contemporain d'Auguste, explique l'origine de ce cliché : au temps des pharaons, les habitants de ces « Prés aux vaches » que sont les *Boucolia* servaient de supplétifs, à la fois garde-côtes et pilleurs d'épaves : « La côte égyptienne n'offrait pas de ports, et le port qui existait à Pharos n'était pas un accès, mais il était surveillé par des bouviers brigands qui attaquaient ceux qui venaient y faire relâche » (XVII, 1, 19). La sauvagerie préservée de la zone et de ses hôtes renforçait la sécurité du reste du pays.

Le Bas-Delta présentait en revanche un inconvénient majeur pour les Égyptiens eux-mêmes : il handicapait impitoyablement la circulation directe, transversale, d'un angle du Delta à l'autre. Déjà la région moyenne de ce Delta ne se prêtait guère, même à l'étiage, à une traversée latérale, c'est-à-dire d'est en ouest (*cf. carte*) : les bras majeurs du Nil, les canaux et les bras boueux servant de drains naturels y contraignaient les voyageurs éventuels à passer souvent à gué et à recourir de temps en temps à des bacs. A l'époque ptolémaïque (du IIIe au Ier siècle av. J.-C.), grâce à un des rares « journaux de route » qui nous soient parvenus de l'Antiquité égyptienne – il s'agit en fait d'une note de frais –, on peut voir un groupe de cavaliers se rendant du coin nord-est du Delta au coin nord-ouest, de Péluse à Alexandrie, remonter jusqu'à Boubastis, couper vers l'occident et passer par Naucratis. Ils couvrent un trajet dépassant largement les trois cents kilomètres, mais une traversée directe du Bas-Delta aurait été plus pénible, plus onéreuse et, pour tout dire, pratiquement irréalisable : bras d'eau multipliés, fondrières, étangs et fourrés à contourner, à éviter, insécurité enfin ! L'Égypte pharaonique s'était accommodée de la barrière ouest-est que formait la frange septentrionale du pays. Elle se contentait d'un réseau de circulation disposé en éventail à partir de Memphis, sommet du Delta et porte de la Haute-Égypte, de tout temps le principal centre urbain du pays. Sous les Ptolémées, l'installation de la capitale à Alexandrie, – l'une des cornes de la Basse-Égypte –, le prodigieux accroissement de cette ville hellénique ouverte vers le monde grec, le développement simultané à l'autre corne de Péluse et du trafic avec l'Asie, auraient pu rendre souhaitable un cheminement direct et sûr, coupant à travers le Delta.

Cependant, les Ptolémées ne comblèrent pas, semble-t-il, cette antique déficience du réseau routier, et c'est seulement aux conceptions et aux méthodes des Romains que l'Égypte dut, pour un temps, l'accomplissement d'un tel souhait. Le Nil se vit ajouter une nouvelle rivière. Au IIe siècle ap. J.-C., l'astronome Claude Ptolémée positionne sur sa carte un bras paradoxal, perpendiculaire à la pente générale du Delta. C'est la « rivière de Bouto » ou « rivière boutique », qui se branchait à l'ouest sur le canal allant d'Alexandrie à la bouche canopique, passait près de Bouto (d'où son nom), baignait Sébennytos, Mendès-Thmouis, Tanis et se raccordait à la branche pélusiaque. Le maître romain se préoccupait surtout de drainer vers la Ville les produits frumentaires de l'Égypte intérieure et les importations qui venaient de l'Orient, proche ou lointain, et transitaient par l'Isthme. Or la rivière de Bouto n'apportait guère aux docks d'Alexandrie et de Péluse que la production des provinces méridionales du Delta (vivres mais aussi papyrus et poissons séchés).

De fait, la « rivière » n'avait pas dû être creusée pour des motifs strictement commerciaux. Une des rares sources à nous renseigner sur son trafic est le passage où Flavius Josèphe résume la marche des troupes que Titus, en 70, achemina depuis Alexandrie pour achever la répression de la révolte juive : « Titus gagna Nicopolis par voie de terre, la ville étant à vingt stades d'Alexandrie ; de là, ayant embarqué ses troupes sur des navires de guerre, il remonta, à travers le Nil, par le nome de Mendès, jusqu'à la ville de Thmouis : là, il fit débarquer ses troupes et fit route jusqu'à la petite ville de Tanis où il bivouaqua. Sa deuxième étape fut Héracléopolis et la troisième Péluse, où il laissa deux jours de repos à son armée » (IV, 11, 5). Ce passage fait comprendre l'utilité de la « rivière boutique » : c'est une voie romaine aux fonctions d'abord stratégiques. Comme telle, cette rivière facilitait notamment l'intervention des forces de l'ordre dans un secteur où la sécurité publique était souvent précaire.

Son creusement constitue un effort pour domestiquer la nature et aussi une certaine société, encline à la dissidence. Celle-ci éclate pourtant à plusieurs reprises, lors de grandes crises du pouvoir central. En 171-173 sous Marc Aurèle, à la faveur du premier choc des Barbares contre l'Empire. En 750, sous le dernier calife omeyyade, lorsque les fondateurs de la dynastie abbasside se soulèvent pour le renverser. A nouveau en 831-832, à la faveur de l'agitation des tribus arabes du Sinaï et de la région d'Alexandrie. Enfin, en 969, lorsque les Fatimides envahissent l'Égypte. Mais ce sera la dernière fois, la résistance des gens du Delta étant vite étouffée.

En fait, les conditions naturelles et humaines se modifiaient à cette époque-là, laissant moins d'indépendance et de moindres ressources aux populations du Bas-Delta. Les papyrus avaient disparu pour laisser la place à des fourrés moins denses de roseaux. De vastes zones, au sud des lacs littoraux, dont les prairies nourrissaient jadis des troupeaux de vaches – support de l'existence des puissants bouviers –, souffraient d'une insuffisance croissante de drainage : des joncs et de maigres plantes salines supplantèrent les riches pâturages aussi bien que les bassins cultivés qui avaient nourri Bouto, Mendès et Tanis. Au débouché des bras majeurs, en revanche, de puissantes cités industrielles et commerçantes – Farama (Péluse), Tînnis, Damiette – se développaient, qui ne pouvaient souffrir l'agitation de banlieusards mal policés et où des garnisons affirmaient la prédominance du pouvoir central.

Une dépopulation certaine affecta le marais durant la période médiévale, en même temps que le paysage se dégradait en steppes grises et sinistres. Certaines des grandes villes côtières moururent à leur tour et, au moins dès le XIVe siècle, l'opulence verdoyante et les mille ressources de la Terre des Papyrus n'étaient même plus un souvenir. Par endroits, notamment dans le lac Menzaleh, des communautés de pêcheurs survécurent, qui héritèrent au moins des bouviers, leurs ancêtres, l'art de la clandestinité et un caractère ombrageux dont les soldats de Bonaparte firent l'expérience. De nos jours, gagnées petit à petit sur les sels, les terres basses du Delta deviennent une campagne ordinaire. Elles sont colonisées pour la première fois par l'ordre agraire et bureaucratique qui a fait et fait l'Égypte.

Notes

1. P. Montet, *Les Scènes de la vie privée dans les tombeaux égyptiens de l'Ancien Empire*, Strasbourg, 1925, chap. I et III (très agréable à lire).

J. Vandier, *Manuel d'archéologie égyptienne, IV, Bas-Reliefs et Peintures. Scènes de la vie quotidienne*, vol. 1, Paris, Picard, 1964, chap. IX ; vol. 2, *ibid.*, chap. I à IX (répertoire analytique).

L. Keimer, « La vache et le cobra dans les marécages de papyrus de Thèbes. Contribution à l'étude de la religion de l'Égypte ancienne et à la grammaire de l'ornement végétal et animal », *Bulletin de l'Institut d'Égypte*, 37 (1954-1955), p. 215-257.

2. Le roi Snefrou dans le papyrus Westcar chez G. Lefebvre, *Romans et Contes égyptiens de l'époque pharaonique*, Paris, Adrien Maisonneuve, 1949, p. 77-80.

3. Les exercices du roi, R.A. Caminos, *Literary Fragments in the Hieratic Scripts*, Oxford University Press, 1956, p. 1-39.

4. Le propos d'Hérodote ne reflète pas seulement la fonction mythologique du site introuvable et l'impression visuelle que donnent les îlots de verdure remaniés par les courants d'année en année et les horizons insaisissables des lacs du Delta. Il repose sur une donnée exacte. En fait, les îles flottantes existent bel et bien sur les lacs à roseaux ; bien loin de l'Égypte, en Asie Mineure, sur le lac Coloé près de Sardes, elles ont servi de refuge lors de guerres réelles et ont été décrites de l'Antiquité à nos jours (L. Robert, Documents d'Asie Mineure, XXI. « Au nord de Sardes », *Bulletin de Correspondance hellénique*, 1982, I, p. 340).

5. Cf. P. Chuvin et J. Yoyotte, « Les bandits du Nil », *L'Histoire* n° 88, avril 1986, p. 40-48.

6. Les bouviers dans le cycle de Petoubastis, chez G. Maspero, *Les Contes populaires de l'Égypte ancienne,* Paris, Guilmoto, 4e éd., 1911, p. 259-280.

La nourriture des Égyptiens

Pierre Grandet

Sur les parois des tombes égyptiennes, d'innombrables tableaux mettent en scène le défunt, assis sur une chaise, la main tendue vers un guéridon chargé de victuailles. Par la magie de l'image, cette scène était censée assurer éternellement l'alimentation du mort dans l'Au-delà, et donc sa survie. Mais, aux débuts de l'histoire égyptienne, c'étaient des nourritures plus concrètes qui accompagnaient le défunt dans sa tombe. En 1939, un archéologue anglais, W.B. Emery, découvrit dans le caveau inviolé d'une tombe de Saqqâra-Nord, datant de la IIe dynastie (vers 2700 av. J.-C.), un véritable festin, servi dans de la vaisselle de poterie : un poisson, une caille rôtie, un pigeon en ragoût, des rognons, des côtelettes et du jarret de bœuf, du pain, une sorte de fromage dans de petits pots, des gâteaux au miel, des baies de jujubier et de la compote de figue ; sur un plat d'albâtre, une bouillie d'orge était servie et une grande jarre avait contenu du vin.

Miraculeusement préservé depuis cinq mille ans, ce repas d'outre-tombe est parfaitement représentatif du régime alimentaire des anciens Égyptiens. Un régime bien connu grâce à l'étude de multiples textes et représentations et à l'analyse du produit des fouilles. Il consistait pour l'essentiel en céréales, viandes, produits laitiers, légumes et fruits. Ainsi, l'alimentation dépendait du bon fonctionnement de l'agriculture. Que la crue du Nil fût trop faible ou trop violente ou qu'une période de troubles survînt, et c'était la famine. Dans sa tombe de Moâlla, le nomarque[1] Ankhtifi rapporte qu'à l'époque de la Xe dynastie (XXIIe siècle av. J.-C.) « la Haute-Égypte tout entière mourait de faim, au point que chaque homme [en était arrivé] à manger ses enfants ».

Les céréales, blé amidonnier et orge, formaient la base de l'alimentation, sous forme de pains, de gâteaux et de bière. D'une infinie variété, les pains étaient cuits dans des moules préalablement chauffés à feu vif, et les gâteaux ne s'en différenciaient guère que par des adjonctions de miel ou de corps gras. La bière était fabriquée par délayage de pains d'orge germée avec du jus de datte.

Les Égyptiens consommaient volontiers la viande et les abats des bovidés, du mouton, de la chèvre et du porc. Sans préjugés à l'égard d'animaux nettement plus exotiques à nos yeux, ils essayèrent au cours de l'Ancien Empire d'engraisser des hyènes et, pendant la préhistoire, se régalèrent de viande de crocodile et d'autruche. Les fouilles sont formelles ! Les volatiles des champs, les oies, canards, pigeons, et tous les migrateurs qui pullulaient dans le Delta et que l'on capturait au filet, jouaient un rôle important dans l'alimentation. De même le poisson, frais ou séché. Il constituait, par exemple, la principale source de protéines des habitants de Deîr el-Médîneh, le village des ouvriers de la nécropole royale du Nouvel Empire. Avec les ovaires des muges, ou mulets, on préparait la boutargue, une friandise toujours très appréciée en Égypte.

Excellents maraîchers, les paysans des bords du Nil cultivaient quantité de légumes : courgette, concombre, poireau, oignon, laitue romaine, et faisaient sécher leurs récoltes de haricots, pois chiches, lentilles et fèves ; préparées à l'étouffée, les fèves sont encore, sous le nom de *foul*, un des plats de base de l'Égyptien moderne. Parmi les fruits, la datte et la figue étaient les plus prisées, mais on aimait aussi le raisin, les fruits du perséa et du jujubier, les noix du palmier-doum, le melon et, à partir du Nouvel Empire, la grenade et la pomme, importées d'Asie. L'olive fournissait son huile et l'on connaissait aussi l'huile de sésame, l'huile de ricin et celle du moringa.

Pour relever leurs plats, les cuisiniers disposaient de quelques condiments : sel, ail, coriandre et cumin. Mais le miel était pratiquement le seul édulcorant et l'apiculture connut très tôt en Égypte un essor remarquable. Les boissons favorites des Égyptiens étaient la bière, véritable boisson nationale, le vin, dont il existait des crus réputés, et le lait qu'on buvait tel quel ou caillé, comme une sorte de yaourt. Pendant l'Ancien Empire, l'amateur avait le choix entre divers jus de fruits fermentés : datte, caroubier, pavot, etc.

Il semble que la cuisson à l'huile ait été rarement employée, sinon pour la confection de beignets. Pour préparer les aliments, on usait de deux procédés principaux : le rôtissage, cuisson directe à feu vif, et la cuisson indirecte dans des marmites de terre. Pour le rôtissage, réservé à la viande, le cuisinier piquait le morceau à cuire sur un bâton et, d'une main, il le maintenait au-dessus du feu qu'il attisait continuellement au moyen d'un éventail – spectacle aujourd'hui encore familier en Égypte ; mais l'on pouvait aussi faire rôtir à la broche des animaux entiers. Dans les marmites de terre, de succulents ragoûts que l'on goûtait et que l'on touillait périodiquement au moyen d'un bâton mitonnaient pendant des heures.

Dans les maisons des ouvriers de Deîr el-Médîneh, une petite pièce servait de cuisine ; chez les riches, en revanche, on cuisinait dans des bâtiments indépendants des habitations ou dans des cours où l'on abattait aussi les animaux. Selon les circonstances, les mets étaient cuits sur de simples réchauds portatifs, sur des foyers maçonnés ou sur des trous creusés dans le sol et remplis de braises.

Les Égyptiens qui pouvaient se le permettre prenaient trois repas par jour : un petit déjeuner, appelé « lavage de bouche », un repas dans l'après-midi et un autre le soir. Les repas des nobles avaient parfois l'allure de véritables banquets, agrémentés d'un orchestre et de danseurs. Ceux des simples particuliers étaient naturellement plus rustiques : un pain et un oignon y suffisaient, parfois un morceau de viande. Le travailleur des champs « cassait la croûte » sur son lieu de travail, et, lors de certaines fêtes religieuses, on allait parfois « pique-niquer » en famille dans la tombe d'un ancêtre ou près d'un lieu de pèlerinage.

Dans l'Égypte ancienne, la nourriture jouait un rôle religieux important. « Nourrir » le dieu constituait un aspect essentiel du culte quotidien. Au cours de grandes fêtes, d'invraisemblables quantités de victuailles lui étaient sacrifiées symboliquement, avant d'être partagées entre les officiants et parfois distribuées à la population. Les provisions de bouche constituaient d'ailleurs l'essentiel des salaires. Jusqu'à la XXVIe dynastie (663-525 av. J.-C.), en effet, l'Égypte ancienne ignora sinon la monnaie, du moins le monnayage, et, pendant le Nouvel Empire, le grain fut couramment utilisé comme unité de compte et parfois d'échange.

Le trait le plus caractéristique, peut-être, de l'alimentation égyptienne est l'absence de véritable cuisine, au sens où nous l'entendons : « la lente élaboration qui transforme en mets des produits ingrats » (Georges Perec). L'abondance des plats et leur variété tenaient lieu de sophistication. L'« art culinaire » était alors l'apanage du médecin – certains traités médicaux égyptiens sont de longues compilations de recettes – et celui du prêtre ; dans les profondeurs du temple, il concoctait, selon le rituel, d'innombrables breuvages sacrés dont la composition laisserait perplexe le gastronome d'aujourd'hui.

Note

1. Nomarque : chef de nome, une province de l'Égypte ancienne.

L'écriture hiéroglyphique

Pascal Vernus

Les civilisations sont mortelles, constatait Paul Valéry. Les écritures aussi, pourrait-on ajouter. Quel exemple plus frappant, en effet, que l'écriture hiéroglyphique [1] qui, après avoir été pendant plus de trois millénaires l'expression ostentatoire de la civilisation pharaonique, disparut totalement quand s'affirma le christianisme byzantin ? Il fallut le génie de Champollion pour l'extirper des oubliettes où elle avait été reléguée pendant plus de treize siècles, et lui conférer, dans nos sociétés modernes, une reconnaissance qui ne cesse de s'élargir avec le XXe siècle finissant. Aujourd'hui, cette écriture fascine à ce point que son étude déborde les austères séminaires des institutions érudites. L'historien, afin d'expliquer cette trajectoire inattendue, doit tenir compte des caractéristiques de l'écriture hiéroglyphique, mais aussi des conditions historiques dans lesquelles elle a été créée et s'est développée.

L'écriture hiéroglyphique présente deux caractéristiques majeures qu'il importe de distinguer nettement. Et tout d'abord, sa matérialité, autrement dit la manière dont elle se présente. Cette caractéristique concerne l'apparence des signes de cette écriture, les hiéroglyphes, leur figurativité, et les règles qui régissent leur agencement. La seconde caractéristique touche à l'organisation interne de l'écriture hiéroglyphique, c'est-à-dire au système selon lequel elle encode et fixe graphiquement les énoncés linguistiques de la langue égyptienne. Certes, la spécificité de l'écriture hiéroglyphique tient à l'association de ces deux caractéristiques. Néanmoins, elles ont, chacune, une certaine autonomie, ce qui nous permet de les étudier séparément.

Si l'écriture égyptienne déroute, déconcerte, intrigue et

fascine, c'est certainement avant tout parce qu'elle est figurative. En effet, les signes qui la constituent, au lieu de ne représenter qu'eux-mêmes, comme les lettres de notre alphabet, sont des images immédiatement identifiables comme telles, qui renvoient à des réalités de l'univers pharaonique (*cf. encadré « Une écriture imagée »*). Point n'est besoin d'être un égyptologue expert pour faire ce constat. Mais une question vient alors immédiatement à l'esprit : si ces hiéroglyphes sont des images, en quoi se distinguent-ils des autres images, qui, quant à elles, ne sont pas des éléments d'écriture ?

Trois propriétés permettent d'établir cette distinction.

1) Tout d'abord, le rapport des hiéroglyphes à la réalité qu'ils représentent. En devenant signe d'écriture, les images que sont les hiéroglyphes ont subi ce qu'il convient d'appeler un calibrage. C'est-à-dire que leurs proportions mutuelles ne correspondent plus aux proportions mutuelles de ce qu'ils représentent. Ainsi, le signe de la mèche de cheveux occupera à peu près le même espace que le signe de l'homme se frappant la tête d'une hache (*cf. encadré « Une écriture imagée »*) ! La raison de ce calibrage est claire : si les hiéroglyphes respectaient les proportions mutuelles de leurs référents, il aurait fallu leur donner des dimensions très importantes, afin que ceux qui représentent des êtres ou des objets de petite dimension, telle une mèche de cheveux, puissent être lisibles. Leur agencement eût requis d'immenses espaces.

2) L'agencement des hiéroglyphes constitue le second trait qui les distingue des autres représentations. Ces dernières occupent un espace souvent important, et se trouvent ainsi comme noyées dans un arrière-fond laissé vierge. Les signes hiéroglyphiques au contraire tendent à être répartis le plus densément possible, de manière à remplir complètement l'espace alloué à l'inscription. Aussi les hiéroglyphes ne se succèdent-ils pas simplement les uns après les autres, pour ainsi dire en rang d'oignons, comme nos lettres, ce qui laisserait de grands vides ; ils sont souvent regroupés en se superposant (dans le cas des lignes) ou en se juxtaposant (dans le cas des colonnes) dans des unités spatiales, non matérialisées, qu'on appelle les « cadrats[2] ».

3) Enfin, les hiéroglyphes sont assujettis à des contraintes d'orientation très strictes, qui ne s'imposent pas de la même manière dans les images relevant des simples représentations. Ces contraintes apparaissent quand on observe les signes dissymétriques, d'une manière générale, et plus particulièrement les signes représentant des êtres vivants – humains, dieux anthropomorphes et animaux. On constate en effet, quelles que soient leurs positions dans l'inscription, que leurs regards sont tous tournés dans la même direction, qui est, en principe, celle du point de départ du texte, et donc la direction opposée à celle de la lecture. Car, si notre écriture suit nécessairement et toujours le même sens, de gauche à droite, l'écriture égyptienne peut quant à elle se lire en lignes horizontales, de gauche à droite, mais aussi de droite à gauche, et même en colonnes verticales (dont le sens de succession peut varier).

Autrement dit, il y a au moins quatre directions d'écriture possibles, et c'est l'orientation des signes dissymétriques qui indique le sens de lecture d'une inscription : si les êtres vivants portent le regard vers la gauche, il faut lire de gauche à droite, et *vice versa* ! En fait, la direction de droite à gauche – en ligne ou en colonne – était la plus habituelle aux anciens Égyptiens. Il n'en reste pas moins vrai que l'écriture, grâce à ces quatre possibilités, s'adapte à ses supports avec bien plus de souplesse que nos écritures modernes.

Ainsi donc, par sa matérialité même, l'écriture hiéroglyphique se révèle déjà extrêmement originale. Elle ne l'est pas moins par le système qui l'anime.

Toute écriture repose sur un système d'encodage permettant de transposer le matériau sonore, qui constitue les énoncés d'une langue, en matériau visuel (ou tactile dans le cas du braille). L'encodage peut s'effectuer selon les deux manières de segmenter l'énoncé : phonétiquement ou idéographiquement. De manière phonétique, les signes d'écriture encodent des unités qui correspondent aux sons fondamentaux de la langue, les « phonèmes ». C'est le cas de nos écritures « alphabétiques ». Ainsi « neuf » est segmenté en trois phonèmes, respectivement [n], auquel correspond la lettre *n*, [oe] auquel correspond la suite de lettres *eu*, et [f], auquel correspond la lettre *f*. De manière idéographique, les signes d'écriture encodent des unités qui correspondent à des unités de sens de la langue, c'est-à-dire à des mots. Chaque mot est alors appréhendé globalement. C'est le cas, par exemple, de l'écriture chinoise. Cependant, même nos écritures alphabétiques utilisent parfois ce type de principe. Par exemple, « neuf » peut être aussi écrit à l'aide d'un seul signe : *9*.

A priori, on est tenté de penser que le système hiéroglyphique est idéographique, puisque ses signes sont figuratifs. En fait, cette conception répandue n'est pas à la mesure de la réelle complexité de l'écriture égyptienne. S'il est idéographique, le système hiéroglyphique est aussi phonétique, et son fonctionnement met en œuvre trois catégories de signes : les idéogrammes, les phonogrammes, et les déterminatifs.

Les idéogrammes sont les hiéroglyphes qui renvoient à un mot ou à une idée. Les phonogrammes, quant à eux, sont les signes utilisés pour écrire un phonème ou une séquence de phonèmes. Ils représentent toujours des consonnes, car les voyelles ne sont pas prises en compte par l'écriture égyptienne (*cf. encadré « Comment prononcer l'écriture égyptienne ?* »). Cette caractéristique peut paraître surprenante, mais elle est propre au « chamito-sémitique », la famille de langues dont fait partie l'égyptien, au même titre que l'arabe ou l'hébreu – langues où les séquences de consonnes véhiculent un sens fondamental, la vocalisation indiquant seulement les actualisations particulières de ce sens (les substantifs et les verbes désignant des êtres, des choses ou des actions en rapport avec ce sens, etc.). Enfin, les déterminatifs sont des classificateurs qui, placés à la fin d'un mot écrit avec des idéogrammes et/ou des phonogrammes, indiquent la classe sémantique à laquelle appartient ce mot. D'une part, ils facilitent l'identification d'un mot ; d'autre part, ils aident à la segmentation du texte en phrases (*cf. encadré « Comment comprendre l'écriture égyptienne ?* »).

Le système hiéroglyphique repose donc sur les combinaisons entre ces trois catégories, les idéogrammes, les phonogrammes et les déterminatifs. Hélas ! ces combinaisons sont réglées par l'usage et non par une logique rigoureuse, ce qui explique qu'il ait fallu tout le génie de Champollion pour élucider cette écriture.

Assurément, l'écriture hiéroglyphique est difficile à utiliser, et ce pour les deux raisons que nous venons d'évoquer. Elle est difficile par sa matérialité même, puisque le tracé des hiéroglyphes, en raison de leur caractère figuratif, est bien plus complexe que celui de nos lettres. Mais la manière dont elle encode les énoncés du langage, qui repose sur un système complexe et met en œuvre, on vient de le voir, trois catégories de signes, contribue également à rendre sa compréhension pour le moins ardue. Et pourtant, l'écriture hiéroglyphique a été utilisée pendant plus de trois millénaires et demi, de 3150 av. J.-C., date des premières inscriptions, à la fin du IVe siècle ap. J.-C., lorsque l'édit de Théodose ordonna la fermeture des temples païens, condamnant ainsi les derniers lieux où elle était encore étudiée et pratiquée.

Comment une écriture si incommode a-t-elle pu durer aussi longtemps ? Serait-ce que les Égyptiens aient été incapables de faire plus simple ? Assurément non. Ils savaient, en certains domaines, surmonter les inconvénients de l'écriture hiéroglyphique. Ainsi, pour les textes littéraires ou religieux, les pièces d'archives et les documents de la vie quotidienne, ils utilisaient des écritures cursives, le hiératique et le démotique[3], dans lesquelles les signes hiéroglyphiques étaient dessinés de manière très simplifiée, plusieurs d'entre eux pouvant être, au besoin, unis dans un même tracé pour aller plus vite. Toutefois, même dans ces écritures cursives, qui se lisent toujours de droite à gauche, les principes du système hiéroglyphique demeurent inchangés.

Car, aux yeux des Égyptiens, malgré et peut-être même à cause de ses inconvénients, l'écriture hiéroglyphique possédait des ressources et des propriétés exceptionnelles. En effet, non seulement elle fixe visuellement des énoncés de la langue égyptienne, mais elle peut, en même temps, ajouter au message linguistique des effets spécifiques. D'abord, grâce à sa capacité à se lire dans quatre directions différentes, elle possède une plasticité qui lui confère une exceptionnelle capacité à se conformer aux objets et aux monuments qu'elle investit et dont, par là même, elle rehausse l'architecture. De plus, parce que ses signes sont, à l'origine, des images, elle est susceptible de s'intégrer de manière quasi symbiotique aux représentations. Les exemples ne manquent pas. Ainsi, il arrive parfois que des divinités soient affublées d'un couvre-chef qui n'est autre que la graphie de leurs noms. Mieux, les hiéroglyphes peuvent créer une véritable unité iconographique en formant un motif, susceptible d'être répété tout au long d'une frise, par exemple.

D'autre part, le système hiéroglyphique permet d'affiner le sens des mots. Ainsi, au niveau le plus élémentaire, le choix des signes permet, par l'écriture, d'ajouter une indication que la langue ne comporte pas. Ces potentialités de variation graphique jouent également un rôle dans le domaine religieux. Ainsi, dans les chambres funéraires, on évite à certaines époques d'utiliser des hiéroglyphes représentant des animaux ou des êtres dangereux, susceptibles de porter atteinte au défunt momifié, qui tente, grâce aux rites, de surmonter la mort. Mais ces variations graphiques peuvent être bien plus sophistiquées. On les appelle alors « jeux d'écriture » (*cf. encadré « Une écriture ludique »*). Toutefois, ce n'est pas un hasard si l'ensemble des ressources de l'écriture hiéroglyphique fut principalement exploité à une époque où l'État pharaonique avait disparu. C'est tout simplement que cette écriture était ressentie comme l'expression la plus irréductible de l'identité égyptienne, qui n'avait plus, désormais, le pouvoir politique comme vecteur.

Car, pour les anciens Égyptiens, mettre en œuvre les exceptionnelles propriétés de leur écriture était aussi une véritable pratique philosophique. En effet, comme dans beaucoup d'autres civilisations, anciennes et modernes, la pensée pharaonique n'instituait pas une coupure radicale entre les réalités et les noms et les images qui les désignaient. Autrement dit, étudier les différentes manières dont on pouvait écrire le nom d'un élément de l'univers consistait à étudier l'essence même de cet élément. C'est à cette fin qu'on inventoriait les différents hiéroglyphes qui pouvaient être utilisés pour l'écrire. Il s'agissait aussi de mettre au jour les relations qui unissaient cet élément à d'autres, en débusquant les similarités graphiques de leurs noms. C'était encore, par là même, faire apparaître des pans entiers de l'infini réseau d'analogies et d'homologies qui assurait la cohérence de l'univers. C'était donc, en définitive, se livrer à une enquête métaphysique, qui permettait d'en connaître le sens.

Enfin et surtout, grâce à l'écriture hiéroglyphique, les Égyptiens fixaient « pour l'éternité », dans la pierre, des graphies susceptibles de capter l'essence même de ce qu'elles nommaient par le son et figuraient par l'image. Par cette science sacrée de l'écriture, les anciens Égyptiens ont érigé la philologie au rang d'une philosophie. Les Grecs, qui avaient noué des liens assez étroits avec l'Égypte depuis le VIIe siècle av. J.-C., ont entrevu ce statut exceptionnel de l'écriture hiéroglyphique, mais sans l'appréhender parfaitement. De là, chez les auteurs antiques, comme Platon, cette aura d'ésotérisme, de mystère, voire de mysticisme qui nimbe les évocations de la civilisation pharaonique. Cette tradition gênera longtemps le déchiffrement des hiéroglyphes. Beaucoup, tel le jésuite et orientaliste allemand Athanase Kircher qui au XVIIe siècle consacra, en vain, ses travaux au déchiffrement des hiéroglyphes, sont demeurés persuadés qu'il s'agissait de symboles intelligibles seulement à quelques initiés, dans la fulguration d'une intuition divine. Des nos jours encore, cette dimension n'entre pas pour peu dans l'attirance qu'exerce l'Égypte ancienne sur tout un public de kabbalistes, d'ésotéristes et de mystiques.

Notes

1. Le terme « hiéroglyphes » signifie « écriture sacrée » en grec. Les Grecs avaient été, en effet, frappés par leur utilisation au service des spéculations religieuses.

2. Mot utilisé par les égyptologues en détournant un terme technique de la typographie.

3. Le terme « hiératique » ne désigne qu'un genre de cursive, attesté du IIIe millénaire av. J.-C. au IIe siècle de notre ère. En revanche, le terme « démotique » désigne tout à la fois une cursive, mais aussi l'état de la langue égyptienne qu'elle sert à écrire (en ce sens, on peut dire « démotique » comme on dit « ancien français »). Elle fut utilisée du VIIe siècle av. J.-C. au Ve siècle de notre ère.

Comment prononcer l'écriture égyptienne ?

L'égyptien n'écrit que les consonnes, qui sont représentées par des hiéroglyphes que l'on nomme phonogrammes (puisqu'ils écrivent des phonèmes).

Les phonogrammes égyptiens sont donc consonantiques, même si certains écrivent des semi-consonnes comme *w* et *y*.

Il y a plus : ces phonogrammes peuvent écrire, selon les cas, une seule consonne, une séquence de deux consonnes, ou une séquence de trois consonnes.

Les phonogrammes écrivant une seule consonne sont appelés « signes alphabétiques », et ils écrivent les vingt-trois unités consonantiques de base de l'égyptien. Les phonogrammes écrivant deux consonnes sont appelés « biconsonantiques » ou « bilitères ».

Par exemple :

 *wn* (consonne *w* + consonne *n*) ;

 *jw* (consonne *j* + consonne *w*) ;

 *mj* (consonne *m* + consonne *j*) ;

 *mn* (consonne *m* + consonne *n*) ;

 *mr* (consonne *m* + consonne *r*) ;

 *ḫ@* (consonne *ḫ* + consonne @).

Quant aux phonogrammes écrivant trois consonnes, ils sont appelés « triconsonantiques » ou « trilitères ».

Par exemple :

 *jwn* (consonne *j* + consonne *w* + consonne *n*) ;

 *w'r* (consonne *w* + consonne ' + consonne *r*) ;

 *wḥm* (consonne *w* + consonne *ḥ* + consonne *m*) ;

 *ḫrw* (consonne *ḫ* + consonne *r* + consonne *w*) ;

 *spr* (consonne *s* + consonne *p* + consonne *r*) ;

 *šsp* (consonne *š* + consonne *s* + consonne *p*).

On ignore la prononciation exacte de l'écriture hiéroglyphique[1], et on a, par conséquent, recours à certaines conventions pour tenter de prononcer les mots égyptiens. Les semi-consonnes *w* et *y* sont réalisées vocaliquement *ou* et *í*. Et certaines authentiques consonnes, comme *j*, @, ʿ, sont prononcées comme des voyelles, respectivement *í*, *a*, *â*. Le plus souvent, on intercale un *e*, parfois un *o*, purement arbitraire entre les consonnes. Par exemple, le mot écrit avec la séquence de consonnes « *sẖr* » sera prononcé « *sekher* ».

Pour écrire les noms propres étrangers, ou même certains mots égyptiens issus de la langue parlée, il existait, parallèlement, un système purement phonétique reposant sur des combinaisons de groupes de signes, qui associaient consonnes et voyelles pour former des syllabes.

De plus, grâce aux contacts que la civilisation égyptienne avait noués avec les civilisations à alphabets (les Hébreux, les Grecs), on commença, dès le Iᵉʳ siècle de notre ère, à écrire l'égyptien à l'aide de l'alphabet grec et de quelques lettres supplémentaires.

1. Il arrive qu'on puisse extrapoler la vocalisation d'un mot à partir de ce qu'il est devenu en copte, dernier état de l'égyptien fixé dans une écriture alphabétique notant les voyelles, ou encore à partir des transcriptions en langue étrangère, par exemple l'akkadien ou le grec. Mais nous ne pouvons guère prétendre reconstituer exactement la vocalisation d'un texte suivi des états anciens de l'égyptien.

Une écriture imagée

L'écriture égyptienne est figurative.

Du premier coup d'œil, on identifie une cuisse de bœuf , un pied , une mèche de cheveux , un homme se donnant un coup de hache sur la tête et une vipère à corne .

Puis, au prix d'une rapide familiarisation avec l'art pharaonique, on identifiera, en outre, la surface de l'eau ridée par la brise , une corbeille , un pain semi-circulaire , le disque solaire entouré par un cobra (l'uréus) . Il n'y a guère que le cercle, dont l'identification pose problème.

Les égyptologues hésitent encore sur sa signification. On peut remarquer, quoi qu'il en soit, que les hiéroglyphes sont des images conçues selon les principes qui régissent, par ailleurs, les représentations. Ainsi, l'homme représenté par le signe a la tête de profil, les épaules et le buste de face, les bras, le bassin et les jambes de profil, en accord avec les conventions bien connues des représentations égyptiennes, et qui leur confèrent cette allure si particulière.

De même, une scène gravée dans la chapelle funéraire d'un immense mastaba de l'Ancien Empire à Saqqâra représente une jarre munie d'une anse, dont un artisan est en train d'évider l'intérieur à l'aide d'un foret. Or, parmi les hiéroglyphes de la légende afférente à cette représentation, on en remarque un qui représente, lui aussi, la jarre .

Cet exemple illustre clairement le fait que les signes de l'écriture hiéroglyphiques sont fondamentalement des images.

Aussi, un certain nombre de hiéroglyphes fonctionnent comme des idéogrammes : ils représentent, à eux seuls, un mot ou plusieurs mots sémantiquement apparentés. Par exemple, le signe représentant un souverain, reconnaissable à sa canne et à son uréus , peut écrire le mot égyptien correspondant à « souverain ».

De même, le signe représentant un âne , ou celui représentant un obélisque .

Dans ces cas élémentaires, le terme désignant un être ou un objet est écrit par sa seule image. Mais le hiéroglyphe peut aussi écrire une action. Ainsi, un homme en train de danser est utilisé pour signifier « danser », un oiseau en train de pêcher pour signifier « pêcher ».

Par ailleurs, la relation entre l'image représentée par le hiéroglyphe et son signifiant est souvent métonymique ou métaphorique. Le signe de l'araire  est utilisé pour les termes signifiant « labourer », une voile gonflée par le vent  pour écrire les termes « vent, souffle », ou, encore, une vache léchant son veau pour le verbe signifiant « s'occuper de » .

Une écriture ludique

La complexité de l'écriture hiéroglyphique fait sa richesse. Elle offre en effet de multiples possibilités de « jeux d'écriture ». Ainsi, à côté des graphiques usuelles du mot *kh*, désignant « l'éternité cyclique », c'est-à-dire la répétition à l'infini des grands cycles de la nature, il en existe d'autres, comme la suivante : .

L'analyse de ces hiéroglyphes permet de distinguer le signe  (disque solaire), qui fait fonction de déterminatif (notion de temps) et les signes  (montagnes), qui ont l'un et l'autre la valeur phonétique inhabituelle *h*. De cette manière, la graphie évoque l'un des cycles naturels constitutifs de l'éternité, à savoir le trajet du soleil entre les deux montagnes, de l'Orient et de l'Occident.

Un autre exemple analogue nous montre la richesse de ces jeux d'écriture. Le nom du dieu Ptah peut être écrit phonétiquement à l'aide de trois signes  (la voûte céleste),  (la terre) et  (un homme bras levé) valant respectivement pour les consonnes *p*, *t*, et *h*. Or ces signes peuvent être agencés en un tableau qui évoque précisément le rôle fondamental de Ptah : séparer le ciel de la terre lors de la création du monde : .

De tels jeux ont été rendus possibles par l'ouverture du système des signes : un hiéroglyphe représentant une réalité peut assumer toute une série de sens liés à cette réalité.

Ces jeux apparaissent aussi anciennement que l'écriture elle-même, mais demeurent occasionnels durant la période pharaonique. En revanche, durant les époques ptolémaïque et romaine, ils sont systématiquement multipliés dans les inscriptions gravées sur les parois des temples, comme ceux de Dendara, Edfou, Kom Ombo, Philae, qu'on continuait encore à édifier, avec la bénédiction des pouvoirs étrangers qui entendaient ainsi apaiser le nationalisme indigène.

Comment comprendre l'écriture égyptienne ?

La rigidité et la complexité du système hiéroglyphique rendent souvent ardue la compréhension de l'égyptien. Certains hiéroglyphes, les déterminatifs, permettent toutefois d'éclairer et de préciser le sens des inscriptions. Placés à la fin d'un mot, ils indiquent la classe sémantique à laquelle appartient ce mot. Les déterminatifs jouent ainsi un double rôle. D'une part, ils facilitent l'identification du mot dont ils terminent la graphie. D'autre part, ils aident à la segmentation du texte. En effet, l'écriture hiéroglyphique ne ménage de séparation ni entre les mots, ni entre les phrases, les signes investissant sans interruption tout l'espace qui leur est dévolu. Les déterminatifs permettent, dans ce continuum, d'isoler les mots qui en sont pourvus.

Soit le mot *mnmn. t*, qui signifie « troupeau », sans autre précision. Veut-on en préciser la composition qu'on clôt la graphie du mot avec des déterminatifs représentant les espèces animales qu'il comporte, par exemple, les déterminatifs de la vache, de la chèvre et de l'âne, s'il est composé de vaches, de chèvres et d'ânes : 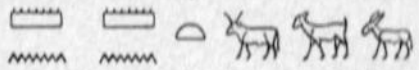

A la fin d'un mot désignant une action de la bouche, on place le signe , déterminatif des termes impliquant une action de la bouche. Et le mot *hqr*, « être affamé », sera écrit  : les trois premiers signes sont des phonogrammes, le dernier, le déterminatif.

La même analyse vaut pour , graphie de *md. t*, « parole ».

On place les signes , ou , déterminatifs des termes impliquant une action physique, à la fin d'un mot désignant ce type d'action, par exemple *nḫt*, « être victorieux », est écrit 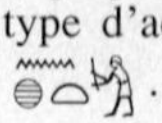.

Le signe , représentant un papyrus roulé, maintenu par une cordelette sur laquelle a été apposé un scellé, termine les mots impliquant l'idée d'écriture, ou une notion abstraite.

Par exemple, il est présent dans 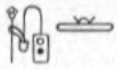, *šs*, « écrire » ou dans, , *rḫ*, « connaître ».

Dans le hiéroglyphe, *r'*,  « Rê (dieu du soleil) » ; le signe , qui représente le disque solaire, est un idéogramme. Le déterminatif  demeure facultatif. Très souvent, quand un signe fonctionne comme idéogramme, on explicite cette fonction à l'aide d'un trait 𓏤. Ainsi, quand le signe représentant la bouche 𓂋 fonctionne comme idéogramme pour écrire le mot « bouche, propos », il est habituellement accompagné du trait 𓂋𓏤. S'il s'agit d'un mot féminin, l'idéogramme est suivi d'un trait, et d'un signe phonétique écrivant le suffixe du genre féminin ; ainsi « œil » s'écrit-il 𓁹𓏏𓏤. Mais les déterminatifs précisent aussi les mots écrits à l'aide de phonogrammes. Par exemple 𓂋𓐍𓏛, *rḫ*, « connaître », est la combinaison des signes écrivant une consonne, 𓂋 pour la consonne *r*, et 𓐍 pour la consonne *ḫ*. Le déterminatif 𓏛 demeure facultatif.

Un dernier procédé vient compliquer l'ensemble, le phénomène de redondance. Il s'agit de l'usage qui consiste à expliciter totalement ou partiellement la lecture d'un idéogramme ou d'un phonogramme, à l'aide d'un ou plusieurs autres phonogrammes. Par exemple, le nom du dieu Rê peut s'écrire non seulement 𓇳𓁛, (ou 𓇳𓏤𓁛), comme nous l'avons vu, mais aussi 𓂋𓂝𓇳𓁛 (ou 𓂋𓂝𓇳𓏤𓁛), c'est-à-dire avec en plus les signes alphabétiques *r*, 𓂋 et ʿ, 𓂝.

Ces signes sont purement redondants, car, ici, ils ne font qu'expliciter la lecture *r*ʿ, déjà indiquée par l'idéogramme 𓇳.

Alexandrie entre l'Égypte et la Grèce

Joseph Mélèze-Modrzejewski

Au sein du monde hellénistique, vaste mosaïque de structures politiques et de phénomènes culturels produite par les conquêtes d'Alexandre le Grand, à la fin du IVe siècle av. J.-C., Alexandrie a brillé d'un éclat tout particulier : elle est devenue le symbole de cette culture et de cette époque. C'est assez dire l'extraordinaire succès de l'initiative prise par le jeune conquérant macédonien, quand, au début de 331 av. J.-C., dans une Égypte qu'il venait de libérer du joug perse, il choisit un coin du delta du Nil pour y fonder une cité grecque[1].

Ce choix était pourtant « un défi à la géographie[2] ». Dépourvue de baies et de criques, la côte du delta était en effet loin de fournir l'emplacement idéal pour la fondation de cités et l'installation de ports maritimes. Son unique relief étant constitué par une barrière de dunes de sable mouvant, les navigateurs ne pouvaient voir la terre ferme qu'en prenant le risque de s'en approcher dans des eaux peu profondes et dangereusement agitées. Aussi le seul établissement grec dans cette région inhospitalière, Naucratis, comptoir commercial devenu cité à la veille de la conquête macédonienne, était-il situé à l'intérieur du pays, sur le bras canopique du Nil, à quelque 70 kilomètres au sud de la côte.

A l'extrémité est du delta, le poste frontière de Péluse *(Pelousion,* aujourd'hui Tell al-Farama) était quant à lui accessible par la mer ; c'est là qu'Alexandre rejoignit sa flotte vers la fin de 332 av. J.-C. Mais, pour la fondation d'une ville nouvelle, l'extrémité ouest lui a paru préférable. Pourquoi alors ne pas s'être arrêté à Canope, à l'embouchure d'une branche du Nil qui offrait une voie d'accès naturelle vers l'arrière-pays ? D'après Plutarque, la décision aurait été suggérée par Homère qui, étant apparu à Alexandre dans un songe, aurait guidé ses pas vers la petite île de Pharos, à une trentaine de kilomètres (250 stades) à l'ouest de Canope[3]. La compétence du poète en matière d'urbanisme ne devait pas paraître évidente à l'architecte rhodien Deinocratès à qui, à en croire Vitruve, Alexandre confia l'exécution du projet; mais les ordres du roi étaient irrévocables. La cité fut fondée et c'est après l'avoir inaugurée qu'Alexandre quitta l'Égypte au printemps de 331 av. J.-C. pour poursuivre ses conquêtes en Asie.

A la longue, le choix d'Alexandre s'est avéré le meilleur que l'on ait pu faire sur toute la longueur de la côte égyptienne. Péluse n'a jamais dépassé l'importance d'un poste de douane. Engorgé par la vase et le sable, le bras canopique du Nil a disparu : coupé de la mer, le port de Naucratis fut condamné à disparaître lui aussi. Alexandrie a échappé à ce destin. Elle reste toujours, vingt-quatre siècles plus tard, un port et un centre culturel et économique important de la Méditerranée orientale. Les conseils d'Homère ont porté leurs fruits.

Pharos, îlot de forme oblongue parallèle à la côte, a été relié à la terre ferme par une digue de sept stades (environ 1 200 mètres), l'« Heptastade », ce qui a permis d'aménager deux ports, le port d'Eunostos, ce qui signifie du « Bon Retour », à l'ouest, et le Grand Port, ou Port neuf, à l'est; une partie de ce dernier formait le Port royal. Suivant la direction du vent, les navires trouvaient toujours un abri sûr d'un côté ou de l'autre de la digue, le passage d'un port à l'autre étant aménagé à deux endroits sous des ponts-levis. Un troisième port, à vocation essentiellement commerciale, fut établi à l'intérieur des terres, sur le lac Maréotis, qui borde la ville au sud, et qui communiquait avec le port occidental et avec le Nil par des canaux creusés à cet effet. C'est aussi au moyen de canaux et d'aqueducs souterrains, dont les ingénieurs de Bonaparte ont encore pu admirer les vestiges, que la ville était approvisionnée en eau. Homère avait en effet oublié un détail : le site choisi manquait d'eau potable.

S'ouvrant ainsi à la Méditerranée par ses deux ports maritimes, à l'Égypte et, au-delà, à l'Afrique et à l'Orient, par son port intérieur, Alexandrie est devenue un puissant centre commercial à la croisée des chemins parcourant le vaste espace compris entre l'Inde et les « colonnes d'Hercule », c'est-à-dire le détroit de Gibraltar. Autant dire qu'elle s'est retrouvée au centre du monde méditerranéen. C'est ainsi que le géographe Strabon, qui y séjourna pendant quelques années au début du règne d'Auguste (27 av. J.-C.-14 ap. J.-C.) et en donna une description détaillée, a pu dire avec raison qu'elle était « le plus grand comptoir de l'*oikouménè* », la terre habitée des Anciens[4]. Sa situation géographique a déterminé sa fonction économique, qui à son tour a garanti pendant des siècles sa prééminence politique et culturelle.

La ville elle-même a poussé sur l'étroite bande de terre située entre la mer et le lac Maréotis, couvrant un terrain qui mesurait 1,5 kilomètre de largeur sur 6 ou 7 kilomètres de longueur. Le village égyptien appelé Rhakotis, qui s'y trouvait avant la fondation d'Alexandrie, a été intégré à la ville nouvelle. Celle-ci fut construite en damier, selon un plan qui à la simplicité hippodamienne[5] alliait un certain faste inspiré par l'exemple des constructions monumentales de l'antique Égypte et de l'Orient. Deux somptueuses avenues, chacune large de quelque trente mètres (un plèthre), s'étendaient sur environ sept kilomètres (40 stades) d'est en ouest ; avec d'autres avenues parallèles, elles coupaient à angle droit plusieurs rues perpendiculaires. A travers cet habile tracé des rues, les « vents étésiens », venant de la mer, apportaient aux habitants un air rafraîchissant ; Diodore de Sicile note à ce propos qu'Alexandre a su les « doter d'un climat tempéré, source de santé[6] ».

Dans sa description d'Alexandrie, Strabon, comme Diodore avant lui, compare la ville à une chlamyde (ou court manteau) macédonienne, déployée et posée à plat, « les deux côtés longs de la chlamyde étant ceux que baignent les eaux », c'est-à-dire le rivage de la mer et le bord du lac. Pour le géographe, la ville « peut être dépeinte d'un mot : une agglomération de monuments et de temples ». Il en énumère le détail : le phare, les palais des rois et les magnifiques jardins publics (qui couvrent, selon lui, un quart, si ce n'est même un tiers de la superficie totale), le musée avec ses portiques, le tombeau d'Alexandre, les temples de Poséidon et de Sérapis parmi tant d'autres, le gymnase, la colline artificielle du dieu Pan, l'hippodrome – pour nous en tenir aux lieux les plus célèbres.

De nos jours, leur localisation pose d'inextricables problèmes aux archéologues, la ville moderne ayant été édifiée exactement à l'emplacement de la ville antique. On ne sait toujours pas où se trouvait le tombeau d'Alexandre (« Sèma » ou « Sôma ») devant lequel Octave, futur Auguste, a tenu à s'incliner quand il fit son entrée triomphale dans la ville en août de l'an 30 av. J.-C., après avoir vaincu Cléopâtre et Marc Antoine. Cette incertitude encourage parfois d'étonnants canulars, comme le bruit qui a couru au début de 1995 sur la prétendue découverte de la sépulture d'Alexandre dans la lointaine oasis de Siwah, lieu d'un pèlerinage qu'il avait effectué au sanctuaire d'Amon en 331 av. J.-C.

Alexandre fondait une cité grecque. Mais Alexandrie n'avait pas seulement pour vocation d'offrir un cadre urbain à une communauté civique ; elle devait aussi servir de lieu de résidence à la dynastie royale des Lagides, issue de Ptolémée fils de Lagos, l'un des généraux d'Alexandre qui avait reçu l'Égypte en partage après la mort du conquérant. Comme Antioche, capitale des Séleucides (descendants du général macédonien Séleucos), en Syrie, ou Pergame, celle des Antigonides (descendants d'Antigone), en Asie Mineure, cette nouvelle cité grecque, à la différence des cités classiques, était donc en même temps une capitale royale. Or la présence royale pèse sur la cité, comme en témoignent les documents administratifs et judiciaires dont nous disposons pour cette époque.

Grâce au témoignage des papyrus, et en particulier à celui d'un recueil de textes normatifs du IIIe siècle av. J.-C., nous connaissons bien en effet les lois alexandrines. L'une d'elles traite des rapports de voisinage en des termes proches de ceux qu'emploie à Athènes une loi édictée par Solon au début du VIe siècle av. J.-C. Certains savants modernes en ont déduit qu'Alexandrie avait emprunté ses lois à Athènes, mais cette hypothèse ne se vérifie que de manière partielle, car d'autres modèles encore, celui de Rhodes par exemple, paraissent avoir aussi inspiré la législation alexandrine. Cela ne signifie pas pour autant que les Alexandrins aient bénéficié d'une véritable autonomie législative. Leurs lois, formellement expression de la volonté du corps civique, portent l'empreinte de l'autorité royale.

De plus, et c'est là un point capital, la sanction judiciaire du droit applicable aux citoyens est entièrement subordonnée à la volonté du roi : l'administration de la justice obéit alors à Alexandrie, comme dans le reste du pays, à des règles établies par le roi dans une loi organique (« *diagramma* ») pour tout le royaume[7]. Conformément à une vieille tradition grecque, exaltée par le poète Pindare au Ve siècle av. J.-C., la loi était « reine dans la cité » (« *nomos basileus* ») ; elle ne l'est plus dans le monde hellénistique, où le roi, « loi animée » (« *nomos empsychos* »), l'incarne et la dicte.

Selon le témoignage de Diodore de Sicile, Alexandrie avait atteint au Ier siècle av. J.-C., à la veille de la conquête romaine, une telle extension que « beaucoup la comptaient comme la première ville du monde habité ». Il n'est pas facile de chiffrer cette information. D'après le registre auquel il se réfère, Diodore évalue à plus de 300 000 le nombre des habitants libres ; nous ne savons pas si ce chiffre englobait les femmes et les enfants et nous ne connaissons pas non plus le nombre des esclaves, certainement plus grand à Alexandrie que dans le reste du pays, les riches citadins disposant d'une importante domesticité servile alors que l'agriculture égyptienne utilisait le travail du paysan indigène, plus rentable que celui des esclaves.

A la fin de l'époque hellénistique et au début de l'époque romaine, le total des habitants d'Alexandrie devait se situer entre 500 000 et 600 000 personnes, ce qui, compte tenu des moyens techniques alors disponibles pour l'approvisionnement d'une ville, représente le plafond démographique d'un centre urbain dans le monde gréco-romain. Le romancier Achille Tatius, originaire d'Alexandrie, n'exagère pas trop quand il parle de sa ville natale : « Si je considérais la ville, je doutais qu'un peuple pût la remplir, et si je regardais le peuple, je m'étonnais qu'une ville pût le contenir. Ainsi, la balance était égale[8]. »

Première ville du monde hellénistique, deuxième, après Rome, dans l'Empire romain, Alexandrie se place donc au premier rang des « mégapoles » de l'Antiquité[9]. La cité à proprement parler, c'est-à-dire le corps civique avec son conseil, ses magistrats, ses lois et ses tribunaux, ne représentait qu'une modeste partie de cette masse humaine. « Ville multiple », « *polypolis*[10] », Alexandrie n'est pas une cité homogène, mais nous apparaît comme un agglomérat de communautés différenciées entre elles par l'origine des individus qui les composent et leur mode de vie.

Ville grecque, Alexandrie attire les paysans égyptiens ; quittant leurs villages pour fuir la misère et l'oppression fiscale, ils y viennent se perdre dans la foule de la mégapole qui leur offre un abri aussi sûr que le désert. L'élément grec domine cependant. Mais être Grec à Alexandrie au temps des Lagides ne signifie pas nécessairement appartenir au corps civique : pour cela, il fallait justifier d'une « double ascendance civique », c'est-à-dire être né de père et mère citoyens. La plupart des Alexandrins n'en font pas partie : ils sont « Hellènes », membres de la communauté gréco-macédonienne qui englobe tous ceux qui parlent grec et participent de la culture grecque, à condition de pouvoir se prévaloir d'une origine étrangère extérieure à l'Égypte et réputée « grecque ». Il en va ainsi non seulement pour les immigrants originaires des vieilles cités ou fédérations de cités, comme Athènes ou la Crète, mais aussi pour toute une masse d'individus venant des régions du nord et du nord-ouest de la Grèce, qui ignoraient la cité, ou encore des contrées autrefois considérées par les Grecs comme barbares mais à présent hellénisées, comme la Macédoine, patrie de la famille royale et d'une bonne partie des élites ptolémaïques.

Par extension, les immigrants venus des pays d'Asic conquis par Alexandre sont, eux aussi, des « Hellènes ». Tel est notamment le cas des Juifs, majoritaires dans deux quartiers sur les cinq que possède Alexandrie et représentant par conséquent, pense-t-on, à peu près un tiers de la population (environ 180 000 sur plus d'un demi-million). Pas plus que la plupart des « Hellènes » alexandrins, les Juifs ne sont citoyens ; ils sont simplement « Juifs d'Alexandrie », tournure qu'utilise dans une requête un membre de ce groupe à qui a été refusée la qualité de citoyen qu'il prétendait détenir de son père. Ils ont leurs « anciens » et leurs chefs, ce qui suppose une certaine cohésion interne sinon une certaine autogestion du groupe. Toutefois, l'idée d'une communauté juive « quasi civique », aspirant à l'égalité des droits avec le corps civique grec d'Alexandrie, est fallacieuse ; elle relève d'un « mythe historiographique » qui projette sur les Juifs d'Alexandrie les schémas communautaires du Moyen Age et des Temps modernes[11]. Le judaïsme alexandrin est cependant une composante fondamentale de la civilisation hellénistique. On lui doit la *Bible d'Alexandrie*, traduction en grec de la Bible, dite des Septante, désormais accessible aux lecteurs français[12]. C'est bien à Alexandrie que se joue une partie décisive de la rencontre de la culture grecque avec la tradition biblique, événement fondateur de la civilisation occidentale.

Arrivant à Alexandrie par le Grand Port, le voyageur pouvait admirer sur sa droite un bâtiment célèbre qui tirait son nom de l'îlot sur lequel il a été construit : le phare. Dernière en date des « sept merveilles du monde », il est devenu le symbole d'Alexandrie, comme la tour Eiffel est pour les touristes le symbole de Paris et la Statue de la Liberté celui de New York. La construction, commencée sous le règne de Ptolémée Ier vers 290 av. J.-C., fut achevée une dizaine d'années plus tard sous celui de son fils Ptolémée II Philadelphe. La tour de « pierre blanche » (*leukos lithos :* calcaire d'Égypte ou marbre importé par la mer ?) s'élevait sur une haute plate-forme à l'extrémité orientale de l'îlot, en trois étages dont la hauteur diminuait en montant : un premier étage carré, le deuxième octogonal, le troisième cylindrique. Les mesures indiquées par des auteurs arabes du Moyen Age, avant l'effondrement définitif du monument au début du XIVe siècle, laissent imaginer un monument de plus de 100 mètres de hauteur (le deuxième étage de la tour Eiffel est à 115 mètres du sol). La lumière du phare était visible à plus de 50 kilomètres (300 stades) de distance[13].

Strabon nous explique l'utilité pratique du phare et nous informe qu'une inscription indiquait le nom de son auteur : « Sostratos de Cnide, ami des rois, l'a érigé pour le salut des navigateurs. » Bien avant Strabon, le poète macédonien

Poseidippos de Pella célébrait déjà l'ouvrage de Sostratos, probablement au moment même de son inauguration, vers 280 av. J.-C., dans une épigramme qu'un heureux hasard nous a fait connaître grâce à un papyrus d'Égypte, aujourd'hui conservé au Louvre.

Mais la gloire d'Alexandrie tenait aussi à une admirable institution culturelle dont l'avait dotée le fondateur de la dynastie lagide : le musée et la bibliothèque. Selon Strabon, le musée faisait partie des palais royaux ; il renfermait une promenade, une salle de conférences, et un « vaste bâtiment qui sert aux repas que les doctes membres du musée sont tenus de prendre en commun ». Cette confrérie avait un trésor commun et fonctionnait sous la direction d'un prêtre, nommé par le roi. Nous sommes en présence d'une continuité grecque : déjà Platon considérait la philosophie comme un « service des muses » – son Académie n'était d'abord qu'une association consacrée au culte des « neuf sœurs ». Ce modèle a sans doute été importé en Égypte par Démétrios de Phalère, philosophe et homme d'État athénien, qui a passé dix ans à la cour d'Alexandrie sous le règne de Ptolémée Ier. La différence entre Athènes et Alexandrie, c'est que le service des muses dans la capitale des Lagides était entièrement pris en charge par le roi. Les savants et poètes qui travaillaient au musée étaient ses hôtes. Nourris et logés aux frais du trésor royal, exemptés d'impôts, libres de partir quand cela leur semblait bon, ils pouvaient se livrer à leurs activités sans aucune autre obligation que de créer, conserver et transmettre le savoir dont ils étaient les artisans ou les dépositaires.

A cet effet, on a mis à leur disposition l'ensemble de la production écrite du monde antique. Au Ier siècle av. J.-C., la collection atteignait, paraît-il, le nombre de 700 000 rouleaux. Cela représentait la totalité de la littérature grecque telle qu'elle existait à l'époque, y compris les traductions en grec d'ouvrages étrangers. Dans ce cadre, qui tenait à la fois d'une Académie des sciences, d'une université et d'un vaste Centre de la recherche scientifique, les sciences et les lettres ont connu un essor sans précédent. On doit au poète Callimaque un premier catalogue de la bibliothèque. On n'oubliera pas qu'Ératosthène de Cyrène, fondateur de la chronologie et de la géographie scientifiques, est l'inventeur de la « philologie » au sens ancien du mot : production et transmission du savoir (« *logos* »), distinct de la sagesse (« *sophia* ») traditionnelle. Zénodote d'Éphèse, Aristophane de Byzance et Aristarque de Samothrace ont posé les fondements de la critique textuelle et fixé les principes de l'édition de textes.

Des historiens de renom leur emboîtent le pas : le roi Ptolémée Ier lui-même est un historien d'Alexandre et un mémorialiste ; Callixène de Rhodes rédige la chronique du temps présent ; Hermippe de Smyrne excelle en biographie ; Agatharchide de Cnide en géographie historique. L'école mathématique alexandrine compte parmi ses représentants des savants aussi éminents que le géomètre Euclide, qui passe pour son fondateur, l'astronome Hipparque de Nicée, les ingénieurs Ctésibios, Philon de Byzance et Héron d'Alexandrie. Aux sciences dites aujourd'hui « exactes » appartiennent les noms de Straton de Lampsaque pour l'histoire naturelle, d'Hérophilos de Chalcédoine et d'Érasistrate de Ioulis (Céos) pour la connaissance du corps humain. Ce ne sont là que quelques noms, parmi les plus illustres.

Le service des muses coûte cher cependant, tout comme la construction de « palais et édifices somptueux » que selon Diodore les successeurs d'Alexandre n'ont pas cessé de poursuivre pour embellir et enrichir leur ville. Ils ont pu le faire grâce aux revenus qu'ils tiraient de l'exploitation du pays ; l'exportation de papyrus et de blé d'Égypte leur procurait des richesses fabuleuses. Reconnaissons que, sur ce point, ils n'ont pas fait un trop mauvais usage de leur fortune. Placée « près de l'Égypte » (« *ad Aegyptum* »), et non pas en Égypte, en vertu d'une fiction institutionnelle qui traduit bien la dualité opposant la ville grecque à la campagne égyptienne, c'est donc, en dernière instance, au travail du paysan égyptien qu'Alexandrie doit sa gloire. Sans doute avons-nous affaire ici à une situation de type « colonial[14] ». Mais c'est à ce prix qu'Alexandrie reste aujourd'hui pour nous ce qu'elle a été pendant mille ans pour les Anciens : « Grande, brillante, très brillante. »

Notes

1. Cf. le dossier « Alexandre le Grand : portrait d'un conquérant », *L'Histoire* n° 188.

2. A. Bernard, *Alexandrie la Grande*, Paris, Arthaud, 1966, p. 43.

3. Plutarque, *Vie d'Alexandre*, 26, 3-10, éd. R. Flacelière, « Les Belles Lettres ».

4. Strabon, *Géographie* XVII, 1, 6-18, éd. H.L. Jones, « The Loeb Classical Library ».

5. Du nom du célèbre architecte du Ve siècle av. J.-C., Hippodamos de Milet, à qui Aristote en attribue l'invention.

6. Diodore, *Bibliothèque historique*, XVII, 52, 2, éd. P. Goukowsky, « Les Belles Lettres ».

7. Pour le détail, reconstitué grâce aux travaux du regretté Hans Julius Wolff, cf. Joseph Mélèze-Modrzejewski, « Droit et justice dans le monde hellénistique au IIIe siècle avant notre ère. Expérience lagide », *Mnêmê G.A. Petropoulou*, Athènes, 1984, t. I.

8. Achille Tatius, *Leucippé et Clitophon* V, 1, 6, éd. J.-Ph. Garnaud, « Les Belles Lettres ».

9. Thème d'un colloque international sur Alexandrie, organisé par l'École française de Rome, fin mai 1993, dans le cadre d'un programme de recherche intitulé « Les mégapoles de la Méditerranée ».

10. L'expression est de Philon d'Alexandrie, *Contre Flaccus*, 163, Éd. A. Pelletier, Paris, Le Cerf.

11. Cf. Joseph Mélèze-Modrzejewski, « La communauté juive », in *Alexandrie, lumière du monde antique*, *Les Dossiers d'Archéologie*, n° 201, 1995, p. 44-48.

12. Grâce au travail d'une équipe de spécialistes dirigée par Marguerite Harl : *La Bible d'Alexandrie*, cinq volumes (le Pentateuque) parus de 1986 à 1994 aux éditions du Cerf. Les volumes suivants – livres historiques, prophètes, livres de sagesse – sont en préparation (onze volumes annoncés en 1994).

C'est cette Bible des Septante qui fut, au Ier siècle ap. J.-C., le support du commentaire allégorique élaboré par le philosophe Philon qui marque l'apogée de la littérature judéo-alexandrine.

13. Cf. Jean-Yves Empereur, *L'Histoire* n° 187, et *Archéologia* n° 311.

14. Pour cette approche, en partant d'une idée d'Éd. Will, « Pour une "anthropologie coloniale" du monde hellénistique », *Essays in Honor of Ch. G. Starr*, New York et Londres 1985, cf. B. Anagnostou-Canas, « Rapports de dépendance coloniale dans l'Égypte ptolémaïque », *Bulletino dell'Istituto di diritto romano* 92/93 (3e série, 31/32), 1989-1990, publ. 1993 : I. L'appareil militaire ; *Proceedings of the XIXth International Congress of Papyrology*, Le Caire, 1992-II. Les rebelles de la chôra ; *Grund und Boden in Altägypten*, éd. S. Allam, Tübingen, 1994-III. La colonisation du sol.

4

La découverte de l'Égypte

Bonaparte en Égypte

Patrice Bret

« Nous débarquons dans un pays qui ne pensait pas à nous, nous pillons les villages, ruinons les habitants et violons les femmes… » Fin juillet 1798, peu après son arrivée au Caire, tel est l'amer constat d'un botaniste parti pour l'Égypte avec Bonaparte pour une étonnante campagne d'herborisation. Comme lui, de nombreux savants, ingénieurs et artistes, confirmés ou débutants, ont suivi le très populaire général en chef de l'armée d'Orient à la découverte d'un territoire inconnu et d'une civilisation mystérieuse, pour faire l'inventaire systématique de la patrie mythique des sciences et des arts.

Dans cette démarche encyclopédique, on a pu voir le « modèle d'appropriation vraiment scientifique d'une culture par une autre » et le banc d'essai du colonialisme moderne[1]. Mais on s'émerveille encore de la plus prestigieuse réalisation de l'expédition, trônant dans la bibliothèque de l'actuel Institut d'Égypte, héritier de celui que fonda Bonaparte : l'emblématique *Description de l'Égypte*, somme des connaissances réunies en trois ans. Comment conclure ? L'épisode oriental de Bonaparte fut-il une brillante conquête intellectuelle, source de régénération pour le pays, ou une simple expédition militaire et coloniale ?

L'opinion des Égyptiens est mitigée. Si certains historiens font de l'arrivée des Français en Égypte le véritable point de départ de la modernisation du pays, d'autres n'y voient qu'une néfaste occupation, avec son lot de massacres, d'exactions et d'injustices[2]. Le cinéaste Youssef Chahine, quant à lui, est partagé entre la fascination pour l'approche généreuse des Lumières et la répulsion pour la force brutale qui l'accompagne. Pour le sociologue Mahmoud Hussein, quoique « trop de changements ébranlent, en trop peu de temps, des valeurs séculaires », ce rendez-vous manqué de deux cultures pose les fondements de la modernité, « la secousse morale » qui va « produire, à l'impulsion de Muhammad-Ali, un ébranlement social majeur[3] ». Par-delà ces représentations divergentes subsiste une double interrogation, sur les causes de cette opération sans précédent, et sur la place qu'elle occupe dans la construction d'une identité nationale nouvelle en Égypte.

En Europe, l'égyptomanie, qu'illustrera sous le Consulat le style « retour d'Égypte », est bien antérieure à l'expédition de Bonaparte. A la suite du roman *Sethos, histoire ou vie tirée des monuments, anecdotes de l'ancienne Égypte*, de l'abbé Terrasson (1731), le phénomène investit la tradition maçonnique jusqu'à *La Flûte enchantée* de Mozart (1791), en passant par le rite égyptien de Cagliostro : les noms de loges, les titres, les cérémonies empruntent à cette Égypte mythique. La littérature des « antiquaires » et des voyageurs est particulièrement abondante sur le sujet, et les *Lettres sur l'Égypte* de l'orientaliste préromantique Savary (1785) ou le *Voyage en Égypte et en Syrie* du philosophe Volney (1787) sont des succès de librairie. Nulle forme artistique n'échappe à cette mode : le futur général Kléber a lui-même construit un pavillon de style égyptien alors qu'il était encore architecte (1787). Dans les académies, il était aussi de bon ton de faire remonter à l'Égypte antique la naissance des sciences.

Cet engouement se double de considérations géopolitiques à partir des années 1760. Face à l'affaiblissement supposé de l'Empire ottoman, de multiples projets d'intervention sont élaborés dans les milieux diplomatiques, ou par des ministres comme Choiseul ou Sartine. En 1797-1798, Magallon, consul en Égypte, et Talleyrand, ministre des Relations extérieures du Directoire, reprennent ces projets à leur compte. Ce dernier en appelle à l'Antiquité : « L'Égypte fut une province de la République romaine, il faut qu'elle le devienne de la République française. La conquête des Romains fut l'époque de la décadence de ce beau pays, la conquête des Français sera celle de sa prospérité. » Les intérêts économiques vont dans le même sens.

D'une part, l'ouverture d'un commerce fructueux avec l'Inde par Suez porterait un coup fatal à la puissance rivale anglaise qui contrôle la route circum-africaine. D'autre part, l'inéluctable perte des colonies antillaises, secouées par la révolte des Noirs et menacées par l'Angleterre depuis 1793, impose aussi de chercher de nouvelles possessions tropicales, moins lointaines.

Après le retour de Bonaparte d'Italie, au lendemain du traité de Campoformio (octobre 1797), la situation internationale paraît plus favorable que jamais au projet égyptien. La Grande-Bretagne, désormais isolée, vit dans la crainte d'un débarquement sur ses côtes. L'Autriche et la Russie, qui caressent un rêve expansionniste en direction des possessions turques des Balkans, achèvent d'absorber complètement la Pologne, partagée avec la Prusse. L'Autriche, en particulier, sort épuisée de dix années de guerre, contre la Turquie (1787-1791) puis contre la France (1792-1797).

On n'a, en outre, pas manqué de relever le goût prononcé pour l'Orient d'un Bonaparte prêt à marcher sur les traces d'Alexandre le Grand. Mais est-ce suffisant pour se lancer, avec une armée certes fidèle et aguerrie, dans une opération aussi risquée, à travers une mer contrôlée par l'ennemi et des déserts brûlants ? D'autres causes, de politique intérieure cette fois, ne doivent pas être négligées. Le Directoire (1795-1799), combattu à la fois par les royalistes et par les néo-jacobins, n'aurait pas été mécontent de se débarrasser d'un général victorieux, dont la popularité pouvait lui être fatale. De son côté, Bonaparte ne jugeait pas la situation politique française assez mûre pour ses propres ambitions politiques, et ne voulait pas se déconsidérer par une vaine tentative de débarquement outre-Manche, dont il avait reçu la mission en même temps que le commandement de l'armée d'Angleterre. Dès février 1798, il assure que la lutte contre Londres doit passer par l'Égypte.

Le 19 mai 1798, la flotte quitte Toulon, bientôt rejointe par des convois partis de Corse et d'Italie. C'est la plus grande expédition jamais envoyée outre-mer par la France, et la plus importante qui ait alors sillonné la Méditerranée : plus de 35 000 hommes et de 300 navires de guerre et de transport. Malte, nécessaire au contrôle du passage vers la

Méditerranée orientale, capitule trois semaines plus tard – l'ordre cède même ses possessions à la France en pleine souveraineté. Puis, la chance joue en faveur de ce lourd convoi affaibli pourtant par sa longueur : l'amiral anglais Nelson, parti à sa poursuite, le double sans le voir dans la nuit du 23 au 24 juin et le précède à Alexandrie, totalement paisible, avant de filer vainement vers Constantinople.

Le 1er juillet, la flotte française arrive devant Alexandrie. Le lendemain, la ville tombe aisément, quoique non sans combat : la population elle-même a appelé à la résistance. Bonaparte tente de la séduire par un discours inspiré des proclamations ottomanes : tout en prétendant venger les commerçants français victimes d'exactions, il se présente en libérateur. En accord avec le sultan, allié traditionnel de la France depuis deux cent cinquante ans, il va enfin affranchir le peuple égyptien du joug séculaire des mameluks. Il promet surtout de respecter le Coran – n'a-t-il pas châtié les ennemis irréductibles de l'islam, le pape et les chevaliers de Malte[4] ? Cependant, pour préserver les susceptibilités révolutionnaires, la version française de la proclamation est en retrait sur le texte arabe, notamment en ce qui concerne l'islam.

Alexandrie n'est pas toute l'Égypte. Tandis qu'on guette l'Anglais à l'horizon, la marche sur Le Caire constitue l'apprentissage du désert, de la chaleur, de la soif et du mirage. Sur le Nil, le 13 juillet à Chebreis (Shubrâkhît), l'artillerie et la flottille de l'un des deux grands chefs mameluks, Mourad Bey, bousculent sévèrement la flottille française. Mais, sur terre, sa cavalerie charge vainement les divisions de Bonaparte : organisées pour la première fois en carrés, elles résistent à merveille. Le 21, à Imbaba – sur la rive gauche du Nil, vis-à-vis de Boulac, le port du Caire –, Mourad est défait à la bataille des Pyramides et bat en retraite vers la Haute-Égypte. L'autre grand chef mameluk, Ibrahim Bey, abandonne aussitôt la capitale pour le delta. Les Français entrent au Caire le lendemain soir, 22 juillet, après un accord avec les *ulémas*[5] de la mosquée al-Azhar, qu'il promet d'associer à son administration dans le cadre d'un *diwan*[6]. Ils y feront bientôt l'apprentissage du scrutin secret et des décisions collégiales, en présence d'un commissaire français.

Cependant, la prise du Caire n'entraîne pas la reddition du pays. Dans le delta, la lutte continue jusqu'à l'automne. Les déplacements sont rendus difficiles par la crue du Nil qui inonde la région et les troupes sont harcelées à la moindre occasion. Le danger vient tantôt des bédouins, nomades, tantôt de la population, hostile à des réquisitions trop lourdes ou enhardie par de puissants notables de province, tel Hassan Toubar dans le Menzaleh : la garnison de Mansoura est ainsi massacrée le 10 août. Les Français répondent par des représailles militaires, incendient des villages et imposent des contributions supplémentaires. La pacification de la Basse-Égypte paraît enfin aboutir en octobre avec le contrôle du lac Menzaleh par une flottille de canonnières et la fuite d'Hassan Toubar, qui finira par se rallier. Le calme est rétabli avec la collaboration des très influents cheikhs de village qui apprécient la sécurité qu'apporte l'armée face à la traditionnelle menace bédouine. Mais il restera toujours précaire. Trois mois à peine après l'occupation, l'insurrection du Caire, totalement imprévue, en témoigne.

Pendant ce temps, en Haute-Égypte, Desaix remonte le Nil jusqu'à Assouan à la poursuite de Mourad dont il est victorieux à deux reprises, mais sans pouvoir anéantir ses troupes. Il envoie la colonne de Belliard prendre possession de Cosseir, sur la mer Rouge. L'Égypte tout entière est alors française. Pourtant, le maillage reste large et l'occupation se limite au pays utile : la vallée, le delta et les ports (Alexandrie, Suez et Cosseir). Dans le désert omniprésent, les bédouins sont insaisissables. Aux confins lointains d'un territoire sans limites, les mameluks – Ibrahim aux marches de Syrie, Mourad en Nubie – restent menaçants, quoique leurs biens et leurs femmes soient les otages de l'occupant. Plus grave : le 1er août, Nelson a anéanti les espoirs de renfort en coulant la flotte française à Aboukir. La Méditerranée est devenue un lac ennemi que seuls quelques rares navires pourront traverser sans encombre – dont celui qui ramènera Bonaparte en France un an plus tard.

Malgré les vains espoirs entretenus par les proclamations des généraux en chef successifs et *Le Courrier de l'Égypte* – premier journal né sur le sol africain –, une telle situation désoriente les Français. Si les volontaires de 1792 et les requis de 1793 sont devenus des professionnels aguerris, leur idéal patriotique et républicain a désormais fait place au doute. Le soldat français, aux prises avec les révoltes des fellahs[7] qu'il est venu libérer, saisit mal les enjeux de cette campagne contre une Angleterre absente. Durant trois ans, la pacification ne sera jamais qu'un sursis, du fait des menées des mameluks et du gouvernement ottoman ou par suite de l'incompréhension suscitée par des mesures administratives qui heurtent la culture égyptienne.

Ainsi, quand l'hygiène publique, et notamment la prévention de la peste et des maladies contagieuses, impose le nettoyage des rues, l'enfermement des individus atteints de maladie vénérienne, la destruction par le feu des biens des pestiférés, ou l'abattage des chiens errants, les Cairotes vivent le viol de l'intimité et de l'intégrité de leur foyer. Quand, chaque soir, leur sécurité passe par le repli dans le domaine privé et la fermeture des portes de quartiers, celle des Français exige au contraire le démontage de ces obstacles à la circulation, dans un espace déjà difficile à appréhender pour un esprit européen, un formidable dédale de ruelles qui mêle urbanisme public et privé. La sécurité de l'occupant impose encore aux riverains la coûteuse obligation d'entretenir un éclairage nocturne.

De plus, l'administration, toujours soucieuse de contrôle et avide d'argent, multiplie les procédés bureaucratiques et les taxes : enregistrement des propriétés, droits sur les héritages, déclarations diverses sur papier timbré, et toutes sortes d'autres mesures jugées vexatoires. Elle étend son emprise sur tous les domaines, depuis l'état civil jusqu'à l'activité économique. La navigation sur le Nil, artère du pays, est strictement réglementée par l'immatriculation des felouques ainsi que par la déclaration des mouvements.

Plus généralement, pour les Égyptiens, les valeurs des Lumières et de la Révolution sont assimilées à une résurgence des matérialismes de l'Antiquité et de l'islam classique du Moyen Age. La raison chère aux révolutionnaires, loin de constituer un progrès pour un croyant musulman, est inférieure à la révélation des religions du Livre. Aussi les Français athées ne valent-ils pas même les Infidèles chrétiens. Ils se conduisent d'ailleurs en êtres peu civilisés malgré les mesures strictes prises par Bonaparte et Menou (successeur de Kléber à la tête de l'armée d'Orient) pour empêcher les débordements : « Les soldats ivres parcourent la ville pour chercher les femmes », dit une chanson populaire égyptienne. D'autre part, aux yeux des Égyptiens, l'Européenne, femme d'officier, qui visite les ateliers avec les hommes, est une femme publique. Son statut même constitue une inadmissible licence, non une émancipation. Enfin, la notion d'égalité bouscule une société fortement hiérarchisée où l'esclavage domestique subsiste. Pour les élites lettrées et raffinées de l'Égypte moderne, la France était un pays de commerçants méprisables. Avec Bonaparte, elle devient celui de la force respectée mais haïe, qui ressuscite les Croisades honnies, toujours vivantes dans la mémoire collective de l'Orient.

Pourtant, les dirigeants français tentent réellement de comprendre la société égyptienne. Bonaparte oriente les travaux de l'Institut d'Égypte vers les coutumes et les institutions judiciaires et scolaires du pays. Kléber crée une commission des renseignements sur l'état de l'Égypte moderne, qui sera à l'origine de la *Description de l'Égypte*. Menou, qui va jusqu'à embrasser la religion musulmane et épouse une Égyptienne, prône l'utopie d'une nation biculturelle ; mais il heurte l'armée sans rallier pleinement la population. Aux yeux de cette dernière, la générosité des Français semble de la faiblesse, leur fermeté de la cruauté, et leur propension à naviguer entre ces deux attitudes n'est qu'une preuve d'inconstance.

En octobre 1798, si Bonaparte pardonne aux chefs des insurgés du Caire, c'est après avoir fait donner du canon sur leurs derniers fidèles, au cœur même de la culture et de la foi musulmanes, la mosquée d'al-Azhar, saccagée et souillée sur son ordre. Quatre mois plus tard, il passe la garnison de Jaffa au fil de l'épée après sa reddition. Ce n'est pas seulement un crime ; c'est aussi une faute politique. En revanche, le procès qui conduit au supplice atroce de l'assassin de Kléber, en juin 1800, force l'admiration du cheikh Jabarti, chroniqueur et membre du *diwan*[8].

Cet épisode cruel met en évidence les relais du pouvoir de l'occupant : Barthélémy, qui préside à l'exécution du coupable et qui commande un corps auxiliaire chargé du maintien de l'ordre, est issu de la communauté grecque. Quant à la perception des impôts, elle repose sur les coptes. Dès juillet 1798, Bonaparte remplace par les services de l'intendant général copte Girgès el-Gawhari l'ancienne administration centrale du fisc mameluk dont les membres ont fui ; en province, il maintient les intendants et les percepteurs coptes.

Par-delà la reconnaissance de la foi et de la tradition musulmanes que manifestent le discours officiel, la pompe annuelle de la fête du Prophète ou la symbolique alliance du vert de l'islam et des trois couleurs de la république, la réalité du compromis repose donc sur une triple compromission : au sommet, celle des notables du *diwan*, garants ou otages ; à tous les niveaux, celle des minorités chrétiennes (coptes, grecques, syriennes), souvent plus spontanées ; à la base enfin, celle des chefs traditionnels, cheikhs de village ou de corporation. Ainsi, la France met en place un modèle colonial inédit dans ses possessions antérieures.

Mais le plus original est la présence des savants et artistes attachés à l'armée d'Orient. Le mathématicien Gaspard Monge (1746-1818) et le chimiste Claude-Louis Berthollet (1748-1822) avaient accompagné Bonaparte en Italie, avant de le faire élire à l'Institut (25 décembre 1797). Il les emmène en Égypte avec un échantillon de l'élite culturelle des Lumières et de la Révolution : une dizaine de professeurs des grandes institutions parisiennes, une quarantaine d'élèves des premières promotions de l'École polytechnique, autant d'ingénieurs de tous services, autant d'artistes-mécaniciens, dessinateurs, architectes, et jusqu'à des musiciens et poètes, sans oublier une vingtaine d'imprimeurs en caractères latins et orientaux.

Cette Commission des sciences et arts répond à une double tradition : celle des grands voyages scientifiques du XVIIIe siècle (Bougainville, La Pérouse, d'Entrecasteaux) et celle des commissions chargées de recueillir les trésors intellectuels et artistiques de Belgique et d'Italie, à l'occasion des conquêtes révolutionnaires. L'objectif et les moyens se sont cependant considérablement développés : il s'agit maintenant de plus de cent cinquante personnes, auxquelles viendront s'ajouter nombre d'officiers, d'officiers de santé et d'ingénieurs militaires, qui apporteront leurs contributions à la connaissance du pays – préfigurant les travaux spontanés de leurs lointains successeurs du XXe siècle, cadres de l'Afrique équatoriale française ou officiers des Affaires indigènes du Maroc.

Comme ceux-ci, les savants participent à la gestion de la société et du territoire. L'Égypte constitue le laboratoire de leur insertion sociale, conformément à une vision utilitariste de la science. De futurs préfets font en Égypte leurs premières armes d'administrateurs, tel l'ingénieur Gilbert de Chabrol, les mathématiciens Louis Costaz et Joseph Fourier – ce dernier comme commissaire auprès du *diwan* et responsable de la justice. Ces rapports annoncent la caution qu'apporteront bientôt au pouvoir personnel de Napoléon les savants et les intellectuels, à commencer par Monge et Berthollet, ainsi que le patronage de la science impériale. Les historiens considèrent volontiers, depuis les premiers témoignages de l'ingénieur géographe Jomard et de Fourier, qu'une révolution technique – pour ne pas dire une révolution sociale – était en marche en Égypte lorsque la France dut abandonner la conquête de Bonaparte. Quoique les travaux récents tendent à limiter la réalité de cette rapide transformation, la question se pose toujours. La brièveté de l'occupation française fut-elle la seule cause de l'échec de la modernisation de l'Égypte, ce « projet de rénovation sociopolitique » qu'un historien américain a opposé aux conquêtes uniquement impérialistes du Premier Empire[9] ? Le plan de modernisation du pays présentait certes quelques faiblesses. Qu'est-il advenu du projet de régénération de la société égyptienne par l'enseignement ? La présence de nombreux professeurs dans la Commission des sciences et arts n'aurait-elle pas été un simple alibi vis-à-vis de la frange éclairée de l'opinion publique française ? Certes, un transfert de techniques eut bien lieu. Des ouvriers et apprentis furent formés à l'imprimerie, dans la poudrerie et dans les ateliers mécaniques où Nicolas-Jacques Conté produisait tout, depuis les grosses machines pour les moulins à vent jusqu'aux lunettes du télégraphe optique ou aux instruments de précision. Menou considérait d'ailleurs qu'un « des plus sûrs moyens d'accélérer la splendeur d'une colonie [était] d'instruire ses habitants par tous les moyens possibles ». Avec un talent qui surprit l'occupant, les artisans égyptiens imitèrent bientôt les produits européens. Mais les milieux d'affaires français obtinrent que l'emploi dans la manufacture de drap créée à l'automne 1800 fût réservé à la main-d'œuvre européenne.

Généralement, les réalisations effectives se limitèrent aux besoins de la colonie française. Une école de mathématiques, version coloniale de l'École polytechnique, formait les cadres militaires et administratifs. Un enseignement anatomique et clinique régulier fonctionnait dans les hôpitaux des grandes villes, sous l'impulsion du chirurgien Dominique Larrey. Celui-ci créa aussi un cours d'accouchement, dispensé à des femmes de l'armée destinées à remplacer les « mauvaises matrones » accusées de pratiquer aussi l'avortement. En revanche, les projets de scolarisation restèrent lettre morte. Le médecin Nicolas-René Desgenettes prôna en vain un enseignement élémentaire dispensant des bases scientifiques en français pour préparer une formation médicale. La mise en place d'une telle politique culturelle impliquait un long terme sur lequel les Français ne pouvaient plus compter après Aboukir. On se contenta de diffuser des instructions prophylactiques en arabe : un *Avis sur la petite vérole* eut plusieurs éditions.

Mais, de son côté, l'Égypte n'était pas prête à recevoir si vite les sciences et arts d'Europe. Les expériences de chimie auxquelles assiste le cheikh Jabartî ne sont guère pour lui qu'une habile et vaine magie. Comme tous les témoins français, il rapporte la dédaigneuse indifférence des Cairotes face à deux ascensions de montgolfières, alors que Bonaparte espérait ainsi les impressionner. Pourtant, il admire volontiers la technique européenne : les moulins à vent, les ponts de bateaux sur le Nil, les instruments de levage et plus encore, les ingénieuses brouettes. Nombreux sont les notables qui s'extasient aussi devant l'Imprimerie nationale du Caire. Mais l'un de ceux-là, le secrétaire du *diwan* Al-Mahdi, s'étonne, à la lecture d'un mémoire du naturaliste Geoffroy Saint-Hilaire, que l'on puisse disserter si longuement sur une seule espèce de poisson : il plaint le savant présomptueux lancé dans une aussi folle entreprise, puisque le Tout-Puissant a créé cinquante mille espèces de poissons…

A l'opposé, face aux hiéroglyphes dont le sens est toujours inconnu, les ingénieurs français se font humbles collecteurs, copistes aussi fidèles que le permettent de pénibles conditions. Dans l'obscurité des hypogées ou des temples ensablés comme sous la canicule tropicale, ils font parfois des croquis à la sauvette avant le départ de la troupe, ou sous la menace de cavaliers bédouins. Dans ces relevés fastidieux de monuments pharaoniques qui éveillent l'imagination, le dessinateur Vivant Denon lit déjà l'espérance du futur : « Amasser sans système et rassembler des monuments qui offrent des rapprochements et des rapports, si ce n'est donner la lumière, c'est battre la pierre dont s'échappe l'étincelle qui la produit. » Cette même espérance habite en juillet 1799 les membres de l'Institut, lorsque leur est solennellement présentée l'inscription trilingue de la Pierre de Rosette. L'orientaliste Marcel, directeur de l'Imprimerie nationale du Caire, en tire bientôt des épreuves en négatifs. Conté en donne un tirage en positif, réinventant la lithographie encore inconnue en France. Vingt ans plus tard, en 1822, Jean-François Champollion y trouvera la clé des écritures hiéroglyphique et démotique.

Ainsi, par la *Description de l'Égypte* et la découverte de la Pierre de Rosette, l'expédition a permis de transformer l'égyptomanie des cabinets de curiosités en une science nouvelle, l'égyptologie. Quand les « antiquaires » se contentaient de collectionner, les ingénieurs de Bonaparte mesurent et cherchent à comprendre. Une poignée de jeunes polytechniciens a ainsi posé les bases des premières méthodes d'archéologie scientifique. Parallèlement, Conté fabrique dans ses ateliers la première sonde archéologique pour retrouver le sol d'origine et les débris enfouis sous le sable. A Alexandrie, ses aérostiers dégagent la base des aiguilles de Cléopâtre et de la colonne de Pompée. A Memphis, ils enlèvent le poignet du colosse qui aboutira au British Museum avec la Pierre de Rosette, tandis que les ingénieurs-géographes lèvent le terrain. A Gîza, le physicien Jean-Marie Coutelle et l'architecte Jean-Baptiste Lepère, nommés directeurs des fouilles par Menou, comprennent le dispositif des herses qui avaient fermé l'accès à la chambre sépulcrale.

Pour les polytechniciens et pour leurs aînés, l'Égypte tout entière est en fait un observatoire et un laboratoire. Avec le même soin méticuleux, ils étudient les canaux d'irrigation et les machines hydrauliques, l'architecture musulmane, les arts et métiers traditionnels et les produits de l'artisanat. Ils élaborent sur le terrain les projets d'aménagement qu'ils ont appris à concevoir à l'École des ponts-et-chaussées : une ville nouvelle, les canaux de Suez, d'Alexandrie et du Faraounyeh, des hôpitaux et lazarets, des ponts, des moulins, des fortifications. Seuls ces derniers verront effectivement le jour. Pendant ce temps, les naturalistes de la commission récoltent poissons, reptiles, oiseaux, mammifères, plantes et minéraux. Ils constituent de nouvelles collections, préparent des herbiers, expédient des graines au Muséum, à Paris.

Une telle quête conduit les savants aux confins de l'Égypte. Nectoux pousse même jusqu'à Debod, au-delà de la première cataracte, à la recherche des plants du précieux séné que les pharmaciens d'Europe reçoivent d'Alexandrie. Chimistes et économistes s'intéressent à la soude des lacs Natron qui alimente les savonneries de Marseille. Raffeneau sillonne les pistes du désert oriental avec une caravane de bédouins à la recherche d'un gisement de soufre. Coutelle suit une caravane de charbonniers dans le Sinaï, sur les traces de Moïse. La vallée de l'Égarement, le Fayoûm, tous ces lieux mythiques sont visités au même titre que la Haute-Égypte, à la recherche des traces de l'Antiquité, pharaonique sans doute, mais aussi bien hellénistique et romaine. Ces études, qui fournirent les matériaux de la *Description de l'Égypte*, firent de l'expédition d'Égypte le modèle obligé des futures expéditions scientifiques et militaires, celles que la France mena en Méditerranée et au Mexique, comme celles que Muhammad-Ali envoya à l'oasis de Siwa ou en Nubie.

Ainsi, autant que les conditions politiques et militaires le permettent, l'appropriation de l'Égypte par les savants et ingénieurs est totale. Mais la lassitude les a déjà gagnés lorsque Menou envisage une véritable colonisation. Le mal du pays les atteint, comme les soldats, surtout depuis le départ de Bonaparte, Monge et Berthollet. Ils ont été décimés par la peste et affaiblis par l'ophtalmie. Pour la plupart, les enjeux de carrière passent maintenant par le retour en France et l'exploitation de leurs travaux. La lassitude et la rancœur gagnent-elles également les Égyptiens ? Les résistances rencontrées préfigurent les mouvements nationaux auxquels Napoléon se heurtera bientôt, notamment en Espagne et en Allemagne. La révolte a éclaté sous Bonaparte (octobre 1798) et sous Kléber (mars 1800), mais, sous Menou, les rapports entre les notables et l'occupant semblent meilleurs que jamais. Le dernier général en chef, peu apprécié de ses subordonnés, a plus de mal à gérer la situation militaire. En mars 1801, il quitte la capitale pour tenter vainement d'arrêter les Anglais à Canope. En juin, Belliard capitule au Caire après quelques semaines de blocus. En septembre enfin, Menou capitule à Alexandrie, et les Français évacuent totalement le pays.

En fait, comme l'avait prophétisé Robespierre, nul n'aime les « missionnaires armés », et l'armée anglo-ottomane fut accueillie avec soulagement. Les aspects positifs de l'occupation française n'apparurent réellement qu'après les abus des Ottomans. En emportant le pont de Gîza qui symbolisait l'ordre français, la crue de 1801 emporta aussi la confiance dans l'administration turque. Par des manœuvres habiles et fermes, Muhammad-Ali allait bientôt pouvoir tenter la synthèse des cultures et lancer l'Égypte dans la modernité qu'elle avait côtoyée durant trois ans non sans étonnement, tandis que les notables, les marchands et les artisans s'en imprégnaient lentement. Sur ces bases, le nouveau souverain étranger allait forger une identité nationale nouvelle. L'expédition de Bonaparte avait été l'accident historique permettant cette renaissance égyptienne.

Notes

1. Cf. l'historien américain d'origine palestinienne Edward W. Said. *L'Orientalisme*, Paris, Le Seuil, 1980, p. 58.

2. Cf. Saladin Boustany, Rachad Ruchdi, *Al-Arham*, janvier 1983.

3. Courrier de l'UNESCO, juin 1989, p. 27-29.

4. Les troupes de Bonaparte ont occupé Rome en février 1797 et fait proclamer la République romaine un an plus tard.

5. Ulémas : docteurs de la foi. Les ulémas formaient la hiérarchie judiciaire et religieuse, et dispensaient l'enseignement dans les mosquées, notamment celle d'al-Azhar.

6. Diwan : conseil composé des ulémas, hauts fonctionnaires et officiers des milices, et chargé de l'administration auprès du pouvoir exécutif dans chaque grande ville.

7. Fellah : paysan et, par extension, Égyptien sous les gouvernements turc et mamelouk.

8. Sulayman al-Halabi poignarda Kléber au nom de l'islam. Jugé par un tribunal militaire, il fut, après deux jours de débats, condamné à avoir le poignet brûlé et coupé avant d'être empalé.

9. Cf. Charles C. Gillispie, *Monuments de l'Égypte*, Paris, Hazan, 1988.

L'Institut d'Égypte

Patrice Bret

Fondé au Caire, le 20 août 1798, par Bonaparte, sur le modèle de l'Institut national créé à Paris trois ans plus tôt, l'Institut d'Égypte (à ne pas confondre avec l'Institut français d'archéologie orientale du Caire) a été illustré par de grands noms de la science française : les mathématiciens Monge et Fourier, le chimiste Berthollet, le géologue Dolomieu, le zoologiste Geoffroy Saint-Hilaire ou le physicien Malus, récemment sorti de l'École polytechnique. Les travaux des soixante-deux séances qu'il a tenues d'août 1798 à mars 1801 témoignent de la diversité des sujets abordés. *La Décade égyptienne* et *Le Courrier de l'Égypte*, publiés au Caire, en rendirent compte au fur et à mesure.

Ressuscité à Alexandrie en mai 1859, sous le nom d'Institut égyptien, il représente alors la culture cosmopolite de l'Égypte réformée, sous l'impulsion du docteur Schnepp et de l'égyptologue Mariette. Le choix des membres honoraires et des correspondants, tels Jomard, le principal survivant de l'expédition scientifique de Bonaparte et l'artisan de l'intégration de l'Égypte moderne, ou les fils de Geoffroy Saint-Hilaire et de Larrey, témoigne de la filiation avec l'Institut de 1798. A leurs côtés figurent le prince Napoléon et Lamartine, une vingtaine de membres de l'Institut de France, d'anciens serviteurs européens du vice-roi, comme Clot-Bey ou Soliman-Pacha, tandis que Lepsius et Wilkinson représentent l'égyptologie triomphante. L'Institut égyptien publie régulièrement un bulletin et, bientôt, des mémoires. Transféré au Caire par le khédive Tewfik pacha en 1880, dans un pavillon de la grande École des filles nobles, il occupe dès lors ses locaux actuels. En 1918 enfin, il reprend le nom choisi par Bonaparte et s'illustre par des publications de qualité pendant plusieurs décennies, avant de sombrer dans un certain oubli.

Pour retrouver sa splendeur d'antan, l'Institut d'Égypte s'est tourné vers la France, en revendiquant l'héritage de Bonaparte. La Bibliothèque nationale a alors établi un rapport, longtemps resté sans suite, sur les besoins de restauration.

Au lendemain du tremblement de terre de 1992, la France a attribué quarante millions de livres égyptiennes à l'Égypte (soixante-cinq millions de francs), dont un million réservé à l'Institut. Mais l'Égypte a d'autres priorités légitimes pour maintenir son économie et la paix sociale. Aussi l'Institut d'Égypte, « riche en bibliothèque, pauvre en avoir » (Ibrahim el-Mouelhy), attend-il encore son heure. La proximité du bicentenaire de sa naissance fait renaître les espoirs. Au printemps 1995, les projets semblent enfin prendre forme.

La Description de l'Égypte

Patrice Bret

Pour l'historien égyptien Ibrahim el-Mouelhy, « ce monument national atteste que les véritables conquérants de l'Égypte, de 1798 à 1801, étaient les savants de l'expédition, et non les militaires ». Monumentale, l'édition impériale de la *Description de l'Égypte, ou recueil des observations et des recherches qui ont été faites en Égypte pendant l'expédition de l'armée française* l'est en effet. De 1810 à 1822 – année où Champollion déchiffra les hiéroglyphes – parurent neuf volumes *in-folio* de mémoires et descriptions (plus de 7 000 pages), accompagnés de dix tomes de planches de format « jésus » (54 × 70 cm) et deux atlas de planches géantes (de 1,10 à 1,35 m de longueur), dont plusieurs en couleurs, puis d'un atlas géographique (1828). L'ensemble se divise en trois parties distinctes : *Antiquité*, *État moderne*, *Histoire naturelle*.

L'entreprise fut comparable à beaucoup d'égards à celle de l'*Encyclopédie*, voire plus extraordinaire sur le plan technique : pour graver les planches plus rapidement et à moindres frais, l'ingénieur Conté inventa une machine à graver d'une grande précision, et il fallut créer un format de papier spécial pour les atlas, le « grand jésus ». Cette première édition fut tirée à 1 000 exemplaires, de quatre qualités différentes, dont 200 exemplaires de luxe que Napoléon offrit à des souverains étrangers et de grands dignitaires de son empire. Le célèbre éditeur Panckoucke lança aussitôt, de 1821 à 1829, une seconde édition plus maniable pour le texte (27 volumes de texte *in-octavo*), mais avec un simple retirage pour les planches.

L'idée de regrouper en un unique ouvrage les recherches

issues de l'expédition remontait à novembre 1799, lorsque Kléber créa la Commission des renseignements sur l'état moderne de l'Égypte. La société par actions créée simultanément fut dissoute par Menou, pour rendre au gouvernement la propriété des travaux effectués par les savants, ingénieurs et artistes à son service. Napoléon relança l'idée en créant un comité éditorial présidé par Berthollet (la Commission d'Égypte). En 1805, à la mort du premier maître d'œuvre, Conté, la coordination de l'édition revint au géomètre Lancret, puis au géographe Jomard, sous la responsabilité duquel furent publiés tous les volumes – mais plus de la moitié des planches était déjà prête lorsqu'il prit ses fonctions.

Outre ses apports inappréciables à la connaissance de tous les aspects de l'Égypte, la *Description* eut aussi pour effet, sinon pour but, de masquer l'échec politique, militaire et économique de l'expédition. Elle contribua fortement à populariser l'orientalisme en France, popularisation préparée par le *Voyage dans la Basse- et la Haute-Égypte* de Vivant Denon (1802) et par les noms de batailles suggestifs, qui semblaient apporter à Bonaparte l'investiture à la fois de l'histoire pharaonique et hellénistique et de la tradition judéo-chrétienne.

Champollion et le déchiffrement des hiéroglyphes

Pierre Grandet

« Je tiens l'affaire ! » Le 14 septembre 1822, Jean-François Champollion découvre la clé du déchiffrement des hiéroglyphes égyptiens, muets depuis l'Antiquité. Par cette apostrophe fameuse, il l'annonce à son frère, Jacques-Joseph, avant de s'effondrer inconscient, terrassé par l'émotion. Aussi n'est-ce que le 27 septembre qu'il peut donner lecture, à l'Institut de France, de la *Lettre à M. Dacier, relative à l'alphabet des hiéroglyphes phonétiques,* où la tradition s'accorde à reconnaître l'annonce officielle de la découverte. Ceci, pourtant, n'est pas exact. Ce document célèbre ne soufflait mot des faits dont la soudaine compréhension avait arraché à Champollion, deux semaines plus tôt, le cri de son triomphe. Il faudrait, en réalité, attendre 1824 et la publication d'un autre ouvrage, le *Précis du système hiéroglyphique,* pour en lire un exposé fidèle, juger de son bien-fondé, pour comprendre, enfin, qu'une science était née.

Mémorialiste de son époque, Chateaubriand, au soir de sa vie, exprime ainsi l'admiration stupéfaite, presque incrédule, que suscitèrent les découvertes de Champollion auprès de ses contemporains : « L'histoire a fait [...] au fond du temps des découvertes immenses : les langues sacrées ont laissé lire leur vocabulaire perdu ; jusque sur les granits de Mezraïm, Champollion a déchiffré ces hiéroglyphes qui semblaient être un sceau mis sur les lèvres du désert, et qui répondaient de leur éternelle discrétion. » Aujourd'hui encore, la renommée de Champollion excède de beaucoup les cercles restreints de la communauté scientifique ou de l'« intelligentsia ». Quand les noms de Sir Henry Rawlinson (1810-1895, principal déchiffreur du cunéiforme), Bedrich Hrozny (1879-1952, Tchécoslovaque, un des déchiffreurs du hittite) ou Michael Ventris (1922-1956, déchiffreur des écritures minoennes – linéaire B), ne sont guère connus hors des milieux spécialisés, la vie et l'œuvre de Champollion, popularisées par d'innombrables ouvrages, dont la monumentale biographie d'Hermine Hartleben, appartiennent au domaine public.

La fascination qu'exercent les hiéroglyphes sur l'imagination, la jeunesse de Champollion au moment de sa découverte et quelques circonstances romantiques de son existence, auxquelles les biographes attachent trop d'importance, expliquent sans doute cette popularité, mais elles faussent l'image de cet authentique savant et la nature de sa découverte. Ce furent des causes objectives qui firent de lui, à trente et un ans, le déchiffreur d'une énigme vieille alors de vingt siècles. On doit à sa mémoire de les rétablir. Une intelligence brillante, une érudition prodigieuse et un travail de tous les instants furent ses seules armes. Et s'il fut un génie, c'est qu'il sut apporter, dans un domaine où dogmatisme et imagination tenaient lieu jusque-là de méthode, les seules lumières de la raison scientifique.

Né le 23 décembre 1790 dans le département du Lot, second fils d'un libraire de Figeac, Jean-François Champollion, dit « le Jeune », témoigne dès l'enfance, à l'exemple de son frère aîné, d'un goût précoce et enthousiaste pour l'histoire et la philologie. En peu de temps, il acquerra, souvent hors de toute structure d'enseignement (il aurait, dit-on, appris tout seul à lire), la maîtrise du grec, du latin, de la plupart des langues sémitiques, des langues vivantes européennes ; des notions de persan, de sanscrit, de chinois, et une connaissance presque encyclopédique des travaux historiques publiés de son temps.

Jusqu'au seuil de l'adolescence, l'intérêt de Champollion pour le pays des pharaons n'est qu'un reflet diffus de l'engouement de ses contemporains pour ce lointain mirage et ses mystérieuses antiquités. A la suite de l'expédition de Bonaparte (1798-1801), sphinx, disques ailés, fleurs de lotus envahissent les intérieurs et les places publiques. Mais en

1802, à Grenoble, où il poursuit ses études, Champollion est admis, par l'entremise de son frère, dans l'intimité du mathématicien Joseph Fourier, alors préfet de l'Isère ; et le contact avec cet homme, l'une des gloires scientifiques de l'expédition d'Égypte, décide de sa vocation.

Porté par l'enthousiasme, le futur déchiffreur réunit avec zèle les matériaux de ses futures recherches : copies de monuments, relevés d'inscriptions, citations de la Bible et des auteurs classiques. En 1804, tandis qu'il se morfond au lycée de Grenoble, où l'on prisait médiocrement les disciplines de réflexion, certains travaux évoquant une parenté probable de l'égyptien d'époque pharaonique et de la langue copte attirent son attention. Le copte, qui fut noté à partir des IIe-IIIe siècles ap. J.-C. en caractères grecs et parlé en Égypte jusqu'au XIIIe siècle [1], est effectivement l'ultime rejeton de la langue qui fut notée auparavant en hiéroglyphes et dans les écritures qui en sont dérivées (« Copte » est une déformation d'« [Ai] gupt[os] », le nom grec de l'Égypte). Quoique vraisemblable, le fait ne pouvait guère être démontré au début du XIXe siècle. Néanmoins, Champollion lui consacre bientôt l'essentiel de ses travaux. La connaissance qu'il en acquiert jouera un rôle capital dans le déchiffrement.

A partir de 1807, Champollion complète ses études à Paris, auprès des meilleurs maîtres, et publie ses premiers travaux. Puis, en octobre 1809, à l'âge de 18 ans, il est nommé suppléant du professeur d'histoire à l'université de Grenoble, où son frère se voit attribuer la chaire de grec. Événement d'heureux augure, mais qui ouvre pourtant la partie la plus sombre de l'existence de Champollion. Envieux de ses succès, de courageux délateurs dénoncent à qui de droit ses opinions républicaines. En 1815, l'épisode des Cent-Jours va même fournir à ceux-ci des arguments inespérés. Les deux frères Champollion se compromettent d'abord avec l'Empire. Puis, après Waterloo (juin 1815), le cadet appelle au rétablissement de la République ! La réplique ne se fait pas attendre : l'un et l'autre sont privés de leur emploi par la Seconde Restauration et assignés à résidence à Figeac. Malgré cet avertissement, Jean-François, de retour en 1817 à Grenoble, où il se consacre à l'enseignement primaire et secondaire, et où il se marie, prend une part active aux émeutes libérales qui secouent la ville en mars 1820. Avec quelques amis, au prix d'un audacieux coup de main, il hisse le drapeau tricolore sur la citadelle de Grenoble.

Jeté en prison et menacé d'un procès, Champollion doit le salut à la profonde intelligence politique de Louis XVIII. Mais la clémence du roi n'entraînant pas la bienveillance de ses subordonnés, l'air de Grenoble devient malsain pour Champollion. En 1821, une nouvelle fois privé de son emploi, il s'installe à Paris, libre enfin de se consacrer exclusivement à la solution du problème des hiéroglyphes.

Si l'on en exclut le copte, la langue égyptienne[2] fut, au cours de sa longue histoire, notée selon trois systèmes graphiques, auxquels les Grecs donnèrent les noms d'écriture hiéroglyphique (« gravure sacrée »), d'écriture hiératique (ou « sacerdotale ») et d'écriture démotique (ou « populaire »). En dépit du sens littéral de ces termes (approximativement exact aux seules époques tardives), ces trois écritures ne sont historiquement que trois variantes d'un même système : le hiératique, la cursive (ou forme manuscrite) du premier ; le démotique, une forme simplifiée du second, conçue au VIIIe siècle av. J.-C. pour noter spécifiquement, à partir de cette date, un stade tardif de la langue égyptienne qu'on désigne du même nom.

Au début du XIXe siècle, on était loin d'imaginer la complexité du système graphique représentant la base commune de ces trois écritures : dans un texte égyptien, et jusque dans le même mot, coexistent, inextricablement mêlés, des signes *idéographiques* (notant un sens) et des signes *phonétiques* (notant un ou plusieurs sons) ; les uns comme les autres devant, selon le cas, parfois être lus, parfois ne pas l'être.

Sans doute avait-on abandonné l'idée, émise en 1643 par le jésuite Athanase Kircher, fondateur des études coptes en Occident, que les hiéroglyphes représentaient des symboles destinés à conserver, pour quelques initiés, la quintessence de la sagesse divine. Le ridicule achevé des « traductions » de textes égyptiens commises par Kircher avait ruiné cette théorie, fondée sur l'autorité douteuse d'écrivains de l'Antiquité tardive[3], dont la Renaissance avait redécouvert les œuvres. Depuis, on concevait généralement les hiéroglyphes comme un système de notation purement idéographique : des signes (apparemment) figuratifs pouvaient-ils avoir exprimé autre chose que des idées ? En outre, et bien qu'on perçût parfois le processus d'évolution qui, par une simplification croissante, avait conduit des hiéroglyphes au hiératique, puis de celui-ci au démotique – Champollion fut le premier à l'établir sans réplique –, on se refusait à concevoir le caractère commun des trois systèmes. Les signes (apparemment) abstraits des cursives égyptiennes pouvaient-ils avoir noté autre chose que des sons ?

Le problème du déchiffrement était ainsi fort mal posé. Au XVIIIe siècle, quelques érudits y avaient bien apporté certaines lueurs, mais, en l'absence d'un texte bilingue, fondement indispensable de tout déchiffrement[4], on ne pouvait ni en contrôler la validité ni les distinguer des hypothèses les plus fumeuses. En somme, lorsque Champollion décida de s'y consacrer, l'acquis positif de ces recherches se résumait, outre la détermination de la parenté du copte et de l'égyptien pharaonique (qui n'était pas d'une utilité immédiate), à la seule démonstration du fait que les signes contenus, au sein d'un texte hiéroglyphique, dans ces encadrements ovales qu'on appelle des « cartouches », notaient des noms de souverains[5].

En 1799, un officier de l'armée française d'Orient avait découvert à Rachîd, ville d'Égypte mieux connue en Occident, depuis les croisades, sous le nom de Rosette, une stèle portant, en égyptien classique (noté en hiéroglyphes), en démotique et en grec, trois versions d'un même décret pris en 196 av. J.-C., en faveur de Ptolémée V Épiphane, par l'assemblée des prêtres égyptiens, réunie à Memphis. Ce document fameux, dit Pierre de Rosette, fournissait enfin une base rationnelle au déchiffrement : le sens du texte grec permettrait désormais de contrôler la validité des hypothèses qui seraient émises. On avait alors pavoisé. Bientôt, l'orientaliste français Isaac Silvestre de Sacy identifiait l'emplacement des noms propres dans le texte démotique ; le Suédois David Åkerblad et le physicien anglais Thomas Young en lisaient quelques signes. Hélas ! passé ces modestes succès, il avait bien fallu admettre qu'on se heurtait à des difficultés dont on ne savait pas même formuler la nature. L'enthousiasme était retombé : vingt ans après la découverte du monument, le problème des hiéroglyphes restait entier.

Sans qu'on en fût toujours conscient, la doctrine du caractère strictement idéographique de l'écriture hiéroglyphique suffisait à ruiner tout espoir de déchiffrement : chaque signe pouvant, au terme de cette doctrine, exprimer une quantité infinie de notions, il était vain d'imaginer pouvoir un jour en lire un texte suivi. Aussi s'était-on résigné à ne jamais élucider qu'un problème mineur mais dont, au cœur de ces incertitudes, les termes avaient au moins le mérite d'être clairement posés : dans l'inscription hiéroglyphique de la Pierre de Rosette apparaissait à cinq reprises, ceint d'un cartouche, un groupe de signes dont on savait, grâce au texte grec, qu'ils représentaient la forme égyptienne du nom du roi « Ptolémée ». Or, ce nom étant étranger à la langue égyptienne – il s'agit d'un nom grec –, il fallait bien, pour le noter, que les hiéroglyphes aient pu marginalement être employés de manière phonétique. Dans des circonstances analogues, l'écriture chinoise – écriture idéographique – ne procède pas autrement ; on s'inspirait de son exemple.

Mieux encore, dans ce groupe de signes, ,
on était assuré de la valeur *alphabétique* des deux premiers : P et T. En effet, à trois reprises, le cartouche de Ptolémée contenait, outre son nom, des hiéroglyphes dont on savait par le texte grec qu'ils notaient les épithètes « éternellement vivant, aimé de Ptah » *(aiônobios, ègapèmenos hupo tou Phtha)*. Et, malgré l'aspiration (Ph, Th), il était raisonnable d'y reconnaître la notation des lettres P et T à l'initiale du nom du dieu Ptah. Surgissait ensuite une grave difficulté : là où le grec notait le nom de Ptolémée au moyen de *dix lettres* – PTOLEMAIOS –, les hiéroglyphes n'employaient que *sept signes*... Chacun pressentait que le titre de déchiffreur reviendrait à celui qui expliquerait cette discordance et en motiverait scientifiquement les raisons.

Pour en rendre compte, une première solution était d'envisager pour chacun de ces signes, hormis P et T, une lecture syllabique. Apôtre de cette théorie, le docteur Young[6] lisait de la manière suivante le cartouche de Ptolémée : P-T – signe à valeur nulle (!) – OLE-MA-I-OS. Mais, dès avant 1821, Champollion, qui étudiait l'inscription de Rosette depuis 1808, envisageait une autre solution. Familier des langues sémitiques et conscient, grâce au copte, des affinités sémitiques de l'égyptien ancien, il connaissait bien cette particularité qu'ont la plupart de leurs systèmes d'écriture de ne noter que les consonnes et les semi-consonnes. Aussi, par hypothèse et en vertu de cette particularité, avait-il assigné aux sept signes hiéroglyphiques notant le nom de Ptolémée les valeurs alphabétiques suivantes : P-T-Ô-L-M-Y-S (pour PTÔL(e) M(a)Y(O)S[7]). Une telle hypothèse devait se révéler exacte, mais il y manquait encore une confirmation décisive ; aussi Champollion s'abstenait-il d'en faire publiquement état.

Cette confirmation, il l'attendait du nom hiéroglyphique de Cléopâtre ; ce nom, grec également *(Kleopatra)*, compte en effet en commun avec celui de Ptolémée les lettres P, T, O, L ; s'il s'avérait que celles-ci y assument la même forme hiéroglyphique que dans le cartouche de Rosette, la lecture de celui-ci serait démontrée. En outre, Champollion savait que ce nom figurait parmi les inscriptions hiéroglyphiques d'un obélisque de Philae, dit « obélisque Bankes » (du nom de celui qui l'avait acquis en Égypte puis transporté en Angleterre) : un texte grec, gravé sur le socle resté en place du monument, attestait qu'il devait s'y trouver.

Au début de l'année 1822, Champollion reçoit une copie, longtemps attendue, de ces inscriptions. Il y reconnaît avec satisfaction, dans le cartouche 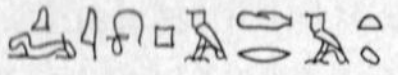 , les signes auxquels il avait assigné conjecturalement les valeurs P, Ô et L, et ce, dans une position telle qu'il n'y avait aucune possibilité de douter que ce cartouche fût celui de Cléopâtre. Il le lit par conséquent K-L-Ê-Ô-P-Â-T-R-Â, résolvant au passage deux problèmes minimes : la forme du T dans ce nom, différente de celle employée dans Ptolémée, lui apprend – aide précieuse pour la suite de ses travaux – qu'il peut exister en égyptien, pour noter le même son[8], plusieurs hiéroglyphes de forme différente, qu'il baptise incontinent « homophones ». Et il comprend aussi qu'à la fin du nom les deux signes où se lit un T similaire à celui de Ptolémée représentent la notation égyptienne de la terminaison sémitique des noms de genre grammatical féminin : -(a)T.

Dès lors, connaissant la valeur alphabétique de douze signes hiéroglyphiques, Champollion n'a plus besoin que du temps nécessaire pour reconnaître, à partir d'eux, dans de nouveaux cartouches, d'autres noms de souverains gréco-romains de l'Égypte mentionnés par les sources classiques, et d'apprendre réciproquement par ceux-ci la valeur de signes encore inconnus. La *Lettre à M. Dacier* n'eut ainsi *pour seul propos* que de publier le résultat de ces recherches, de démontrer l'emploi *alphabétique* des hiéroglyphes pour noter les noms et quelques titres de souverains grecs d'Égypte, d'empereurs romains et de membres de leurs familles. Les planches de l'opuscule étaient même signées d'un curieux cartouche, où quiconque s'était bien pénétré des explications de l'auteur pouvait lire CHÂMPÔLLYÔN. Nul ne sait hélas ! comment ce trait d'esprit fut goûté.

L'avancée était de taille. Mais, selon les conceptions du temps, l'emploi phonétique des hiéroglyphes, démontré par Champollion dans la *Lettre à M. Dacier*, ne pouvait être considéré, par rapport au système supposé de l'écriture hiéroglyphique (l'idéographie), que comme un phénomène marginal, un pis-aller, un procédé artificiel mis tardivement en œuvre par les Égyptiens pour noter exclusivement, au sein de textes rédigés en idéogrammes, des noms de souverains étrangers. Un système sans passé, sans futur, sans véritable présent, et dont seule la consonance étrangère de ces noms avait justifié l'invention.

Champollion n'aurait-il pas su dépasser cette conception, qu'il ne pourrait passer pour *le* déchiffreur des hiéroglyphes. Or, lorsqu'il donne lecture de sa *Lettre à M. Dacier*, le 27 septembre 1822 – il en avait percé deux semaines plus tôt le véritable secret ! –, seul le souci d'en tirer toutes les conclusions et d'en présenter un compte rendu exact le retint probablement d'en faire alors état.

Tout avait commencé, semble-t-il, le 23 décembre 1821, par une observation capitale. Comptant les signes employés dans les inscriptions de Rosette pour noter respectivement l'égyptien et le grec, Champollion s'était avisé que, pour rendre environ 500 mots grecs, il fallait approximativement trois fois plus de hiéroglyphes. Or, un idéogramme notant en théorie un mot, voire une phrase entière (tels nos signaux du code de la route), moins de 500 idéogrammes auraient dû y suffire : le fait ruinait ainsi la conception strictement idéographique de l'écriture hiéroglyphique. Comme, d'autre part, Champollion relevait dans la série des signes composant le texte hiéroglyphique de la pierre beaucoup de ceux dont il cherchait alors à démontrer les valeurs alphabétiques dans le nom de Ptolémée, n'était-ce pas la sagesse que de leur assigner – même en dehors des noms propres royaux – des valeurs identiques ? Et comme, enfin, certains signes du texte égyptien ne pouvaient être conçus que comme figuratifs (où le grec, par exemple, évoquait statues et tabernacles, l'égyptien en figurait des images stylisées), ne fallait-il pas supposer que l'écriture hiéroglyphique était fondée sur le principe d'un emploi conjoint de signes idéographiques et phonétiques ?

Par le seul fait d'avoir pu formuler cette hypothèse, Champollion avait d'ores et déjà virtuellement déchiffré les hiéroglyphes. Il n'y manquait que quelques précisions et la preuve de sa justesse. S'exerçant à traduire en copte le nom, dans cette langue, des objets figurés par les hiéroglyphes, il en découvre peu à peu les valeurs. Remarquons que s'il détermina ainsi la lecture d'un grand nombre d'idéogrammes, il n'en conclut pourtant jamais que les phonogrammes égyptiens pouvaient noter deux ou trois consonnes (bilitères et trilitères) : jusqu'à sa mort il serait persuadé que ceux-ci, comme les signes employés dans les cartouches tardifs, n'exprimaient que des valeurs alphabétiques. Cette erreur avait pour origine l'usage égyptien de faire suivre ces signes de « compléments phonétiques », mais cet usage, dans le même temps, réduisait la portée de cette erreur : si là où nous analysons aujourd'hui 𓏠𓈖 comme formé de 𓏠 = m – n + 𓈖 = n redondant (complément phonétique), Champollion l'analysait comme formé de 𓏠 = m + 𓈖 = n la lecture du groupe 𓏠𓈖 mn n'en reste pas moins la même ! Aussi cette conception erronée ne lui fut-elle jamais un obstacle [9].

Au cours de l'été 1822, Champollion étudie le fameux

Zodiaque de Dendéra, une représentation circulaire du ciel et de ses constellations, aujourd'hui au Louvre. En observant la présence constante du signe d'une étoile dans ce qui apparaissait comme des noms de constellations, il comprend la nature et l'usage des déterminatifs.

Le 14 septembre, Champollion décide de consacrer quelques heures à l'étude de relevés de monuments pharaoniques qui lui avaient été récemment communiqués d'Égypte par l'architecte Huyot. Sur une première planche, un cartouche 𓇳𓄟𓋴𓋴. Dans ce cartouche, un cercle, représentation stylisée du soleil : 𓇳. Donnant à ce signe le nom copte de l'astre qu'il figure, Champollion le lit RÊ. A côté, trois signes, dont les deux derniers 𓋴𓋴 ne peuvent qu'exprimer, comme dans le nom de « Ptolémaios », chacun la consonne S, soit S-S. Or, dans ces conditions, comment ne pas envisager d'assigner au dernier signe de valeur inconnue, 𓄟, qui figure entre 𓇳 et 𓋴𓋴, la valeur M, de sorte qu'on lirait, dans ces signes, sous la forme RÊ-M-S-S, *le nom du pharaon RAMSES, mentionné par la Bible et les auteurs classiques* ?

Sur une seconde planche, Champollion, bouleversé, avise un second cartouche 𓅝𓄟𓋴. A côté de l'image d'un ibis 𓅝 figure encore le signe 𓄟, une nouvelle fois suivi de 𓋴 – soit, conjecturalement, M-S. Or, l'ibis étant la forme animale la plus commune du dieu égyptien THOT, le nom porté dans le cartouche ne doit-il pas être lu THOT-M-S ? Ainsi, et comme il ne pouvait s'agir ici, en toute certitude, *que de la forme égyptienne du nom du pharaon que les Grecs avaient appelé THOUTMOSIS,* la lecture du premier cartouche se trouvait confirmée ! Le doute n'était plus permis. Au prix d'une légère erreur (𓄟 est un bilitère, notant ms, et le s qui le suit, son complément phonétique), Champollion « tenait l'affaire » : la preuve était apportée de la nature complexe de l'écriture égyptienne, idéographique (« Rê », « Thot ») et phonétique à la fois (ms, s) ; là résidait la clé permettant de la lire et, à terme, de rendre à l'humanité la connaissance de trois mille ans de son passé. Comme dans toute découverte, sans doute, le hasard joua ici son rôle : les cartouches de Ramsès II et de Thoutmosis III étaient déjà connus, avant cette journée mémorable, par diverses publications. Ce fut, en l'occurrence, leur étude simultanée, fruit du hasard, qui fit toute la valeur de l'expérience.

Déchiffreur des hiéroglyphes, Champollion devait être aussi le fondateur de l'égyptologie. De 1823 jusqu'à sa mort, neuf années d'une activité débordante lui suffisent à poser les bases des diverses spécialités qui constituent aujourd'hui cette discipline.

En 1823 et 1824, il élabore le *Précis du système hiéroglyphique,* où sont tirées toutes les conséquences de la découverte de 1822. En outre, il y établit définitivement la parenté linguistique du copte et de l'égyptien, de telle sorte que, grâce à la connaissance du premier, on pourra désormais *comprendre* le sens des textes que le déchiffrement ne permettait que de *lire*. Les sources « indigènes » de l'histoire et de la civilisation égyptiennes deviennent accessibles à l'investigation scientifique.

Mais, avant de pouvoir étudier ces sources, il fallait les recueillir : peu de documents étaient alors publiés, et la plupart de façon médiocre. En 1824 et 1825, grâce à la protection du duc de Blacas, influent à la cour, Champollion obtient de séjourner officiellement en Italie, afin d'y étudier les collections égyptiennes de Turin, Rome et Florence. Puis, en 1826, il y retourne pour préparer, au nom de Charles X, l'achat de la collection dont le roi compte doter le musée du Louvre. En mai, la chose est décidée. Un département des antiquités égyptiennes est créé au Louvre et Champollion nommé à sa direction. Très en avance sur les conceptions muséologiques de son temps, où prévalaient les critères esthétiques, il y impose une présentation des objets fondée sur des critères historiques et ethnographiques.

En 1828, toujours grâce à Blacas, Champollion convainc le gouvernement d'organiser, conjointement avec le grand-duché de Toscane, une ambitieuse expédition scientifique en Égypte, placée sous sa direction et celle de son unique élève, le Toscan Ippolito Rosellini. Le 18 août, l'expédition débarque à Alexandrie ; en plus d'un an, au prix d'un travail acharné et au cours d'un périple sur le Nil qui la conduit jusqu'au Soudan, ses membres copient, sur plus de cinquante sites, les textes et les représentations qui seront publiés, après la mort de Champollion, dans les six volumes (dont deux de *Notices descriptives*) des *Monuments de l'Égypte et de la Nubie*. Plus de cent objets en seront rapportés au Louvre, et c'est en Égypte encore que Champollion conçoit le projet de transporter à Paris l'un des obélisques qui ornaient la façade du temple de Louqsor ; projet qui ne sera réalisé qu'après sa mort. Mais, surtout, les documents amassés par l'expédition lui permettent enfin de percevoir la formidable antiquité de la civilisation égyptienne. A l'épreuve des faits, la « chronologie biblique », référence officiellement imposée aux travaux historiques sous la Restauration (le monde avait été créé en 4053 av. J.-C. et aucun monument ne pouvait être antérieur à 2396, date du Déluge), se révélait pour ce qu'elle était : un dogme. Résultat qu'il valait mieux, encore, « tenir sous le boisseau », comme Champollion, d'Égypte, le confiait à son frère [10].

Rentré en France en décembre 1829, Champollion exulte : « J'ai [...] amassé du travail pour une vie entière », écrit-il à son collaborateur au Louvre L.-J.-J. Dubois [11]. Il n'a plus, hélas ! que deux années à vivre. Souffrant d'urémie depuis 1825, le climat égyptien, puis le rigoureux hiver de 1829-1830 ont achevé de ruiner sa santé. Des nombreux projets qu'il envisage, bien peu pourront être conduits à terme. D'ailleurs, la révolution de juillet 1830 impose de nouveaux contretemps. En mars 1831, la création d'une chaire d'égyptologie au Collège de France consacre l'existence officielle de la nouvelle science et procure à Champollion une ultime cause de satisfaction. L'année précédente, sous la pression de l'opinion publique, l'Académie des inscriptions, qui s'était longtemps refusée à l'accueillir pour des raisons d'ordre politique et à cause de l'inimitié de certains savants, l'avait enfin admis parmi ses membres.

Les progrès de la maladie laissent pressentir à Champollion sa fin prochaine : il ne peut donner que trois leçons au Collège de France. Aussi retourne-t-il à Figeac, à l'été et l'automne de 1831, pour s'y consacrer à ce qu'il comprend devoir être le dernier et le plus nécessaire de ses travaux : la rédaction d'une grammaire égyptienne, fondée sur l'étude d'une documentation amassée tout au long de sa vie. Rentré à Paris en novembre, il y travaille encore lorsque en décembre une attaque le laisse à demi paralysé. Il trouve pourtant le courage d'en poursuivre la mise au point, avec l'aide dévouée de son frère, jusqu'à la fin du mois de janvier suivant, où la maladie triomphe définitivement de son énergie. Paralysé, aphasique, il subit une longue et affreuse agonie, qui ne prend fin qu'à l'aube du 4 mars 1832.

Tour à tour accaparé par d'innombrables tâches, victime d'obscures manœuvres, puis gravement malade, Champollion n'eut guère le temps ni les moyens de former de véritables disciples. A peine fondée, l'égyptologie semblait en passe de disparaître avec son fondateur. Pourtant, Champollion n'avait pas travaillé en vain, jusqu'à l'extrême limite de ses forces, à l'élaboration de la *Grammaire égyptienne*, son testament spirituel. La publiant en 1836, son frère Jacques-Joseph écrit dans sa préface : « Ce dépôt sacré a été religieusement gardé et il est aujourd'hui fidèlement rendu à la science qui en était la légitime héritière. » Par son étude patiente, un an plus tard, l'Allemand Richard Lepsius, puis, vers le milieu du siècle, les Français Emmanuel de Rougé et François-Joseph Chabas, l'Anglais Samuel Birch et beaucoup d'autres après eux, reprendront l'œuvre interrompue.

La vie et les travaux de Champollion inspirent toujours les œuvres les plus variées; différentes rééditions de ses ouvrages témoignent de sa renommée et d'une popularité toujours actuelles. Mais cette gloire posthume n'est pas sans porter quelque préjudice à la véritable personnalité de Champollion et au caractère scientifique de son œuvre. On révère en lui l'image romantique du savant triomphant qui ne saurait douter, qui ne saurait errer, auquel la prédestination tiendrait lieu d'intelligence, et l'inspiration, d'érudition. Sur ces derniers points, nous avons vu à quel point une telle image était fausse. Pour le reste, laissons à Champollion lui-même le soin de nous confier, en ces lignes écrites en 1826, ce qui fut peut-être sa plus secrète motivation : « Lorsque le monde réel pèse sur notre cœur, le monde idéal doit être notre refuge, et ce monde-là, c'est l'étude : elle nous fait oublier momentanément les dégoûts de la vie en nous transportant hors de nous-mêmes ; en élevant nos idées elle double notre courage et nos jours se passent moins sombres et plus rapides [12]. »

Notes

1. En tant que langue vivante, quelques survivances en sont attestées jusqu'au XVIIe siècle. Elle est parfois encore employée comme langue liturgique par l'Église monophysite égyptienne.

2. Partiellement africaine, partiellement sémitique, on la qualifie, pour cette raison, de « chamito-sémitique » (des noms bibliques des fils de Noé, Cham et Sem).

3. Essentiellement, les *Stromates* de Clément d'Alexandrie et les *Hieroglyphica* d'Horapollon.

4. On possédait cependant, depuis longtemps, un « quasi- » bilingue : la traduction grecque, attribuée à un certain Hermapion et incluse dans l'*Histoire* d'Ammien Marcellin, XVII, 4, 18-23 (IVe siècle ap. J.-C.), des textes figurant probablement sur l'obélisque transporté d'Égypte en 10 av. J.-C. par Auguste pour orner le Grand Cirque de Rome (probablement l'obélisque dit flaminien, placé en 1587 sur la Piazza del Popolo).

5. L'identification de la fonction des cartouches est attribuée à l'abbé Barthélémy (1762).

6. Pour des raisons polémiques, certains voulurent faire longtemps de Young (1773-1829) le véritable déchiffreur des hiéroglyphes et de Champollion son plagiaire. Si Champollion lui emprunta certaines idées fondamentales, il n'alla pourtant pas jusqu'à recopier ses erreurs… Au demeurant, l'exemple que l'on donne ici de ses travaux est éloquent.

7. L'accent circonflexe signale les voyelles longues, transcrites par les Égyptiens par des semi-consonnes.

8. En fait, il note un D, T et D se confondant dans la prononciation tardive.

9. Les bilitères et trilitères, ainsi que la fonction de leurs compléments phonétiques, ne seraient identifiés qu'à partir de 1837 par Richard Lepsius.

10. *Lettres et Journaux de Champollion*, éd. par H. Hartleben, vol. II, Paris, 1909, p. 250.

11. *Ibid*, p. 456.

12. A. Angelica Palli, *alias* « Zelmire », Livourne (septembre 1826) : Champollion, *Lettres à Zelmire*, Paris, L'Asiathèque, 1978, p. 18.

L'Obélisque : de Louqsor à la Concorde

Catherine Chadefaud

Nombre d'anecdotes émaillent l'histoire de l'obélisque de la Concorde. Les conditions qui présidèrent au choix de ce monument relèvent surtout de la lutte diplomatique qui s'exerçait en Égypte, entre l'Angleterre et la France. A cette époque, le commerce anglais était actif, mais l'influence française n'était pas négligeable[1]. Le pacha d'Égypte, Méhémet Ali, souhaitant améliorer ses relations avec le gouvernement français, accepta de négocier la vente ou la donation d'objets et de monuments antiques.

Lorsque le consul général d'Alexandrie présenta la demande de Louis XVIII – qui souhaitait acquérir une « aiguille de pierre » – à Méhémet Ali, on lui proposa l'obélisque de Thoutmosis III à Alexandrie. Il fallait agir vite, car le ministère de la Marine à Paris apprit que le gouvernement britannique convoitait le même monument. Champollion, alors consulté, proposa au ministre de réclamer l'un des obélisques de Louqsor, beaucoup plus beau et en meilleur état de conservation que celui d'Alexandrie. Or la malchance voulait que les deux obélisques de Louqsor venaient d'être promis au gouvernement britannique... Louis XVIII envoya un négociateur officieux, le baron Taylor, homme habile et peu scrupuleux qui fréquentait les milieux proches du pacha, pour des tractations commerciales. Après quoi, Méhémet Ali offrit au gouvernement français l'un des deux obélisques de Louqsor, au choix, plus celui d'Alexandrie. A condition que les Français prennent en charge la totalité des frais concernant l'abattage des monolithes et leur transport, par bateau, jusqu'en France. Le projet fut enfin adopté en 1829.

Champollion, qui avait fait son choix, conseilla de commencer par déplacer l'obélisque de Louqsor qui ornait la partie ouest du temple. On se hâta d'organiser une mission du ministère de la Marine. Un technicien naval, Jean-Baptiste Apollinaire Lebas, fut chargé de toute l'opération. L'abattage et le transfert d'un monument de 22,55 mètres de hauteur et de 227 tonnes n'allaient pas sans difficultés techniques. Sous les directives de Lebas, un bateau à vapeur aux dimensions voulues, le *Louxor*, fut construit à la hâte à Toulon. Il quitta la rade en avril 1831. Arrivé le 3 mai à Alexandrie, il put, une fois les difficultés administratives résolues, remonter le Nil à la fin juin. Le trajet représente près de 800 kilomètres.

Lebas, à sa descente du bateau, fut reçu par le « gouverneur » de la province de Qenah et se rendit, accompagné d'un long cortège, au temple de Louqsor. L'aspect de cet édifice religieux des temps pharaoniques était bien différent de celui que lui connaissent les touristes de nos jours. Il y a 150 ans le monument était en grande partie ensablé, une bonne trentaine de petites maisons d'autochtones, en briques limoneuses, étaient adossées au pylône du temple, entre les deux obélisques. Ces derniers étaient enterrés sous près de 9 mètres de débris et d'éboulis divers. L'intérieur du temple avait aussi un aspect singulier : une petite mosquée y avait été édifiée.

Les négociations locales furent longues, Lebas obtint de faire dégager le passage nécessaire, puis il fit construire un peu plus loin les baraquements pour son équipe de marins et de manœuvres, ainsi que des abris pour le matériel technique. Pendant les travaux, une épidémie de choléra éprouva gravement l'équipage et ralentit le chantier.

Pendant ce temps, le *Louxor*, profitant de la crue du Nil, avait pu être mené jusqu'en face de Louqsor. En août, il avait été ancré sur la rive droite du fleuve, à 272 mètres de l'emplacement de l'obélisque. Le bateau fut désarmé, ses agrès et son matériel mis en magasin. Le niveau du Nil s'étant abaissé comme chaque année après la crue, l'embarcation se trouva à sec dans une sorte de berceau de sable. On couvrit le pont de nattes et de toiles. L'équipage lui trouvait piètre aspect, lit-on dans le journal du second de bord, M. de Joannis.

D'un autre côté, les travaux préparatoires à l'abattage avaient été menés à bien rapidement, malgré chaleur, poussière et maladies. Cette première opération fut donc un succès pour Lebas : l'obélisque fut abattu le 31 octobre 1831 en vingt-cinq minutes et sans accident... Après avoir été basculé, le monolithe fut tiré à l'aide de quatre cabestans jusqu'au bateau dont tout l'avant avait été scié pour le recevoir. L'opération achevée le 19 décembre, il fallut cependant plusieurs mois pour mener à bien la réparation du navire. Puis on attendit avec impatience jusqu'en août 1832 : la crue du Nil permit alors au *Louxor* de flotter à nouveau et de descendre le fleuve sans encombre, par petites étapes, jusqu'à Alexandrie. En décembre 1832 l'obélisque millénaire quittait la terre des pharaons.

Mais les difficultés ne s'arrêtaient pas là. Il fallait franchir la barre de Rosette. Le *Louxor* fut remorqué dès lors par le bateau à vapeur *Sphinx*. Cette corvette de onze canons, construite à Rochefort en 1829, avait une voilure de 767 m^2 et sa machine déployait 160 chevaux. Elle avançait à une vitesse moyenne de 7 nœuds.

Le cap fut mis sur Candie, en Crète. Mais le deuxième jour un violent vent d'ouest provoqua la tempête, des nuages d'encre semblant vouloir s'écraser sur les navires, pendant que les vagues les malmenaient (d'après le journal de M. de Joannis). L'équipage ne manqua pas d'évoquer une quelconque vengeance de pharaon : Ramsès refusait de voir l'un de ses monuments quitter la terre des dieux... Le *Sphinx* s'acharna à hâler le *Louxor*, mais les deux navires étaient en danger de perdition. Le commandant de l'expédition, M. de Verninhac Saint-Maur, craignant le désastre voyant le combustible s'épuiser, se résolut à obliquer sur Rhodes. On atteignit l'île après cinq jours de lutte. Un démâtage fatal avait été évité. Le voyage continua péniblement, d'abri en abri, en luttant contre le mauvais temps. A Corfou, enfin, on put se ravitailler en charbon, au dépôt de la marine britannique. La suite de la traversée se déroula à une vitesse moyenne de 4 nœuds. Le 10 mai 1833, les deux navires atteignaient Toulon. L'équipage, furieux, fut mis en quarantaine ! Le *Sphinx* et le *Louxor* appareillèrent fin juin, après révision complète des machines. On fit escale à

Gibraltar, puis à Cherbourg et enfin au Havre. Là, le 13 septembre, le *Sphinx* abandonna son compagnon qui entama la remontée de la Seine par petites étapes, avec l'aide du remorqueur fluvial *La Héva*.

Le monument arriva en bon état à Paris, au pied de la Chambre des députés, le 23 décembre 1833, tel un exotique présent de Noël. Pourtant, les soucis de l'ingénieur Lebas n'étaient pas terminés puisqu'il était également responsable de l'érection prévue sur la place de la Concorde. Là commence une autre histoire dont les péripéties et les difficultés financières et techniques durèrent jusqu'en octobre 1836 ! Le monument offert par Méhémet Ali en 1829 ne fut donc inauguré que sous Louis-Philippe et bien après la disparition de Champollion.

L'exotisme de cette « aiguille de pierre » fit sans doute rêver les passants, mais bien peu se demandèrent ce qu'elle pouvait signifier pour les anciens Égyptiens. Pourtant, son symbolisme part d'un élément concret : l'obélisque figurait un rayon solaire venant éclairer la terre. Les légendes les plus archaïques parlent d'une pierre dressée, miraculeuse, sur laquelle le soleil venait prendre appui chaque jour à son lever. Plus tard on eut coutume d'orner le sommet pointu, qui constituait ainsi un pyramidion précieux, plaqué d'or, étincelant dans l'azur. Si une telle coiffe était à nouveau accordée à l'obélisque parisien, il perdrait peut-être le caractère nostalgique que lui prête Théophile Gautier…

Sur cette place je m'ennuie,
obélisque dépareillé ;
neige, givre, bruine et pluie
glacent mon flanc déjà rouillé ;
La Seine…
salit mon pied, que dans ses crues
baisait le Nil, père des eaux.

Note

1. Ses origines étaient lointaines : François Ier avait passé un accord avec Soliman le Magnifique afin que des consuls français installés à Alexandrie puissent protéger les marchands français d'Égypte qui faisaient commerce avec les échelles du Levant.

Auguste Mariette, professeur-pacha

Catherine Chadefaud

Bien que non égyptien, Auguste Mariette (1821-1881), qui consacra sa vie à la découverte de l'histoire pharaonique et contribua largement à la création de l'Institut français d'archéologie orientale, fut le premier protecteur des racines culturelles du peuple égyptien. Pourtant, rien ne le destinait à la grande aventure qu'allait être sa vie.

Fils d'un modeste archiviste de la mairie de Boulogne-sur-Mer, il naquit en février 1821. Son enfance fut celle que pouvait connaître un jeune garçon d'origine modeste dans une ville de province à cette époque, à la différence près qu'il étonna ses professeurs du collège communal de Boulogne par les multiples facettes de son intelligence et la variété de ses dons. Aussi doué pour le dessin que brillant en mathématiques ou en lettres, c'est finalement vers cette direction qu'il choisit d'orienter ses études. Après une année passée en Angleterre comme répétiteur dans une famille riche, il revint dans sa région natale et s'inscrivit comme étudiant en lettres à la faculté de Douai. Décidément très attaché à sa ville, il revint, une fois ses diplômes en poche, s'installer à Boulogne comme préfet des études au collège communal dont il avait été l'élève. Il avait alors vingt et un ans et, soit qu'il ressentît le besoin d'échapper à la monotonie de la vie de professeur, soit qu'il eût besoin d'argent, il collabora aux feuilles locales en qualité de journaliste et de caricaturiste. Mais cela ne suffisait sans doute pas à le faire vivre, car il donnait aussi des cours particuliers. Même si cette dernière activité ne lui permit pas de faire fortune, elle fut toutefois à l'origine de sa rencontre romantique avec la sœur aînée d'une de ses élèves, Éléonore Millon, qu'il épousa alors qu'il était âgé de vingt-quatre ans.

L'année 1845 fut pour lui fertile en aventures. Quelques mois après son mariage, vint à mourir l'un de ses parents éloignés, Nestor L'Hôte. Cet homme, qui avait été le dessinateur de Champollion, laissait une impressionnante collection de documents sur l'Égypte. Auguste Mariette se proposa de classer cette documentation. Ce fut le choc. Mariette se passionna pour l'Égypte et se mit à étudier les hiéroglyphes et la langue copte. Il souhaitait abandonner le professorat et se consacrer à ses nouvelles recherches. Faute de temps, il laissa de côté ses activités journalistiques et se rendit de plus en plus souvent à Paris où il fréquenta la Bibliothèque nationale. Il quitta Boulogne et l'enseignement, et obtint, à Paris, un emploi d'assistant à la conservation des Antiquités égyptiennes du musée du Louvre.

Enfin, en 1850, la ténacité de Mariette fut récompensée. Il fut chargé d'une mission en Égypte. Après une longue traversée, il arriva à Alexandrie, porteur d'une somme de 6 000 francs-or que le gouvernement lui avait confiée pour acquérir des manuscrits anciens dans les couvents coptes.

Rapidement, Mariette, passionné par tout ce qu'il découvrait, voulut se consacrer à la sauvegarde des monuments les plus anciens, ceux des pharaons. Partout, en effet, il assistait au pillage des tombes royales par les marchands peu scrupuleux ou par les indigènes. Malgré toutes les difficultés causées par l'administration locale, peu après son arrivée Mariette campait au pied des grandes pyramides de Gîza et entreprenait méthodiquement des fouilles sur le plateau. Il découvrit et dégagea de nombreux tombeaux de dignitaires de l'Ancien Empire (2780 à 2280 avant J.-C.) avec l'aide de fellahs engagés sur place. Mais une découverte capitale, le *Serapeum* de Memphis, l'attacha pendant plusieurs années à ce chantier de fouilles situé à Saqqâra[1]. Dans cet ensemble d'immenses galeries souterraines, Mariette dégagea la sépulture des taureaux Apis, soit 24 sarcophages de basalte ou de granit (dont le plus lourd pèse près de 70 tonnes).

Mariette obtint une seconde mission d'importance en 1857. Cette année-là, il fit la connaissance de Ferdinand de Lesseps qui préparait les travaux de percement de l'isthme de Suez. Avec son appui, il obtint du vice-roi Saïd la création d'un organisme qui superviserait les fouilles en Égypte et empêcherait les pillages clandestins ; c'est ainsi que naquit le Service des antiquités de l'Égypte, dont il fut le premier directeur. Mariette multiplia les campagnes de sauvetage, les chantiers de fouilles, et fonda le musée archéologique de Boulaq, plus tard transféré au Caire.

Au fil des années, Mariette explora tous les sites de la vallée du Nil et en sauva bon nombre par ses travaux et ses interventions contre les pillages. A Edfou et à Denderah, en Haute-Égypte, il procéda au dégagement de deux grands temples d'époque gréco-romaine et travailla dans le gigantesque temple du dieu Amon à Karnak (près de Louqsor). Enfin, il entreprit des travaux de dégagement très minutieux à Abydos, grande métropole religieuse dédiée au dieu Osiris. Des centaines de stèles furent exhumées, dessinées, étudiées, avant d'enrichir les collections du musée du Caire.

Les publications scientifiques de Mariette se succédaient à une cadence rapide, mais cela ne l'empêchait pas, épisodiquement, de s'adonner à la littérature. C'est ainsi qu'en 1869 il écrit à son frère qu'il vient d'achever le livret d'un opéra dont Verdi écrit la musique : *Aïda.* Il n'est plus reconnu aujourd'hui comme l'auteur de ce drame égyptisant à la suite des remaniements opérés par deux librettistes qui s'approprièrent son œuvre. Mais il ne fait pas de doute que l'exactitude du cadre historique ne pouvait être due qu'à la plume d'un grand égyptologue.

Mariette, de retour en Égypte, y resta jusqu'à la fin de ses jours. Devenu en 1878 membre de l'Académie des inscriptions et belles-lettres et en dépit de sa célébrité, il refusa la direction de la Bibliothèque nationale, un siège de sénateur, la place de conservateur au musée du Louvre et même une chaire au Collège de France. Il préféra continuer sans relâche ses activités, en Égypte, au Service des antiquités. Son travail fut reconnu par le vice-roi qui lui accorda le titre de « bey » puis plus tard celui de « pacha », c'est-à-dire le plus haut rang honorifique de l'administration turque. L'habileté et la diplomatie de Mariette-pacha lui permirent d'obtenir du vice-roi des aides financières substantielles pour développer le Service des antiquités. Il fit certes de nombreux jaloux et eut des détracteurs, mais aussi beaucoup d'admirateurs. Renan brosse en 1865 pour la *Revue des deux mondes* un tableau élogieux de Mariette et note : « Il a fondé la plus grande entreprise scientifique de notre siècle. »

Peu avant sa mort, Mariette eut l'ultime joie de voir aboutir, grâce à l'impulsion d'un jeune égyptologue, Maspero, le projet de création d'une mission archéologique française du Caire permanente, sous le nom d'École française du Caire, maintenant connue sous le titre d'Institut français d'archéologie orientale.

Que reste-t-il aujourd'hui de l'œuvre de Mariette ? Il est difficile de choisir, parmi les efforts immenses qu'il déploya en faveur de la culture pharaonique, celui qui fut le plus important. Mariette fut sans doute un grand égyptologue, le plus grand peut-être après Champollion. Mais l'originalité essentielle de son œuvre tient dans l'activité qu'il déploya pour la protection des richesses de la culture pharaonique. Cet organisateur exceptionnel, arrivé dans un pays où un pillage effréné aurait finalement fait disparaître la totalité des vestiges archéologiques s'il n'y avait été mis bon ordre, créa l'une des premières réglementations, à l'échelle mondiale, en matière de protection des cultures indigènes, fonda le service qui devait en assurer l'application et créa le musée qui est aujourd'hui le principal conservatoire de cette culture.

Note

1. Le taureau Apis recevait un culte à Memphis dès les époques archaïques ; par la suite, son culte fusionna avec celui d'Osiris sur le même site, ce qui donna naissance à une divinité funéraire. Chaque taureau sacré était donc enseveli dans cette nécropole souterraine, tandis que les prêtres choisissaient un autre animal en qui le dieu s'incarnait à nouveau.

Le pillage des tombes royales égyptiennes

Pierre Grandet

Entre 1874 et 1881 apparaissent sur le marché européen des antiquités de précieuses pièces de mobilier funéraire égyptien. Tous ces objets portent le nom de Pinodjem Ier, grand prêtre du tout-puissant dieu de Thèbes, Amon, et de certains membres de sa famille, ceux que l'on appelle parfois les « rois-prêtres », maîtres de la Haute-Égypte à partir de 1080 av. J.-C. Ces objets attirent bientôt l'attention de Gaston Maspero, directeur général du Service des antiquités de l'Égypte : étant donné que l'on n'a pas officiellement découvert, à cette date, dans la nécropole thébaine, les tombes de Pinodjem Ier ou de sa lignée, force est de conclure qu'elles l'ont été en secret par des fouilleurs clandestins.

Au printemps 1881, Gaston Maspero se rend à Louqsor pour vérifier cette hypothèse. Une rapide enquête lui permet de soupçonner deux frères du village de Sheîkh 'Abd el-Gourna (sur la rive gauche du Nil), Ahmed et Mohammed 'Abd er-Rassoûl, d'être à l'origine de la dispersion des objets. Il fait donc arrêter le cadet, Ahmed, qui est inculpé de fouilles clandestines puis placé en détention préventive à la prison de Qéna, chef-lieu de la province de Louqsor.

Nous sommes alors en avril. En mai, faute de preuves matérielles, Ahmed 'Abd er-Rassoûl doit être placé en liberté provisoire. Mais il reste inculpé, et les plus avisés des membres de sa famille décident bientôt de livrer aux autorités, contre une levée des poursuites, le secret qu'elles recherchent. Le 25 juin 1881, Mohammed 'Abd er-Rassoûl se rend à Qéna et révèle au préfet de la province ce que son cadet avait tenu obstinément caché. Il le conduit ensuite à

Louqsor, dans la falaise surplombant, au sud-est, le temple funéraire de la reine Hatchepsout, à Deîr el-Baharî (*cf. carte*). Les deux hommes pénètrent alors dans une tombe dont l'emplacement et le fabuleux contenu représentaient, depuis 1871, date probable de sa découverte, le secret de la famille[1].

Maspero étant rentré en Europe, c'est Emil Brugsch, conservateur du musée du Caire, qui est chargé, fin juin, par le vice-roi d'Égypte, d'aller prendre possession du contenu de la tombe et de le rapporter au Caire. Le 6 juillet 1881, il arrive, avec ses collaborateurs, au lieu sommairement inspecté dix jours plus tôt par le préfet de Qéna. Descendus au fond d'un puits de douze mètres de profondeur, les visiteurs ont alors la vision stupéfiante d'une tombe de près de cent mètres de long, à ce point emplie de sarcophages et de mobilier funéraire qu'il leur faut avancer en rampant de peur d'endommager les objets[2].

Cette trouvaille, d'une richesse exceptionnelle, représentait déjà une découverte archéologique majeure. Mais les visiteurs, bouleversés, découvrent bientôt que les sarcophages, plutôt modestes, entassés là dans le plus grand désordre, abritent les corps des pharaons les plus illustres du Nouvel Empire[3], morts depuis trois mille ans : Ahmosis Ier, Aménophis Ier, Thoutmosis Ier, Thoutmosis II et Thoutmosis III, de la XVIIIe dynastie, Ramsès Ier, Séthi Ier et Ramsès II, de la XIXe dynastie, enfin Ramsès III et Ramsès IX, de la XXe dynastie[4].

Transférés non sans peine à Louqsor entre le 6 et le 11 juillet 1881, puis de là au Caire, ces trésors seront encore enrichis en 1898 lorsque le Français Victor Loret découvrit dans la tombe d'Aménophis II (dans la Vallée des Rois) les corps d'Aménophis II lui-même, de Thoutmosis IV et d'Aménophis III, de la XVIIIe dynastie, de Mérenptah, Siptah et Séthi II, de la XIXe dynastie, ainsi que de Ramsès IV, Ramsès V et Ramsès VI, de la XXe dynastie.

Pourquoi les restes de ces souverains, exposés aujourd'hui au musée du Caire, furent-ils retrouvés dans ces cachettes et non dans les tombes fabuleuses qu'ils s'étaient fait construire dans la Vallée des Rois ? L'examen des textes portés sur les bandelettes emmaillotant leurs momies ou sur les sarcophages dans lesquels elles étaient déposées, ainsi qu'un lot de papyrus découverts à Louqsor en 1855 (*cf. encadré « Les sources »*) permettent d'apporter une réponse à ces questions. A la lumière des informations qu'elles fournissent, les découvertes de 1881 et de 1898 apparaissent, nous allons le voir, comme la conclusion d'une affaire judiciaire commencée il y a plus de trois mille ans.

Nous sommes à Thèbes, vers 1110 av. J.-C., sous la XXe dynastie, un demi-siècle après la mort de Ramsès III, dernier souverain marquant du Nouvel Empire. Thèbes est encore une cité prestigieuse – la ville sainte d'Amon, la nécropole des rois –, mais elle n'est plus que l'ombre de celle d'où les Pharaons de la XVIIIe dynastie avaient régné sur un immense empire. Dès les premières années de la XIXe dynastie (deux siècles plus tôt), c'est en effet du nord, de Pi-Ramsès et de Memphis, près d'une Méditerranée devenue le centre du monde antique, que l'Égypte est gouvernée.

Thèbes, réduite ainsi au rang de métropole provinciale, est dirigée par un conseil où siège notamment le grand prêtre d'Amon, à la tête d'un immense domaine temporel, et dont les successeurs, vers la fin de la XXe dynastie, assumeront en Haute-Égypte la réalité du pouvoir royal. Mais, pour lors, le chef de cette assemblée, qui cumule les pouvoirs exécutifs et judiciaires, est encore le gouverneur civil, ou « vizir » de Haute-Égypte, qui, par statut, porte également le titre de « maire » de Thèbes. Sous son autorité, les deux rives du Nil constituent deux subdivisions administratives dotées, chacune, d'un gouverneur propre. Celui de Thèbes-Ouest siège dans le temple funéraire de Ramsès III à Médînet Habou – près de Deîr el-Médîneh, où résident les ouvriers chargés de creuser les tombes de la Vallée des Rois et de la Vallée des Reines (*cf. carte*).

Au début de la seconde décennie du règne de Ramsès IX (1125-1107 av. J.-C.), un certain Amonpanéfer, tailleur de pierre du temple d'Amon à Karnak, et l'un de ses collègues, nommé Hâpyour, se mettent à piller les tombes de la rive gauche du Nil, concentrant plus particulièrement leurs efforts sur celles de Dra Abou'l Naga', sa partie nord, pratiquement inhabitée et située, à travers le fleuve, en face de leur lieu de travail et de résidence. En l'an 13 du même

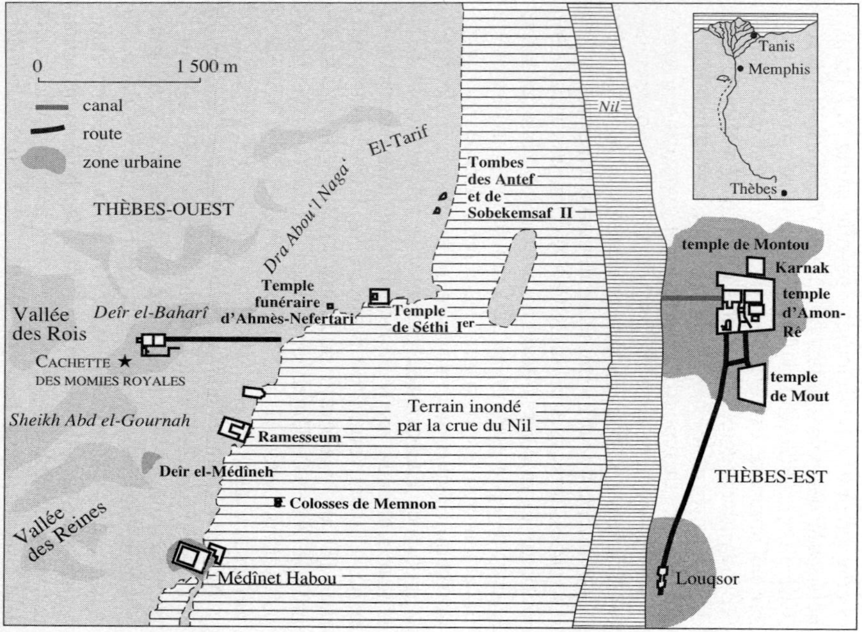

Thèbes au Nouvel Empire

Thèbes et ses nécropoles au Nouvel Empire. Sur la rive droite, l'agglomération urbaine autour des deux centres de Karnak et de Louqsor. Sur la rive gauche, à la limite du désert, les tombeaux et les temples funéraires.

règne, ils s'adjoignent six complices : deux charpentiers, un décorateur, un cultivateur du temple de Louqsor, qui exploite un champ en une certaine « île d'Amon d'Opé », dont on ignore l'emplacement précis, un porteur d'eau et le propre passeur du gouverneur de Thèbes-Est. Ainsi constituée, la bande pille pendant plusieurs années, en toute impunité, diverses sépultures de Dra Abou'l Naga', notamment celle du troisième prophète d'Amon de Ramsès III, Tjanéfer, qu'on peut encore visiter aujourd'hui.

Les membres du groupe n'avaient pas été recrutés au hasard. Voici en effet, d'après nos sources, comment on peut reconstituer une expédition de pillage « modèle ». Amenée de Thèbes par bateau pendant la nuit par le passeur, la bande se rend à la tombe qu'elle a projeté de dévaliser. Là, les tailleurs de pierre commencent à creuser un tunnel en direction du caveau, opération qui peut prendre plusieurs jours. Lorsqu'ils parviennent à l'atteindre (ce n'est pas toujours le cas), les voleurs font d'abord main basse sur les pièces d'équipement funéraire, puis fracassent les sarcophages extérieurs, souvent en pierre, à l'aide des barres à mine en cuivre qui ont servi à creuser leur cheminement d'accès. Ils en extraient alors, à la lumière tremblotante des torches, les sarcophages intérieurs en bois, richement ornés, qui renferment les momies des défunts, et les charpentiers en arrachent l'or ou l'argent dont ils sont plaqués. Parfois, les cercueils sont réduits en pièces, puis brûlés, de sorte que les métaux précieux qui les recouvrent, une fois fondus, puissent être récupérés parmi les cendres. Les corps des défunts sont ensuite dépouillés de leurs bijoux puis abandonnés dans un coin du caveau ou à l'extérieur de la tombe. Il ne reste plus alors qu'à rejoindre le passeur qui attend ses complices sur la rive du Nil et à rentrer à Thèbes, où l'on procédera au partage du butin.

Parfois, lorsque les circonstances le commandent (ainsi lors du pillage de la tombe de Tjanéfer), les voleurs, au lieu de rejoindre directement Thèbes, se font d'abord conduire à « l'île d'Amon d'Opé », où l'un de leurs complices exploite un champ. Ils possèdent ainsi un asile où brûler en toute sécurité les sarcophages volés (au besoin, les y entreposer un temps), et procéder au partage du butin. Nous savons que le pillage d'une tombe comme celle de Tjanéfer, personnage de haut rang, rapporta, en plus des pièces d'équipement funéraire qu'ils y trouvèrent, 4 *qité*, soit 36,4 grammes d'or, à chacun des voleurs.

Les méthodes d'investigation policière n'ayant pas fondamentalement varié depuis l'Antiquité, c'était la plupart du temps le changement subit de leur train de vie ou, plus simplement, leurs bavardages, qui attiraient sur les voleurs l'attention des autorités. Ainsi, vers 1085 av. J.-C., lorsqu'une autre bande de pilleurs de tombes sera démantelée, la veuve d'un de ses membres, d'un rang social très modeste, sera fort en peine d'expliquer à ses juges l'achat de plusieurs esclaves par son défunt mari. Mais, heureusement pour les voleurs, les mœurs du temps permettaient quelques accommodements avec la loi. Revenant d'un pillage de tombe dans le « quartier de Néfertari » (secteur de Dra Abou'l Naga' entourant le temple funéraire de la reine Ahmès-Néfertari), Amonpanéfer, dont nous avons déjà évoqué les exploits, eut un jour la désagréable surprise d'être arrêté. Pour peu de temps, cependant : le propre secrétaire du gouverneur de Thèbes-Est le fit libérer presque aussitôt en échange de sa part du butin.

Entre l'an 13 et l'an 16 de Ramsès IX, la bande décide de donner un tour plus ambitieux à ses activités. Elle choisit de s'attaquer aux sépultures royales de la XVIIe dynastie et du début de la XVIIIe dynastie, qui s'échelonnent du nord au sud, entre El-Târif et Dra Abou'l Naga', à la limite du désert et des terres cultivables[5]. Après deux tentatives infructueuses contre les tombes des rois Antef V et VI (qui régnèrent autour de 1640 av. J.-C.), les voleurs décident de tourner leurs efforts contre celle du roi Sobekemsaf II (de la même époque) et de son épouse, la reine Néboukhââs. Et c'est le plein succès.

Voici, telle qu'on peut la lire dans les actes de leur procès, la confession de leur chef (réécrite, il va de soi, en style de chancellerie) : « Nous avons pris nos barres à mine de cuivre et nous avons creusé un tunnel [...] au-dessus de son caveau ; [...] nous avons pris des torches allumées en nos mains et [y] sommes descendus. Nous avons forcé un passage à travers les déblais que nous avons trouvés à l'entrée de son appartement funéraire, et nous avons découvert ce dieu [le roi] allongé au fond de son caveau. [Puis] nous avons trouvé le caveau de l'épouse royale Néboukhââs, sa reine, dans une chambre latérale, [dont l'entrée était] fermée par du plâtre recouvert d'éclats [de calcaire] [...] Nous avons ouvert leurs sarcophages extérieurs et intérieurs, et nous avons trouvé l'auguste momie de ce roi, ornée d'un faucon, un grand nombre d'amulettes et d'ornements en or à son cou, un masque d'or sur son [visage]. [Elle] était [en outre] entièrement recouverte d'or et ses sarcophages, à l'extérieur comme à l'intérieur, étaient incrustés d'or et d'argent, ornés de toutes sortes de pierres précieuses. Nous avons pris l'or que nous [y] avons trouvé [...], ainsi que les amulettes et les ornements qui étaient à son cou et ce qui recouvrait son sarcophage.

« [Puis] nous avons découvert [qu'il en allait] exactement de même pour l'épouse royale. Nous [y] avons pris, de la même manière, tout ce que nous y avons trouvé. Nous avons mis le feu à leurs sarcophages et nous nous sommes emparés des fournitures funéraires que nous avions trouvées à côté d'eux, consistant en vaisselle d'or, d'argent et de cuivre. Nous nous les sommes partagées, et nous avons fait huit parts de l'or que nous avions trouvé sur les momies de ces dieux, sous forme d'amulettes et d'ornements ou sur leurs sarcophages. Vingt dében [1,82 kg] d'or nous sont revenus à chacun des huit, ce qui fait [en tout] cent soixante dében [14,56 kg] d'or, sans compter les pièces de l'équipement funéraire. Puis nous sommes rentrés à Thèbes par bateau. »

Quelques jours plus tard, avertis du vol par la rumeur publique, les policiers de Thèbes-Ouest arrêtent Amonpanéfer et l'incarcèrent dans la prison du gouverneur, où, comme nous l'avons vu, il avait une fois déjà été jeté. Mais il n'y resta guère plus longtemps que la première fois. Le scribe Khâemopé, qui s'était alors laissé corrompre par lui, revint lui proposer ses services : « J'ai pris les vingt dében d'or qui m'étaient échus comme part [du butin], je les [lui] ai donnés [...] et il m'a libéré. J'ai alors rejoint mes compagnons et ils m'ont redonné une part. » Riche et assurée de demeurer ainsi à l'écart des poursuites, la bande d'Amonpanéfer continue à dépouiller pendant plusieurs années les tombes de Thèbes-Ouest, où sévissent également des bandes concurrentes.

Pour des raisons inconnues, le scandale finit par éclater au début de l'an 16 de Ramsès IX. Le gouverneur de Thèbes-Ouest, Paourâa, fait alors arrêter et interroger plusieurs dizaines de suspects, puis transmet au grand conseil de la ville un rapport sur leurs activités. Le 18 du troisième mois de l'inondation (c'est-à-dire vers le début de l'année), il inspecte les tombes de Dra Abou'l Naga'. La plupart des sépultures royales y sont trouvées intactes (celles d'Aménophis Ier, Antef II, Tâa Ier et II, Kamôsis, ainsi que celle de Montouhotep II, à Deîr el-Baharî), mais force est de constater que celles d'Antef V et VI ont subi des tentatives de violation, et, surtout, que celle de Sobekemsaf II a été entièrement pillée, comme d'ailleurs la plupart des tombes privées du secteur.

Le soir même, les suspects sont transférés à Thèbes-Est, puis incarcérés dans la prison du temple d'Amon et soumis à la question. Le lendemain, Amonpanéfer prononce devant le conseil de la ville, siégeant au temple d'Amon à Karnak, la confession dont nous avons cité de larges extraits. Lors de cette séance, un suspect d'une autre bande, un fondeur de cuivre de Médînet Habou du nom de Paykharou, s'accuse du pillage de la tombe de la reine Isis (l'épouse de Ramsès III), située dans la Vallée des Reines. Compte tenu de la gravité de ces aveux, le maire-vizir et le représentant du roi qui lui est adjoint se rendent eux-mêmes sans tarder à Thèbes-Ouest, avec les prisonniers, afin de vérifier leurs dires.

Selon une intéressante procédure, destinée sans doute, à la fois, à vérifier la validité d'aveux obtenus sous la torture et à identifier de manière précise les tombes pillées (les voleurs, ne sachant pas lire, étaient incapables de mentionner les noms de leurs propriétaires), les prévenus sont conduits les yeux bandés sur le lieu de leurs méfaits. Là, la vue leur étant rendue, ils doivent reconnaître et indiquer aux enquêteurs les tombes qu'ils disent avoir pillées. Soumis à l'épreuve, Amonpanéfer et ses complices désignent bien la tombe de Sobekemsaf II, mais Paykharou, malgré une nouvelle bastonnade, se montre incapable de reconnaître la tombe de la reine Isis.

Ce fait provoque une curieuse péripétie, premier épisode

d'une intéressante « affaire dans l'affaire », sur laquelle on a beaucoup glosé. Encouragée par les autorités de Thèbes-Ouest, une grande manifestation de joie conduit, de leur village à la rive droite du Nil, administrateurs en tête, toute la communauté de Deîr el-Médîneh, chargée notamment de la construction des tombes de la Vallée des Reines. A cette liesse, une raison évidente : si la tombe de la reine Isis avait été trouvée violée, c'est parmi ses membres que l'on aurait recherché les premiers suspects.

Or, le même soir, le gouverneur de Thèbes-Est, Paser, rencontre trois responsables de Deîr el-Médîneh et les prend très violemment à partie. Il leur reproche, devant témoins, de l'avoir nargué par la démonstration de l'après-midi ; les avertit que deux scribes de leur propre administration l'ont informé de cas de pillage perpétrés par des membres de leur communauté et proclame sa résolution d'en informer directement le pharaon.

Il est clair que la manifestation des ouvriers de Deîr el-Médîneh et la réaction de Paser furent motivées par un conflit d'influence entre ce dernier et le gouverneur de Thèbes-Ouest, Paourâa, sans nul doute informés tous deux, depuis fort longtemps, de l'existence des pillages, mais anxieux, dès lors qu'une enquête était ouverte, d'en faire porter chacun à l'autre la responsabilité. On peut ainsi raisonnablement supposer que Paser, gouverneur de Thèbes-Est – la bande d'Amonpanéfer relevait de sa juridiction –, compromis par la complicité de son passeur et par la corruption de son secrétaire, chercha à orienter l'enquête en direction des administrés de son collègue Paourâa. Or celui-ci ayant assisté, dans l'ombre, à l'éclat de Paser, en informe par écrit le conseil de la ville, soulignant avec perfidie une faute de protocole commise par son rival : Paser n'a-t-il pas menacé d'en appeler directement à Pharaon contre les ouvriers de Deîr el-Médîneh, alors que l'usage lui commande de soumettre d'abord toute affaire judiciaire au maire-vizir ?

Les jours suivants ont lieu, aux temples de Karnak et de Montou (*cf. carte*), les deux séances plénières du conseil de Thèbes destinées à juger les pilleurs de tombes. La première met un terme aux poursuites menées contre Paykharou, qui est relâché, et prononce un blâme contre Paser pour son éclat ; la seconde décrète la culpabilité d'Amonpanéfer et de ses complices, cinq d'entre eux ayant réussi à prendre la fuite au cours de l'instruction ! Confiés au grand prêtre d'Amon, ils seront incarcérés dans la prison de Karnak, où ils attendront le verdict définitif de leur procès. Seul, en effet, le pharaon, auquel un procès-verbal de l'affaire est transmis aussitôt, détient le droit de prononcer contre eux la peine de mort. Quelques allusions postérieures à l'affaire indiquent qu'ils furent exécutés.

Le sort d'Amonpanéfer et de ses complices allait-il décourager le pillage des tombes de Thèbes-Ouest ? Hélas non ! Un an plus tard, au premier mois de l'hiver de l'an 17 de Ramsès IX, le scandale rebondit : on découvre que la tombe de la reine Isis, examinée quinze mois auparavant et pour lors trouvée intacte a, depuis, été pillée. Et, qui plus est, par des ouvriers de Deîr el-Médîneh – ce qui confirme rétrospectivement les accusations de Paser. Les suspects, au nombre de huit, sont appréhendés par les autorités de Thèbes-Ouest, puis transférés à Thèbes pour être incarcérés au temple de Maât.

On trouve chez eux 236,8 *dében* (environ 21,5 kg) d'or et d'argent, 48 *dében* (4,3 kg) de cuivre, ainsi que quelques pièces de mobilier funéraire et divers biens de valeur, vases, vêtements, produits aromatiques. Et, à la suite de leurs aveux, on saisira pendant plus de deux mois, auprès de plusieurs dizaines de personnes, la part du trésor qu'ils avaient déjà aliénée – 45,7 *dében* d'or et d'argent, ainsi que divers objets. En tout l'opération leur avait rapporté environ 282,5 *dében* d'or et d'argent, soit près de 26 kilos !

Confiée à Paourâa, l'enquête se poursuivra encore pendant un mois, au terme duquel le maire-vizir, accompagné des ouvriers de Deîr el-Médîneh, procédera en personne à l'examen de la tombe pillée. Elle sera trouvée ouverte, entièrement dépouillée de son contenu et à ce point dévastée qu'il est impossible de l'identifier de nos jours.

Dans ces deux affaires, la justice avait, malgré tout, paru triompher : les voleurs de la tombe de la reine Isis, comme Amonpanéfer et ses complices, furent sans doute exécutés et leur butin en grande partie récupéré. Pourtant, sous Ramsès IX encore, puis sous ses successeurs, nos sources rapportent le pillage de la tombe de Ramsès VI dans la Vallée des Rois (une tombe que l'on peut toujours visiter), celui de la tombe de la reine Habasillé, mère de la reine Isis, dans la Vallée des Reines, et ceux de très nombreuses tombes privées. Pour ces vols, dont les coupables furent démasqués, combien restèrent impunis ? Comme Amonpanéfer l'affirmait non sans justesse au cours de son procès : « Un grand nombre de gens du pays pillent [des tombes] semblablement et sont, pour ainsi dire, des complices. »

En outre, à cette époque, ce ne sont pas seulement les tombes qui sont dévalisées. Les temples funéraires de Thèbes-Ouest sont aussi victimes de graves déprédations, commises parfois par leurs propres prêtres. Sarcophages mis à sac, objets du culte volés, statues des dieux dépouillées de leurs métaux précieux : c'est une véritable frénésie de pillage qui semble s'être alors emparée des habitants de Thèbes.

Un tel phénomène ne saurait être porté au compte de la simple délinquance. Il est le symptôme de la profonde mutation qui affecta l'Égypte des successeurs de Ramsès III. Mutation provoquée par l'affaiblissement du contrôle de l'Égypte sur les vastes régions du Proche-Orient dont l'exploitation (pour ne pas dire le pillage) avait fait jadis sa fortune. D'où un appauvrissement généralisé du pays. De ce fait, la structure communautaire et strictement hiérarchisée de la société du Nouvel Empire, où l'État était censé pourvoir aux besoins de chacun, perd peu à peu toute justification aux yeux de la population, ainsi que les règles morales qui en assuraient la pérennité.

Efficace dans la mesure où, dans un contexte de relative abondance, il permettait une répartition satisfaisante de la richesse nationale, ce système devint inopérant dans un contexte de pénurie. Il revenait dès lors à chacun de se procurer les biens que l'État ne pouvait plus lui fournir. Le pillage des tombes et des sanctuaires thébains à la fin du Nouvel Empire apparaît ainsi comme une vaste opération de « redistribution » des richesses qui y avaient été amassées par les générations précédentes.

Il fut néanmoins certainement aggravé par les troubles politiques que connut la Haute-Égypte à la fin de la XXe dynastie : entre l'an 12 et l'an 17 de Ramsès XI, la région est administrée militairement, au nom du roi, par le général et vice-roi de Nubie Panéhésy, avant qu'un conflit d'autorité entre celui-ci et le grand prêtre d'Amon, tranché en faveur de ce dernier, le contraigne à la rébellion contre l'autorité royale. Avant que celle-ci ne soit rétablie par les généraux Hérihor et Piânkh, les troupes nubiennes de Panéhésy, vivant sur le pays, encouragèrent ou se livrèrent elles-mêmes à de nombreuses déprédations dont nos textes se font plusieurs fois l'écho.

Peu après la fin de la XXe dynastie, l'impuissance des institutions à endiguer le pillage des tombes fut enfin reconnue. Les grands prêtres d'Amon, désormais détenteurs, en Haute-Égypte, de la réalité du pouvoir, et abandonnant l'espoir de protéger les sépultures royales, vont s'employer à préserver les dépouilles des pharaons, dont bon nombre avaient été endommagées au cours des pillages. Restaurées, emmaillotées dans de nouvelles bandelettes, placées dans de nouveaux sarcophages – souvent de seconde main –, ces momies seront, pendant plus d'un siècle, déplacées de cachette en cachette (certaines d'entre elles furent déposées un moment dans la tombe de Séthi Ier), puis regroupées dans la cachette de Deîr el-Baharî, en l'an 10 du pharaon Siamon (968 av. J.-C.) et, vers la même époque, dans la tombe d'Aménophis II.

« Où je m'étais attendu à rencontrer deux ou trois roitelets obscurs, les fellahs avaient déterré des familles entières de Pharaons ! Et quels Pharaons ! Les plus illustres peut-être qui aient régné sur l'Égypte. » C'est en ces termes que Maspero commentait, en 1889, la fabuleuse découverte de 1881, dont l'origine avait été, comme nous l'avons vu, l'apparition d'objets funéraires appartenant à Pinodjem Ier sur le marché des antiquités. Or, à l'exception des momies des grands prêtres d'Amon Pinodjem II et Masaharta, ainsi que celles de quatre femmes de leur parenté, la cachette de Deîr el-Baharî ne contenait aucune trace des sept autres grands prêtres contemporains de la XXIe dynastie et de la fin de la XXe dynastie, ni des membres de leurs familles.

Ainsi, par un de ces paradoxes dont la recherche scientifique est coutumière, leurs corps, que Maspero croyait découvrir, gisent toujours inviolés en un lieu inconnu de la montagne thébaine.

Notes

1. Cette tombe thébaine (n° 320) avait été construite à l'origine pour la reine Inhâpy, une épouse d'Ahmosis Ier, fondateur de la XVIIIe dynastie.

2. Cet épisode a été reconstitué avec talent par le réalisateur égyptien Shâdi'Abd es-Salâm, dans son film *La Momie* (1975).

3. Le Nouvel Empire recouvre une période qui s'étend de 1550 à 1069 av. J.-C. (XVIIIe-XXe dynastie).

4. En 1857, on avait découvert le corps de Kamôsis, dernier souverain de la XVIIe dynastie, dans une autre cachette, à l'entrée de la Vallée des Rois.

5. Ce n'est qu'à partir de Thoutmosis Ier, troisième roi de la XVIIIe dynastie, qu'on enterrera les pharaons dans la Vallée des Rois.

LES SOURCES

Notre principale source relative au pillage des tombes royales thébaines à la fin de la XXe dynastie est un groupe de dix papyrus qui furent découverts, probablement non loin de Deîr el-Médîneh, peu avant février 1855, par des habitants de la rive ouest de Louqsor. Ces documents constituaient un dépôt d'archives, cachées trois mille ans plus tôt, en l'an 24 de Ramsès XI (1075 ou 1095 av. J.-C.), par l'administration de la nécropole thébaine, siégeant à Médînet Habou. Ils sont connus aujourd'hui sous les noms de *Papyrus Abbott, Papyrus Amherst-Léopold II, Papyrus du British Museum* 10 383, 10 403, 10 052, 10 053, 10 054 et 10 068, et *Papyrus Mayer* A et B.

En 1855, ces documents furent vendus, sur le site de Louqsor, à divers voyageurs européens, qui les cédèrent ensuite, pour la plupart, au British Museum. Toutefois, la partie supérieure de l'un d'eux (le *Papyrus Amherst*, conservé à New York), qui porte le nom de *Papyrus Léopold II*, ne devait être retrouvée que bien plus tard, dans des circonstances sortant de l'ordinaire. Elle fut, en effet, découverte en 1935 par l'égyptologue belge Jean Capart, conservateur du département égyptien des Musées royaux d'art et d'histoire de Bruxelles, dissimulée dans une statuette funéraire du Nouvel Empire, achetée en 1855 à Thèbes par le défunt roi Léopold II de Belgique.

Quant à l'historique de la préservation des momies royales par les grands prêtres d'Amon, il nous est connu, approximativement et pour l'essentiel, par les inscriptions hiératiques qui furent portées, lors de leur restauration, sur les bandelettes emmaillotant les momies ou sur les sarcophages dans lesquels elles furent déposées.

La découverte du tombeau de Toutânkhamon

Guillemette Andreu

Un siècle après le déchiffrement des hiéroglyphes qui lui donnait officiellement naissance (1822), l'égyptologie allait connaître un événement tout aussi retentissant et déjà médiatique : la découverte, par l'archéologue anglais Howard Carter, du tombeau inviolé de Toutânkhamon dans la Vallée des Rois.

Lorsque, en novembre 1922, les ouvriers qu'il emploie dégagent les premières marches qui descendent au trésor, Carter ose à peine croire que son rêve, déjà vieux de dix ans, est sur le point d'aboutir… et va dépasser tout ce qu'il pouvait imaginer. Travaillant en Égypte depuis 1892, tantôt au service des fouilles étrangères, tantôt comme aquarelliste vendant ses œuvres aux touristes amateurs de jolis souvenirs, Howard Carter s'est fait engager en 1903 par Lord Carnarvon, richissime mécène féru d'archéologie. Très vite le tandem forme une équipe de choix, animée par la conviction qu'il reste encore beaucoup à découvrir dans la nécropole thébaine, et en particulier dans la Vallée des Rois dont ils obtiennent la concession en 1912.

Déjà, lorsqu'il travaillait avec les Américains dans les premières années du siècle, Carter avait découvert les tombeaux autrefois pillés de la reine Hatshepsout et du roi Thoutmosis IV, et y avait acquis une connaissance intime du site. Dans les années 1910, l'opinion généralement admise dans le milieu des archéologues était qu'il n'y avait plus de découverte majeure à espérer dans cette vallée. Carter ne pouvait s'y résigner et, soutenu par Carnarvon, il poursuivit son exploration pendant dix ans, jusqu'à cette année 1922 où, n'ayant rien trouvé, il semblait prêt à abandonner. Une ultime intuition le guide aux abords immédiats de l'entrée de la tombe de Ramsès VI et c'est là que le rêve devient réalité. L'équipe de Carter déblaie une excavation antique, comblée au XIIe siècle av. J.-C. par les ouvriers qui avaient creusé l'hypogée de Ramsès VI et avaient trouvé commode de déverser leurs gravats dans cette ouverture déjà encombrée par deux siècles de vent et de sable.

Le 4 novembre, un escalier de 16 marches apparaît, conduisant à une porte recouverte d'un plâtre antique qui porte les empreintes des sceaux encore intacts de la nécropole et d'un pharaon peu connu de la prestigieuse XVIIIe dynastie : Toutânkhamon. Tout donne à croire que Carter a enfin trouvé une tombe royale et qu'elle a toutes les chances d'être inviolée.

Un télégramme envoyé en urgence à Carnarvon ramène ce dernier sur les lieux, qui restent fermés jusqu'à son arrivée. Le 26 novembre, Carter et Carnarvon, au comble de l'émotion, sont devant la porte de l'antichambre de la tombe et en enlèvent quelques pierres. Carter glisse une bougie de l'autre côté et reste muet de stupéfaction. « *Well, can you see anything ?* lui demande Carnarvon, inquiet. – *Yes, wonderful things* », répond enfin Carter (« Eh bien, voyez-vous quelque chose ? – Oui, des merveilles »).

Commence alors la plus extraordinaire aventure des annales de l'archéologie. Le monde entier s'enflamme pour cette découverte, relatée dans le détail par les journaux de l'époque. Un public de touristes curieux s'approche chaque jour de la tombe, cherchant à apercevoir le trésor qui suscite un tel engouement. Statues, sarcophages, meubles, vases, coffrets, chapelles sont peu à peu exhumés des petites chambres qui étaient remplies jusqu'au plafond d'un mobilier funéraire non seulement intact, mais d'une beauté à couper le souffle. Quatre ans d'un travail patient et délicat sont nécessaires aux fouilleurs pour sortir les objets et parvenir jusqu'à la chambre où la momie royale les attendait, dans ses trois sarcophages emboîtés. Le dernier, en or massif, pesait plus d'une tonne et abritait le jeune roi recouvert de son célèbre masque d'or incrusté de pierres.

Largement répercutée en Occident par la presse, cette découverte a été à l'origine d'une nouvelle vague de créations esthétiques, tant dans les beaux-arts que dans le cinéma, la couture ou les arts appliqués. C'est sans doute à la découverte du tombeau de Toutânkhamon que l'on doit les débuts de la vulgarisation de la civilisation pharaonique et l'introduction de celle-ci dans ce qu'il est convenu d'appeler la culture générale.

Depuis, d'autres découvertes archéologiques ont contribué à maintenir en éveil l'intérêt du public et à susciter des vocations d'égyptologues.

En 1939, Pierre Montet découvrait à Tanis, dans le delta, les tombeaux inviolés des rois des XXIe et XXIIe dynasties : là encore, l'or et l'argent se combinaient pour composer un mobilier funéraire exceptionnel. Plus récemment, depuis les années 1980, le site de Saqqâra a été le théâtre de découvertes très importantes pour notre connaissance de l'Ancien et du Nouvel Empire, grâce à des travaux d'équipes internationales. Une mission archéologique anglo-hollandaise a arraché au sable des tombes perdues depuis longtemps tandis qu'en 1987 la découverte du trésor du tombeau du vizir Aper-El à Saqqâra par Alain Zivie a permis d'ajouter à la liste déjà longue des chefs-d'œuvre de l'époque d'Aménophis III quelques pièces d'une très grande qualité. Mais l'exploitation scientifique du matériel découvert est généralement beaucoup plus longue que l'exploration archéologique elle-même : soixante-dix ans après leur découverte, la description complète des objets trouvés dans la tombe de Toutânkhamon n'est toujours pas publiée.

La pyramide de Khéops
Une polémique

(décembre 1986)

Pierre Grandet

Les recherches menées à partir de février 1986 dans la pyramide de Khéops par l'équipe des architectes français Gilles Dormion et Jean-Patrice Goidin ont suscité, dans le public, un intérêt proportionnel à la fascination exercée traditionnellement par ce monument sur l'imagination occidentale.

Début septembre, un premier résultat concret semblait apporter à ces recherches la caution du succès. Sous l'effet

Coupe de la pyramide de Khéops

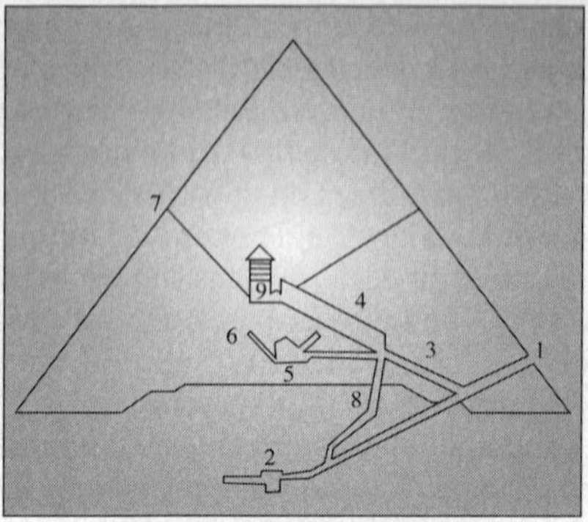

1. Entrée et couloir descendant.
2. Chambre souterraine (inachevée).
3. Couloir ascendant. 4. Grande galerie.
5. Chambre « de la reine ».
6. Conduits « de ventilation » (inachevés).
7. Conduits « de ventilation ».
8. Puits des ouvriers.
9. Chambre du roi.

d'une promotion médiatique intense, et malgré quelques appels à la raison[1], tout débat sur le fond était ajourné *sine die*, et les héros du jour, hâtivement promus prophètes de la technologie de pointe et de l'esprit d'aventure, sur fond de procès de Moscou de la « recherche traditionnelle ».

Pour juger les mérites de l'entreprise, rappelons brièvement, schéma à l'appui, l'acquis des recherches scientifiques conduites depuis environ deux siècles dans la pyramide de Khéops[2] : 1) le monument est la sépulture du pharaon ; 2) toutes les chambres et corridors qu'il contient ont été découverts ; 3) les trois chambres et les galeries qui en permettent l'accès correspondent à trois projets successifs d'inhumation du pharaon, accompagnés probablement, à chaque stade, d'une révision à la hausse des dimensions de la superstructure, comme l'indiquent l'inachèvement de la chambre souterraine et de la « chambre de la reine », et le déplacement vers le haut de l'emplacement définitif du sépulcre ; 4) la « chambre du roi » est la tombe de Khéops. Les herses qui devaient en condamner l'accès n'ont probablement jamais été mises en place. L'inutilité architectonique avérée des chambres de décharge qui la surmontent relève de l'incapacité des Égyptiens à évaluer correctement les pressions qu'elle aurait à subir ; 5) le gigantisme des proportions de la grande galerie reste inexpliqué. Les mortaises, qui entaillent régulièrement ses banquettes latérales, et les engravures, qui marquent à mi-hauteur ses parois longitudinales, sont les indices de la présence temporaire d'un échafaudage, dont la finalité demeure incertaine.

Quand on parcourt le livre dans lequel M. Dormion et M. Goidin ont publié les hypothèses servant de fondement à leurs recherches[3], ce qui retient d'abord l'attention est le caractère dogmatique de la démarche, malgré un camouflage moderniste, dû à la résonance aujourd'hui quasi magique de termes tels que « micro-gravimétrie », « endoscope », « télémètre à laser », etc. En effet, l'ensemble de la recherche repose sur une contradiction : le rejet de l'acquis des recherches antérieures, affirmé comme un principe, est démenti dans les faits par un recours constant à leurs résultats. Ce procédé, qui consiste à emprunter à des devanciers des arguments utiles à l'élaboration d'une nouvelle théorie tout en rejetant ceux qui pourraient l'invalider, suffit à priver l'entreprise de toute crédibilité scientifique, car, à ce prix, tout est démontrable !

Sur ces bases s'élèvent des spéculations dont voici un aperçu : « Un regard objectif sur la pyramide telle qu'on la connaît aujourd'hui révèle, d'un point de vue architectural, une accumulation étonnante d'"anomalies" techniques sur le plan constructif » (p. 27) ; « l'architecte de la pyramide, comme tout autre confrère, devait savoir en découdre avec des données telles que pression, contrainte des matériaux, forces résultantes... » (p. 29). Étranges affirmations ! Alors que tout démontre que les constructeurs égyptiens, armés des bases de calcul rudimentaires propres à une civilisation de comptables, ne peuvent avoir dépassé les compétences techniques de bons maçons, apportant des réponses empiriques à des problèmes pratiques, même s'ils s'essayèrent parfois au gigantisme, MM. Dormion et Goidin, sans autre preuve qu'un trait de plume, leur attribuent leurs connaissances d'architectes du XXe siècle, inconsciemment tenues pour la « normalité » !

Tout devient alors possible. De fait, par le détour de ce qui est présenté comme une hypothèse couramment admise – « Khéops, comme la plupart des pharaons de l'Ancien Empire, a construit dans sa pyramide une vraie chambre et d'autres fausses, de vrais couloirs et des culs-de-sac, des doubles entrées ; en somme, tout l'arsenal de leurres en usage à l'époque » (p. 28) –, il ne reste qu'à sauter à ce qui est présenté comme une conclusion : « Si Khéops est encore enseveli "quelque part" dans la pyramide, les "anomalies" constatées ne sont que les éléments d'un puzzle dont nous avons recherché les pièces manquantes et, partant, le sens fédérateur » (p. 29). Armés de cette « logique établie pour servir l'hypothèse[4] », les auteurs ont alors reconstitué, dans la masse de la pyramide, selon l'emplacement de ces « anomalies », un réseau imaginaire de galeries encore inconnues, conduisant à la « véritable » chambre funéraire de Khéops, et postulé l'existence de « magasins » au voisinage du corridor d'accès à la chambre de la reine.

Chaque point de ce raisonnement témoigne non seulement, comme on l'aura constaté, d'une désinvolture déconcertante à l'égard du bon sens le plus élémentaire (sans même parler des règles du raisonnement scientifique), mais également d'une ignorance réelle des réalisations architecturales de l'Égypte ancienne : presque tous les monuments de cette époque montrent des incohérences (des « anomalies ») constructives, dues à l'ignorance ou à la simple négligence. Le système des leurres dans les infrastructures des pyramides n'apparaît qu'au Moyen Empire (2100 à 1580 av. J.-C.) tandis que dans la pyramide classique (les Ve et VIe dynasties) le plan de l'infrastructure est, au contraire, on ne peut plus simple : descenderie rectiligne et appartements funéraires. La duplication des chambres et des entrées dans celles de la IVe dynastie (dont Khéops) ne témoigne que de retouches incessantes aux projets initiaux, marque d'une époque où l'évolution vers cette conception classique n'était pas encore achevée. Le léger basculement de la chambre du roi et le fissurage des planchers-plafonds des chambres de décharge sont rapportés à la présence dans le voisinage d'une chambre inconnue, sans qu'il soit fait état des opinions qui rapportent le phénomène à l'activité sismique de la région du Caire. Quant à la reconstitution d'un système de herses mues par des vérins à sable (p. 76-79), elle ne relève apparemment que d'une lointaine réminiscence du péplum pharaonique de Howard Hawks, *Land of the Pharaons* (1955), puisque, en Égypte, ce procédé n'est attesté que pour la mise en place de couvercles de sarcophages, dans deux pyramides du Moyen Empire et quelques tombes saïtes de Saqqâra seulement.

On pourrait multiplier les exemples. Mais le démenti le plus cinglant aux hypothèses de MM. Dormion et Goidin est venu des expériences conduites dans le monument pour tenter d'en vérifier le bien-fondé. Les mesures microgravimétriques[5] effectuées dans la chambre du roi et dans la grande galerie pour mettre en évidence couloirs secrets et chambre inconnue se sont soldées par un résultat nul ; ainsi ceux-ci sont-ils retournés au néant ! Quant à la découverte d'une cavité emplie de sable, mesurant environ 40 centimètres de largeur, en contrebas du corridor d'accès à la chambre de la reine, seule une bonne dose d'indulgence permet de la considérer comme un triomphe de leurs théories, puisqu'elle n'est, à l'évidence, que le fruit du hasard – tel Colomb qui, voulant aller aux Indes, découvrit l'Amérique, cherchant des magasins ils ont trouvé ce vide – et que celui-ci ne représente probablement que la démarcation entre le massif de la pyramide et la maçonnerie du couloir d'accès à la chambre de la reine.

En somme, les résultats atteints par cette recherche ne dépassent pas ce qu'une application systématique de la seule microgravimétrie à l'étude de la pyramide de Khéops aurait d'elle-même obtenu. Ils ne doivent rien aux hypothèses de MM. Dormion et Goidin. On reconnaîtra bien volontiers que ces derniers auront été – indirectement – les initiateurs de l'application de cette technique à l'archéologie, mais c'est, pour l'instant, tout ce dont on peut créditer leur entreprise.

Notes

1. Jean Kérisel : « Khéops : la chambre introuvable », *Le Monde,* 17 septembre 1986.

2. Cf. essentiellement I.E.S. Edwards, *Les Pyramides d'Égypte,* Paris, Le Livre de Poche, 1967. Cf. aussi J.-Ph. Lauer, *Le Mystère des Pyramides,* Paris, Presses de la Cité, 1974.

3. Gilles Dormion et Jean-Patrice Goidin, *Khéops, nouvelle enquête : propositions préliminaires,* Paris, Recherche sur les civilisations, 1986.

4. J.-P. Adam, dans le livre de G. Dormion et J.-P. Goidin, p. 99.

5. Mesures de microvariations de la gravité, permettant de mettre en évidence les anomalies de densité dans le matériau d'une construction, à plus ou moins grande distance de l'appareil utilisé pour ce faire.

L'égyptomanie

Claude Aziza

Un siècle après l'expédition d'Égypte (1798-1799), dans un salon parisien, la duchesse de Guermantes s'insurge contre « cette espèce, comment vous dire, de… reflux de l'expédition d'Égypte, […] qui envahit nos maisons, les Sphinx qui viennent se mettre aux pieds des fauteuils, les serpents qui s'enroulent aux candélabres, […] les petits lits en bateau qui ont l'air d'avoir été trouvés sur le Nil et d'où on s'attend à voir sortir Moïse… ». Certes, elle a bien retenu les leçons de Swann et concède que « l'Égypte de style Empire n'a aucun rapport avec la vraie Égypte ». Il n'empêche : l'Égypte est à la mode. Comme elle n'a jamais cessé de l'être depuis plus de deux millénaires.

Mais entre l'égyptophilie qui va de l'initiation au culte d'Isis sous l'Empire romain jusqu'aux collections d'antiques qu'on expose dans son cabinet, et l'égyptomanie, il y a la distance qui sépare le voyageur des XVIIe et XVIIIe siècles friand d'orientalisme du savant du siècle suivant qui vient de créer une science nouvelle : l'égyptologie. Autrement dit, l'égyptomanie est fille de l'amour (égyptophilie) et de la science (égyptologie), elle qui non seulement inscrit des formes égyptiennes dans tel ou tel objet, monument, mobilier, tableau, film, mais encore leur redonne une vie propre à une sensibilité ou à une époque.

On le voit, le champ de l'égyptomanie est infini qui va du temple rose-croix de San José en Californie au zoo d'Anvers ; de la pendule portée par la figure d'Isis de Thomas Hope, de Londres, aux bijoux de Cartier, de Paris ; des pharaons de Cecil B. De Mille au savon Cléopatra.

Sans oublier les sphinx qui, coiffés du *némès*, montent la garde à l'entrée des maisons ou, transformés en fontaines, sur les places publiques. A chaque capitale son obélisque, à chaque haut lieu de l'art ou de la mort sa pyramide. L'égyptomanie est une maladie dont on ne guérit jamais ; chaque période de rémission est suivie d'un accès de fièvre : Bonaparte en Égypte, Champollion en hiéroglyphes, les momies en romans, Toutânkhamon en malédiction. A chaque époque son égyptomanie préférée, sur un air de trompettes, celles d'*Aïda*, devenu, depuis sa création en 1871, l'hymne national d'une Égypte rêvée.

Et si l'on remontait au déluge ? Aux voyageurs grecs, comme Hérodote, ou aux philosophes, comme Platon. L'un nous décrit l'Égypte et l'autre nous présente les prêtres égyptiens comme garants d'un des mythes les plus prégnants de l'humanité, celui de l'Atlantide. Passons très vite aux Romains, chez qui le culte d'Isis l'emporte presque sur les dieux du panthéon gréco-latin, au point de faire naître partout des temples, comme à Pompéi, et des décors égyptiens comme ceux de la maison de Livie sur le Palatin.

Le voyage en Égypte fait partie des voyages officiels des empereurs, Vespasien, Titus, Domitien qui orne ses jardins de copies égyptiennes. Hadrien, lui, bâtit un complexe égyptien dans sa villa de Tivoli, Commode exécute tous les rites isiaques. Les thermes de Caracalla sont décorés de têtes d'Isis et de Sérapis, tandis que Rome se couvre de monuments égyptiens. Des obélisques, dont treize encore sont intacts aujourd'hui, et des pyramides dont celle de Caius Cestius, élevée sous Auguste et qui demeure, avant celles d'Égypte, le premier modèle occidental.

Tous ces témoignages égyptomaniques fleurissent encore dans la Rome médiévale et celle de la Renaissance : les lions de Nectanébo et les sphinx d'Akoris et de Néfèritès provoquent l'admiration du public. Tandis que, dans l'ombre, on se livre au trafic des momies, dont les restes, soigneusement pilés, servent de remède miracle, contre l'avis d'Ambroise Paré. Pour les douleurs gastriques, on prenait de la « mummie », pour les blessures on l'appliquait par voie externe. François Ier ne se déplaçait jamais sans son morceau de « mummie »…

Mais il faut attendre un peu pour voir quelques intrépides explorateurs affronter les périls du voyage et nous rapporter croquis, récits, bref, un air d'Égypte. L'un des premiers fut le Lyonnais Balthasar de Monconys (1608-1665). Boulimique d'antiquités, il parcourt le pays, mesure les pyramides, achète même une momie… Un siècle plus tard, l'Égypte est toujours à la mode. *Le Voyage en Égypte* de Richard Pococke (1772-1773), les *Lettres sur l'Égypte* de Savary (1785-1786) et, surtout, *Le Voyage en Syrie et en Égypte pendant les années 1783, 1784 et 1785* de Volney (1787) précèdent de peu l'hymne à Isis de *La Flûte enchantée* (1791).

Et puis vint Bonaparte et du haut des pyramides l'égyptomanie prit un nouvel essor. Tandis que Vivant Denon, qui fut de l'expédition, racontait son *Voyage dans la Basse- et la Haute-Égypte pendant les campagnes du général Bonaparte* (1802), Chateaubriand s'apprêtait à partir pour l'Orient afin d'appliquer sa fameuse règle : on ne décrit bien que ce que l'on n'a pas vu… L'Égypte devient un objet d'études : on fouille, on creuse, on découvre et on déchiffre.

Le 27 septembre 1822, Champollion annonce qu'il a percé le secret des hiéroglyphes et, l'année suivante, l'illustre Belzoni, qui venait de découvrir, en 1817, l'hypogée de Séthi Ier, en reconstitue à Paris les chambres funéraires. Le 6 janvier 1828, le public se presse aux collections égyptiennes de la salle du Louvre créée en 1826. Année où la galerie Vivienne, à Paris, expose la collection Passalacqua.

Pourtant, il suffisait depuis 1808 de passer rue de Sèvres pour admirer la fontaine égyptienne de Bralle. Elle n'a pas bougé depuis. Tandis que l'égyptologie entre au Collège de France (1832), qu'à l'exposition de 1834 le peintre Marilhat expose des vues du Caire et que l'obélisque offert par Muhammad-Ali en 1829 est érigé place de la Concorde le 25 octobre 1836, d'aucuns, comme Théophile Gautier, se prennent à rêver d'Égypte, mélangeant en imagination les découvertes de Belzoni, les écrits de Champollion et les peintures de Marilhat. Cela donnera, vingt ans après, en 1857, ce fameux *Roman de la momie*, mettant en scène la charmante Tahoser, qui forcera Flaubert à courir à Carthage pour y rencontrer Salammbô…

Décidément l'Égypte est à la mode. Le récit des fouilles de Belzoni, paru en 1820 et traduit en français en 1823, est adapté pour la jeunesse en 1838 sous le titre : *Entretiens d'une mère avec ses enfants sur le voyage de Belzoni en Égypte et Nubie* ! Chacun y va de son voyage en Égypte, Horace Vernet en 1839, Nerval en 1843, Flaubert et Maxime Du Camp en 1849. Tandis que, sur le mode ironique, Poe engage une *Petite Conversation avec une momie* (1845), Labrousse et Albert font jouer *Bonaparte en Égypte*, « un drame militaire en cinq actes et dix-neuf tableaux » (1851) et l'Opéra de Paris reprend le *Moïse ou le passage de la mer Rouge* de Rossini (1852). Seul Gautier doit se contenter de visiter l'exposition de la « Chambre des rois » de Karnak à la Bibliothèque nationale (1844) et de se plonger dans les savants ouvrages sur l'*Histoire des usages funèbres et des sépultures des peuples anciens* de son ami Ernest Feydeau (1856).

En 1867, l'Exposition universelle participe de l'égyptomanie ambiante : Gautier, les Goncourt et Dumas fils assistent au démaillotage d'une momie sous l'égide de l'auguste Mariette, plongé dans ce qui deviendra le scénario d'*Aïda*.

Octobre 1869 : le canal est percé, on avait failli – à deux ans près – l'inaugurer au son des trompettes de Verdi et Gautier foule enfin le sol de l'Égypte.

Désormais, dans tous les salons on mange dans de la vaisselle égyptienne, on s'assied sur des sièges aux pieds griffus. Aux peintres des siècles passés et à leurs décors égyptisants, William Hogarth, Fragonard, Moreau le Jeune, succèdent les « pompiers », dont le plus célèbre et le plus imité reste l'Anglais Alma-Tadéma, bientôt source d'inspiration pour cet art nouveau qu'est le cinématographe.

Car si la littérature rêve toujours d'Égypte, depuis *La Mort de Philae* de Loti (1908) jusqu'à *La Nuit des pharaons* de Rider Haggard (1913), le cinéma, lui, la fait revivre. Tout comme l'archéologue pénétrant dans l'obscurité de la pyramide, le spectateur des salles obscures va trouver sur les écrans une Égypte magique, le plus souvent aux couleurs de Cléopâtre ou de Néfertiti.

Il lui faudra alors franchir, pour y accéder, le seuil de cinémas qui ont nom *Le Louxor* ou *Le Sphinx*. Tandis qu'en ces premières années du siècle, le 3 janvier 1907 exactement, le tout-Paris se presse au Moulin-Rouge. On y joue une pantomime, *Rêve d'Égypte*, où une momie se débandelette lascivement dans les bras de son séducteur. Lequel en fait est une femme, Missy, *alias* Mathilde de Morny, descendante de Louis XV et qui entretient une sulfureuse liaison avec la momie sous laquelle se cache la jeune Colette…

Bien plus tard, après l'affaire Toutânkhamon (1923), et plusieurs dizaines de films, la momie nous fera soupirer de frayeur. Plus tard encore, dans le cinéma des années 1960, Cléopâtre aura les yeux d'Elizabeth Taylor. Mais, à la télévision des années 1980, elle vantera son savon de beauté, tandis qu'un peu plus tard un chewing-gum à la chlorophylle parfumera l'haleine – fétide ? – d'une fraîche momie. Insondables mystères de l'égyptomanie…

La fascination de l'Égypte : des récits légendaires à l'égyptologie

entretien avec Jean Yoyotte

Jean Yoyotte, titulaire de la chaire d'égyptologie au Collège de France, auteur notamment d'un ouvrage sur *Les Pharaons* (avec Pascal Vernus, 1987, Éditions M.A.), s'est passionné pour les hiéroglyphes lorsqu'il avait une dizaine d'années. Depuis, il a poursuivi une brillante carrière qui l'a conduit, à partir de 1964, à fouiller le site de Tanis, une ville méconnue du bas-delta, à l'écart des grands monuments et des tombeaux fameux de la vallée du Nil. S'étant spécialisé dans l'étude de la Basse-Égypte, il en est venu à étudier les époques les plus récentes de l'histoire pharaonique, entre la fin du Nouvel Empire, un millénaire avant Jésus-Christ, et l'avènement définitif du christianisme, au Vᵉ siècle de notre ère – époque où se trouvaient déjà en germe tous les mythes qui circulent aujourd'hui sur ce passé lointain.

L'Histoire : *Jean Yoyotte, comment expliquez-vous qu'une civilisation depuis longtemps disparue, celle de l'Égypte ancienne, continue à exercer une si puissante fascination ?*

Jean Yoyotte : L'Égypte ancienne exerce en effet sur tout le monde, et dans le monde entier, une étonnante fascination. Pourtant, c'est une civilisation morte, à la différence de celles de la Chine ou du Japon, qui, dans leur spécificité, conservent beaucoup de leur culture traditionnelle. Il n'est donc pas étonnant que, du XVIIᵉ siècle jusqu'à nos jours, il y ait eu des amateurs de chinoiseries. Mais l'Égypte ancienne, quant à elle, est morte sans descendance : elle a disparu entre le IVe et le VIe siècle de notre ère. Cependant, tout le monde connaît son art, son architecture, son écriture…

A ce propos, citons un exemple : le nombre de personnes qui, depuis une vingtaine d'années, veulent apprendre à « déchiffrer » les hiéroglyphes s'est étonnamment accru. C'est un apprentissage qui tient plus du divertissement, de l'exercice ludique, que de l'information culturelle véritable. Parce que les hiéroglyphes invitent au jeu et sont plus amusants que les déclinaisons arabes ou les idéogrammes chinois. Ils attirent par leur côté mystérieux et leur séduction esthétique. Surtout, les gens sont persuadés d'avoir découvert quelque chose qui est « chiffré », percé une énigme, ce qui est gratifiant, et c'est l'un des éléments de la fascination – même si cela repose sur une idée fausse : en réalité, un égyptologue lit « couramment » les hiéroglyphes, comme un helléniste lit un texte grec ; il ne déchiffre pas.

D'autre part, il est assez courant que ceux qui s'intéressent à l'Égypte se mettent à l'égyptologie vers l'âge de onze ou douze ans. Pourquoi ? Il y a un attrait visuel de l'art et de l'écriture égyptiens, qui sont incontestablement beaux, en quelque sorte intermédiaires entre les arts dits primitifs et les formes dérivées de l'art grec. Les enfants qui visitent le mastaba du Louvre comprennent très bien ce qui est représenté, et comme les commentaires sont tracés au moyen de cette écriture en images, cela les captive.

S'y ajoutent tous les relais secondaires que sont les différents fantasmes développés dans le monde occidental et oriental contemporain, connus sous le nom d'« égyptomanie », un terme inventé au début du XIXe siècle par un journaliste critique britannique qui lui donnait un sens péjoratif.

L'H. : *Qu'est-ce que l'égyptomanie ?*

J.Y. : C'est une mode qui consiste à introduire dans les arts, principalement décoratifs, des motifs, des formes, un graphisme censés reprendre ceux de l'art pharaonique. Je dois dire que si l'on compare un objet, meuble ou bijou de ce genre aux dessins, sculptures et bijoux anciens qui sont à leur origine, surtout lorsqu'on pratique l'égyptologie, on a généralement affaire à des choses extrêmement décevantes. Et tout ça ne donne pas un mouvement artistique, à la différence du japanisme qui, parti d'une esthétique vivante, a véritablement introduit dans l'art contemporain de l'Occident un certain nombre de nouveautés qui y sont entrées et n'en ressortiront jamais.

L'égyptomanie se réduit en fait à une série de réactions aux mots principaux connotant l'Égypte ancienne et à certains éléments de l'iconographie égyptienne : les mots « pharaon », « obélisque », « pyramide », « sphinx », etc. Prenons le mot sphinx, emprunté à la mythologie et au vocabulaire grecs et connotant l'idée d'énigme et de monstre contre nature. A la différence de la sphinge d'Œdipe, le sphinx égyptien, idéogramme conjuguant l'intelligence et la volonté divine du roi et la puissance du lion, est de sexe masculin. Il proclame les attributs divins du roi ; il défend les abords des temples, mais ne propose pas d'énigme. Ce qui n'empêche pas l'égyptomanie, de la Renaissance au XIXe siècle, de nous fabriquer des sphinx égyptiens dotés d'une coiffure pharaonique et exhibant des seins de dame…

Autre thème iconographique égyptomane : une pièce de vêtement typiquement pharaonique, le cache-perruque plissé portant au front le corps dressé du cobra, qui est l'œil du soleil et matérialise l'agressivité dangereuse du souverain, a frappé les imaginations. Avec les peintres pompiers de la fin du siècle dernier, on va le retrouver figurant dans des tableaux d'histoire égyptienne ou biblique, posé sur la tête de jeunes dames quasiment nues, sujet de décor de cheminée ou de porte-lampadaire au pied des escaliers bourgeois. Or jamais aucune servante ni aucune femme égyptienne, mis à part deux ou trois reines qui assumèrent la totalité des attributs d'un pharaon, n'a porté cette coiffure royale.

***L'H.** : En 1922, la découverte du tombeau intact de Toutânkhamon par l'archéologue britannique Carter a passionné l'opinion internationale, et nourri toute une production littéraire…*

***J.Y.** :* En effet, la découverte de cette grande quantité d'objets luxueux et surchargés a ravivé l'égyptomanie, et aussi nourri l'obsession pour l'Égypte mystérieuse et magicienne : on a rapporté que Toutânkhamon aurait tué beaucoup de gens, jusqu'à des savants comme le grand philologue anglais Alan Gardiner, le directeur du Service des antiquités Pierre Lacau et l'archéologue Bernard Bruyère, lors du « sacrilège » – trois savants qui, précisons-le, ont quitté ce monde à un âge très avancé.

On répète qu'à l'entrée du tombeau fut trouvée une tablette, disparue depuis, sur laquelle était écrit : « L'ange de la mort frappera de son aile... » Azraël est bien connu comme ange de la mort en hébreu et en arabe, mais la notion même d'un messager de mort ailé n'existe pas dans les conceptions égyptiennes relatives aux exécuteurs des décisions divines : c'est le folklore arabe qui a conquis le monde en ce domaine [voir plus bas].

L'H. : *On a l'impression que ces reconstructions imaginaires ont prospéré sur le terreau d'une formidable méconnaissance de l'Égypte antique.*

Comment s'est effectuée cette « disparition » *de l'Égypte de l'horizon des savants, des érudits, des esthètes ?*

A quel moment de son histoire l'Égypte est-elle devenue un « continent obscur » *pour l'Occident ?*

J.Y. : C'est sous l'effet de la christianisation de l'Empire romain, à partir du ve siècle de notre ère, que tout ce qui faisait la culture originale, « nationale », de l'Égypte pharaonique – l'institution royale, le culte des dieux, l'art sacré et même la littérature profane de langue égyptienne – est mort, devenu incompréhensible. On ne bâtit plus de temples, on ne dessine plus d'images divines, on ne peut plus lire les sagesses et les romans rédigés en démotique, c'est-à-dire en écriture cursive. Et surtout, le pharaon, qui assurait l'équilibre du monde et l'ordre de la société par ses relations avec les dieux, a disparu : l'empereur romain, qui règne sur l'Égypte, est chrétien.

Sacrés ou profanes, les papyrus égyptiens sont alors détruits sans scrupule. Les temples, monuments sataniques, peuvent être démolis ou récupérés après plâtrage des idoles pour servir d'église ou d'habitat. Les grands objets de pierre peuvent être cassés ou réutilisés comme outils. Les terres et les sables enfouissent les vestiges du passé. Il ne subsiste plus que des monuments étranges, notamment les pyramides, dont on ne conçoit pas l'utilité. Il n'y a plus de transmission directe de ce que les Égyptiens anciens faisaient ou disaient. De plus, les populations extérieures à l'Égypte, et notamment celles d'Europe occidentale, se trouvent coupées de ce territoire quand l'Empire byzantin perd ses possessions africaines et syriennes. L'Égypte, son passé historique et sa réalité géographique sont très loin de l'Occident médiéval.

***L'H.** : Mais son souvenir s'est perpétué grâce à des textes grecs et latins ?*

***J.Y.** :* Il faut distinguer la transmission d'une certaine connaissance de l'Égypte à l'Occident, sa transmission à l'Orient, et sa transmission à l'Égypte elle-même. Partons de la période de l'expansion de l'islam, à partir du VIIIe siècle. L'Europe occidentale, celle des Francs, se trouve alors coupée de la terre égyptienne, qui est intégrée dans l'univers culturel arabo-islamique et dont les habitants voient ces monuments du passé et les interprètent à partir de certaines traditions qui leur sont propres.

En Occident, la littérature latine transmet quelques souvenirs de l'Égypte. L'encyclopédiste Isidore de Séville, par exemple, propose au début du VIIe siècle un certain nombre de notes venant des auteurs classiques latins et même grecs qui définissent des noms propres de lieux, de personnes se rapportant à l'Égypte des temps anciens. Mais ce n'était pas grand-chose. Pour l'homme de l'Occident médiéval, l'Égypte est surtout un pays très ancien et étrange : Joinville, qui acheva sa chronique du règne de Saint Louis au début du XIVe siècle, parle de ce fleuve qu'on voit en Égypte et qui vient du paradis terrestre…

***L'H.** : Entre le Moyen Age et le siècle des Lumières, l'Occident a donc eu de l'Égypte une vision « magique » ?*

***J.Y.** :* Ce qui est alors retenu comme le plus authentiquement égyptien, c'est en effet l'ensemble d'œuvres dites hermétiques, œuvres de langue grecque qui plaçaient sous le patronage d'Hermès Trismégiste[1] une philosophie au demeurant assez éclectique : les Grecs avaient identifié le dieu lunaire Thot, patron de la comptabilité, de la bureaucratie et des lettres sacrées et profanes, à leur dieu Hermès, habile et médiateur par excellence ; c'est à cet Hermès égyptien, devenu prophète, que fut attribué un certain nombre de révélations faites à des disciples initiés, révélations d'ordre métaphysique, alchimique et astrologique. Elles avaient bien été rédigées en Égypte, probablement au IIe ou IIIe siècle de notre ère, mais ne conservaient que peu d'éléments réels de la théologie et des sagesses qui avaient été celles des Égyptiens au temps de leur splendeur.

A l'ensemble des œuvres des hermétistes, il faut ajouter celles de certains auteurs néoplatoniciens, Jamblique par exemple (*Les Mystères d'Égypte,* IIIe siècle), qui avaient tiré un certain parti des pratiques rituelles et des représentations théologiques des anciens Égyptiens. A cette production se sont ajoutés les écrits des alchimistes et des astrologues de langue grecque qui attribuaient à Hermès et à certaines figures égyptiennes une bonne partie des origines de ces « sciences ». Mais, là encore, l'astrologie et l'alchimie telles qu'elles ont été raisonnées et pratiquées sous le Bas-Empire romain ne doivent pas grand-chose à l'Égypte des pharaons.

Ajoutons enfin que florissait dans les milieux chrétiens l'image d'un Hermès Trismégiste annonçant le Messie et la Révélation – on peut ainsi le voir sous la forme d'un sage oriental dans une église de Sienne. Ce qui contribuait à ancrer la conviction que les Égyptiens avaient préfiguré le monde tel qu'il devait être. D'autre part, à travers les textes latins et grecs et certains monuments retrouvés en Italie et dans le reste de l'Europe occidentale, à partir de la Renaissance, on avait quelque idée de la religion de la déesse Isis, qui avait sauvé et ressuscité son époux Osiris, assassiné par son frère Seth, et dont les membres avaient été éparpillés dans le delta du Nil. Isis était ainsi devenue une sorte de grande « mère », capable d'assurer le salut à ses dévots : c'est une idée que l'on trouvait dans *L'Ane d'or* que le poète latin Apulée écrivit au IIe siècle. On considérait ainsi que l'Égypte avait été à l'origine d'une sagesse suprême, plus parfaite puisque plus proche de la création. Elle avait consigné cette sagesse, cette philosophie dans des monuments indéchiffrables, elle offrait un secret à ceux qui sauraient être initiés. Une telle vision a durablement imprégné l'imaginaire occidental.

***L'H. :** Et les Orientaux ? Quelle vision avaient-ils de l'Égypte ancienne ?*

J.Y. : En Orient, les textes dits « hermétiques » dont je vous ai parlé eurent quelque postérité chez les Arabes, notamment auprès de la secte dite des sabéens, qui cultiva, principalement dans la Mésopotamie septentrionale, des doctrines ésotériques para-islamiques – la figure d'Idriss, prophète secondaire de la tradition musulmane, recouvrant alors celle d'Hermès Trismégiste. Les géographes et historiens arabes, parmi lesquels on peut citer, pour l'époque médiévale, Abd-el-Latif de Bagdad, ou Maçoudi, qui écrivit *Les Prairies d'or*, ou encore l'auteur anonyme de *L'Abrégé des merveilles*, interprétèrent aussi, à leur manière, les grands monuments qui subsistaient sur le sol de l'Égypte : certains temples furent attribués aux divinités arabes préislamiques. Des sites furent considérés comme les vestiges de voyages mystiques de Mahomet. Les communautés juives d'Égypte, de leur côté, retrouvaient les lieux où avaient vécu ou souffert les prophètes Moïse ou Isaïe. Les chrétiens d'Orient, quant à eux, retrouvèrent les étapes où Joseph et Marie s'étaient arrêtés au cours de la fuite en Égypte. Le folklore populaire encore vivace par endroits transmet et enjolive ces traditions.

D'autre part, le folklore arabe a enrichi la tradition relative à la science magique de Suleiman (c'est-à-dire Salomon), dont on fait un prince des génies et dont on se souvient qu'il avait porté son royaume au comble de la richesse. Tandis que les pyramides de Gîza deviennent les greniers où, d'après la Genèse, le prophète Joseph aurait stocké le grain en prévision de sept années de famine, le sphinx est un énorme talisman cachant les trésors réunis par Salomon. Les trouvailles d'objets précieux dans des tombes ancrent l'idée que les ancêtres avaient accumulé dans les entrailles de la terre et même métamorphosé en grosses masses de pierre d'énormes quantités d'or et d'argent. Et des charlatans prétendaient détenir un *Livre des trésors précieux et des perles enfouies*, indiquant où il fallait aller, les fumigations qu'il fallait faire, les exorcismes et versets qu'il fallait réciter pour faire apparaître le contenu de ces cavernes d'Ali Baba qu'étaient les hypogées ou les temples des dieux anciens. On en a des traces dans la littérature médiévale arabe.

Pendant des générations et jusqu'à une époque récente, on allait aussi gratter les murs des temples de grès pour faire des médicaments avec cette poudre. Enfin, l'islam reprend la figure de Pharaon et le campe comme le modèle de l'homme qui oppose son pouvoir à la volonté de Dieu, un homme qui se prend pour Dieu. Une représentation qui a perduré – on cite le mot de l'assassin de Sadate : « J'ai tué Pharaon ».

***L'H.** : Le siècle des Lumières permet une rupture décisive avec le folklore et les légendes qui entourent l'histoire de l'Égypte ancienne : avec l'expédition de Bonaparte, en 1798, les savants occidentaux découvrent le pays, dans sa réalité vivante, et inventent l'égyptologie…*

***J.Y.** :* A vrai dire, il y avait eu quelques précurseurs. Des philologues comme le Genevois Isaac Casaubon dès la fin du XVIe siècle, puis l'ecclésiastique anglais Warburton au XVIIIe, avaient reconnu le caractère artificiel des écrits hermétiques. Dans son *Discours sur l'histoire universelle* (1681), Bossuet avait tiré de l'historien grec Diodore de Sicile (Ier siècle avant notre ère) un tableau historique, assez pertinent, du temps des pharaons. C'est enfin à un missionnaire jésuite, le père Sicard, envoyé là-bas pour rallier les Coptes à l'Église romaine, que l'on doit la première prospection des sites archéologiques d'Égypte et bon nombre d'identifications de villes. Il fut en effet le premier érudit européen à pousser au nord, jusque dans l'Égypte des marais, et au sud, jusqu'à l'île de Philae, prenant des notes, levant des plans, dessinant des monuments…

C'est cependant avec l'expédition de Bonaparte, en 1798, puis l'ouverture du pays au commerce extérieur par Muhammad-Ali, au début du XIXe siècle, qu'a pu s'effectuer le déchiffrement des écritures égyptiennes. En 1822, Champollion révèle les principes de base de l'« alphabet hiéroglyphique » et, de 1824 à sa mort, en 1832, il élucide presque complètement le système complexe de cette écriture. Parallèlement, entre 1819 et sa mort, en 1829, le Britannique Thomas Young déchiffre l'écriture cursive, ou démotique. Avec l'ouverture de l'Égypte et les visites de savants européens, un service de protection du patrimoine archéologique est créé en 1858 par Auguste Mariette, assisté de Luigi Vassali, un garibaldien, des Prussiens Heinrich et Emil Brugsch et de l'Égyptien Ahmed Kamal.

***L'H.** : Revenons à Champollion, qui est en France la grande figure de la découverte de l'Égypte. A juste titre ?*

J.Y. : Champollion a en effet jeté les bases de toute l'égyptologie. Aussi bien de la lecture des textes hiéroglyphiques que de leur interprétation (complétée en 1837 par le Saxon Richard Lepsius, qui fut le grand initiateur de l'égyptologie germanophone, aussi bien à partir de Berlin que sur le terrain, jusqu'au Soudan), mais aussi dans tous les autres domaines : la chronologie, la philologie, l'histoire, l'histoire de l'art, la typologie archéologique… Il serait cependant dérisoire de réduire l'égyptologie à une révélation totale faite par Champollion, car dans tous ces domaines des générations de savants, principalement français, allemands et britanniques, puis américains et autres, ont développé les trouvailles, les publications, les méthodes et les interprétations. Durant le XIXe siècle, Lepsius en Allemagne, le paléographe anglais Samuel Birch et l'inlassable prospecteur que fut John Gardner Wilkinson mais aussi des Italiens, de Rosellini à Schiaparelli, le Néerlandais Leemans, plus tard l'aristocrate russe Wladimir S. Golenischeff, collectionneur, grammairien et photographe, ou l'Américain James Henry Breasted ont eu dans leurs pays respectifs et ont encore, plus que jamais, de nombreux émules (et jusqu'en Australie)… Et le travail international de recherche scientifique qu'ils ont entrepris n'est pas terminé.

On peut aussi citer les travaux exemplaires d'Adolphe Erman et de Kurt Sethe, grands praticiens des inscriptions et des papyrus, qui au début de ce siècle, en reconnaissant une parenté entre l'égyptien et les langues sémitiques[2] et en appliquant aussi bien à la grammaire qu'au lexique des méthodes de classement systématique, ont proposé des grammaires et un dictionnaire par lesquels « l'école de Berlin » a renouvelé la philologie égyptienne – ses bases étant adoptées par les égyptologues du monde entier entre 1900 et 1930. L'apport de l'école allemande a notamment permis de reconnaître que l'égyptien avait connu plusieurs phases dans son histoire. On distingue maintenant l'ancien égyptien, le moyen égyptien, le néo-égyptien, le démotique et le copte[3], avec leurs manifestations épigraphiques, proprement littéraires et du langage de tous les jours, grâce à l'introduction d'une linguistique moins sommaire que celle de Champollion.

L'H. : *Et aujourd'hui, quelles sont les perspectives de la recherche ?*

J.Y. : On utilisc beaucoup les nouveaux acquis de l'archéologie – notamment pour mieux cerner la réalité de l'occupation des sols : sédimentologie, divers procédés géophysiques pour la prospection du sous-sol, carbone 14, thermoluminescence pour déterminer les dates des objets, techniques variées de restauration pour assurer la conservation des trouvailles, pétrographie et examens de laboratoire concernant les matériaux dont elles sont faites, etc. D'autre part, les techniques offertes par les sciences de la nature et de la vie – la paléobotanique en particulier : pour identifier les plantes que mentionnent les textes égyptiens, on prend maintenant en compte les enseignements de l'écologie scientifique. Ces progrès en matière d'histoire naturelle nous permettent de renouveler en profondeur notre connaissance de l'art médical, qui fit dans l'Antiquité la célébrité des Égyptiens.

L'H. : *L'égyptologie connaît donc actuellement une évolution décisive ?*

J.Y. : Il lui faut encore faire un effort pour devenir une science comme une autre, et non pas l'art de révéler les mystères d'une civilisation extraordinaire. Nous abordons encore trop souvent l'Égypte ancienne à partir de nos propres acquis, considérant par exemple les étonnantes réalisations techniques des Égyptiens, notamment en matière d'architecture ou de taille et de poli de la pierre, comme une sorte de préfiguration de nos technologies modernes. Or des monuments extraordinaires comme les pyramides, qui ne prennent leur sens que si on les replace dans la représentation cosmologique et l'horizon politique des Égyptiens de l'époque, ont été réalisés avec des procédés extrêmement rudimentaires : les connaissances des Égyptiens en matière de mathématiques et de physique n'allaient pas très loin, et ces constructions prodigieuses comportent un certain nombre d'erreurs flagrantes, dues à une absence de connaissances théoriques. Elles tiennent d'abord par leur masse, non sans fêlures…

L'H. : *Qu'en est-il aujourd'hui, en Égypte même, du mythe de l'Égypte éternelle, fondatrice, civilisatrice ?*

J.Y. *:* La configuration anthropologique de l'Égypte la place clairement à part des autres populations limitrophes du Proche-Orient : ce pays est unifié par sa langue, après n'avoir parlé avant l'arabe qu'une seule langue, l'égyptien ; il y a, en fait, une très grande cohésion de la population égyptienne : la quasi-totalité des musulmans y est sunnite et la grosse minorité copte est « orthodoxe », ne se réclamant que du patriarcat jacobite d'Alexandrie.

On a l'impression d'autre part que les frontières du pays étaient tracées par la nature : un territoire utile à l'agriculture, relativement exigu, entre deux déserts. Ces frontières, retouchées au terme d'une politique de sécurité périodiquement reprise par les administrations successives, portant la limite est au contact de la bande de Gaza, la limite sud à la deuxième cataracte du Nil, la limite ouest jusqu'aux oasis les plus proches et sur la côte jusqu'à El-Alamein, sont encore celles de l'Égypte actuelle ! Dans ces conditions, il n'était pas nécessaire que l'idéologie officielle de l'Égypte cherche à justifier l'existence de cet État-nation. Néanmoins, elle l'a fait. De deux manières : la manière chrétienne et la manière arabe – réalimentant au passage, doublement, le mythe égyptien.

L'H. *: De quelles façons ?*

J.Y. *:* Citons les Coptes tout d'abord qui, à l'instar des chrétiens libanais, furent des tenants enthousiastes de l'arabisme politique et culturel, et qui n'en ont pas moins cherché, pour l'affirmation nationale de leur communauté minoritaire et jalousée, des racines dans le passé. On entendait (on entend encore) dans les familles coptes affirmer que les seuls Égyptiens étaient les Coptes, puisque leurs ancêtres, qui avaient civilisé le monde, l'avaient fait bien avant l'arrivée des Arabes musulmans.

Cette proposition intimement vécue n'est pas tenable historiquement parlant : la majorité, rurale, de la population égyptienne descend, tout autant que les chrétiens, urbains et ruraux, des anciens occupants du pays. Quant à une filiation de la culture copte, dans sa littérature comme dans ses arts, avec la culture pharaonique, elle est fort peu soutenable. Cette culture chrétienne (forme et fond) est née dans les derniers siècles de l'Empire romain. Or c'est précisément à cette époque que le christianisme a tué la culture pharaonique.

Les musulmans, ensuite, éprouvent eux aussi très vivement, et depuis très longtemps, le sentiment de vivre sur une très antique terre de civilisation. Et l'idée que le pays avait constitué avant tous les autres un État vraiment stable et une nation très « personnalisée » s'est introduite au siècle dernier dans l'idéologie officielle et dans la création littéraire et artistique.

Il existe dans ce domaine un courant portant le nom arabe de « fir'aûnîa » auquel de nombreux auteurs, un récent prix Nobel compris (Naguib Mahfouz, qui a été récemment victime d'un attentat islamiste), et cinéastes ont sacrifié un moment. Les studios de la télévision égyptienne donnent encore volontiers dans le décor et la mise en scène égyptomanes. Dans les manuels d'enseignement élémentaire et secondaire, on enseigne aux enfants la primauté historique de l'Égypte, dans sa morale, sa science, ses œuvres.

Ces manuels professent en outre que la civilisation grecque a tout emprunté à la civilisation égyptienne. Ils s'appuient enfin sur l'exemple des pyramides pour inviter la jeunesse à entreprendre et à travailler comme les ancêtres…

L'H. : *Y a-t-il eu, au cours des deux derniers siècles, de grands ouvrages qui ont marqué le renouveau de l'historiographie égyptienne ?*

J.Y. : Il me paraît difficile de répondre à cette question : les progrès accomplis soit par tel savant soit par une équipe de chercheurs se traduisent plus par des séries d'articles que par des ouvrages de synthèse parus à une date commémorable. Il faut noter aussi que le renouvellement provient d'une part des découvertes que réservent les fouilles, régulières ou clandestines – et parfois les réserves des musées ! –, d'autre part des trouvailles dues à la perspicacité des philologues et des historiens, enfin des conclusions obtenues au terme de la longue élaboration de corpus et de monographies. Découvertes, trouvailles et résultats se produisent donc continuellement, en ordre dispersé, et notre travail consiste essentiellement, au travers de mises au point critiques, à éliminer ce qui n'est plus soutenable…

L'H. : *Mais vous-même, aucun livre ne vous a marqué, n'a influé sur votre vocation ?*

J.Y. : Tout à fait à l'origine, lorsque j'avais quatorze ans, la merveilleuse *Histoire ancienne des peuples de l'Orient* du grand Gaston Maspero, que j'ai lue dans l'édition abrégée de 1905 : tout y est, et très bien écrit. Plus tard, la *Géographie de l'ancienne Égypte* que Pierre Montet a tirée de ses cours au Collège de France – je n'étais d'accord avec lui sur presque rien ! – et puis *Littérature et Politique* et *De la divinité de Pharaon* de Georges Posener.

Il y a moins longtemps, divers livres traduisant le renouvellement de l'égyptologie, par exemple le volume qu'a consacré l'Autrichien Manfred Bietak à ses fouilles exemplaires dans l'Est du delta, les nombreux traités sur la théologie égyptienne de Jan Assmann, ou encore la monographie aussi riche que confuse de John Baines intitulée *Fecundity Figures*, où l'auteur « philosophe » sur les procédés pharaoniques de la personnification.

L'H. : *Pour conclure, n'y a-t-il pas des pans entiers de l'histoire de l'Égypte pharaonique dont on peut dire aujourd'hui qu'on ne les connaîtra jamais ?*

Ne vous semble-t-il pas que ce qu'on a découvert est une partie infime d'une réalité sociale, religieuse, économique, politique, que l'on ne peut appréhender dans sa complexité ?

J.Y. : Il y a en effet des pans entiers de l'histoire de l'Égypte pharaonique que l'on ne connaîtra pas, ou si peu que cela revient au même. Un collègue néerlandais a pu écrire très judicieusement que l'on ne pourra jamais faire d'histoire économique, au sens vrai des termes d'histoire et d'économie, de l'Égypte ancienne. Ce ne sont pas les chiffres donnés par les auteurs grecs pour leur propre période, ou les extrapolations mathématiques à partir des morts retrouvés dans un cimetière présumé complet, à une époque donnée, qui peuvent nous permettre de tirer des conclusions démographiques…

Contrairement au sentiment que donnent les rares momies qui ont abouti dans les musées, les meubles qu'on peut voir dans ces mêmes musées, la splendeur des statues intactes et des bijoux d'or, l'Égypte n'a pas été un fabuleux conservatoire de sa propre civilisation. Temples démolis, papyrus pourrissant au rebut, métaux refondus : les Égyptiens anciens eux-mêmes ont détruit, génération après génération, la plus grande partie de leur patrimoine. Ensuite, l'exploitation des sites anciens, pendant quinze siècles, par les chrétiens et les musulmans (pour faire de la chaux, des pierres de taille, pour transformer les terres en engrais), l'emploi des momies à usage médical, les destructions des gisements par les fouilleurs, clandestins et officiels, tout cela a contribué à cette grande entreprise de démolition. Citons enfin les phénomènes naturels : humidité du sol, pluviosité du Nord, infiltrations dans le désert, qui font qu'il nous reste très peu de matière organique à étudier.

Cependant, la monarchie égyptienne, soucieuse d'assurer la stabilité du cosmos, la pérennité de l'État et le bonheur de l'Égypte, a rendu un culte aux dieux créateurs de ce monde, dans des temples de pierre dont les murs étaient couverts d'inscriptions ou d'images figurant les actions rituelles du roi, les représentations symboliques des dieux, et parfois commémorant des exploits militaires. Les particuliers fortunés ont fait de même dans leurs sépultures. Résultat : nous pouvons en dire beaucoup sur la théologie et les rites, particulièrement les rites officiels, sur les panthéons locaux, et aussi sur certains grands événements de l'histoire officielle. L'étude des tombeaux nous permet aussi d'établir une sorte de bottin mondain et administratif des cadres de la société égyptienne. En revanche, les inscriptions et les manuscrits qui pourraient nous renseigner sur le fonctionnement de cette administration sont fort peu nombreux – si l'on excepte le site de Deîr el-Médîneh, où l'habitat et le cimetière des artistes et des ouvriers qui creusèrent et décorèrent les tombes de la Vallée des Rois et de la Vallée des Reines au Nouvel Empire ont subsisté : décombres de maisons, tombeaux de ces gens, lots de papyrus conservés au sec, et surtout une masse énorme d'ostraca[4], constituent un dossier très riche mais malheureusement limité à une catégorie socioprofessionnelle bien particulière, et à une période.

C'est pourquoi je déplore que l'on vulgarise nos connaissances sur l'Égypte ancienne de manière si péremptoire – comme si l'égyptologue était un devin, alors qu'il n'est qu'un historien, dont les compétences sont nécessairement limitées par ses sources. Nous avons trop volontiers tendance à combler nos lacunes en recourant à des modèles communs aux sciences historiques et sociales, et en sombrant dans l'anachronisme – il y a eu une égyptologie marxiste-léniniste... Il faut avoir l'humilité de redescendre au ras des documents, et d'avouer que pour une part ils nous demeurent obscurs. Un exemple : on a longtemps étudié la question des étrangers en Égypte, et notamment des relations entre les Grecs et les Égyptiens, à la lumière de l'idée de nation, née au XIXe siècle. Or ces catégories ne sont pas pertinentes... Ce que j'ai appris en étudiant l'Égypte pharaonique, c'est que bien souvent un petit document, une pauvre donnée archéologique, remettent en cause des idées académiquement et communément reçues.

Propos recueillis par Séverine Nikel

Notes

1. Trismégiste signifie, en grec, « trois fois grand ». C'est un qualificatif tardivement et rarement attesté dans la langue égyptienne, qui traditionnellement qualifiait Thot de « deux fois grand ».

2. L'égyptien est communément classé dans le groupe linguistique – sans rapport avec les classifications d'anthropologie physique – dit « chamito-sémitique », ou mieux « afro-asiatique », qui inclut les langues berbères, les langues kouchitiques riveraines de la mer Rouge, le tchadique, et les langues sémitiques proprement dites : assyro-babylonien, phénicien, hébreu, araméen et arabe.

3. Le terme « copte », dérivé arabe du nom grec des Égyptiens, *Aiguptioi*, est appliqué à la fois à la confession chrétienne d'Égypte, à l'écriture composée des caractères alphabétiques grecs, complétée de sept signes démotiques, dont usaient déjà certains prêtres égyptiens au IIe siècle de notre ère et qui a servi à transcrire dans la langue du pays l'Ancien et le Nouveau Testament, enfin à la langue égyptienne elle-même, telle que la population la pratiquait sous différents dialectes, à l'époque de la christianisation.

4. Un ostracon (pluriel ostraca) est un tesson de poterie ou un éclat de calcaire utilisé comme une fiche pour mémoire, ou comme brouillon, et portant des textes documentaires de la vie quotidienne, ou bien des extraits de textes littéraires ou religieux.

Repères chronologiques

N.B. : Ces dates sont conventionnelles. Il arrive parfois que la IIIe Période intermédiaire ne soit pas distinguée en tant que telle, mais incluse dans la Basse Époque dont les limites chronologiques sont alors 1069-332 av. J.-C.

Période archaïque ou thinite
13000-2670 av. J.-C., I^e^-IIe dynastie
3000 av. J.-C. : fondation de la monarchie unifiée par Narmer.

Ancien Empire
2670-2195 av. J.-C., IIIe-VIe dynastie
2670-2600 av. J.-C. : IIIe dynastie. Pyramide à degrés de Djéser à Saqqâra.
2600-2475 av. J.-C. : IVe dynastie. Pyramides de Gîza.

Première Période intermédiaire
2195-2065 av. J.-C., VIIIe-X^e^ dynastie
Dissolution de l'État, lutte entre hérakléopolitains et thébains.

Moyen Empire
2065-1781 av. J.-C., XIe-XIIe dynastie
2065 av. J.-C. : les princes de Thèbes réunifient l'Égypte (XIe dynastie).
1994-1781 av. J.-C. : XIIe dynastie. Conquête de la Nubie par Sésostris III, âge d'or de la littérature.

Deuxième Période intermédiaire
1781-1550 av. J.-C., XIIIe-XVIIe dynastie
1650-1550 av. J.-C. : domination des Hyksôs, perte de la Nubie, lutte des princes thébains (XVIIe dynastie) contre les Hyksôs.

Nouvel Empire
1550-1069 av. J.-C., XVIIIe-XXe dynastie
1550-1291 av. J.-C. : XVIIIe dynastie. Expulsion des Hyksôs, reconquête de la Nubie, expansion en Asie.
1479-1458 av. J.-C. : règne d'Hatchepsout.

1458-1387 av. J.-C. : Thoutmosis III établit les frontières de l'Égypte à l'Euphrate et à la IVe cataracte.
1350-1333 av. J.-C. : réforme d'Akhénaton, perte des possessions d'Asie devant l'expansion hittite.
1291-1185 av. J.-C. : XIXe dynastie. Les pharaons s'installent à Pi-Ramsès.
1289-1259 av. J.-C. : guerre avec les Hittites.
1275 av. J.-C. : bataille de Qadesh (Ramsès II).
1259 av. J.-C. : traité de paix égypto-hittite.
1212 av. J.-C. : la tribu d'Israël est défaite en Palestine par Mérenptah.
1185-1069 av. J.-C. : XXe dynastie
1177 av. J.-C. : Ramsès III repousse les Peuples de la mer.
1110 av. J.-C. : pillage des tombes royales de Thèbes (Ramsès IX).

Troisième Période intermédiaire

1069-664 av. J.-C., XXIe-XXVe dynastie
1069-945 av. J.-C. : XXIe dynastie.
Les pharaons s'installent à Tanis.
Dynastie parallèle de grands prêtres d'Amon à Thèbes.
825-712 av. J.-C. : anarchie libyenne (XXIIe-XXIVe dynastie).
736-715 av. J.-C. : conquête de l'Égypte par Piankhi ou Peye, roi de Koush ou Nubie (XXVe dynastie).
663 av. J.-C. : sac de Thèbes par les Assyriens, fin de la domination koushite.

Basse Époque

664-332 av. J.-C., XXVIe-XXXIe dynastie
663-525 av. J.-C. : renaissance saïte (XXVIe dynastie), influence grecque en Égypte.
525-401 av. J.-C. : première domination perse (XXVIIe dynastie).
401-342 av. J.-C. : derniers pharaons indigènes (XXVIIIe-XXXe dynastie).
342 av. J.-C. : seconde domination perse (XXXIe dynastie).

Bibliographie générale

Les dieux de l'Égypte

ASSMANN J., *Maât, l'Égypte pharaonique et l'idée du pouvoir*, Paris, Julliard, 1989.

DERCHAIN Ph., « Anthropologie », « Cosmogonie », « Divinité », « Rituels égyptiens », *Dictionnaire des mythologies*, Paris, Flammarion, 1981.

DUNAND F., ZIVIE-COCHE C., *Dieux et Hommes en Égypte*, Paris, Colin, 1991.

HORNUNG E., *Les Dieux de l'Égypte. L'un et le multiple*, Monaco, Éd. du Rocher, 1986.

MEEKS D., Favard-Meeks C., *La Vie quotidienne des dieux en Égypte*, Paris, Hachette, 1993.

SAUNERON S., *Les Prêtres de l'ancienne Égypte*, Paris, nouvelle édition, Perséa, 1988.

TRAUNECKER C., *Les Dieux de l'Égypte*, Paris, PUF, « Que sais-je ? », 1992.

Le pharaon bâtisseur

ARNOLD D., *Die Tempel Agyptens, Götterwohnungen, Kultstatten, Baudenkmäler*, Zurich, Artemis et Winkler, 1992.

GOLVIN J.-Cl., Goyon J.-Cl., *Les Bâtisseurs de Karnak*, Paris, Presses du CNRS, 1987.

LAUFFRAY J., *Karnak d'Égypte, domaine du divin*, Paris, Éd. du CNRS, 1979.

VANDIER J., *Manuel d'archéologie égyptienne*, vol. II, Paris, A et J. Picard, 1954-1955.

Pi-Ramsès

Lexikon der Ägyptologie, t. V, Wiesbaden, Otto Harrassowitz, 1984, col. 128-146.

BIETAK M., *Avaris and Piramesse, Archeological Exploration in the Eastern Nile Delta (Mortimer Wheeler Archeological Lecture* 1979), 2e éd., Londres, 1986; *Tell el Dab'a (Untersuchungen der Zweigstelle Kairo des Österreichischen Archäologischen Institutes*, vol. I), Vienne, 1975; « Un projet d'archéologie urbaine à Tell el-Dab'a », *Cités disparues, Autrement*, Paris, 1991 ; W.V. Davies et L. Schofield (éd.), *Egypt, the Aegean and the Levant. Interconnections in the Second Millenium BC*, Londres, British Museum, 1995, en particulier M. Bietak, « Connections between Egypt and the Minoan World : New Results from Tell el-Dab'a/Avaris », p. 19-28 ; Catalogue de l'exposition *Pharaonen und Fremde, Dynastien im Dunkel, 8 sept.-23 okt. 1994*, Vienne, Museen der Stadt Wien, 1994, en particulier M. Bietak, « Historische und archäologische Einführung », p. 17-59.

Sur l'identification du site

HABACHI L., « Khatâcana-Quantîr : Importance », *Annales du Service des antiquités de l'Égypte*, n° 52, 1954, p. 443 *sq.* ; *Tell el-Dabca I and Quantir (Untersuchungen der Zweigstelle Kairo des Österreichischen Archäologischen Institutes*, vol. II), Vienne, à paraître.

HAYES W.C., *Glazed Tiles from a Palace of Ramesses II at Kantîr*, New York, Metropolitan Museum of Art Papers n° 3, 1937.

Sur les fouilles du palais de Qantîr

PUSCH E.B., « Bericht über die sechste Hauptkampagne in Quantîr/Piramesse-Nord, Herbst 1988 », *Göttinger Miszellen*, n° 112, 1989, p. 69 *sq.* ; « Metallverarbeitende Werktsätten der frühen Ramessidenzeit in Quantîr/Piramesse-Nord – Ein Zwischenbericht », *Ägypten und Levante*, vol. 1, Vienne, 1990, p. 75 *sq.* ; « Qantîr/Piramesse-Nord, Berichte und Beiträge zu der Grabung des Pelizaeus-Museums an der Ramses-Stadt », *Ägypten und Altes Testament*, vol. 10, Bamberg, à paraître.

La bataille de Qadesh

Sources égyptiennes

KITCHEN K.A., *Ramesside Inscriptions, Historical and Biographical* II, Oxford, 1979, p. 2-147 ; traduction : A.H. Gardiner, *The Kadesh Inscriptions of Ramesses II*, Oxford, 1960. Allusion à la bataille dans une lettre de Ramsès II à Hattousil III. E. Edel, « KBo I 15 +19, ein Brief Ramses' II. mit einer Schilderung der Kadesschlacht », *Zeitschrift für Assyriologie und vorderasiatische Archäologie*, Berlin, Neue Folge Bd 15 (Bd 49), 1950, p. 195-212.

Reliefs d'Abou-Simbel

DESROCHES-NOBLECOURT Chr., DONADONI S. et KUENTZ Ch., *La Bataille de Qadesh, Grand Temple d'Abou-Simbel* I, Le Caire, 1971. Sur les représentations de la bataille en général : T. von der Way, *Die Textüberlieferung Ramses' II. zur Qades-Schlacht, Hildesheimer Ägyptologische Beiträge* 22, Hildesheim, Gerstenberg Verlag, 1984.

Itinéraire de Ramsès II de l'Égypte à Qadesh et reconstitution de la bataille

BREASTED J.H., *The Battle of Kadesh*, Chicago, 1903 ; W. Helck, *Die Beziehungen Ägyptens zu Vorderasien im 3. und 2. Jahrtausend v. Chr., Ägyptologische Abhandlungen* 5, 2e éd., Wiesbaden, Otto Harrassowitz, 1971, p. 197-208 ; K. A. Kitchen, *Ramsès II, le pharaon triomphant*, Monaco, Éd. du Rocher, 1985, p. 81-94 et p. 343-344 ; A. Kuschke, « Das Terrain der Schlacht bei Qades und die Anmarschwege Ramses' II. », *Zeitschrift des Deutschen Palästina-Vereins*, Wiesbaden, 95 (1979), p. 7-35 ; *id.*, « Qadesch », *Lexikon der Ägyptologie* V, Wiesbaden, 1984, col. 27-31, et « Qadesch-Schlacht », col. 31-37. Pour le problème des Naârin : Stähli, *Knabe-Jüngling-Knecht*, Francfort, Berne et Las Vegas, 1978, en particulier p. 56-66.

Coopération des Égyptiens et des Hittites après le traité de l'an 21 de Ramsès II

EDEL E., « Ägyptische Ärzte und ägyptische Medizin am hetitischen Königshof. Neue Funde von Keilschriftbriefen Ramses' II. aus Bogazköy », *Rheinisch-Westfälische Akademie der Wissenschaften, Geisteswissenschaften, Vorträge* G. 205, Opladen, Westdeutscher Verlag, 1976.

Ramsès III face aux « Peuples de la mer »

État de la question

BARNETT J.D., *The Sea Peoples*, chapitre 28 de *The Cambridge Ancient History*, 3e éd., vol. II/2, Cambridge, 1975 (un bon aperçu en anglais).

DEGER-JALKOTZY S. éd., *Griechenland, die Aegäis und die Levante während der* « Dark Ages » *vom 12. bis zum 9. Jh. v. Ch. Akten des Symposions von Stift Zwettl (N), 11.-14. Oktober 1980 (Oesterreichische Akademie der Wissentschaften, Philosophisch-Historische Klasse, Sitzungsberichte*, 418, Band), Vienne, 1983.

SANDARS N.K., *Les Peuples de la mer*, Paris, France-Empire, 1981.

Les sources ougaritiques et égyptiennes

EDEL E., « Der Seevölkerbericht aus dem 8 Jahre Ramses » IIIF, dans *Mélanges Gamal Eddin Mokhtar*, vol. I, Le Caire, Institut français d'archéologie orientale, 1985.

EDGERTON W.F. et WILSON J.A., *Historical Records of Ramses III (The Oriental Institute of The University of Chicago, Studies in Ancient Oriental Civilization*, n° 12), Chicago, 1936.

LEHMANN G.A., « Die Sikalaju. Ein neues Zeugnis zu den "Seevölker-Heerfahrten" im späten 13. Jh. v. Chr. », dans *Ugarit Forschungen* 11 (Kevelaer/Neukirchen-Vluyn, 1979), p. 481-494.

Sur les Mycéniens et leurs rapports avec l'Égypte

VAN EFFENTERRE H., *Les Égéens*, Paris, Armand Colin, 1986.

Liste des toponymes égéens du temple funéraire d'Aménophis III

EDEL E., *Die Ortsnamenliste aus dem Totentempel Amenophis III, Bonner Biblische Beiträge* 25, Bonn, 1966.

OSING J., « La liste des toponymes égéens au temple funéraire d'Aménophis III », dans J. Osing, *Aspects de la culture pharaonique. Quatre leçons au Collège de France (février-mars 1989), Mémoires de l'Académie des inscriptions et belles-lettres*, N. S. XII, Paris, Institut de France, 1992, chap. II, p. 25-36.

« L'Histoire » a publié

LEWIS B., « Histoire d'un mot : Palestine », n° 72, p. 84.
LE ROY Ch., « Les trésors de la Lycie antique », n° 112, p. 92.
GRANDET P., « Moïse et les routes de l'Exode », n° 117, p. 90.

La tutelle romaine

PLUTARQUE, *Vie d'Antoine*, Paris, CUF, Les Belles Lettres, 1977.
NICOLET C. (s.d.), *Rome et la conquête du monde méditerranéen*, t. II, *Genèse d'un empire*, Paris, PUF, 1978.
WILL Éd., *Histoire politique du monde hellénistique*, t. II, 2e éd., Presses universitaires de Nancy, 1982.

Le peuple des pyramides

ANDREU G., *L'Égypte au temps des Pyramides*, Paris, Hachette, « La vie quotidienne », 1994.
DONADONI S. (s.d.), *L'Homme égyptien*, Paris, Le Seuil, 1992.
LECLANT J. (s.d.), *Les Pharaons*. T. I, *Le Temps des Pyramides*, Paris, Gallimard, 1978.
MALEK J., *Les Égyptiens. A l'ombre des pyramides*, Paris, Nathan, 1988.
MONTET P., *Les Scènes de la vie privée dans les tombeaux égyptiens de l'Ancien Empire*, Strasbourg, 1925.
POSENER G., SAUNERON S., YOYOTTE J., *Dictionnaire de la civilisation égyptienne*, Paris, Hazan, 1959.
STEAD M., *Egyptian Life*, Londres, British Museum, 1986.
STROUHAL E., *Vivre au temps des pharaons*, Paris, Atlas, 1992.
VALBELLE D., *La Vie dans l'Égypte ancienne*, Paris, PUF, « Que sais-je ? », 1988.
VANDERSLEYEN C., *L'Égypte et la vallée du Nil*. T. II, *De la fin de l'Ancien Empire à la fin du Nouvel Empire*, Paris, PUF, « Nouvelle Clio », 1995.
VERCOUTTER J., *L'Égypte et la vallée du Nil*. T. I, *Des origines à la fin de l'Ancien Empire*, Paris, PUF, « Nouvelle Clio », 1992.

La femme au temps des égyptiens

Catalogue de l'exposition *La Femme au temps des pharaons, Bruxelles, Musées royaux d'Art et d'Histoire, 30.11.1985-28.02.1986*, Mayence, Ph. von Zabern, 1985.

DESROCHES-NOBLECOURT Chr., *La Femme au temps des pharaons*, Paris, Stock, 1986.

THÉODORIDÈS A., « Frau », *Lexikon der ägyptologie* II, Wiesbaden, Otto Harrassowitz, 1977, col. 280-295.

VERCOUTTER J., « La femme en Égypte ancienne », dans P. Grimal (éd.), *Histoire mondiale de la femme*, vol. 1, Paris, Nouvelle Librairie de France, 1965, p. 61-152.

PESTMAN P.W., *Marriage and Matrimonial Property in Ancient Egypt, A Contribution to Establishing the Legal Position of the Women, Papyrologica Lugduno-Batava* IX, Leyde, Brill, 1961.

La nourriture des Égyptiens

EMERY W.B., *A Funerary Repast in an Egyptian Tomb of the Archaic Period*, Leyde, Nederlands Instituut voor het Nabije Oosten, 1962 (*Scholae Adriani De Buck Memoriae Dicatae*, I).

Lexikon der Ägyptologie, tome I, Wiesbaden, 1972-1975, col. 1267-1271, *s.v. Ernährung* ; tome III, Wiesbaden, 1977-1980, col. 830-833, *s.v. Küche, Kücheboot* ; col. 1164-1165, *s.v. Mahlzeiten.*

VANDIER J., *Manuel d'archéologie égyptienne*, Paris, Picard, 1964, IV, p. 81-106 ; 216-318.

Alexandrie, entre l'Égypte et la Grèce

« Alexandrie, lumière du monde antique », *Les Dossiers d'Archéologie*, n° 201, mars 1995.

BERNAND A., *Alexandrie la Grande, d'Hérodote à Lawrence Durrell. Le destin d'une cité fabuleuse*, Paris, Arthaud, 1966.

BERNAND A., *Alexandrie des Ptolémées*, Paris, CNRS, 1994.

CANFORA L., *La Véritable Histoire de la bibliothèque d'Alexan-*

drie, version française par Manganaro J.-P. et Dubroca D., Paris, Desjonquères, 1988.

JACOB C. et de POLIGNAC Fr., éd., *Alexandrie, IIIe siècle av. J.-C. Tous les savoirs du monde ou le rêve d'universalité des Ptolémées*, Paris, Éditions Autrement, 1992 (série Mémoires, n° 19).

LEGRAS B., « Le roi et les savants : les bibliothèques d'Alexandrie », *Crises 3*, Paris, PUF, 1994, p. 31-36.

PRÉAUX C., *Le Monde hellénistique*, Paris, PUF, 1978 (« Nouvelle Clio », 6 et 6 bis) ; 2e éd. mise à jour, 1987-1988.

Science et Vie intellectuelle à Alexandrie (Ier-IIIe siècle après J.-C.), textes réunis par Argoud G., Publications de l'Université de Saint-Étienne, 1994.

Bonaparte en Égypte

Ouvrages classiques

CHARLES-ROUX F., *Bonaparte, gouverneur d'Égypte*, Paris, 1936.

LA JONQUIÈRE C. de, *L'Expédition d'Égypte*, Paris, 1899-1905, 5 vol.

REYBAUD L., *Histoire scientifique et militaire de l'expédition d'Égypte*, Paris, 1830-1836, 10 vol.

Ouvrages récents

BEAUCOUR F., LAISSUS Y., ORGOGOZO C., *La Découverte de l'Égypte*, Paris, Flammarion, 1989.

BRÉGEON J.-J., *L'Égypte française au jour le jour, 1798-1801*, Paris, Perrin, 1991.

LAURENS H., *Origines intellectuelles de l'expédition d'Égypte, l'orientalisme islamisant en France, 1698-1798*, IFEA-Isis, diff. Imprimerie nationale, 1987.

LAURENS H. (s.d.), *L'Expédition d'Égypte, 1798-1801*, Paris, Armand Colin, 1989.

ORTEGA M.-L., ELENA A., ORDONEZ J., *Técnica e imperialismo*, Madrid, Éd. Turfan, 1993.

SAID, Ed.W., *L'Orientalisme. L'Orient créé par l'Occident*, Paris, Le Seuil, 1980.

Documents

Description de l'Égypte (planches), éd. M. Sidhom, Paris, Institut d'Orient, 1989 (complètes) ; éd. Taschen, Cologne, 1994 (complètes) ; éd. C.-C. Gillispie et M. Dewachter, Paris, Hazan, 1988 (Antiquité) ; éd. S. Aufrère, Paris, 1993 (Antiquité) ; éd. S. Aufrère, Paris, Bibliothèque de l'image, 1993.

JABARTÎ, *Journal d'un notable du Caire durant l'expédition française*, éd. J. Cuoq, Paris, Albin Michel, 1979.

LAURENS H. (éd.), *Kléber en Égypte, 1798-1800*, Le Caire, IFAO, diff. Imprimerie nationale, 1988-1995, 4 vol.

MEULENAERE Ph. de, *Bibliographie raisonnée des témoignages de l'expédition d'Égypte (1798-1801)*, éd. F. et R. Chamonal, Paris, 1993.

VIVANT DENON D., *Voyage dans la Basse- et la Haute-Égypte*, Le Caire, IFAO (fac-similé, planches et textes), diff. Imprimerie nationale, 1990 ; éd. R. Brunon, Paris, Pygmalion, 1992 (texte seul).

« L'Histoire » a publié

TULARD J., « Bonaparte en Égypte », n° 61, nov. 1983, p. 30.

BRET P., « Adieu Bonaparte, bonjour l'Égypte », n° 78, mai 1985, p. 86-88.

BRET P., « Opération "Patriote", EDF sur les traces de Bonaparte », n° 105, novembre 1987, p. 88.

Champollion et le déchiffrement des hiéroglyphes

L'ouvrage fondamental est la biographie d'Hermine HARTLEBEN, *Champollion, sa vie et son œuvre*, Paris, Pygmalion, 1983 (éd. orig. : 2 vol., Berlin, 1906). Un complément utile est le fascicule 95 (octobre 1982) du *Bulletin de la Société française d'égyptologie*, Paris.

Pour le déchiffrement, excellentes contributions d'Henri SOTTAS, en préface de la réédition de 1922 de la *Lettre à M. Dacier* (Paris, 1922), et dans le *Bulletin de l'Institut français d'archéologie orientale*, vol. 27, Le Caire, 1927, p. 59-78. Cf. également le catalogue de l'exposition *Naissance de l'écriture*, Paris, 1982.

L'œuvre du déchiffreur est aujourd'hui, pour la plus grande

partie, accessible au public, par le jeu de diverses rééditions : la *Lettre à M. Dacier* (Aalen, Otto Zeller, 1962) ; *Les Monuments de l'Égypte et de la Nubie* et leurs *Notices descriptives* (Genève, Les Belles Lettres, 1970-1974) ; la *Grammaire égyptienne* (Paris, Institut d'Orient, 1984) ; les *Lettres d'Égypte et de Nubie* (Paris, Bourgois, 1986) ; le *Panthéon égyptien* (Paris, Perséa, 1986). Des lettres inédites ont été publiées dans la coll. « Champollion et son temps », publiée par L'Asiathèque, Paris, vol. I et II : *Lettres à Zelmire* (1978) ; *Lettres à son frère, 1804-1818* (1984).

Cf. aussi J. LACOUTURE, *Champollion. Une vie de lumières*, Paris, Grasset, 1988, et J. KETTEL, *Jean-François Champollion le Jeune. Répertoire de bibliographie analytique, 1806-1989, Mémoires de l'Académie des inscriptions et belles-lettres*, n. s., X, Paris, Institut de France, 1990.

L'Obélisque : de Louqsor à la Concorde

HABACHI L., *The Obelisks of Egypt. Skyscrapers of the Past*, Londres, Dent and Sons Ltd., 1978, chap. 7 (obélisque de Louqsor).

SAID Ed. W., *L'Orientalisme*, Paris, Le Seuil, 1980.

VERCOUTTER J., *A la recherche de l'Égypte oubliée*, Paris, Gallimard, « Découvertes », 1986 (sur le transfert des obélisques, p. 144-147).

Auguste Mariette, professeur-pacha

BERCHET J.-Cl., *Anthologie des voyageurs français dans le Levant au XIXe siècle*, Paris, Laffont, « Bouquins », 1985, plus particulièrement la sixième partie consacrée à l'Égypte. « En Égypte sous Méhémet-Ali », et aussi p. 949-950 la description d'une visite du comte de Vogüé auprès de Mariette-pacha lors des fouilles de Saqqâra.

Catalogue de l'exposition *Naissance de l'écriture. Cunéiformes et hiéroglyphes*, Grand Palais, Paris, RMN et Ministère de la Culture, 1982, quelques objets célèbres des fouilles de l'époque de Mariette sont reproduits (pour la nécropole memphite, dont p. 266, 267, 340).

Catalogue de l'exposition *Egyptomania*, Musée du Louvre,

Paris, RMN, 1994 (plus particulièrement à propos de Mariette et du projet pour *Aïda*, p. 423 *sq*.).

CHADEFAUD C., *L'Écrit dans l'Égypte ancienne*. Paris, Hachette, 1993, « H.U. langues et civilisations anciennes », p. 13-30, ch. 1, « Champollion, ses précurseurs et ses héritiers » (dont l'époque de Mariette et la formation du Service des antiquités, la découverte du Serapeum de Memphis, iconographie p. 29).

CLAYTON P.A., *L'Égypte retrouvée,* Paris, Seghers, 1984.

DAVID E., *Mariette Pacha (1821-1881)*, Paris, Pygmalion-G. Watelet, 1994 (avec iconographie et bibliographie).

LAURENS H. *et al.*, *L'Expédition d'Égypte (1798-1801),* Paris, Colin, 1989, plus particulièrement le chapitre 10 rédigé par Cl. Traunecker sur l'Égypte antique dans l'ouvrage *Description de l'Égypte* de l'expédition de Bonaparte, et rédigé sous l'égide de Vivant Denon.

MARIETTE-PACHA, *Itinéraires de la Haute-Égypte*, réédition en 1990, « Les éditions 1900 », préface J.-Cl. Simoen, reproduction du texte établi en 1869 et que Mariette destinait aux illustres visiteurs invités lors des fêtes de l'inauguration du canal de Suez : après une présentation de la géographie de l'Égypte, de la chronologie pharaonique et de la religion, l'auteur donne un itinéraire très détaillé des sites archéologiques alors visitables (cf. spécialement le descriptif d'Abydos et celui de la Vallée des Rois à Thèbes).

SAID Ed. W., *L'Orientalisme*, Paris, Le Seuil, 1980.

VERCOUTTER J., *A la recherche de l'Égypte oubliée,* Paris, Gallimard, « Découvertes », 1986. A propos de Mariette et du Serapeum de Memphis, p. 162-164.

Le pillage des tombes royales égyptiennes

Histoire générale de la période

CERNY J., *Egypt, From the Death of Ramesses III to the End of the Twenty-First Dynasty*, dans *The Cambridge Ancient History*, t. II, 2e éd., Cambridge, 1965, chap. XXXV.

KITCHEN K.A., *The Third Intermediate Period in Egypt*, 2e éd., Warminster, 1986.

JANSEN-WINKELN K., *Zeitschrift für ägyptische Sprache und Altertumskunde* 119 (Berlin, 1992), p. 22-37.

NIWINSKI A., *Bulletin de l'Institut français d'Archéologie orientale* 95 (Le Caire, 1995), p. 329-360.

Sources égyptiennes

KITCHEN K.A., *Ramesside Inscriptions, Historical and Biographical*, Oxford, 1983, t. VI, p. 468-516, 560 *sq.*, 743-837.

Traduction des sources et études d'ensemble

PEET T.E., *The Great Tomb-Robberies of the Twentieth Egyptian Dynasty*, 2 vol., Oxford, 1930.

CAPART J., GARDINER A.H., VAN DE WALLE B., « New Light on the Ramesside Tomb-Robberies », *Journal of Egyptian Archaeology* 22 (Oxford, 1936), p. 169-193 et pl. X-XVI.

Découverte de la cachette de Deîr el-Baharî

MASPERO G., *Les Momies royales de Deîr el-Baharî (Mémoires publiés par les membres de la Mission archéologique française au Caire, 1/4)*, Le Caire, 1889, p. 511-526.

La fascination de l'Égypte : du récit légendaire à l'égyptologie

Ouvrages récents donnant des informations générales sur l'Égypte antique

BAGNALL R.S., *Egypt in Late Antiquity,* Princeton University Press, 1993.

CLAYTON P.A., *Chronique des pharaons. L'histoire règne par règne des souverains et des dynasties de l'Égypte ancienne*, traduction et adaptation Maruéjol F., Paris, Casterman, 1995.

DUNAND F., ZIVIE-COCHE Ch., *Dieux et Hommes en Égypte, 3000 av. J.-C.-395 ap. J.-C.*, Paris, Colin, « U », 1991.

FIECHTER J.J., *La Moisson des dieux. La constitution des grandes collections égyptiennes, 1815-1830*, Paris, Julliard, 1994.

HUSSON G., VALBELLE D., *L'État et les Institutions en Égypte, des premiers pharaons aux empereurs romains*, Paris, Colin, « U », 1982.

Lexikon der Ägyptologie, 7 tomes, Wiesbaden, Harrasowitz O., 1972-1992 (articles en allemand, français et anglais).

VERCOUTTER J., *L'Égypte et la vallée du Nil*. T. I, *Des origines à la fin de l'Ancien Régime*, Paris, PUF, « Nouvelle Clio », 1992.

Ouvrages dont les thèses renouvellent l'approche de l'égyptologie

ASSMANN J., *Egyptian Solar Religion in the New Kingdom, Re, Amon and the Crisis of Polytheism*, Londres et New York, KOI éd., 1995.

BAINES J., *Fecundity Figures, Egyptian Personification and the Iconology of a Genre*, Aris and Phillips éd., 1985.

BARDINET T., *Les Papyrus médicaux de l'Égypte pharaonique*, Paris, Fayard, « Penser la médecine », 1995.

BAUM N., « Arbres et arbustes de l'Égypte ancienne », *Orientalia Lovamensia Analecta*, n° 31, 1988.

DONADONI S. (s.d.), *L'Homme égyptien*, Paris, Le Seuil, « L'Univers historique », 1992.

FOWDEN G., *The Egyptian Hermes. A Historical Approach to the Late Pagan Mind*, Princeton University Press, 1986.

MEEKS D., FAVARD-MEEKS Ch., *La Vie quotidienne des dieux égyptiens*, Paris, Hachette, 1993.

Index des noms de personnes

Les auteurs

Guillemette Andreu : Ancien membre de l'Institut français d'archéologie orientale du Caire (IFAO), professeur d'épigraphie égyptienne à l'École du Louvre, spécialisée dans l'étude des aspects profanes et civils de la civilisation égyptienne. A notamment publié *Images de la vie quotidienne en Égypte au temps des pharaons* (Hachette, 1992) et *L'Égypte au temps des pyramides* (Hachette, 1994).

Claude Aziza : Maître de conférences de latin à l'université de la Sorbonne nouvelle (Paris-III), directeur du département de médiation culturelle. A notamment publié *Jérusalem, le rêve devant le Temple* (Omnibus, 1994) et *La Crète : les romans du labyrinthe* (Omnibus, 1995).

Patrice Bret : Chargé de recherche au laboratoire d'histoire des sciences et techniques du CNRS. Il prépare un ouvrage sur les aspects culturels de l'expédition d'Égypte.

Catherine Chadefaud : Agrégée d'histoire, docteur en égyptologie et docteur d'État (géographie et climatologie de l'Égypte ancienne). Professeur en classe préparatoire HEC. A notamment publié *L'Écrit dans l'Égypte ancienne* (Hachette, 1993).

Pierre Chuvin : Professeur de grec à l'université Blaise-Pascal de Clermont-Ferrand, membre du Comité de rédaction de *L'Histoire*. Il est aussi directeur de l'Institut français d'études sur l'Asie centrale (IFÉAC) à Tachkent (Ouzbékistan). A notamment publié *La Mythologie grecque : du premier homme à l'apothéose d'Héraclès* (Fayard, 1992).

Jean-Michel David : Professeur d'histoire romaine à l'Université des sciences humaines de Strasbourg, spécialiste d'histoire politique et culturelle de la fin de la République romaine. A notamment publié *Le Patronat judiciaire au dernier siècle de la République romaine* (Rome, EFR, 1992) et *La Romanisation de l'Italie* (Aubier, 1994).

Philippe Derchain : Professeur émérite à l'université de Cologne et professeur honoraire à l'Université libre de Bruxelles. Auteur de nombreux ouvrages et articles consacrés à la religion et à la littérature de l'Égypte ancienne. A notamment publié *Le Dernier Obélisque* (Bruxelles, 1987).

Pierre Grandet : Docteur en égyptologie de l'université Paris-IV, professeur d'égyptien à l'Institut Khéops et à l'Université catholique de l'Ouest à Angers. A notamment publié *Ramsès III, histoire d'un règne* (Pygmalion-G. Watelet, 1994) et *Le Papyrus Harris I* (2 vol., IFAO, 1994).

Mireille Hadas-Lebel : Professeur d'histoire des religions à l'université Paris-IV (Sorbonne). A notamment publié *Flavius Josèphe, le Juif de Rome* (Fayard, 1989, rééd. 1993) et *Jérusalem contre Rome* (Cerf, 1990).

Joseph Mélèze-Modrzejewski : Professeur d'histoire ancienne à l'université Paris-I, directeur d'études de papyrologie et histoire des droits de l'Antiquité à l'École pratique des hautes études. Il dirige la *Revue historique de droit français et étranger*. A publié notamment *Droit impérial et Traditions locales dans l'Égypte romaine* (Aldershot, Varorium, 1990) et *Les Juifs d'Égypte de Ramsès II à Hadrien* (Armand Colin, 1992).

Pascal Vernus : Ancien pensionnaire de l'IFAO, directeur d'études à l'École pratique des hautes études où il occupe la chaire d'égyptien. A notamment publié *Essai sur la conscience de l'histoire dans l'Égypte pharaonique* (Champion, 1995), *Chants d'amour de l'Égypte pharaonique* (Imprimerie nationale, 1992) et *Affaires et Scandales sous les Ramsès* (Pygmalion, 1993).

Jean Yoyotte : Titulaire de la chaire d'égyptologie au Collège de France, directeur d'études à l'École pratique des hautes études depuis 1964. Outre de nombreux articles, a notamment publié *Les Pharaons* (avec Pascal Vernus, 1987, Éditions M.A.) et collaboré au *Dictionnaire de la civilisation égyptienne* (Hazan, 1959, n[lle] éd. 1970).

Table

Le présent volume reprend en partie le numéro spécial de *L'Histoire* intitulé « Les mystères de l'Égypte » (n° 190, juillet/août 1995). A cet ensemble, nous avons ajouté des articles complétant le dossier. Les nombres entre parenthèses renvoient aux numéros de *L'Histoire* dans lesquels ces articles ont paru.

3. La civilisation égyptienne

4. La découverte de l'Égypte

L'HISTOIRE

REVUE MENSUELLE ÉDITÉE
PAR LA SOCIÉTÉ D'ÉDITIONS SCIENTIFIQUES
57, RUE DE SEINE, 75280 PARIS CEDEX 06

DIRECTEUR GÉNÉRAL
Stéphane Khémis

ASSISTANTE DE DIRECTION
Christie Mazataud

RÉDACTION (1) 53.73.79.79
DOCUMENTATION, RÉALISATION (1) 53.73.79.79
PROMOTION (1) 53.73.79.79
TÉLÉCOPIEUR (1) 46.34.75.08
VENTES, ABONNEMENTS, COMPTABILITÉ (1) 43.54.83.95
5, RUE JACQUES-CALLOT, 75279 PARIS CEDEX 06
CCP PARIS 20288-35 L

COMITÉ DE RÉDACTION
Pierre Assouline – Jacques Berlioz
Pierre Chuvin – Philippe Joutard
Jean-Noël Jeanneney – François Lebrun
Jean-Maurice de Montremy – Jean-Pierre Rioux
Michel Winock

DIRECTION ARTISTIQUE
Jocelyne Vaude
assistée de Robert Buisson,
et Béatrice de Clédat

DOCUMENTATION-RÉDACTION
Sophie Marcus-Antier

FABRICATION ET RÉALISATION
Daniel Fouché – Gérard Mazataud

CONCEPTION GRAPHIQUE
Peter Knapp

VENTES ET ABONNEMENTS
Emmanuel Chodkiewicz

PROMOTION
Sophie Malek

COMPTABILITÉ
Laurent Itier

PUBLICITÉ
Selling Media
142, rue du Bac, 75006 Paris

RÉALISATION : ATELIER GRAPHIQUE DES ÉDITIONS DE SEPTEMBRE À PARIS.
IMPRESSION : MAURY-EUROLIVRES S.A. À MANCHECOURT.
DÉPÔT LÉGAL : OCTOBRE 1996. N° 29753 (96/09/55315)